Scrittori italiani e stranieri

Mauro Corona

IL CANTO DELLE MANÉRE

Romanzo

MONDADORI

Dello stesso autore

Nella collezione Scrittori italiani e stranieri
I fantasmi di pietra
Cani, camosci, cuculi (e un corvo)
Storia di Neve

Nella collezione Oscar
Aspro e dolce
Nel legno e nella pietra
L'ombra del bastone
Vajont: quelli del dopo
I fantasmi di pietra
Cani, camosci, cuculi (e un corvo)

Nella collezione Varia
Storie del bosco antico
(disponibile anche nella collana Audiobook, con cd audio)

Il canto delle manére
di Mauro Corona
Collezione Scrittori italiani e stranieri

ISBN 978-88-04-59071-2

I edizione ottobre 2009

Il canto delle manére

Alla memoria del dottor Paolo Gallo
e della moglie Kate Filippin

1
Nascita

Santo Corona della Val Martin era nato il 21 settembre 1879 a mezzodì. Figlio di Giulian Fupietro e Alba Caterina Carrara, ebbe subito il destino segnato. Da secoli la sua era stirpe di boscaioli e boscaiolo dové diventare anche lui. Del resto, a quei tempi, lassù i mistieri era quelli: artigiano, contadino, boscaiolo, bracconiere o contrabbandiere. Spesso tutti insieme. Infatti Santo faceva anche l'artigiano e il falciatore sui pascoli alti. Ma era arte di rincalzo, robe di quando non era tempo da tronchi: un mese d'estate e uno d'inverno. Il resto dell'anno Santo era boscaiolo, e di quelli in gamba.

Tagliare legna è mistiere pericoloso. Non si conta più gli uomini morti sotto i tronchi o spinati il sangue da colpi di manéra che tagliavano la vena grande, quella giusta per buttar fuori tutto il sangue fino l'ultima goccia. Oppure moriva sulle teleferiche, che si spaccava all'improvviso e girava intorno come serpenti d'acciaio, prendeva i boscaioli per la vita e li segava in due come stringere con un laccio un pane di burro. A volte li prendeva per il collo e gli portava via la testa come quando si torce quella di un gallo e si stacca.

Qualche volta i boscaioli veniva uccisi dalle saette, ma raro. Era più facile che la saetta prendesse i falciatori sui pascoli alti della Palazza e delle Centenere. Lassù, le falci gialle pioventi dal cielo durante i temporali arava i prati come dinamite e chi si trovava sulla linea era fritto. A volte, qualcuno si trovava sulla linea.

Altro pericolo per i boscaioli era le stue[1] da far correre il legname sull'acqua. Quando le aprivano, se non eri svelto a saltar su, dalla val Vajont ti trovavi sul Piave, a Longarone, macellato come passare nella macchina da far salami. Insomma, era tanti i pericoli di morte che prendeva i boscaioli. Uno, per esempio, era quello che veniva dal tirare i tronchi con lo strozzo. Si pianta un chiodo con anello nella testa del tronco dopo averlo rotondato. Poi con la corda o più corde, da soli o in compagnia, conforme la grandezza del tronco, si comincia a strascinarlo verso valle, per metterlo sulle cataste. Può succedere però che arrivi un tratto in discesa molto ripido. Allora il tronco piglia fuga, si lancia in velocità a testa bassa come un toro che carica. Se non sei svelto a tirarti via, addio gambe. Più che altro addio caviglie e talloni, ma anche gli ossi più in su. Ce n'era diversi boscaioli zoppi in paese, e nelle valli vicine ancora di più e nei paesi dei monti, anche. Ce n'era senza una gamba o tutte e due.

Qualcuno moriva sotto il tronco che gli passava sopra e lo spianava. Succedeva una delle due, o ti cadeva addosso mentre lo tagliavi, o ti passava sopra mentre lo tiravi. In ogni modo eri sempre tu sotto e lui sopra coi suoi quintali.

Occorre sapere che ogni albero è buono. Non fa niente a nessuno, un albero, sta fermo in piedi, massimo muove la punta nel vento. Ma se uno con la scure gli tira via la natura, che è quella di stare in piedi, l'albero si muove. E muovendosi senza gambe, perché le ha tagliate, cade giù. Allora bisogna saper dove cade, farlo andare al posto giusto, se no batte e torna indietro con una forza che rompe il mondo. L'albero senza gambe, quando cade è un pericolo. Finché non è fermo, bisogna stare all'occhio. Anche quando si taglia a pezzi bisogna stare all'occhio. Può darsi che uno di quei pezzi si rivolti e venga addosso. Un albero tagliato può sempre muoversi e camminare. Quando gli hai tirato

[1] Dighe.

via la natura, che è quella di stare fermo, non puoi più controllarlo e non sai mai cosa fa.

Tutto questo per dire che, più di ogni altro, i boscaioli rischiava la pelle sotto i tronchi o con pericoli ancora peggio. Era mistiere pericoloso, ogni bosco aveva lapidi impiantate da qualche parte che ricordava un taglialegna morto nel punto dove stava la lapide. A volte era solo una scaglia di croda con scarpellato nome e cognome. Altre volte un legno, ma il legno marciva, non durava, il nome spariva. Allora la mettevano di pietra, che non si poteva dimenticare i boscaioli morti. Per nessun motivo.

Anche il padre di Santo, Giulian Fupietro, aveva la sua lapide nel bosco di cima Camp. Era morto anche lui preso da una pianta, e anche a lui gli avevano scarpellato una lapide sul posto. E ogni tanto, specie a primavera – quando cantava i cuculi e la lapide veniva coperta dalle erbe nuove –, Santo, bambino, andava su a cima Camp, scalzo, a spostare le erbe con la mano e cercare suo padre nella lapide. E pensare che lui, Santo, diventerà il più bravo boscaiolo del mondo. E che nissun albero riuscirà a farlo fuori.

Quando morì il padre Santo aveva sei anni: lo lasciò piccolo, pieno di fame e orfano di madre. La moglie Alba Caterina era morta di parto, spingendo il figlio fuori dalla pancia. Il piccolo Santo restò col nonno e la nonna paterni. Ma, prima di questo, occorre dire come morì Giulian Fupietro.

Giulian Fupietro, appunto, stava con la squadra al bosco di cima Camp a batter giù legname da opera: larici, pini e abeti bianchi. Aveva sramato un peccio lungo venticinque metri, messo con la punta in giù. Questo peccio a vederlo pareva una lancia buttata in terra da qualche guerriero gigante, alto come una montagna.

Giulian Fupietro si fece sotto a farlo in pezzi da quattro metri, partendo dalla cima. Su in alto, dove c'era la testa, un boscaiolo giovine, di quelli inesperti, tacò a rumenare il tronco con lo zappino. Siccome nissuno s'era accorto che zappinava lassù, nissuno gli disse "fermo!". Il giovine manovrò con lo zappino e il tronco si mosse e scattò come un missile. Fece solo venti metri ma bastò. La punta del peccio si impiantò nella pancia di Giulian Fupietro, e dopo averlo forato da parte a parte, lo tirò a strozzo per tutta la corsa dell'albero fino in fondo la rampa, dove si fermò. Pareva una di quelle luganighe infilzate di traverso nello stecco, che i boscaioli abbrustolivano sulle braci a mezzodì. Non morì subito, ci mise qualche minuto, fursi cinque, sei. Intanto cigolava con la bocca aperta come quando si ammazza il maiale, e un tratto di quel peccio era tutto sporco di sangue e pieno di budelle intorcolate.

Per cavar il povero Giulian dall'infilzamento, fu costretti a segare l'albero in tocchi da metro in modo da poterlo spostare. Poi segarono il tronco davanti la pancia del morto e poi dietro, sulla schiena, e così Giulian Fupietro poté essere liberato e spostato, ma nella pancia gli restò un pezzo di albero come un tappo. Lo caricarono su una slitta e lo tirarono in paese per il seppellimento. Un vecchio boscher prese la manéra del povero Giulian rimasta per terra, se la infilò nella cinghia dei pantaloni e disse: «La porto a suo figlio, che la tenga per ricordo. Quando sarà grande la userà per lavoro, sono sicuro che farà il boscaiolo».

Infatti fece il boscaiolo. Quando si nasce in una famiglia dove si continua a far na roba da secoli, è facile che figli e nipoti facciano quella cosa anche loro. Se uno nasce per esempio in una famiglia dove tutti ha suonato e suona il violino, è quasi sicuro che anche lui suonerà il violino. A meno che non sia un bastian contrario, o che abbia il sangue differente, è garantito, suonerà il violino. Così successe per Santo Corona della Val Martin.

2
L'infanzia

Dopo morto il padre, il canaj[2] restò coi nonni paterni. Questi si chiamava Domenico Sebastiano Corona e Costanza Teresa Martin. Ogni tanto una deda[3] senza marito, senza figli e senza voglie andava a fare visita ai nonni per avere un po' di compagnia. Se per caso trovava il bambino da solo, subito attaccava a dire che lei avrebbe tanto voluto un figlio, e se Santo non fosse stato così brutto avrebbe chiesto ai nonni di poterlo prendere con sé. Ma, dato che era brutto, e nianche un buon bambino, non lo avrebbe mai voluto. Santo era contento di restare coi nonni, ma a sentirsi dire da quella troia che era brutto si avviliva. Fu una delle prime, tante, innumerevoli umiliazioni della sua vita e, fursi, per questo da grande diventò cattivo e, anche se gli piacevano, odiava le donne.

Non passava giorno che, quando lo incontrava, la deda troia non dicesse: «A béign, canaj, ce brut che to su!».[4] Pareva se la godesse un mondo a umiliare Santo ricordandogli che era brutto. Finché una mattina, mentre ancora una volta la troia gli diceva così, si trovò vicino il boscaiolo Augusto Corona Peron, detto Agusto, una catasta di forza e bontà.

Appena sentì la donna maltrattare il bambino e vide il bambino con la testa bassa, saltò fuori e disse: «Ocio, puttana, fila via! Lascia in pace il canaj! Non vedi che è avvi-

[2] Ragazzo.
[3] Zia.
[4] «Guarda qui, ragazzo, quanto sei brutto!»

lito morto? Tu sì che sei brutta, infame, carogna, troia. Levati dai coglioni, va' a farti montare da qualche becco o ti spacco il culo. O peggio, ti faccio una mona nella pancia con un colpo di scure». Tirò giù la manéra che aveva in spalla e fece il gesto di tagliarla in due. La donna scappò spaventata ma non smise mai di dire "brutto" al povero Santino quando lo incontrava.

Il boscaiolo Agusto Peron, che vuol dire "sasso", perché l'uomo aveva i muscoli duri come pietre, si avvicinò al bambino, lo prese per mano e disse: «Vieni con me». Lo portò sul dietro dell'osteria Pilin, dove stava incumulata nel cantone una montagna di legna da spaccare che pareva il Duranno. Era già tagliata in pezzi, Agusto doveva solo fenderla.

«Sei capace di spaccare legna?» chiese al bambino.

«Sì» rispose, «sono buono da spaccare, quando era vivo mio padre m'insegnava.»

«Prova a spaccarne uno, allora» disse Agusto sporgendogli la scure dalla parte del manico e un pezzo di legno.

Santo lo prese, lo appoggiò dritto sul ciocco, strinse la manéra, la levò in aria e calò un colpo che l'uomo mai si sarebbe aspettato da un bambino di sei anni. Sei anni è sei anni, non si ha nissuna forza. Ma Santo ne aveva e il tronco si spaccò in due come fusse di vetro.

«Ostia» disse Agusto, «che bravo! Non l'avrei mai detto.»

Il boscaiolo, dopo aver visato il nonno, tenne il bambino fino a mezzogiorno, spaccando legna e ciacolando con lui, e dopo lo portò da Pilin a mangiare il minestrone.

«Questo viene bravo di manéra» disse appena entrato agli uomini che beveva lì dentro. Tenendo Santo per la mano disse ancora: «Sto bocia, fra qualche anno, vi batte tutti quanti».

Quel giorno, il piccolo aveva trovato il suo angelo custode.

Santo ancora non andava a scuola. Cominciò verso i nove anni e imparò giusto a leggere e scrivere, poi non andò più. Star sui banchi non gli piaceva, preferiva andare in giro per i boschi, con suo nonno, a tagliare legna. In quella famiglia erano tutti tagliaboschi. Dai bisavoli, ai trisavoli e trisavole, uomini e donne, tutti in quella casa aveva maneggiato la scure come il barbiere il rasoio.

C'era una vecchia che batteva gli uomini a far ramaglia con la ronca. La ramaglia veniva detta bachetàn, che vuol dire bastoni, cioè legna fina legata in fasci. La vecchia, di nome Antonia, la chiamavano Tonina Bachetàn. Nel bosco pisciava in piedi senza smettere di maneggiare la ronca, ma a quei tempi tutte le vecchie pisciava in piedi ed era senza mutande, per esser più veloci a far tutto.

Così il piccolo Santo venne su col nonno Domenico Sebastiano e la nonna Costanza Teresa, che lo cresceva come un uccellino nel nido cercando di fargli dimenticare che era senza genitori. Il vecchio se lo portava dietro dappertutto dove andava, sia nel bosco che nella stalla a governare le bestie. La moglie teneva una vacca per il latte e cinque capre per latte anche quelle.

Quando non andava in bosco col nonno veniva a prenderlo Agusto Peron, l'angelo custode, e lo portava a spaccare legna. Gli piaceva vedere quel canajut che non sbagliava un colpo. Ma Agusto lo portava anche in bosco a fargli vedere i trucchi del vero taglialegna, trucchi che serviva non a tagliare maggior numero di piante, ma a fare meno fatica. Per esempio, far cadere l'albero nel verso giusto. Se non cade nel verso giusto, un albero ti fa diventar matto a portarlo in catasta. Non è mica da scherzare col peso. Il peso pesa, e allora manco lo si sposta meglio è.

Agusto faceva vedere al bocia tutte queste robe, lui guardava e teneva a memoria. Un giorno gli mostrò come si fa cadere una pianta verso monte anche se questa è piegata parecchio verso valle. Agusto preparò sei cunei di frassino e la mazza e li mise da parte. Si rampicò sulla pianta che aveva da tagliare e, poco sotto la punta, legò una corda.

Tornò giù, fece passare la corda nel paranco, fissò il capo a un ciocco più in alto e la mise in tiro. Poi fece un taglio con la sega alla base del tronco, dalla parte a valle. In questo taglio puntò i sei cunei e li batté con la mazza finché cantarono. Dopo, andò dall'altra parte e si mise a tagliare la pianta a colpi di manéra.

Quando fu quasi a metà, mollò la manéra, prese la leva e tirò il paranco al massimo. La parte alta dell'albero si voltò a monte, quella bassa restò ferma. Fissò la corda che non tornasse indietro e riprese a dare manerate. Prima però aveva battuto i cunei con la mazza, facendoli penetrare nel taglio per due dita. Santo guardava, seduto un po' più in là, fuori tiro dal paranco e dalla corda. Metti che avesse dovuto spaccarsi e far da fionda, era al sicuro.

Agusto lavorava un po' qua un po' là. Una volta picchiava i cunei con la mazza, una volta tagliava di manéra, l'altra tirava col paranco. Quando Santo guardò la cima della pianta si accorse che, se prima piegava verso valle, adesso era diventata dritta. Paranco e cunei l'avevan tirata in su, verso la spalla del monte. Ma non era finita. Agusto si spostava come il cane da ferma tra i cespugli, dal paranco alla manéra, dai cunei al farsi una fumata seduto vicino al bambino. Santo spiava ogni mossa attento a non perdere nianche un movimento. Quella scena di un albero storto, che piegava verso valle, drizzato a forza e fatto cadere verso monte, gli restò per sempre scarpellata nella testa come i nomi dei morti sulle lapidi. Agusto saltò ancora da una parte all'altra, a tirare il paranco, tagliare di base e battere i cunei.

A un certo punto, senza avvertire nissuno, l'albero parlò. Si mise a scricchiolare come una porta arrugginita e quello scricchiolare voleva dire che si era mosso. Svelto, Agusto cominciò a tirare il paranco a più non posso. Dopo un attimo la corda, fino allora tesa come quella del violino, diventò lasca di colpo, la grande pianta dondolò un poco e poi si rovesciò verso monte andando a sbattere sul terreno e facendo volare nuvole di foglie secche.

«Hai visto, canaj?» disse Agusto al bambino. «Hai visto che le robe storte si possono drizzare e farle andare al verso giusto? Sono le robe storte della vita che non drizzi quando vuoi. Quelle è solo il tempo che le drizza.» Si passò una mano sul viso sudato e finì: «Ma sei ancora troppo piccolo per capire».

Infatti Santino non capiva quelle parole ma la scena dell'albero storto l'aveva capita. Aveva visto che un albero si può farlo cadere dove si vuole, qualsiasi posizione abbia. Basta avere cunei e paranco. Tante robe imparava il canaj sotto la guida del suo angelo custode, e quelle che non gli insegnava lui, le imparava dal nonno Domenico Sebastiano. Non era mica secondo a nessuno, il vecchio, in fatto di esperienza nel bosco e nella vita.

«È un bosco anche la vita» gli diceva, «da curare, tagliare, pulire e proteggere, se no va in malora.»

Ma suo nonno era rigido, parlava poco, era sempre silenzioso, come un cane vecchio. Gli insegnava le robe sempre con una certa severità, come se il piccolo avesse qualche colpa, o dovesse imparare tutto in fretta perché il nonno non aveva più molto tempo. Agusto, invece, gli insegnava robe facendolo giocare, facendogli vedere colpi di bravura che lo lasciavano con la bocca aperta, gli occhi grandi come lune, e il naso senza fiato. E le gambe che tremava. Finito il colpo magico, mettendogli in mano la scure, Agusto gli diceva: «Prova tu». Il bambino mollava la manéra spaventato, ma intanto aveva visto quel che aveva da vedere, e il gesto se lo impiantava nella memoria come un chiodo nella trave.

Una delle tante prove di bravura che faceva Agusto era questa. Quando fermava il lavoro per mangiare un boccone, per esempio dopo aver spaccato legna, visto che Agusto faceva anche lo spaccatore, cavava un salame dallo zaino, lo metteva sul ciocco e diceva a Santino: «Sta' attento qui». Prendeva la manéra con la destra e teneva il salame con la sinistra. Poi alzava la scure affilata come un rasoio, e con colpi precisi iniziava a tagliar fette di salame. A ogni colpo ne rovesciava una sul piano mentre il filo gli passava a un millimetro dalle dita che tenevano il salame. L'ultimo colpo lo lasciava sul ciocco, in pratica la manéra restava impiantata e Agusto si metteva a mangiare. Non prima di averne offerto al canaj, che gramolava di gusto perché aveva sempre fame.

"Quando son grande lo faccio anch'io" pensava il bambino.

Un'altra bravura di Agusto era quella di far la punta a un bastone a uso un lapis con la manéra, poggiandolo su una pietra invece che sul ciocco. L'arte stava nel far la punta al bastone senza mettere il filo della scure sul sasso. Era rari capaci di tanto, anzi, nissuno. Tutti provava e tutti toccava il sasso che faceva folische[5] e il filo della manéra faceva le sbreghe[6]. Ma non era mica finita lì. Per far vedere che non aveva toccato il sasso, Agusto Peron tirava su i bragoni alla zuava e con un colpo preciso di manéra si tagliava i peli del polpaccio sulla destra. A quel punto, prima di fare ancora il colpo di bravura, doveva spettare che gli crescessero di nuovo i peli. Nel frattempo manteneva pratica tagliando barbe di licheni ai larici senza toccare la scorza o fargli male.

Ogni tanto i boscaioli faceva gare a chi era più bravo con la manéra, Agusto vinceva sempre. Quando fu grande, tacò a vincere anche Santo, che aveva imparato da Agusto, ma lui voleva vincere anche contra il demonio, per questo in ultima era diventato cattivo. Ma occorre andar per ordine. Altra bravura che doveva mostrare un boscaiolo nelle gare era questa. Si impiantava uno stecco dritto sul ciocco, un piccolo stecco fa conto una matita, e poi bisognava spaccarlo in due con un sol colpo di manéra. Anche qui vinceva Agusto, ma Santo, quando fu grande, più volte vinse con gli occhi coperti da una fascia di stracci. Prima stringeva la scure con tutte e due le mani, si metteva davanti al ciocco, prendeva le misure alzando su e giù l'attrezzo per due, tre volte e poi diceva: «Bendatemi». Gli fasciavano la testa con

[5] Scintille.
[6] Sbrecciature.

un asciugamano o altro straccio e gli davano il via. Lui pareva che pensasse ai fatti suoi, invece cercava di vedere lo stecco anche senza occhi, solo con la testa, e forse lo vedeva. Alzava la manéra, mollava il colpo e lo stecco si sfendeva in due come un pane di burro sotto il cortello. Altra gara era quella a chi squadrava la faccia di un trave facendola più liscia di tutti. Agusto le faceva che sembrava piallate, e anche Santo, da grande, le faceva che pareva piallate.

Insomma, sotto la scuola del maestro il bambino veniva su con la voglia di diventare bravo come lui, ma intanto si limitava a guardare senza intrigarsi nelle prove di pericolo.

Suo nonno invece gl'insegnava sapienze necessarie nella vita a venire, e non a perdersi in manovre pericolose che non serviva a niente, solo a fare gli spavaldi e rischiare di farsi male. Suo nonno gl'insegnava a tagliare le piante in luna buona, a fare le cataste dal verso dove va a dormire il sole, a farle a piombo che non cadesse. A filare la manéra da solo, con una mano tenerla e con l'altra far girar la mola. Gl'insegnava a cubare le cataste a occhio, senza misurarle, o a stimare il peso sbagliando quasi di niente. In queste cose il vecchio aveva il sopramano[7]. Insegnava a Santo la vena buona dei tronchi da lavoro, che non tagliasse quelli che voltavano o s'intorcevano a destra e sinistra. Con quelli non si poteva fare le doghe delle botti o le grondaie perché s'imbarcavano e spandevano l'acqua. Bisognava guardare la scorza. Se andava su girando da una parte o dall'altra era da lasciarli stare o tagliarli per fuoco.

Gli aveva anche insegnato a doperare la manéra con la sinistra. Poteva capitare un punto che di destra non si riusciva a battere, non c'era posto per alzare l'attrezzo.

Ma con Agusto Santo se la godeva di più, quell'uomo era sempre allegro, e poi era più bravo di tutti a fare i giochi pericolosi e per fare i giochi pericolosi non bastava bravura,

[7] Era esperto.

serviva coraggio. Con lui, intorno agli otto anni, aveva già imparato qualche gioco ma non ancora quelli pericolosi. In quelli pericolosi, Agusto lo faceva provare con attrezzi di legno, che il bocia non si tagliasse le dita o le gambe.

Intorno ai nove anni il vecchio lo mandò a scuola, perché imparasse almeno un poco a leggere e scrivere.

«Può darsi che ti serva nella vita» disse, «anche se nella vita serve più saper fare un buon lavoro che leggere e scrivere.»

In paese la scuola c'era, ma pochi andava. Chi ci andava faceva quattro, cinque anni, giusto imparare quel pelo che serviva. Poi andavano a lavorare nel bosco o nell'agricoltura o andavano nell'Esempòn. Santo sentiva spesso parlare dell'Esempòn dal suo angelo custode, e un giorno gli chiese dov'era questo Esempòn.

«È dappertutto dove vai a lavorare fuori casa, ma non in Italia, all'estero. Noi, per esempio, andiamo a tagliare legna in Austria, Carinzia, Stiria. Ecco, quei posti sono l'Esempòn. Ma, come ripeto, può essere in qualunque posto, basta che non sia la patria.»

«Quando sono grande vado anch'io nell'Esempòn» disse Santino.

«No, canaj, no, resta qui, non è nissun posto più bello di dove sei nato. Se non sei costretto dalla fame resta a casa tua, andare nei foresti è sempre roba brutta, umiliazioni, avvilimenti, pianti. Non andare, scoltami, se puoi resta qui, meglio un tocco di pan secco a casa tua che un soldo in più nei foresti. Io sono stato nell'Esempòn e ti garantisco che non è niente da ridere.»

Ma anche se l'amico gli diceva di non andare, Santino sognava l'Esempòn, quel nome gli faceva vedere boschi d'oro e d'argento e città che nianche in sogno veniva fuori così belle.

«Torni ancora nell'Esempòn?» chiese il ragazzo.

«Mai più, resto qui a costo di crepar morto di fame, va in mona l'Austria e tutti i suoi boschi e va in mona anche gli austriaci! Quindici ore al giorno a batter tronchi, nianche il tempo di fare una fumata, si prendeva qualche scheo è vero, ma porco diaul se era sudati! Dormire in baracca e lavorare anche la domenica! Basta Esempòn, che se li tagli gli austriaci, i suoi boschi.»

Santo non perse coraggio né speranza e disse: «Se torni nell'Esempòn, vengo con te».

«No» rispose il boscaiolo, «se vuoi dovrai andare da solo, io sto nella mia terra.»

Il ragazzino rimase male. Sarebbe andato volentieri con Agusto a vedere le città dei sogni e i boschi d'oro e d'argento della Stiria e della Carinzia. Allora, per vendicarsi un poco, saltò su e disse: «Quando sono grande vado da solo, all'Esempòn, e quando sono grande e ho i peli sulle gambe, me li taglio anch'io con un colpo di manéra, non credere di esser buono solo tu».

«Quando sarai grande fai quello che ti pare» rispose Agusto. «Intanto devi obbedire a quelli più vecchi di te, e che sanno più di te, e che ti possono insegnare le robe. Quelli la vita l'han passata più di mezza e qualcosa hanno imparato se proprio non sono coglioni.»

A scuola Santo era bravo, capiva subito quel che insegnava l'unico maestro, uno sui cinquanta, mandato lassù da Udine per far penitenza di chissà quali peccati. D'inverno, i ragazzi doveva portare la legna da casa, tre quattro pezzi ciascuno, per far ballare la stufa e scaldarsi. Qualcuno li portava intieri, allora Santo li spaccava nello stanzone della scuola, che aveva il ciocco e la manéra, e il maestro restava di sasso a vedere quanto era bravo il canajut. Anche gli altri era bravi, quassù se non ti rangiavi fin da piccolo eri morto, o non vivevi, che è l'istessa roba. Ma Santino era più bravo di tutti. Si vedeva fin da allora, da quei colpi precisi e sicuri, che sarebbe diventato un boscaiolo con tanto di coglioni. Aveva passione, il bocia, appena usciva da scuola filava nei boschi dietro al nonno o Agusto a tagliare alberi, sramare piante o impilare fasci di bachetàn.

D'inverno no. D'inverno, quando fuori c'erano metri di

neve, stava chiuso in casa o nelle stalle per scoltare storie che contava i vecchi. Questi vecchi quando parlava fischiava perché era senza denti e fumava certe pipe che pareva scodelle, e sbavava e ciccava e sputava per terra. Oppure Santo andava nelle case a spiare gli artigiani che cavava dal legno oggetti di mille forme. Avrebbe, in seguito, imparato anche lui a intagliare robe di legno, ma la passione prima era tagliare piante, non fare scodelle, piatti, forchette e cucchiai. Ognuno ha il suo destino e il suo mistiere nella vita, quello di Santo era il boscaiolo e da quello non poteva scappare. Ma non poteva scappare nianche dal destino più triste e malvagio, che lo compagnò finché morì.

Santo vide la scuola fino ai dodici anni, poi si stufò. Intanto aveva imparato a leggere e scrivere, questo gli bastava e avanzava. Firmava i quaderni con nome e cognome mettendo in ultima anche quello di sua nonna che era Martin. "Della Val" lo aggiuntò molti anni dopo, quando tacò a fare legna nei boschi della val da Diach, che era sua. Essendo ogni giorno lì, in quella valle stretta e lunga, ripida che faceva spavento, si aggiuntò quel nome.

«Io sono della val da Diach» diceva con orgoglio, «non sono di questo paese, il mio paese è la val da Diach.»

Dopo le ore di scuola Santo scappava nei boschi col nonno, Agusto Peron e boscaioli che se lo tirava dietro. Ma, fino ai dodici anni, non aveva mai avuto una manéra sua come tutti i boscaioli degni di quel nome, adoperava attrezzi degli altri o del nonno. D'altronde era ancora un dhócol[8], come poteva pretendere di avere già la manéra? Lo facevano lavorare più che altro con la ronca, a sramare bachetàn, ma Santo era capace anche di battere piante grosse. Un giorno, messo di fronte a una pianta grossa, l'aveva tagliata a regola d'arte e fatta andare dove doveva andare. Basta fare i tagli giusti alla base, uno di qua e uno di là, e l'albero, se è dritto, va dove uno lo vuol mandare.

[8] Letteralmente: "agnellino", poco più di bambino.

Per questo c'era una gara in paese. Giù sul Pian della Spianada, ogni tanto si riuniva i boscaioli per fare questa gara. Impiantava un palo a piombo lungo dieci metri, grosso come un tubo da stufa e, un po' più in là, impiantava uno stecco nella mota alto una spanna e grosso quanto un dito. La gara era che i boscaioli doveva tagliare il palo a manéra, e senza spingerlo o guidarlo in qualche modo, farlo cadere dritto sullo stecco e fracassarlo. Se uno rivava addirittura a impiantare fino in fondo lo stecco nella mota col colpo del palo, aveva vinto. Ogni volta che lo tagliavano, il palo veniva sempre più corto, finché non bastava più, allora lo cambiavano con uno nuovo che altro non era se non un acero alto, dritto e liscio.

Se nissuno rivava a impiantare lo stecco ma lo spaccava solamente, allora, fra quelli che era riusciti a spaccarlo, si tirava le buschete, cioè chi pescava dal pugno la paglia più corta. Il premio era un caratello di vino da venti litri, non di più.

Una volta, a soli tredici anni, vinse Santo. Suo nonno gli disse: «Bravo, ma il vino lo bevo io». Però gli disse "bravo". Il vecchio sapeva che Santo teneva nel sangue l'arte della manéra.

Ma il canaj non era contento, aveva spaccato lo stecco, invece avrebbe voluto impiantarlo nella mota fino in fondo.

«La prossima volta» disse volto ai boscaioli con aria di sfida, «la prossima volta lo impianto come col martello.» E se ne andò.

3

La manéra

Una mattina di primavera, verso metà maggio che sarà state le tre di notte, Santo sentì le scarpe ferrate del nonno salire le scale facendo gemere le tavole come se piangessero perché qualcuno gli forava la schiena. La porta della camera si spalancò e spuntò la sagoma del vecchio col lume a petrolio.

«Canaj, leva» disse Domenico Sebastiano. Poi tornò giù. Le scale cigolarono ancora, come se le torturassero.

Santo si alzò e si vestì. Mentre si vestiva, ascoltava. Di sotto il fuoco ardeva nel camino, le frasche secche scoppiava tra le fiamme col rumore di grandine sul bosco. "Chissà cosa vuole" pensò mentre finiva di vestirsi. Andò giù ancora mezzo indormentato e vide sulla stufa un bricco di caffè e una pignatta di latte. Laggiù era due fuochi, uno nel camino per scaldare la casa, uno nella stufa per scaldare le robe da mangiare e le cuccume.

«Mangia» disse il vecchio, «dobbiamo fare una camminata.»

«Dove?»

«A Maniago» rispose Domenico Sebastiano.

Santo non chiese altro, non domandò né perché né per come, né cosa andavano a fare a Maniago. Era stato abituato così, ubbidire senza domande. Mangiò polenta fredda smollata nel latte bollente, con una presa di sale, bevé una scodella di caffè d'orzo e disse: «Sono pronto».

La nonna, Costanza Teresa Martin, ancora dormiva. Il

vecchio soffiò sul lume, prese il pistòch[9], un cappello, la gerla e disse: «Andiamo».

Uscirono, chiusero la porta senza chiave e s'avviarono lungo la via di sassi. Nella stanza di sopra s'accese una luce di candela. Era la vecchia Costanza che si alzava: i rumori di sotto l'avevano svegliata. Santo portava ai piedi gli scufons[10], il nonno scarpe ferrate e ferrato era anche il pistòch. Nella gerla polenta e formaggio, un salame e due teli in caso fusse pioggia. Ma pioggia quel giorno non doveva venire.

Quando partirono, era una notte come poche ce ne sono lassù in montagna a primavera. Di solito aprile e maggio le stelle sono fusche, un po' spente, causa il fiato dei prati e dei boschi risvegliati che si alza in nebbiolina e va su a vestirle come con un lenzuolo. Tra questo lenzuolo passa appena la luce per venire sulla Terra. Invece quella notte, non si sa perché, le stelle pareva secchiate di mirtilli luminosi buttati nel cielo e stava così accese che a guardarle forava gli occhi.

La luna, in tre quarti calante, pareva un formaggio d'oro dove la parte che mancava se l'era mangiata i topi. Ogni tanto una stella si muoveva come lanciata da un bambino con la fionda. Partiva l'improvviso in un arco e lasciava nel cielo una striscia fina che luceva il tempo di battere gli occhi. Poi moriva di colpo, persa in chissà quale lontananza. Quella sera era diverse stelle lanciate con la fionda e non si capiva perché non stesse ferme al loro posto. Era anche bracconieri in giro, che andava a galli forcelli, e anche loro guardava le stelle spostarsi e quel cielo di mirtilli e la luna mezza mangiata dai topi.

Sui tetti si sentiva camminare, era dei tic tic, come se qualcuno battesse sui coppi con le unghie, poi giù canti di gufi e civette. Invece che volare, quella sera gli uccelli notturni camminava a piedi sui tetti e le grondaie per veder le stelle

[9] Alpenstock, bastone da montagna tedesco.
[10] Scarpetti di pezza.

muoversi. Camminando guardavano in su. Lontano, come alla fine del mondo, cantò un barbazuani e pareva che lo strangolassero da tanto tribolava, e fursi qualcuno lo strangolava sul serio. I caprioli abbaiava come cani persi nella notte dei boschi, ma i cani veri del paese non gli rispondeva, che dormiva pacifici. In quella notte di primavera, il paese taceva mentre le bestie cantava e ballava, e le stelle camminava nel cielo e la luna si faceva rosicare dai topi.

Il giovine e suo nonno uscirono dal paese e presero per San Martino e il passo Sant'Osvaldo. Quando furono in cima al passo, tacò un'altra musica. Sui lontani monti di Claut si formò una specie di aria color vino che si alzava e man mano che si alzava schiariva come l'acqua del fosso dopo aver buttato una pietra. Dai boschi saltarono fuori i primi versi di uccelli. Pit, pit. Prima uno alla volta e piano, poi si aggiunsero altri e altri ancora, e cantavano sempre più forte. Cominciarono i tordi e poi merli, fringuelli, codirossi, gazze, ciuffolotti, cardellini, ghiandaie e altri uccelli, perfino il bo[11] che è il più piccolo di tutti ma si fa sentire anche lui nelle albe di primavera. Più in alto, dai monti Lodina, Centenere e Chiampon, montando a cavallo dell'aria che veniva giù, arrivavano i canti di galli forcelli e cedroni che si mischiavano a quelli degli uccelli dei boschi e intorno era tutto un cantare e una musica.

Intanto l'aria color vino, partita dai lontani monti di Claut, stava venendo avanti nel cielo verso il passo. Man mano che avanzava si beveva le stelle una alla volta e appena bevute diventava sempre più chiara finché, quando fu sopra le teste di Santo e suo nonno, era diventata il giorno, e gli uccelli, come stancati di colpo, cantarono piano. A quel punto attaccarono i cuculi e nonno e nipote slungarono il passo. Calarono a Cimolais e poi giù, a Porto Pinedo, Cellino, Contron, Arcola, Barcis, Montereale. A mezzogiorno, sempre accompagnati dai cuculi, arrivarono a Maniago.

[11] Scricciolo.

La strada a quei tempi era poco più che sentiero, solo nel 1901, quando Santo aveva già ventidue anni, ne scavarono una nuova larga e bella che camminava girando sugli strapiombi con archi e curve come i rondoni nel cielo e poteva passare anche le carrozze. Durante il viaggio fecero diverse polse[12] e mangiarono qualche boccone, e Santo non chiese mai a suo nonno cosa andavano a fare a Maniago. Maniago era un grande paese ai piedi delle montagne della Valcellina dove da secoli la gente fa cortelli, asce, ronche, zappe, badili, forbici, cazzuole, picconi e altre robe dove bisogna forgiare e temprare l'acciaio. È gente, quella, che tratta l'acciaio come fusse argilla e poi lo indurisce di nuovo che nissun albero, nianche i più duri o i rami di tasso o abete bianco, riva a piegare il filo delle asce o dentarle.

Per scegliere una manéra o una ronca c'era un segreto che i boscaioli sapeva. Nei cassettoni di legno stavano cumulate cataste di manére e ronche di ogni curva. Si prendeva un pezzo di ferro qualsiasi e, tenendo in mano una manéra, la si picchiava con quel ferro. Poi si prendeva un'altra e un'altra ancora, sempre battendole con quel ferro. Alla fine si sceglieva quella che, battuta, piangeva con la voce più alta. Insomma, doveva rispondere con suono d'argento, e più acuto veniva fuori più la tempra era indovinata. Questo per tutti gli attrezzi da taglio, sgorbie comprese, ma dovevano essere senza manico. Il manico di legno prende il suono e se ne mangia un poco e quello che resta risulta falso.

Santo seguiva il nonno che si diresse verso una casa della val Colvera, sporta sul torrente come uno che beve. Lì c'era un artigiano suo amico che forgiava solo manére facendo muovere il maglio dall'acqua corrente. Ma tutti in quella zona faceva andar su e giù il battiferro con la forza dell'acqua corrente. L'artigiano, un vecchio di circa settant'anni, appena vide Domenico Sebastiano nella fucina fermò il grosso martello e si abbracciarono.

[12] Pause.

«Questo è mio nipote Santo» disse l'ertano, «un bocia che vien buono da manéra, di sicuro, ma la manéra devi fargliela tu, siamo qua per questo.»

L'artigiano, dopo aver chiesto all'amico come stava e le solite robe che si domanda a gente che non si vede da tempo, chiamò il canaj.

«Vieni qua» disse. «Mettiti fermo in piedi sulla parete.»

Santo obbedì.

L'uomo tirò un cassetto, prese un metro, misurò l'altezza di Santo e la segnò a modo suo con un chiodo sulla malta. Poi prese il ragazzo e gli disse: «Monta qui».

Per terra era una bascula dove si pesava il ferro. Santo montò su coi piedi e l'artigiano lo pesò. Sapeva leggere e scrivere, il vecchio, e, dopo averlo pesato, con un lapis copiativo fece dei conti con l'altezza del ragazzo e il suo peso.

A quel punto slungò un polso e disse a Santo: «Stringi il mio polso più che puoi, prima con una poi con l'altra mano». Santo obbedì. L'artigiano si voltò verso Domenico: «Però, ha forza sto bocia, più di quello che pensavo». Gli carezzò la testa e disse: «Adesso ti faccio la manéra, intanto che andate a mangiare un boccone alla taverna, faccio la manéra giusta per te. Te la faccio in base al tuo peso, la tua altezza e la tua forza». Detto questo si mise al lavoro, mentre i due scesero sulla strada, alla taverna Alle Alpi, dove mangiarono e bevvero vino.

Quando tornarono dal fabbro, a Santo gli girava la testa e gli tremava le gambe per aver bevuto vino. L'artigiano, in nianche un'ora, aveva forgiato la scure da un blocco di acciaio, temprata e rifinita.

«Eccola» disse porgendola a Santo, «questa è tua, calibrata solo per te, ti andrà bene fino intorno ai vent'anni, dopo bisogna cambiarla, perché cambierai anche tu. Quando cambia età, forza, esperienza e altezza, occorre cambiar manéra. Quanti anni hai?»

«Dodici.»

«Torna qui tra otto anni, se sono ancora vivo ti faccio l'altra.»

Il nonu[13] pagò, abbracciò l'amico e lo ringraziò, poi lui e il nipote s'avviarono verso Montereale per pigliar la Valcellina e tornare a casa. Cammina e cammina, arrivarono a Cellino che ormai era notte. Se lungo il viaggio li aveva compagnati il canto dei cuculi, nell'ultima parte di ritorno furon civette, gufi e barbazuani a compagnarli.

Cellino era un grumo di case sopra il torrente Cellina, messo sulla sinistra per chi viene da Maniago. Era un borgo bello e antico e tale quale è rimasto. Lì, Domenico Sebastiano aveva un amico, grande artigiano, specialista in manici di rastrelli, badili, manére, zappe, zappini e altro. Siccome era già notte, decisero di dormire da questo amico che posto ne aveva, nel fienile, e sarebbe stato anche contento vivendo solo come il cuculo. Infatti mangiarono e dormirono lì e il vecchio Meni fu contento.

Vicino al fuoco che scaldava la notte di primavera, Domenico gli contò perché era andati a Maniago, lui e il nipote.

«Allora, se hai la manéra nuova, domani ti faccio il manico e la affilo» disse Meni al canaj.

«Magari» rispose Santo, «così tornando a casa la provo sui carpini del passo Sant'Osvaldo.»

Il mattino dopo, il vecchio artigiano si mise all'opera e in meno di due ore aveva impiantato il manico nella manéra nuova di Santino.

«Grazie» disse il ragazzo, «è proprio un bel mànech.»

«Spetta» brontolò il vecchio, «mettiti alla mola. Già che siamo inviati, facciamo tutto.»

Prese un secchio d'acqua, lo buttò nel trogolo della mola e segnando la manovella disse a Santo: «Gira».

Il canaj si mise alla manovella, il vecchio artigiano poggiò la faccia della manéra sulla mola che girava, prima una guancia poi quell'altra, scambiandole ogni venti giri per circa tre quarti d'ora. Santo non ne poteva più di girare, aveva

[13] Nonno.

le braccia dure come carpini, ma non volé mai dare il cambio al nonu. Era una quistione di orgoglio.

Finito di molare, l'artigiano cavò di tasca una scheggia di pietra di Candia grossa quanto un pezzo di sapone, ci sputò sopra e si mise a togliere il filo morto della scure. Dopo cinque minuti aveva finito. Tirò su la manica della giacca e provò la manéra passando il filo sui peli del braccio che caddero come quando la falce taglia l'erba.

«Ecco» disse mostrandola al canaj, «adesso puoi fare il boscaiolo, hai la manéra. Ricorda che la manéra è una roba personale, non si deve imprestarla a nissuno. Si impresta la moglie, ma non la manéra. Quella è solo di una mano e deve restare l'istessa per sempre.»

Prese un pezzo di legno a uso mezzaluna da una spanna, con la sgorbia scavò una riga per lungo e in questa riga depositò il filo della scure che non toccasse sassi o altro, o non tagliasse lo zaino quando la si portava. Legò con lo spago quella semplice protezione e la consegnò a Santino. Il ragazzo ringraziò e se la mise dietro la schiena infilata nella cinghia delle braghe. Poi guardò il nonno e disse: «Andiamo a casa, nonu, voglio provarla subito».

Salutarono l'artigiano e uno alla volta, il vecchio davanti, Santo dietro, s'avviarono verso Porto Pinedo e Cimolais. Da Cimolais dovevano affrontare le rampe del passo Sant'Osvaldo e, da lassù, puntare verso Erto. Sui bordi del sentiero, l'autunno prima i boscaioli aveva tagliato grossi pecci e abeti bianchi e per terra era rimasti i ciocchi che pareva tavoli messi lì apposta che qualcuno si fermasse a desinare.

«Fermiamoci» disse Santo al vecchio, «ho fame. Nella gerla c'è ancora salame e pane, è inutile portarlo a casa di nuovo.»

Scelsero un bel ciocco di abete bianco asciutto e pulito e si sentarono vicini al bordo. Sul ciocco misero pane e salame, poi il vecchio tirò fuori un cortello dalla giacca e lo aprì per tagliare il salame. A quel punto Santino si fece avanti e disse: «Lascia, nonu, lo taglio io». Domenico Sebastiano gli sporse il cortello dalla parte del manico ma il bocia disse: «No, lo taglio con questa». Tirò fuori la manéra, tolse la custodia, fermò il salame con la sinistra, con la destra prese il manico a metà e, veloce come un fulmine, si mise a fettare il salame.

A ogni colpo andava più vicino alle dita senza spostarle di un millimetro. Con l'ultima fetta, il filo gli passò così vicino che la guancia della manéra toccò la pelle senza tagliarla. «Mangiamo, nonu» disse mentre rimetteva la guaina alla manéra.

Il vecchio era rimasto di sasso. Sapeva che suo nipote era bravo di scure ma quella roba lì non l'aveva mai fatta.

«Come hai imparato?» domandò mentre gengivava senza romperla una fetta di salame. Senza denti, le succhiava.

«Ho visto Agusto Peron, ho imparato da lui, ma non mi sono mai fatto vedere a provare. Quando avrò i peli sulle gambe farò come Agusto, me li taglio con un colpo di manéra, farò le gare come lui, e vincerò tutte le scommesse.»

«Lascia stare Agusto, canaj, quello è un demonio con la manéra, non serve a niente rischiare di farsi male per esser come lui. La manéra è fatta per le piante, non per le gambe o le mani, e il salame si taglia col cortello, non con la manéra.»

Si misero a mangiare pane e salame, l'ultimo che restava. Intanto che mangiava, le formiche era venute sul ciocco a rubare briciole. Andava e veniva, una dopo l'altra e sempre di più, perché si era passata la voce che lassù sul piede dell'abete bianco c'era da mangiare per tutte. I pettirossi anche aveva fame e veniva vicini per rubare briciole, ma siccome aveva paura non si fidava a montare sul ciocco. Santino si n'accorse e allora prese un pezzo di pane duro, lo sfregolò nel pugno e buttò le briciole ai pettirossi che rivarono in frotte a prenderle e portarle via. C'era là intorno anche merli e tordi e altri uccelli come gazze e ghiandaie, ma quelli sono sospettosi e paurosi e mai sarebbero venuti vicini per chiedere elemosina. Caso mai sarebbero comparsi dopo, quando i due erano andati via, per vedere se avanzava qualcosa, ma con tutti quei pettirossi era difficile che avanzasse qualcosa sul ciocco.

Finito di mangiare, il vecchio si accese un toscano e si rovesciò sulla schiena per riposarsi un poco e fumarselo in pace. Vedeva in alto il cielo che pareva un catino di smalto. Dai prati della Garofola, Pian dei Giai e Palaflor, veniva giù a cavallo dell'aria come streghe sulle scope le voci dei contadini cimoliani, che cantava e puliva i prati dai sassi seminati dalle valanghe per non sbatterci la falce durante la fienagione d'estate.

Il vecchio disse al bocia: «Li senti?».

«Li sento.»

«Una volta, da bambino» seguitò, «andavo anch'io a falciare quei pascoli lassù, poi mio padre vendé il fondo a gente di Cimolais e lassù non andai più a falciare. Mi misi a fare il boscaiolo, che è il mistiere di famiglia. Si falciava perché avevamo le vacche, lassù a Palaflor, alla Palazza e al Buscada, poi veniva settembre, si tornava in bosco, ma io saltavo qua e là, dal prato al bosco.» Il vecchio tirò dal toscano alquante boccate di fumo e riprese: «Sai perché si chiama Garofola quei prati lassù, grandi che non finiscono mai?».

«No» rispose Santo.

«Perché sono strapieni di garofoli[14]. Si falciava i prati per lungo, verso l'alto. Si falciava tutto il giorno, sempre con gli occhi fissi su quel mare di garofoli. Quando si alzava la testa al cielo per farci dire dal sole che ora era, lo si vedeva giallo del colore dei garofoli. Per un poco il cielo veniva giallo come l'oro perché negli occhi restava il colore dei garofoli che lassù erano come una nevicata di noci d'oro. La Garofola, caro canaj, è i prati più belli del mondo, solo Camporosso in val Menon di Cimolais somiglia un poco, ma non è così bello.»

Il vecchio continuò a fumare e ascoltare i canti dei contadini che scendeva a cavallo dell'aria dai pascoli di Pala-

[14] Botton d'oro.

flor, Pian dei Giai e la Garofola. Santo guardava le formiche andare e venire dal ciocco con briciole di pane nella bocca e i pettirossi che sbecava un po' più in là perché aveva paura. I cuculi cantava sulle punte dei pini, intanto cercava con gli occhi i nidi degli altri uccelli per dire alle cucule dove lasciare l'uovo. Girava intorno l'aria di primavera che muoveva gli alberi come se camminassero, un buon profumo di resina veniva dai ciocchi di pini e abeti bianchi tagliati l'autunno prima.

All'improvviso dal campanile di Cimolais arrivò fin lassù il suono della campana grande che segnava il mezzodì. Quando finì di suonare, anche i canti di Palaflor, Garofola e Pian dei Giai finì. I contadini aveva tirato fuori fagotti di tela legati a groppi, e si era messi sui prati con le erbe secche ancora pettinate dalla neve, a mangiare un boccone di polenta e formaggio. A quel punto il vecchio aveva fumato il toscano e, preso dalla stanchezza del viaggio e dalla pace del posto, spense la cicca su un sasso, la mise nel taschino della giacca e si addormentò.

Santo lasciò che dormisse tranquillo. Prese la manéra nuova di zecca e si slontanò nel bosco per provarla. Con quattro colpi buttò giù un maggiociondolo storto e gobbo come un carpino. Venne così a conoscere la voce della sua manéra per la prima volta. Tutte le manére del mondo ha voce diversa una dall'altra. La scure di Santo l'aveva alta come quella di una bambina che chiama. L'acciaio appuntiva la voce quando veniva battuto sul tronco e questo era buon segno. Manéra canta, manéra buona.

Ma il canaj non era del tutto sicuro, occorreva la prova madre, la prova regina di tutte. Bisognava tagliare rami di avedìn[15] secco in piedi. Se coi rami il filo non subiva danni, né faceva sbreghi o si piegava, allora era la manéra giusta. Intanto che il vecchio dormiva, Santo andò a cercare un abete bianco secco in piedi. Lo trovò poco lontano. Era

[15] Abete bianco.

secco che pareva argento, la scorza luceva come una corazza e aveva qualche tentativo di foramento da parte del picchio, ma solo a provarci gli era venuto mal di testa e allora lo aveva lasciato in pace.

Santo si levò sulla punta dei piedi. Tenendo la manéra in cima il manico, si mise a tagliare i primi rami secchi che trovò a tiro. Batti di qua, batti di là, ne tagliò quattro o cinque, poi si fermò per controllare la lama. Voleva bene alla sua manéra e aveva paura si fusse rovinata. Invece era intatta, come se non avesse toccato legno ma tagliato aria. Bagnò il pollice con la saliva e provò a tastare il filo. Appena lo toccò vide spuntare un po' di sangue. Si era ferito, il filo era a posto.

Tornò da suo nonno pensando fusse sveglio, invece dormiva ancora. Allora si piegò su di lui per svegliarlo e partire verso casa. Il vecchio pareva un bambino, non un vecchio, e per la prima volta Santo vide tutta la vecchiaia di suo nonno. Vide il lavoro che anni di patimenti, dolori e fatiche aveva fatto su quel corpo stanco. Era magro e secco, con indosso solo i muscoli che gli serviva a camminare e fare legna. Senza più denti, con la barba grigia come quella dei larici che tagliava, le ossa sporgenti in fuori come uccelli dal nido, e quelle mani grosse, storte, groppose e scure, a uso radici, che davano l'idea di un albero sradicato e buttato giù dal vento.

Però una cosa aveva bella, il vecchio, la tranquillità che mostrava dormendo. Pareva un uomo pacifico, semplice e sereno come, appunto, un bambino quando dorme. Anche il colore del viso aveva giusto. Era quel marron scuro, tipo corame, che ha la gente sana, abituata a vivere all'aria aperta, sulle montagne, tra boschi, prati e torrenti.

Santino capì di voler molto bene a quell'albero caduto. Un bene grande come mai fino allora si era accorto, e prima che gli venissero le lacrime dalla pena che gli faceva il nonno addormentato, lo tirò per un braccio e lo svegliò. Il vecchio aprì gli occhi e, come per incanto, riprese la grinta di sempre, che non era tenera, di butirro o di mota, ma di ferro.

«Ostia! Mi ero pisolato» disse per giustificare la provvisoria mancanza.

«Andiamo a casa» disse il canaj. «La manéra l'ho provata nell'avedìn. Era secco come un osso ma il filo fa ancora la barba; è proprio buona.»

Raccolsero le robe, che in verità era ben poche, e superarono in fretta il resto del sentiero che menava al passo Sant'Osvaldo. Da lassù, in mezzo a canti di uccelli di ogni voce, con un sole amico che intepidiva la terra e un vento leggero che li spingeva alle spalle, arrivarono al borgo di San Martino.

Si fermarono nella vecchia osteria, di fronte la chiesa che era molto più vecchia dell'osteria. Dentro, una vecchia che pareva più vecchia dell'osteria e della chiesa messe insieme chiese cosa volevano. Domenico Sebastiano bevé un quarto di vino, il canaj appena mezzo bicchiere per assaggiare. Poi il nonu disse alla vecchia: «Nastasìa, fa' un segno sulla tavola, pagherò con la legna dell'autunno prossimo. Adesso che ho il bocia a darmi una mano non mi spaventa niente». Così dicendo, guardò Santo e disse: «Io e lui insieme ribaltiamo il mondo, non abbiamo paura, soldi e paura mai avuti. Segna il vino col lapis, st'autunno pagherò».

Finirono di bere e salutarono. Il vecchio si caricò la gerla, uscirono e puntarono dritti verso il paese. Dopo mezz'ora traversavano la piazza, aprivano la porta di casa e si buttavano sulla panca. Il viaggio era finito.

4

Prova di coraggio

Dal giorno che entrò in possesso della manéra, la vita di Santo cambiò. Ormai s'inviava verso i tredici anni, era tempo di guadagnarsi il pane e, per farlo, aveva l'attrezzo. Il nonno Domenico Sebastiano tacò a portarselo dietro, nei lotti di bosco più difficili e ripidi, a tagliar "di piede", che vuol dire andare avanti a battere giù alberi. Poi toccava ai facenti sramare e fare a pezzi le piante tagliate. I facenti veniva dietro ai tagliatori. Loro compito era lavorare la legna e metterla in catasta. Se occorreva, i facenti sapeva tagliare anche di piede, come i tagliatori, se occorreva, sapeva ridurre la legna al pari dei facenti. Questo succedeva nel lavoro di gruppo, quando cioè i boscaioli impiantava una specie di società e divideva i guadagni. Se invece uno non voleva mettersi con altri e decideva di lavorare per conto suo senza nissuno a rompergli i coglioni, allora doveva rangiarsi come tagliante e come facente.

A Santo gli piaceva tagliar di piede. Era svelto a manéra come il picchio quando fora il tronco. Poi era preciso, non fallava un colpo. I vecchi boscaioli spesso si domandava come faceva a non fallare mai un colpo.

Lui e suo nonu Domenico aveva fatto impresa a parte, cioè lavorava solo loro due. Poi dava la legna a quelli della società, se si può chiamare così. Quelli la cubava, la pesava e la mandava a Longarone con due teleferiche con volano di andata e ritorno. Laggiù, a Longarone, altri boscaioli caricava la legna sui treni e poi andava in giro per la Bassa a smerciarla. Funzionava così il commercio di legname verso la fine dell'Ottocento. Più avanti arrivarono i camion BL, ma prima era così.

Tornati dalla Bassa, divideva i soldi in base ai quintali che ognuno aveva prodotto, pesato e segnato sulla carta. Ma siccome allora era pochi che sapeva leggere e scrivere, chi sapeva leggere e scrivere segnava anche per quelli che non sapeva leggere e scrivere. E di solito imbrogliava sui numeri. Qualche volta, per questo, saltava fuori baruffe. Saltava fuori baruffe perché quello che non sapeva leggere e scrivere sapeva però quanto aveva faticato, e quanti metri cubi faceva al giorno. Sapeva la resa delle sue braccia in una stagione di bosco e alla fine tutto questo doveva tornare nel totale di soldi in tasca. Se la differenza in meno era troppa, quello che non sapeva leggere e scrivere capiva che era stato imbrogliato e allora apriva la quistione. A volte la apriva aprendo il cortello o alzando la manéra.

C'era un capotaglio della frazione Piancuert, uno che sapeva leggere e scrivere, e imbrogliava tutti quelli che non sapeva leggere e scrivere. Il capotaglio di Piancuert aveva ricevuto lamentele e segnali dai boscaioli, e anche qualcosa più di lamentele, ma si era sempre fregato delle minacce non dando bada a nissuno. Un giorno lo trovarono inchiodato a un larice come Cristo sulla croce. Aveva le mani messe in alto, forate da due chiodi lagorèint, che sono quelli lunghi trenta centimetri per unire le travi. I piedi anche, li aveva forati da chiodi uguali, ma ne aveva due, uno per piede, non uno solo come Cristo.

In bocca gli avevano ficcato soldi di carta come a dirgli: "To', mangia questi, adesso, i soldi ti faran bene". Era morto durante la notte. Almeno si presumeva. Morto senza sangue. Aveva un buco sul petto fatto sicuramente da un colpo di zappino. Quel buco pareva una beccata d'aquila. Lo zappino per voltare e tirare tronchi ha il becco curvo come quello dell'aquila. La camicia era piena di sangue venuto fuori dalla beccata dello zappino e poi corso giù per le braghe fino a sporcare i chiodi che gli forava i piedi e le scarpe ferrate. Nissuno sapé mai chi era stato a crocifiggerlo ma nianche nissuno domandò. Di sicuro era stati più di uno, fursi tutti quelli imbrogliati messi insieme. Ma quel cristo inchiodato non bastò e gli studiati continuò a fregare quelli che non sapeva fare i conti.

Santo cominciò a nianche tredici anni la vita nei boschi. I lavoranti tagliava di piede dai primi di settembre agli ultimi di novembre. Poi con la neve mandavano giù i tronchi che scivolavano come missili lungo i canaloni ghiacciati. Era quello il lavoro più duro. Le giornate era corte, faceva freddo, le unghie diventava color vino, anche il muso diventava color vino. Si smetteva solo se veniva metri di neve, ma dopo qualche giorno, quando si era sestata, i boscaioli tornava lassù con le ciaspe ai piedi. In quel periodo stava insieme sia i facenti che i tagliatori, tutti uniti in squadre a mandar giù legname. Se non era nei canaloni, era sulle teleferiche che si faceva scendere il legname. Poi, in aprile, le piante tornava a svegliarsi, a chiamar vita, allora i boscaioli le lasciava in pace fino al settembre che doveva venire. Intanto maneggiava e lavorava su quelle già tagliate e c'era tanto da fare che metà bastava.

Santo aveva imparato anche il mestiere di facente e, come il solito, era diventato più veloce di quelli che aveva anni di esperienza. Saltava qua e là, da una pianta all'altra, come un saiuppo[16] nel prato. Appena finito di sramarla, era già in pezzi e messa sulla catasta. Siccome era stato un po' anche a scuola, sapeva fare due più due, così che i venditori non poteva imbrogliare né lui né suo nonno e il vecchio era contento di esser fuori da quelle grinfie. A quel tempo Santo viveva ancora con lui e la nonna Costanza Teresa Martin.

La deda andava a trovare la sorella ogni tanto, ma Santino con lei non parlava. Se parlava era solo per dirle "troia".

[16] Cavalletta.

La nonna lo sgridava perché diceva parole sporche. Invece il nonno taceva. Nianche lui sopportava quella donna, sorella di sua moglie ma lontana secoli come carattere, e allora se la godeva nel sentire il bocia che la offendeva.

«Fai bene» gli diceva quando erano soli, «quella è proprio na carogna senza Dio e senza cuore e se ne ha uno ce l'ha col pelo.»

Giorno dopo giorno, mese dopo mese, anno dopo anno lungo le quattro stagioni, con bello o cattivo tempo, Santo lavorava e cresceva e crescendo diventava sempre più bravo e sempre più forte.

Intorno ai diciassette anni gli era venuta la barba e i peli sulle gambe, sulle braccia e sul petto. Allora un giorno decise di tentare il colpo di Agusto Peron: tagliarsi i peli della gamba con un colpo di manéra. Agusto gli spiegò tutto il procedere. Prima per un anno doveva tirare il colpo con una scure finta, una di legno. Colpi su colpi, due, trecento al giorno finché la precisione non era perfetta. Poi passare a quella vera.

Santo tacò a provare con la scure di legno e per fortuna cominciò con quella. I colpi che si tirava sulla gamba giorno dopo giorno non si contavano più. Agusto gli diceva di muovere solo il gomito, come se avesse dentro un perno, e tenere la spalla ferma, come fusse inchiodata. Così poteva guidare il colpo senza spostare la manéra di quel centimetro che gli avrebbe portato via una bistecca dal polpaccio. O peggio ancora, quei quattro centimetri che gli avrebbero sfeso l'osso in due parti. Alla fine, dài e dài, con la scure di legno non sbagliava un colpo e lisciava i peli con precisione. Ma tra quella di legno e quella di acciaio passa differenza.

Quando provò con la manéra vera, restò bloccato in aria come se il braccio gli si fusse indurito di colpo. Un conto era legno, un conto acciaio. Cambiava il peso, ma soprattutto cambiava il filo, quello era vero e tagliava come rasoio. Santo bloccava la spalla e mandava giù la manéra piano piano muovendo solo il gomito a uso perno, in modo da far memoria delle misure. E così per ore e per giorni, finché nel giro di sei mesi sentì che poteva rischiare il colpo. Fece venire a casa Agusto e gli disse che era pronto.

«Sei sicuro?» chiese il boscaiolo.

«Non del tutto, ma a sto punto devo provare o non mi decido più.»

«Devi essere sicuro, non puoi farlo perché sei stufo, queste è robe che occorre pazienza ma alla fine bisogna esser più che certi che va dritta. Mai tentare se la va o la spacca. Qui non si scherza, può partire la gamba.»

Santo pensò un attimo poi disse: «Provo».

Fuori era giugno, tempo bello e caldo. I contadini falciava le erbe profumate dei pascoli alti, i boscaioli lavorava e catastava la legna tagliata nei mesi freddi, il cuculo cantava. Sulle montagne a pusterno[17] c'era ancora metri di neve, ma ormai stava cedendo, calava giorno dopo giorno, tanto che ruscelli e torrenti diventava sempre più grossi e color della mota. Il paese era quasi vuoto, tutti stava in giro a lavorare fuorché qualche vecchio, ormai troppo vecchio per muoversi.

Il nonno di Santo aveva ascoltato la discussione tra il nipote e Agusto, e quando vide il giovine prendere la manéra sputò un catrame di toscano ciccato sul pavimento. Lo sputo si allargò e fece le zampe come un ragno nero. Il vecchio disse: «Sta' attento quello che fai, mi servi nel bosco, se ti tagli non puoi lavorare. Quello è gioco da stupidi, lascia che lo faccia Peron che è stupido. Rischiare di tagliarsi una gamba per niente è solo da stupidi».

Agusto disse: «Non è da stupidi, è per diventare uomini, per avere coraggio, per essere decisi, e precisi. Nella vita serve coraggio, decisione e precisione. Se li hai, la gente ti teme e ti rispetta. Un giorno gli servirà saper tagliarsi i peli, per non essere servo a nissuno e farsi rispettare».

Agusto non lo poteva sapere, ma molti anni dopo fu pro-

[17] Rivolte a nord.

prio quel colpo a fare di Santo un uomo temuto e rispettato tra i boscaioli della Stiria.

Il nonno non si convinse e disse ancora: «Per me è da stupidi. Tutto quello che può far danno senza portar palanche è stupido. Comunque, a sto punto, sono affari vostri».

Da lì ci fu silenzio. Santo aveva alzato la manéra. Prima si era tirato su la braga fin sopra il ginocchio destro. Sulla gamba aveva peli neri e lunghi. Sul polpaccio era più fitti. Fece per dare il colpo ma si fermò. Ci pensò un poco, e per pensare mise giù la manéra. Poi fu come se fusse rabbiato di colpo per quella indecisione. Allora, senza più pensare a niente, alzò la manéra e la calò verso la gamba con tutta la forza che poteva.

Il vecchio aveva messo in bocca un'altra cicca di toscano e la gengivava guardando il muro. Agusto Peron non vide il colpo che calava. Guardava la faccia del giovine. Né il nonno né il maestro trovarono il coraggio di seguire l'arco della scure che piombava sulla gamba. Uno perché aveva paura che il nipote se la tagliasse, l'altro perché nel caso se la fusse tagliata, sentiva premere la responsabilità di averlo aizzato a farlo. Era stato lui a dargli insegnamenti di coraggio e bravura.

Santo non si tagliò la gamba. Col filo della manéra rasò i peli. L'ascia carezzò la pelle come il vento carezza l'albero. I peli della gamba caddero per terra come lana di pecora sotto le forbici del tosatore. Solo quando la manéra ebbe concluso l'arco di taglio, Domenico Sebastiano e Agusto guardarono la gamba del giovine. Visto che era sana, il maestro disse: «Da oggi sei a posto. Con la manéra puoi fare quello che vuoi. Sei diventato bravo, sei cresciuto, la vita è tua, il destino ti sta davanti, lavora onesto ma non farti umiliare da nissuno, per nissun motivo».

Il vecchio disse: «Invece adesso comincia i danni! Quando si è bravi par di esser Dio e si va in cerca di rogne. Finché sarò vivo ti aiuterò a non perderti, ma dopo è affari tuoi».

Santo non sentiva voci. Era troppo contento di esser finalmente riuscito a fare il colpo della vita, rasarsi i peli del polpaccio senza tagliarsi la gamba. Era troppo contento di esser diventato bravo come il maestro Agusto Peron. Adesso lo aveva raggiunto e uguagliato, ora poteva sognare di superarlo. Ma cosa inventare per essere più bravo? Ancora non lo sapeva. Solo il tempo gli avrebbe insegnato cosa fare per battere il maestro. Ma doveva passare alcuni anni, nel frattempo Agusto diventava vecchio, non era più soddisfazione stargli davanti in bravura.

Così Santo passava i giorni nel duro lavoro del boscaiolo, nella pratica dell'intaglio durante le continue nevicate che seppelliva il paese sotto uno spesso lenzuolo bianco. Quando c'era tempo, andava a cacciare camosci e caprioli. Gli animali, spinti dalla fame e dalle nevicate, veniva giù ai bordi del paese a rosicchiare le scorze dei meli e dei peri sul limitar degli orti addormentati. Oppure andava a volpi con le tamaglie[18]. Anche a martore, sempre con le tamaglie, che non rovina la pelle come la doppietta. Se la bucavi, dopo a venderla non tiravi più i soldi che meritava. Mano a mano che Santo cresceva, si faceva robusto e forte. Sulla faccia veniva a formarsi quelle tracce, quei segni e quelle caratteristiche che il lavoro ti lascia stampate sul muso e che non si scancella più fino alla morte.

Uno che lavora in fonderia e ha cominciato da giovine, avrà il muso di fuoco come un catino di tizzoni e gli occhi vivi a uso Satana. Uno che lavora in banca avrà la faccia bianca e pallida, giallina come il latte cagliato, e le spalle a punta come un ombrello chiuso o la cima di un pino. E così via, a seconda del lavoro che si fa. Il fabbro Mano Del Conte aveva il muso grigio come il ferro che domava e il viso puntinato di folische che pareva stelle nel cielo, e teneva gli occhi semichiusi, come quando lavorava e doveva slontanare le folische che non lo orbasse. Insomma, il lavoro che fai ti dà il viso che hai.

[18] Tagliole.

Santo, intorno ai diciott'anni, aveva fatto il suo viso di corame. Scuro e forte, con gli angoli che sembrava squadrati con la scure e gli occhi pronti che si muoveva veloci qua e là per vedere i pericoli del bosco e schivarli prima che questi lo prendesse. Le spalle di Santo era larghe come una porta, e le braccia, a furia di maneggiar la scure, era grosse come tronchi e anche le gambe era grosse per aver portato carichi di legna fin da bambino.

Non era tanto alto, Santo, ma nianche basso, era intorno all'uno e settanta, fursi qualcosa in più, ma aveva spalle così larghe che lo faceva sembrare basso. Però era svelto, svelto come il gatto che prende il topo, e fu proprio la sua sveltezza che lo salvò un paio di volte nel lavoro del bosco. Ma, per il bene di questa storia, occorre andare per ordine.

Una volta, Santo era nella val Zemola, sul Col della Galvana, insieme a venti boscaioli. Il giovine si trovava in cima a una catasta di tronchi che pareva un palazzo. La catasta stava sul ripido, tenuta in piedi da pali di maggiociondolo. Il compito di Santo era quello di sistemare con lo zappino i tronchi che i boscaioli rotolavano sopra dal ponte di travi. Quando la catasta era carica che di più non si poteva, due boscaioli tagliavano i pali di sostegno e i tronchi partiva a valanga rotolando fino a valle sul greto del Vail. Ma quel giorno i pali di sostegno si spaccarono prima. Per il gran peso saltò di botto e i tronchi, lunghi quattro metri, si mise a rotolare con Santo sopra.

Il giovine, che aveva diciotto anni, capì che stava per essere macinato come una crosta di pane nel frantoio. Allora si mise a ruotare i piedi sui tronchi a uso equilibrista in modo da restare a galla e non essere travolto. Mano a mano che i tronchi rotolava, lui ruotava i piedi sui tronchi senza mai cadere, finché la catasta si esaurì e si trovò in piedi sul ripido, fermo come un palo impiantato. Era salvo, la sua sveltezza aveva slontanato la morte.

Agusto Peron gli disse: «Segnati e di' le orazioni, canaj, oggi è il tuo giorno fortunato». Si accese un sigaro e continuò: «Sei stato bravo oltre che fortunato. Tutti sarebbe morti al posto tuo, nianche un gatto scappava da quelle tamaglie, sei stato bravo e fortunato, ma non profittare troppo della bravura e della fortuna».

Santo fece sì con la testa e poi, come se niente fusse, insieme agli altri boscaioli si mise a fare una nuova catasta.

Un giorno, Santo aveva poco più di vent'anni, un larice dal tronco grosso e storto a mo' di arco cadde su una gobba del terreno. Cadendo su quella gobba fece bilancia e il contraccolpo rimandò per aria la base della pianta come una palla di cannone. Santo stava lì, e se non fusse stato svelto come la martora che schiva lo scatto della tamaglia, il larice gli avrebbe staccato la testa come cavare un rapanello dalla terra. Ma così non fu. Santo saltò indietro e la pianta gli carezzò solo la barba cavandogli qualche ciuffo di peli. L'aveva rischiata grossa, un colpo di quelli se ti prende ti strappa la testa che nianche ti accorgi.

Molte altre volte, durante la sua carriera lunga e avventurosa, Santo rischiò di farsi male. Se non capitò fu solo per via della sveltezza e grazie all'occhio che vedeva i pericoli e li anticipava per schivarli prima. Ma boscaioli meno fortunati, meno attenti, meno svelti, più segnati dal destino o troppo tristi, ci lasciò la pelle.

È da dire che capitava di rado: i boscaioli, specie quelli vecchi, non era coglioni. Se no che giovava l'esperienza di anni? Ma i giovini, quelli che doveva imparare, rischiava ogni giorno. E qualcuno ci cascava.

Un giovine che si chiamava Nazaro con lo zappino si tirò un tronco sulla gamba e se la macellò fino in cima. Gliela tagliarono a Belluno, all'ospedale, e dopo un certo tempo gliene fecero una di legno e con quella tornò a camminare. Poi, siccome non poteva più lavorare in bosco, imparò a fare scarpe e a giustarle e diventò così bravo che tutti andava da lui. È morto poi di vecchiaia.

Un altro giovine fu ancora più sfortunato. Si chiamava Angelo Piara. Dalla catasta cadde rotolando un tronco di larice, quattro metri per quaranta centimetri il diametro.

Gli cadde sulle gambe, che si sgramolarono come biscotti. A lui gli fu tagliate tutte e due e camminò con le crozzole[19] finché diventò vecchio. Morì nel Vajont, la notte maledetta del 9 ottobre 1963. Dicevano che tutta la forza che aveva nelle gambe gli era andata nelle braccia. Spostava pesi stando col culo per terra. Pesi che nianche due uomini muoveva. Lui li muoveva l'istesso, solo con le braccia, grosse come le gambe che non aveva più.

A volte anche i boscaioli vecchi, pieni di esperienza, finiva nella tamaglia. Una volta Fabro Dapont, a sessantacinque anni, fece l'unico passo falso. Anche a lui, come a tanti, gli capitò il momento del mona. Basta perdersi un attimo, far male i calcoli, pensare ai pensieri brutti e capita. Lo chiamano il momento del mona. È tante le robe che portano il momento del mona.

Fabro Dapont stava tagliando un larice sul colle di Bozzia, in val Zemola. Era insieme agli altri boscaioli sparpagliati nel lotto. Chi qua, chi là, chi alti, chi bassi, battevano giù alberi. Faggi, carpini e molta roba da lavoro. Più che altro larici. Dunque Fabro con l'ultimo colpo di manéra rovesciò il larice verso valle. Era vecchio di esperienza, Fabro, più di cinquant'anni che tagliava piante. Ma quel giorno, fursi sovrappensiero, non calcolò che c'era una gobba per terra. O non la vide, o si perse a guardare l'albero cadere. Nissuno sa cosa combinò Fabro, lui lo sapeva ma non fece in tempo a contarlo. Sta di fatto che il larice andò giù proprio sulla gobba a circa metà tronco e per il peso fece bilancia e la testa del larice tornò su come un'onda. Tornando in su si trovò in linea la faccia di Fabro e lo centrò sotto il mento. L'albero continuò ad andare in su tirando via tutta la parte davanti della faccia di Fabro. Da sotto il mento alla cima della testa, gli aveva tirato via il muso come fusse raspato dalla sega. Pareva una pera tagliata per lungo. Prima di morire, il povero Fabro abbaiò e grogolò ancora

[19] Stampelle.

per cinque minuti solo col buco del naso e metà della bocca. Quella fu una brutta morte, disse i boscaioli testimoni.

Allora era così, sul lavoro si moriva, come anche adesso sul lavoro si può morire e, quando si può morire, prima o dopo si muore. Santo lo sapeva e metteva in atto i trucchi e l'intelligenza svelta che aveva per non farsi fregare. Quello che non sapeva era che il bosco ha pazienza, e se gli fai qualcosa di storto si vendica, magari dopo anni, ma prima o dopo te la fa pagare. Se non arriva in tempo con te, la farà pagare ai tuoi parenti, nipoti, pronipoti o altri più lontani.

Tutti quelli morti nel lavoro del bosco, o fatti male, era gente che in una maniera o nell'altra aveva offeso le piante. Se non era stati loro direttamente, era stati qualche antenati o parenti lontani di secoli, comunque, sempre della stirpe. Per esempio, chi dà fuoco a un bosco per vederlo bruciare, o per vendetta, o rabbia contro qualcuno o altri motivi suoi, anche se non viene scoperto non pensi di averla fatta franca. Prima o dopo gli succederà qualcosa di brutto o succederà ai suoi discendenti, o ai suoi parenti. È la legge del bosco.

La legge del bosco a volte viene subito, a volte è lenta di secoli, ma arriva sempre e non perdona mai. Santo questo non lo credeva. Anche se da vecchio sapeva una montagna di robe, che il bosco si vendica dei torti patiti non credeva. Fursi fu proprio questo che lo condannò.

5

La legge del bosco

Il mistiere di boscaiolo è uno dei più pericolosi che esista. Si ha da fare con robe pesanti, che prima sta ferme e poi si muove. E quando si muove non sai mai cosa fanno, né dove vanno, né se son calme o rabbiate. Nissun lavoro come il boscaiolo ha mai chiesto tanti morti e feriti. Gli sta vicino solo quello del cavatore o del minatore che porta su il carbone dalla pancia della Terra, e basta.

Uno dei casi più facili da capitare era il tronco che, per un motivo o l'altro, cascava o rotolava sulla gamba del boscaiolo, a volte anche su tutte e due. A quel punto le gambe diventava bistecche, ma se uno aveva fortuna poteva darsi che le spaccasse soltanto. Invece, se fortuna non aveva, le gambe si maciullava e non era più niente da fare, il poveretto moriva senza sangue. Era quasi impossibile dai boschi raggiungere qualche ospedale.

Da quel tipo di incidente si salvò solo Nazaro e Angelo, due boschers che ebbero la fortuna, se così possiamo chiamarla, di arrivare all'ospedale di Belluno. Al primo gli tagliarono una gamba, all'altro tutte e due. Giunse vivi all'ospedale solo perché le gambe era molli come polente, ma non perdeva troppo sangue. Così i medici poté tagliare senza farli morire.

Santo, già nei primi anni di lavoro, e poi lungo i sentieri dei boschi, fece in tempo a vedere diversi incidenti capitati ai suoi compagni. Una volta franò una catasta di tronchi larga quattro metri, alta otto e lunga dodici. Franò perché essendo i pali di sostegno impiantati nella mota, si piegarono di colpo e fecero partire il legname. Davanti la catasta passava un boscaiolo: quando sentì il rombo tentò di saltar fuori ma venne preso in pieno. Era uno sui quaranta, della frazione Valdapont. Tutti i tronchi gli passarono sopra, uno dopo l'altro, come una slavina di legno. Lo rullarono al punto che, quando furono passati tutti, il boscher di Valdapont si era slargato come na coperta e fatto a onde come quando è vento sul lago. Quelle onde altro non era se non i segni dei tronchi stampati su di lui.

Un'altra volta erano a tagliare larici alla cengia dei Tornoi, sul monte Cornetto, dove la parete di croda, alta più di mille metri, guarda giù il Vajont. Lassù, sul piano della cengia, nove boscaioli stava strascinando larici con lo strozzo. Lo strozzo è un grosso chiodo ad anello che si pianta nella testa arrotondata del tronco e poi si passa una corda e si tira. Se la pianta è grossa ci può essere anche quattro o cinque uomini che tira, se è piccola basta uno.

Vito Corona Palin, detto Vito Mul perché da solo tirava come un mulo, stava strascinando un larice che proprio piccolo non era ma lui, con la sua forza, lo tirava lo stesso. Era così piegato in avanti nel tirare, che il naso quasi gli toccava terra. Puntava le scarpe a grif[20] e poi spingeva con le gambe grosse come tronchi, e le scarpe fondava nel terreno per lo sforzo, e la pianta veniva avanti piano ma continua.

All'improvviso però, perché non era impiantato bene, lo strozzo si cavò mentre Vito faceva il massimo sforzo. Non più trattenuto dal peso del tronco, l'uomo partì a testa bassa come un toro alla carica. Sfortuna per lui, si trovava proprio vicino al bordo del precipizio.

Santo tentò di bloccarlo ma non rivò in tempo. Vito, sparato dalla sua stessa forza, superò il margine del piano come un rondone e volò nel vuoto. Santo si sporse sul bordo e lo vide andar giù a braccia aperte. Cadeva senza dire niente,

[20] Ferrate.

nianche un A, e nianche gridava di paura. Santo lo seguì con gli occhi finché batté una volta sulla croda. Quel colpo lo buttò in fuori di rimbalzo per più di venti metri, poi finì dritto sulle grave del Vajont. Dopo aver battuto si levò per aria ancora una volta e finì tra due pietre alte come case.

«Non ha fatto un grido» disse Santo agli altri boscaioli.

«È morto prima» disse un boscher. «Con voli così si muore di paura prima di toccare terra. Povero Vito, che brutta fine.»

Altri incidenti non rari era quelli di farsi un taglio nelle gambe con la manéra. Non perché i boscaioli non fusse bravi a maneggiarla ma perché poteva darsi che la manéra toccasse un ramo o una frasca che deviava la traiettoria sulla gamba. E quando la manéra tocca carne, è sbreghi da paura. A volte si squartava l'osso fuori per fuori e voleva mesi a guarire del tutto. Ma l'incidente più raro che Santo vide coi suoi occhi, e che nissuno avrebbe mai pensato così preciso, capitò nei boschi della Becola sulla Galvana.

Due boscaioli tagliava di piede stando di fronte, circa quattro metri uno dall'altro. Tagliava con colpi precisi e potenti e nissuno dei due avrebbe mai pensato che la scure di uno si sarebbe sfilata dal manico proprio mentre mollava il colpo. Invece sì. La manéra, senza più guida, partì nell'aria come una pallottola e andò dritta a impiantarsi nella faccia del boscaiolo di fronte. Lo prese giusto sul viso, appena sopra il naso. Dalla velocità che aveva, sparì tutta dentro la testa dell'uomo. Morì immediato, lì sul posto, senza nianche il tempo di dire A. Il buono fu che attorno era altri boscaioli, se no si poteva anche pensare l'avesse copato apposta.

Quel tipo di disgrazia non fu l'unica, ma erano rare, e le manére sparate dal manico toccò le gambe o il petto dei prescelti. E non sempre di taglio per fortuna. Ma quella volta centrò il viso.

Un altro pericolo per i boscaioli era le teleferiche, che poteva spaccarsi e avvoltolare gli uomini che stava là intorno come una vipera d'acciaio e stritolarli o tagliarli in due come il cortello taglia il salame. Da quel pericolo non si poteva scampare in nissun modo. Per mandar giù i carichi, disfarli e accatastare la legna occorreva per forza stare vicini al cavo, e se questo si rompeva ti prendeva e ti spazzava via come la scopa spazza le briciole dal pavimento. Tanti sono morti per rottura di teleferica, quella non perdona mai. Solo una volta fece grazia a un boscaiolo. Era un certo Bortolin, che venne preso dalle grinfie d'acciaio della teleferica e buttato nel burrone. Ma non si sfracellò. Le grinfie che lo aveva ingroppato e lanciato oltre il bordo alla fine lo tenne per aria e gli altri poté tirarlo su sano e salvo, solo un po' rotto. Era uno che pregava e disse: «Miracolo».

Ma tutti gli altri presi dal serpente d'acciaio era morti sul colpo, strizzati e intorti come quando due donne strizza le lenzuola storcendole da un capo all'altro. Sulla curva di Cellino, poco prima del ponte, a bordo della strada c'è ancora una lapide di pietra rossa con scarpellate sopra parole di dolore per un boscaiolo ucciso dalla teleferica.

Altro pericolo era quello di venir centrati da un legno che schizzava come una saetta dopo che il carico, sbattendo sul pilone d'arrivo, si demoliva. Di solito i carichi rimaneva interi, i cerchi di fil di ferro che li stringeva resisteva. Ma se la teleferica era molto ripida, arrivava come bombe e qualcuno scoppiava lanciando legni trenta o quaranta metri lontano.

I boscaioli stava a distanza di sicurezza, però non sempre bastava e qualche volta fu colpiti. A uno gli arrivò in faccia un pezzo di carpino che lo sfigurò. Guarì ma rimase brutto come un mostro, senza naso e senza orecchio. A un altro, il tronco gli spaccò la testa. Quando fu guarito, sua moglie s'accorse che diceva stramberie e non riusciva più a fare niente. Cioè non gli diventava duro. Dopo sei mesi s'impiccò. Aveva solo trentacinque anni e senza l'affare a posto non valeva la pena tirare avanti. A un'amica in rotta col marito la vedova disse: «Mandalo ad aspettare i carichi, chissà che non ti vada bene come a me».

C'era anche una gara riguardo ai carichi, una gara che si

faceva la vigilia di San Simon, il ventisette ottobre, quando in teoria si doveva aver finito i tagli e da un giorno all'altro poteva cadere la neve. Il giorno di San Simon accendevano in piazza il grande falò di fine stagione. Mentre le fiamme cantava e ballava, i boscaioli cantava anche loro la vecchia canzone che diceva così: «San Simon, San Simon, bore a tasson, manéra a cason. Prin cal vegna revolton, aign nossaltre se piaton, la manéra in tal cason e le bore sul tasson. Da ochì gnà, iù magn e bèif, vèrt in su sal vegn al nèif, magn e bèif finché ston mèl e pian pian riva Nadèl...». Che vuol dire questo: "San Simone, San Simone, la legna in catasta e la scure in baracca. Prima che venga il tempo duro (l'inverno) che ci farà nascondere in casa, meglio avere la scure appesa in baracca e legna in catasta. Da oggi in poi io mangio, bevo e guardo in su se viene la neve, mangio e bevo finché sto male, e piano piano arriva Natale". La canzone è molto più lunga ma questo pezzo, credo, basta e avanza.

La gara della vigilia era semplice. A turno, uno alla volta, i boscaioli doveva aver coraggio di aspettare il carico vicino al pilone di battuta. Vinceva chi scappava dopo gli altri, mentre il carico si avvicinava e sbatteva sul pilone come una bomba. Contavano i metri da dove uno scappava. C'era boscaioli che aspettava il carico fino a tre metri prima di partire a gambe levate. Tra quelli più coraggiosi solo uno vinceva la gara. Siccome era in premio una damigiana di vino, i bevitori scurtava le distanze. Vedevano il carico sempre più vicino prima di slontanarsi con salti da canguro.

Di solito vinceva uno della frazione Spianada che si chiamava Gambrino. Questo qui era balzano, uno triste che taceva sempre e nissuno rivò mai a sapere se il suo era coraggio o una malattia che lo spingeva a rischiare. Sta di fatto che, quando capiva che qualcuno poteva vincergli la damigiana, si metteva vicino al pilone e attendeva il carico arrotolandosi una sigaretta. Senza muoversi. Il fascio di tronchi picchiava con tutta la sua forza e la damigiana finiva nelle mani del matto di frazione Spianada. Nel corso degli anni fu colpito più volte da legni che volava come tordi quando il colpo rompeva il fil di ferro. Un faggio gli spaccò la spalla ma Gambrino non cedeva. Voleva vincere e vinceva, e non solo per la damigiana. Voleva vincere per dimostrare che aveva più coraggio di tutti.

«Il coraggio» diceva «ha un confine, come il campo. Per averne di più bisogna tirar dritto e passare quel confine. Oltre quel confine può essere la morte, ma si sa. Il prezzo è quello: chi vuol avere più coraggio deve guardare la morte, o non è coraggio. È coraggio fino a un certo punto: coraggio dentro il confine del campo. Manca il coraggio intero. Il vero coraggioso deve crepare nella prova altrimenti non ha coraggio fino in fondo.»

Fu accontentato. Durante una di quelle gare balorde, si sentò vicino al pilone e si mise a far la sigaretta. Intanto il carico veniva urlando come un torturato mentre il cavo d'acciaio fischiava come il vento nei pifferi di roccia. Era un fascio di carpini neri, pareva vestiti apposta da funerale. Il carico sbatté nel pilone e si disfece in pezzi come la mina disfa la croda. Videro Gambrino che si piegò in avanti e la testa gli andò giù come se non avesse più nervi ma fusse legata con spago. Poi si rovesciò da una parte. Aveva ancora la sigaretta tra le dita. Corsero a vedere e fecero in tempo a sentirlo respirare gli ultimi colpi, come il barbagianni quando rufola sul filo del giorno prima di addormentarsi. Un pezzo di carpino gli aveva spaccato l'osso del collo, per questo la testa era andata giù e dondolava come legata allo spago.

Un boscaiolo gli tastò il polso e sentì che non batteva. Si voltò verso gli altri e disse: «Non sento, provate voi».

Altri tastarono il polso di Gambrino e non sentirono.

Allora uno saltò fuori e disse: «È morto. Ecco, adesso ha il coraggio che voleva, povero diavolo. Non l'ho mai capito, Gambrino. Un conto è giocare, un conto è far sul serio. Già si rischia di crepare ogni giorno, andarsela a cercare è da poveri diavoli».

«Era fatto così» rispose un altro. «Uno è fatto come è fatto, non lo cambi. Gambrino voleva tutto o niente. Adesso è contentato.»

«Però coglioni ne aveva più di voi messi insieme» disse Santo, che ammirava la volontà e il coraggio di quell'uomo silenzioso e triste.

«Con quel coraggio lì, fai poca strada» brontolò un taglialegna a Santo, «quello non è coraggio ma stupidità. Tu e Agusto vi tagliate i peli con la manéra, ma non vi salta in mente di tagliarvi la testa. Anche tagliarsi i peli a manéra è stupido, si può sbagliare, farsi male. Però, fatta così, la faccenda può fursi esser coraggio. Ma sacramento, crepare per far vedere di aver più coraggio di tutti è da poveri grami. È come tagliarsi l'uccello per far rabbia alla moglie.»

Andarono avanti a discutere cosa era o cosa non era coraggio, intanto il povero Gambrino diventava freddo e prendeva il colore giallo della morte. Mentre lo portavano a casa su una barella imbastita con stanghe di faggio, un vecchio boscaiolo disse: «Fursi non è nianche quistione di coraggio, fursi Gambrino voleva morire».

«Allora adesso è contentato» rispose uno tirando bestemmie. Ne tirò per mezz'ora, Gambrino era suo amico.

Oltre quarant'anni dopo, mentre stava per affrontare il grande faggio della val da Diach, Santo si ricordò di Gambrino e del suo coraggio silenzioso e, prima di attaccare il tronco col segone, rivolse un pensiero alla sua memoria.

Il giovine continuava a lavorare nei boschi insieme al nonno Domenico Sebastiano e gli altri taglialegna, quasi tutti più vecchi di lui. Ce n'era anche di giovini ma quelli veniva distribuiti due, tre per squadra, insieme ai vecchi, che imparasse il mistiere. Fare una squadra di soli giovini era come mandarli alla morte, o minimo a tagliarsi le gambe. Anche se era bravi con la manéra, aveva imparato a casa, in piccoli lavori, nel bosco si trattava di altra faccenda. Nel bosco, i pericoli era tanti quante le formiche nel formicaio, che non si vedono ma se tocchi il cumulo vengono fuori a milioni a cercarti. Nel bosco è uguale. Sembra tutto fermo, pare che in giro non sia niente, ma appena ti metti a tagliare, salta fuori tamaglie e pericoli dappertutto, come appunto le formiche dai formicai. Allora i giovani, prima che si ammazzasse, li metteva in squadra coi vecchi che imparasse a vedere i pericoli e schivarli. Perché se non li conosci non li vedi e se non li vedi come fai a schivarli?

Santo non ebbe bisogno di andare coi vecchi, stava già con suo nonno, ma anche se non fusse stato con il nonno, era furbo e scaltro per conto suo, vedeva i pericoli meglio degli esperti. Era così furbo e scaltro che non diceva mai di esser furbo e scaltro. Chi lo dichiara ai quattro venti vuol dire che non è. E nianche era sicuro di conoscere tutti i pericoli. Perciò stava sempre attento e faceva suo ogni avvertimento che usciva dalle bocche dei vecchi taglialegna.

Un giorno salvò la pelle a un boscaiolo di trent'anni, quando lui ne aveva soltanto ventitré. Lo salvò perché aveva visto il pericolo arrivare. Era in val Vajont insieme a trenta boscaioli che tagliava di tutto: legna da fuoco, piante da lavoro e larici lunghi e dritti da far travi. Le piante più grosse le tiravano coi paranchi ridotti in sesta marcia, che vuol dire massimo sforzo. Il boscaiolo salvato da Santo si chiamava Giacomo Dal Movi detto Jacon, e in quel momento Dio solo sapeva il destino che l'aspettava più avanti. Ma bisogna andar per ordine.

Quel giorno in val Vajont, Jacon Dal Movi stava tirando un larice coi paranchi in sesta. Si era piazzato davanti la porta di casera Carniar e aveva legato i paranchi in un ceppo di carpino che fondava le radici nella terra come le unghie dell'aquila nella pancia del capretto. Jacon stava piantato a gambe larghe, per non sbilanciarsi, e muoveva la leva a tirare le funi al massimo. Santo, poco più in là, guardava, non interveniva se l'altro non gli faceva segno. Un po' alla volta le corde si tese come quelle del violino. Quando pareva non ne potesse più e si spaccasse di colpo tutte e sei, il grande larice si mosse pian piano, come quando parte la locomotiva dalla stazione. Nella testa gli avevano piantato quattro strozzi, battuti fino all'anello, da esser sicuri non si cavasse.

Jacon menava la leva e guardava il Vajont scendere dalle

cime di Pino. Invece di guardare il tronco che veniva avanti arando la terra col muso, guardava il Vajont e questo fu sbaglio. Le corde cantava e fischiava al minimo fiato di vento, tanto era tirate al limite. Il doppio paranco d'acciaio s'intorcolava su se stesso per tutta la forza che aveva dentro.

Ma se Jacon guardava in giro, Santo guardava il muso del tronco e vide che uno dei chiodi ad anello si piegava. Il larice, invece, non si muoveva più, aveva puntato una radice e si era bloccato. Jacon tirava di continuo per farlo muovere.

Occorre sapere che in quei casi lì, se viene via un chiodo, gli altri, fussero anche cento, sentono la mancanza del compagno e saltano via tutti. Santo vide il chiodo piegarsi, poi uscire con un colpo secco. A quel punto, veloce come una saetta, si lanciò su Jacon Dal Movi e lo atterrò. Appena in tempo. Sotto la forza di sei funi tese al massimo da paranchi in sesta, i chiodi rimasti si cavò di colpo e i paranchi d'acciaio venne sparati verso i boscaioli come pallottole.

Santo e Jacon era per terra, stesi sulla pancia. Le due granate da venti chili gli passò sopra sfiorandoli e andò a colpire la porta della casera sfondandola come fusse di carta. Da lì proseguirono riducendo la tavola in stecchi, poi andarono a fermarsi sul muro di fronte facendo due buchi nella malta che poteva starci dentro un'anguria per uno. Guai se Jacon fusse rimasto in piedi. Sarebbe stato segato a metà come il cortello taglia un pane di burro.

Jacon si levò in piedi, porse la mano a Santo che stava ancora in terra e disse: «Ostia! Mi hai salvato la ghirba!».

Si alzò anche Santo e disse: «Quando tiri col paranco, devi stare fuori linea, può rompersi qualcosa e ti viene addosso».

Da quel momento i due, che prima si conosceva solo di sfioro, diventò amici a uso fratelli, ma il destino doveva separarli con la forza come la manéra separa due alberi per farne crescere uno solo. Vien da domandarsi cosa può saltar fuori a separare due amici che si vuole bene come fratelli. Può esser diverse robe, ma prima di tutte è la donna che li divide mettendoli uno contra l'altro. Quando entra una donna nella vita di due amici, li separa sbregando l'amicizia come il cuneo sbrega il tronco.

Ma la donna non era ancora spuntata all'orizzonte e i due andava d'accordo, si voleva bene ed era molto uniti. Jacon non dimenticava che Santo gli aveva salvato la pelle, e lo circondava di premure e favori di ogni genere. Santo invece andava d'accordo perché Jacon era un tipo che lasciava correre, non se la prendeva per niente e con nissuno. In più era generoso. Capace, per esempio, di lasciare la borsa del tabacco su un ciocco e quando Santo gli diceva che aveva dimenticato la borsa sul ciocco l'altro rispondeva: «Tienila tu».

«Io non fumo.»

«Impara» diceva Jacon ridendo.

Così, ridendo e scherzando, Santo provò a rotolare le prime sigarette ma non era capace, le dita s'intrappolava e dopo qualche tentativo la cartina faceva briciole. Un boscaiolo vecchio, che brontolava sempre e ogni parola tirava dieci bestemmie, gli disse: «Tieni, canaj, accendi questo che è già fatto». Gli buttò mezzo toscano tra i piedi.

Santo lo raccolse, se lo ficcò in bocca e lo accese. Tirò tre, quattro boccate una dietro l'altra, per far vedere che era uomo anche se aveva ventitré anni. Dopo qualche minuto diventò bianco come la neve che ancora copriva le cime di Pino e il Col Nudo, poi buttò su anche l'anima. Si mise a vomitare come un vitello che ha succhiato ingordo.

Quando finalmente finì di rugnare che somigliava al porco sul trogolo, levò il muso per aria e disse: «Mai più». Aveva gli occhi rossi per gli sforzi di vomito e lucidi come quelli del barbazuani, e gli veniva fuori lacrime come stesse piangendo un gran dolore.

Disse "mai più", ma era promessa che doveva andar per aria. Un po' alla volta, giorno dopo giorno, vomito dopo vomito, un tentativo dietro l'altro, finalmente imparò a fumare. Il tabacco non gli piaceva, l'aveva capito subito, ma fumare era prova di uomini forti e coraggiosi. Come il bere, del resto. Insomma, uomini fatti di pietra. Se uno non beveva, non fumava e non maltrattava le donne era un povero diavolo. Una mezza sega, per non dire intera. Allora Santo, come tutti, per non essere mezza sega, attaccò a fare quel che era da fare: bere, fumare e maltrattare le donne.

Quando il nonno si n'accorse che il nipote aveva iniziato a bere e fumare, un giorno lo prese in disparte e gli disse: «Santo, scólteme. Se proprio devi imparare qualche vizio, impara quello di andare a donne, che prima o dopo dovrai smetterlo anche se non vuoi. Quelli di bere e fumare non li smetti più nianche se vuoi».

Così diceva il vecchio. Ma Santo non badava e continuò a fumare, e quando capitava anche a ubriacarsi coi boscaioli vecchi. Suo nonno Domenico Sebastiano gli diceva quelle robe con insistenza perché era passato anche lui da quella porta, e ormai gli era rimasti solo i vizi di bere e fumare. Quello delle donne se n'era andato da tempo e ogni tanto lo diceva ai compagni di bosco per tenerli allegri.

«Canajs, non mi tira più; è anni che non mi vien duro.»

«Allora impiccati» dicevano ridendo.

«No, non mi copo» rispondeva il vecchio, «è ancora robe buone da fare e da vedere, robe belle nella vita ce n'è sempre.»

«Ma quella più bella non ce l'hai più» dicevano i boscaioli ridendo tutti insieme.

Anche se il lavoro era duro, fatto di tante ore da perdere il conto, i taglialegna cercava di stare allegri, spesso cantava al ritmo delle manére che faceva musica sui rami dei pecci e degli abeti bianchi. Ogni manéra aveva tempra e grandezza diverse, per questo, battendo, faceva un suono differente dalle altre. Pure i tronchi aveva durezze e grandezze diverse e le braccia dei boscaioli era diverse. Allora, quando trenta boscaioli batteva all'unisono, veniva fuori una musica che nissun strumento da musica poteva fare uguale, nianche mille tutti insieme. Era la musica che piaceva alla giovane e sfortunata Neve. La ragazza andava sempre a sentirla prima di morire sciogliendosi e diventando acqua.

Nel lavoro del bosco c'era altri pericoli oltre quelli delle piante che all'improvviso da ferme comincia a camminare e se ti tocca fa danni. Gli altri pericoli era più nascosti, meno palesi e più rari. Ma quando ti prendeva uno di quelli era rogne serie, e gran difficile portarvi fuori la pelle. Fu proprio uno di quelli a batter giù Domenico Sebastiano, il nonno di Santo.

Il vecchio aveva esperienza da vendere. Nel bosco calcolava i pericoli col lumino, più attento della faina, della volpe e della martora quando schivano le tamaglie. Ma non aveva calcolato uno di quei pericoli vigliacchi che ogni tanto salta fuori all'improvviso a prendere qualcuno per il collo e strascinarlo in cimitero.

Domenico Sebastiano era a tagliare carpini sui costoni di Balanzin, dove in fondo corre il Vajont nella gola di rocce scavate e trapanate dalle correnti che sembra buchi dell'inferno. Era col nipote Santo e altri quattro boscaioli. In quel punto della gola, le correnti d'aria è eterne e corre per la valle come streghe col demonio dentro. Ogni giorno tutte insieme soffia nei pifferi di croda cavando suoni che fa venire la pelle d'oca anche ai più coraggiosi. Le voci dei pifferi spaventa anche chi non crede in Dio. Quello che vien fuori dalle gole raspate dal vento non è suoni buoni, ma urli di vendetta, come se Dio fusse rabbiato col mondo e maledicesse tutto e tutti promettendo di far fuori la Terra. Quando i sei boscaioli tagliava carpini sulle coste di Balanzin era novembre, le correnti d'aria, oltre che soffiare nei pifferi di roccia, era fredde e forava la schiena come lame di cortello.

Il vecchio Domenico Sebastiano lavorava in basso, dove andava avanti e indietro le streghe di aria fredda. Era sudato da cima a fondo a furia di batter la manéra. Si sentò su un sasso e accese la cicca del toscano e, dopo aver tirato qualche buf se la mise in bocca e la masticò. Aveva il Vajont sotto i piedi e lo guardava passare mentre sputava sulle lastre di saldan una specie di catrame scuro. Vuoi perché era freddo, vuoi per gli strionamenti[21] della valle o perché qualche mistero era là intorno, dall'acqua che correva veniva su come delle figure bianche fatte di nibia[22] fina che pareva cipria. Queste figure faceva avanti e indietro sul filo della corrente come na processione di anime dannate. Se si metteva insieme le urla dei pifferi di roccia e le processioni di nibie camminanti, era veramente da avvilirsi e pigliar paura.

Si n'accorse anche il vecchio. Finito di sputare catrame, mise la cicca in tasca, si alzò e tornò in alto, dove era gli altri, per avere compagnia e sopportare meglio urli e nibie e il freddo che faceva male sotto le unghie. Intanto che saliva, sentì pugnalate forargli la schiena all'altezza delle spalle. Era un dolore fondo, che andava e veniva, ma quando si presentava, il vecchio doveva fermarsi. Gli pareva di crepare.

«Stavolta quelle troie di correnti mi ha forà la schiena» disse.

Andò su pian piano, sudando peggio di quando batteva la manéra. Rivato in cima aveva sudato l'anima. Si poggiò a un ciocco e disse agli altri: «Canajs, continuate voi, io vado a casa, deve avermi preso una magagna giù sul Vajont. Ero sudato e quelle troie di correnti d'aria mi ha forà la schiena».

Santo disse: «Nonu, ti accompagno».

«No, tu resta qui, ce la faccio da solo, ci vediamo stasera.»

Il vecchio Domenico Sebastiano nianche lontanamente immaginava che non avrebbe più rivisto il Vajont, né i suoi boschi, né le montagne, né le stagioni che gli piacevano tanto. Se ne andò a settant'anni, cigolando bestemmie e maledizioni contro le nibie fredde che lo aveva pugnalato alle spalle.

[21] Stregonerie.
[22] Nebbia.

Quella sera arrivò a casa e, dopo aver acceso il fuoco, si buttò sulla panca sotto una pila di coperte. Si dovrebbe dire che batteva i denti per la febbre, come il beccalegno fora l'albero, ma denti non ne aveva più, allora, povero vecchio, batteva le gengive, e quelle faceva solo cic cic. Ma la febbre l'aveva da cavallo e quando tornò a casa Santo, suo nonno ballava sulla panca con dolori che se lo mangiava vivo.

Il giovane chiamò tre donne a iutarlo. Lui da solo non sapeva da che parte prendere né cosa fare.

Le donne capì subito che il vecchio era alla fine del sentiero ma l'istesso, durante la notte, gli fece bollire un litro di vino con zucchero, miele e grappa tutto miscugliato in un beverone che non lo avrebbe bevuto nianche il maiale. Invece Domenico Sebastiano lo bevé. Un po' alla volta, dandosi il cambio, le donne, con un cucchiaio e tanta pazienza, imbeccarono il malato come quando si alleva gli uccelli da nido. Alla fine gli fece bere tutta quella brodaglia fino l'ultima goccia. Fursi fu per quello che morì.

No. Domenico Sebastiano morì di polmonite fulminante ma, almeno, crepò ubriaco. O avvelenato dal beverone, non si sa, ma è più sicuro sia stata la magagna a farlo fuori. Mentre moriva, quella notte si era radunati nella stanza gli amici boscaioli, che lo ascoltava morire e lanciare maledizioni e bestemmie alle correnti puttane e troie della val Vajont. Spirò verso l'alba; Santo era rimasto solo. La nonna Costanza era morta l'anno prima, consumata da una malattia che negli ultimi tempi le scancellava la memoria. Ogni giorno sprofondava nel passato e negli anni belli della gioventù, quando aveva appena conosciuto il marito. Ricordava solo quello.

«Adesso non hai più nissuno, devi vedertela per conto tuo» disse una donna a Santo.

«Come non ha nissuno?» brontolò un boscaiolo. «Che monate vai dicendo? Santo ha tutti noi, siamo noi adesso la sua famiglia, chiudi quella bocca da troia e non rompere i coglioni.»

Seppellirono il vecchio col manico della sua manéra nella cassa, come si costumava per i boscaioli che moriva. La lama, invece, rimaneva agli eredi, specialmente se era buona. Si faceva un manico nuovo e la manéra era pronta a tagliare alberi per chissà ancora quanti anni. Santo ereditò la scure del nonno. La sua, quella che molti anni prima gli aveva forgiato il fabbro della val Colvera, ormai per le sue braccia era diventata leggera. Però la usava ancora. Nelle sramature di piccolo taglio, doperava la prima scure. La maneggiava con una mano sola, come stringesse una paglia o una piuma.

Era molto attaccato alla sua manéra, e quando gli cadde nel burrone della val da Diach si mise a piangere come un fantolino che gli han rubato il giocattolo. Santo non lo sapeva, ma da quando perse la manéra per lui cominciò i guai. Era come se quella scure fosse un portafortuna e, perdendola, la fortuna si fusse voltata contro.

Dopo aver sotterrato il nonno, Santo finì il lavoro nella valle del Vajont insieme ai compagni di battaglia. Ogni giorno andava giù, vicino al torrente, a sedersi sul sasso dove si sentò l'ultima volta suo nonno Domenico Sebastiano. Fermo come un sasso circondato dal vento, ascoltava gli urli da pelle d'oca che faceva le streghe d'aria trapanando i pifferi di roccia della val Vajont.

Intanto guardava passare l'acqua, e mentre guardava l'acqua, pensava al vecchio. Anche lui era passato nella vita veloce come l'acqua del Vajont. Anche suo padre e sua madre era passati veloci su questa Terra. Veloci, senza lasciare tracce, morti giovani. Almeno il nonu aveva fatto in tempo a diventare abbastanza vecchio, ma, lo stesso, il tempo era andato via anche per lui. Quando era vivo, spesso lo sentiva brontolare: «Senza nianche accorgermi, veloce come uno starnuto, mi son trovato vecchio e settant'anni sulla gobba».

6

Insegnamenti

A Santo il nonno Domenico Sebastiano aveva insegnato tante robe, specie di lavoro, ma una su tutte la teneva in mente. Era quella di non piangere mai. Qualsiasi roba avesse da capitare, non era mai da piangere. Né per dolore fisico, né per quelli dell'anima.

Ma un giorno laggiù, vicino all'acqua del Vajont che camminava verso il tramonto e tornava da levante, seduto sul sasso di suo nonno, Santo si mise a piangere. Pensava al vecchio, ormai andato, a suo padre, a sua madre. Anche loro spariti, saltati dalla pietra della vita nel fosso della morte. Pensava a tutti quelli che aveva conosciuto e che era andati via, abbattuti da incidenti di lavoro o spenti come candele dalle malattie.

Il giovane tirò una bestemmia che cadde nel torrente e l'acqua se la portò via. Ma non sprofondò, restò a galla, e per chilometri si sentì la voce di Santo che bestemmiava sul pelo dell'acqua. Da quel momento il giovane decise che non avrebbe pianto mai più, qualsiasi roba fusse successa. Ma l'impegno preso di non bagnare il sentiero della vita qualche volta si perse per strada e a Santo capitò di piangere. Poche volte, ma quelle poche lacrimò come la vite appena tagliata. Pianse volentieri, senza pentimenti. Ma occorre andare per ordine.

Finito il taglio del bosco lungo la fredda e nascosta val Vajont, ormai era dicembre. Con dicembre rivò una catasta di neve da pigliar paura. I boscaioli aveva messo le manére a cason, fasciate in stracci pieni di sego, che non tacasse nissuna ruggine. Subito dopo, avevano tirato fuori le impreste[23] da artigiano, per passare il tempo cavando dai tronchi oggetti in legno di ogni tipo e forma. Chiusi al caldo delle case, lavorava anche giovani e bambini. I boscaioli-cacciatori, al contrario, si parecchiava a cercar martore e volpi, per vendere le pelli ai mercanti del Tirolo. Le mogli di tutti, invece, si preparava con le gambe aperte a essere ingravidate. Anche se non aveva voglia, o era stanche, o stufe di fare figli, o aveva l'amante, doveva darla lo stesso agli uomini. Senza dire una parola. Spesso veniva infilzate da dietro, mentre mescolava la polenta o lavava piegate sul mastello, da mariti pieni di voglia. Siccome non portava mutande, era piuttosto facile impilarle da dietro. E anche veloce. Quei tipi lì mica intendeva ragioni. Far moine o perdere tempo in carezze non gli garbava. Quegli uomini lì aveva voglia di metterlo dentro, venire in fretta e tornare ai loro mistieri. E basta. Basta così.

C'era una donna, per esempio, che aveva avuto un bambino biondo come il miele e bello che pareva un fiore, ma non era sposata. Le comari chiedeva: «Angela, chi è il padre di quel canajut?».

«Non lo so» rispondeva. «Ero giù, sul Vajont, inginocchiata sulla pietra a lavare, m'è arrivato uno dietro, sortito dai cespugli. Me l'ha messo lì, ha dato quattro colpi che mi ha storto la schiena, poi è sparito di nuovo nei cespugli. Non ho potuto voltarmi se no mi spaccava la testa. Non ha aperto bocca ma, da come mi stringeva il collo, ho capito che non era da voltarsi. Per star viva. Dopo tre mesi che non veniva le mie robe, ho cominciato a gonfiarmi come na bega[24] e dopo nove eccolo qua, è nato, il mio bambino. Non so chi è suo padre, nianche mi interessa, ma al canaj voglio bene istesso e guai a chi lo tocca.»

[23] Attrezzi.
[24] Otre.

Quei tempi era così, comandava gli uomini. Le fémene doveva far da serve se no le massacravano di botte.

Santo non trovò difficoltà a vivere da solo. Gli dispiaceva non vedere il vecchio nella casa a trafficare, o dormire sulla panca. Ma senza il nonu, scoprì una roba che mai avrebbe immaginato. Scoprì che stare solo gli piaceva ed era comodo. Poteva fare quel che voleva senza che nissuno gli dicesse fai così o fai colà. Dopo le ore di lavoro, dormiva quanto gli pareva, dove gli comodava e come voleva. Sistemò gli oggetti della casa secondo i suoi gusti. Tavoli di qua, sedie di là, cataste di legna in un posto, letto in un altro e via di questo passo.

Quando c'era il nonu, non poteva fare niente se prima non domandava a lui. Domenico Sebastiano era buono ma credeva di saper tutto. Giudicava ogni decisione del nipote. Se non gli pareva giusta, diceva no e no restava per sempre. Santo era un giovane sveglio, molte sue idee stava in piedi, perciò mal sopportava che il nonu dicesse sempre no. Per questo quando si trovò solo, sebben gli dispiacesse del vecchio, per molti versi fu contento. Santo aveva carattere, un carattere che tendeva a comandare. Non agli altri, voleva comandare a sé, decidere per se stesso.

Raccontò ste robe a un vecchio boscaiolo, Bonifazio Corona detto Fazio, mentre stava seduti al tavolo dell'osteria Pilin. Questo Fazio, dopo aver fumato un "palo" di trinciato, buttò la cicca in terra e la schiacciò con la galoscia. Poi, tenendo la testa bassa verso la cicca, disse: «Finché non arriva una donna. Quando nella tua vita arriva la fémena, addio, non farai più quello che vuoi».

«Io sì» rispose Santo picchiando il pugno sul tavolo. «Io farò sempre quello che voglio!»

«Staremo a vedere» disse il vecchio schiacciando un'altra volta la cicca. «Ricordati che tira più un pelo di figa che un paio di buoi.» Si piegò, prese il tabacco rimasto della cicca e se lo mise in tasca. Sapeva che con tre cicche si fa una sigaretta e avanza una cicca, ma nella foga della discussione si era dimenticato di metterla in tasca. Santo ascoltava continuando a fare no con la testa; il vecchio boscaiolo se la rideva di gusto. Per provocarlo, tra una fumata e l'altra diceva: «Vedrai, arriverà anche per te quella del formaggio. Nissuno si è mai salvato dalle donne, nianche tu ti salverai».

«Come fai a saperlo» chiese Santo, «come fai a esser tanto sicuro?»

«È facile» rispose l'uomo, «basta vedere come gli guardi il culo quando passano. Credi non mi sia accorto? Vedrai, appena trovi quella che ti fa smetter di far seghe e ti dà la figa, diventerai agnello.» E poi giù a ridere con la bocca senza denti.

Santo rispondeva: «Vedremo», oppure: «Staremo a vedere».

Ma Fazio non cedeva. «Tu sei di quelli duri come i carpini. Però sta' attento, appena ti morderà la talpa che hanno in mezzo le gambe, diventerai ricotta. Non so quanto mi resta da vivere, ho settantadue anni, bevo e fumo e non tacòno[25] da secoli, ma mi auguro di vivere abbastanza per vederti camminare in ginocchio dietro una donna. A quel punto ti dirò qualcosa.»

«Dimmela subito» brontolò Santo, «così so regolarmi.»

«No, subito no, non servirebbe a niente. Prima devo vederti camminare in ginocchio dietro quella del formaggio.»

La storia di "quella del formaggio" era vecchia nel paese, e Bonifazio la contò a Santo: «C'era uno sui cinquanta, che aveva vacche e capre e campi e prati, insomma, uno che stava bene. Ma gli piaceva le donne. Soprattutto una certa Amalia Perfin detta Malina dal Bus, che significa "del Buco". A quei tempi era miseria e nianche Malina se la passava bene. Però aveva un culo tondo e largo che quando girava in paese si voltava tutti. E i giovani spariva nelle siepi per liberarsi a mano della voglia di quel culo. L'uomo, che

[25] Vado con le donne.

si chiamava Aldo, stava dietro a Malina e lei capì al volo che era malato di figa, così decise di mungerlo.

"Te la do se mi dai una pezza di formaggio" gli disse alzando le cotole e mostrandogliela tutta. L'aveva nera e pettinata come il velluto della talpa. Pareva proprio una talpa di velluto.

A quella vista Aldo, con le sbave alla bocca e gli occhi in fuori, disse: "Te ne do due".

"No, una" rispose lei. Aldo la portò nella stalla e la montò finché non ne poteva più. Poi le regalò la forma di formaggio che, a quel punto, non era più un regalo ma una paga.

Il giorno dopo altra pezza di formaggio, e poi ancora un'altra. E avanti poi con formaggi, salami, farina, legna, una stufa nuova e via di questo passo. Insomma, per farla corta, nel giro di nianche due anni gli aveva mangiato fuori anche i coglioni, casa compresa. L'uomo fu ridotto a scappare nella Bassa, girando i paesi e chiedendo carità ai contadini.

Ma il vizio della figa non lo perse. Una volta, in una stalla dove dormiva grazie alla bontà del fattore, saltò addosso a una donna che era voltata di culo a metter fieno in mangiatoia. La impilò come il cortello fora una fetta di salame, ma la donna fece in tempo a urlare. Senza che li sentisse, rivò i contadini coi manici delle forche e dei badili e gli mollò una carga di botte da lasciarlo per morto. Ancora con le braghe calate, lo buttaron sulla strada, che si credesse lo avesse preso sotto un carro a cavalli o un toro scappato. Qualcuno lo tirò su e lo portò in qualche ospedale. Gli salvarono la ghirba ma era rimasto storto e zoppo.

Da quella volta cambiò paesi e continuò a domandar elemosina per anni, tanto che, nella Bassa trevisana, lo chiamava "al gobo de le mont". Era diventato il gobbo delle montagne. Verso i settanta, ormai malato e stanco, tornò qui, nel suo paese. Per mangiare un pasto al giorno e bere un litro, contava a tutti la sua storia, compresa quella delle legnate.

Appena tornato, incontrò per via Malina dal Bus, che da

tempo viveva nella casa di lui, rubata a suon di figa. Con lei stava un giovane di circa vent'anni, o giù di lì, che portava due secchi d'acqua con l'arco di legno sulle spalle.

La donna non l'aveva conosciuto ma lui sì. Non l'aveva conosciuto perché Aldo aveva la barba fino alla cintura, capelli bianchi, lunghi, unti come la teglia da friggere, e un berretto di corame che gli fracava le orecchie. L'uomo era gobbo e camminava a stento con due bastoni. Era quasi impossibile conoscere Aldo in quell'affare storto e malvestito. Lei, invece, era facile riconoscerla, bastava guardargli il culo. Aveva sempre quello, anzi, adesso che si era un po' slargato era meglio. In quel periodo fursi avrà avuto cinquantacinque anni ed era ancora una donna sana e robusta. L'uomo la fermò.

"Non mi conosci?" domandò.

"No, chi sei?"

"Sono Aldo, ti ricordi?"

La donna restò di sasso, non avrebbe mai detto che quel carpino storto e malandato fusse Aldo. Lo invitò a casa, lo lavò da capo a piedi e poi chiamò uno che gli tagliasse barba e capelli. Aldo guardava la sua casa, i muri, le panche, la cucina, il focolare. Guardava e taceva, lasciava fare a lei.

Quella sera, la donna se lo tenne a ciacolare sulla panca. Quando il giovane salì a dormire, e si fu addormentato, Malina dal Bus saltò fuori, fissò Aldo e disse: "Hai guardato bene in faccia mio figlio?".

"No. È tuo figlio?"

"Mio e tuo" rispose la donna, "quello è tuo figlio, si chiama Franco. Guardagli il muso, na goccia d'acqua. Quando sei andato via ero gravida. Cosa credevi che andasse, sempre dritta? Se una donna è sana e un uomo anche, a furia di taconare prima o dopo succede un figlio."

Aldo mise le mani sul viso e tacò a piangere pian piano.

Lei disse: "Cosa piangi? Ormai è inutile piangere".

"Piango perché sono contento" rispose l'uomo, "finalmente sono contento, so di avere un figlio, questo è il miracolo, questo è il premio della vita."

"Non dirgli niente a lui" fischiò Malina con la faccia dura, "non voglio sappia che sei suo padre."

"No, no, non dirò niente, non preoccuparti, non lo saprà mai, mi basta saperlo io. E so anche che la mia roba adesso è tornata a casa, dal suo padrone." Poi Aldo non parlò più ma i suoi occhi, durante quel che gli restò da vivere, era lucidi e allegri come quelli delle rondini.

La donna, da allora, la chiamarono "quella del formaggio" e ancora rimane quel detto. Anche oggi, quando una prende e comanda con la figa, e manda in rovina un uomo, perché è malato di figa, queste donne qui le chiama "quelle del formaggio"».

Santo ascoltava Fazio e taceva, poi domandò: «Come morì Aldo?».

«Era malato quando tornò in paese» disse il boscher, «una bestia gli mangiava la pancia, dentro aveva fuoco, fursi era perché beveva, non si sa. Quello che si sa è che all'improvviso diventò giallo come le loppe di novembre e un giorno, sulla piazza davanti Pilin, si mise a vomitare sangue e grumi di roba. Morì seduto in terra. Prima di crepare lo sentirono chiamare Franco. Così, caro mio, ti riduce le donne. Anche la mia provò a rovinarmi, ma io l'ho fatta crepare prima. Prima che rivasse a finire l'opera.»

Il vecchio boscher pareva se la godesse a parlar male delle donne. Ma lassù, in quelle valli bandonate da Dio, quasi tutti se la godeva a parlar male delle donne, non solo lui.

7
La portatrice di carrucole

Santo continuava a tagliare alberi nelle valli intorno al paese e anche in posti più lontani. Non immaginava che quella del formaggio era più vicina di quel che credeva e già stava rivando. Si chiamava Paula Francesca Damian, della frazione Bondi, giù sul Vajont. Quelle della frazione Bondi era donne a uso camosce. Belle e forti con gambe sottili e allenate proprio come camosce. Siccome vivevano laggiù, sulle rive del torrente, per ogni roba da comprare – una presa di sale, una candela, il tabacco per i nonni – doveva venir su, fino in paese. O salire dalla parte di là, nelle frazioni Prada, Marzana, Pineda e Liron, ancora più alte.

Queste ragazze correva in salita come diavoli, saltando e cantando, e camminava sui bordi dei burroni come una veneziana cammina in piazza. Alla frazione Bondi non ce n'era una col grasso intorno, nianche quando era gravide e mangiava tutto il giorno nove mesi di fila. Per questo i taglialegna le ingaggiava a portar robe nei boschi.

Le donne del Bondi, giovani, meno giovani e vecchie, faceva le portatrici. Tutte, dalla prima all'ultima, faceva le portatrici. Era donne resistenti e forti, e andava veloci. Le chiamavano le mule del Bondi. Durante la Prima guerra mondiale portava granate nelle gerle e più di una di quelle camosce fu uccisa. Anche durante la Seconda guerra le mule del Bondi portava roba ai partigiani sulle montagne e bombe e fucili nelle gerle. E anche allora diverse venne uccise. Una, che si chiamava Filippin Domenica, detta Menica, fu presa dai todeschi e portata a Belluno per farla parlare. Ma la sua bocca non si aprì. Provarono in tutte le maniere a farla parlare. Gli tacarono scosse elettriche, gli mollarono legnate, ma la Menica non cedé. Volevano sapere dove era nascosti i partigiani, e lei muta. In ultima l'aveva scorticata come san Bartolomeo, ma non parlò. Dopo tre giorni morì tacendo.

Quando i boscaioli mandava giù il legname con le teleferiche, ingaggiava le mule del Bondi per portare carrucole. Dopo un centinaio di carichi, lassù, alla partenza, le carrucole finiva. Allora dai lontani fondovalle dove arrivava le teleferiche, partiva le portatrici, e dopo un paio d'ore di salita le carrucole era di nuovo al pilone di partenza. Una carrucola pesava più di un chilo e queste donne ne portava dodici, tredici o anche quindici nella gerla.

Su e giù per la montagna, da mattina a notte, per una paga che è meglio non dire. Comunque, soldi niente, solo roba da mangiare e un po' di legna per l'inverno. Quella era la paga.

Per tornare a valle senza fatica e sparagnare forze, le più coraggiose si lanciava sulle teleferiche appese alla carrucola come fascine. Un cordino sotto il culo e via. Per frenare usava una forcella di nocciolo, legno torciglioso che frena volentieri. Infatti col nocciolo non si è mai costruito niente che abbia da scivolare, tipo slitte, sci, pialle o altro. Insomma, per farla corta, quell'autunno che comparve a Santo la donna del formaggio, lui e venti compagni stava tagliando i boschi di cima Camp. Dopo aver radunato circa settecento quintali di legna, gli uomini si preparò a mandarla giù con la teleferica, detta anche filo a sbalzo.

Quella teleferica, da forcella Camp, arrivava sotto la canonica del prete, nella parte bassa del paese. Era una delle tratte più lunghe se non la più lunga della valle. Dal paese a lassù, per portare le carrucole ci voleva più di due ore di passo veloce. Ma le mule del Bondi il piede buono lo aveva e a forcella Camp non mancava mai carrucole.

Intanto veniva avanti un autunno che pareva i quadri

del pittore Sistasio Contro quando aveva da bere. Quando non aveva vino, Sistasio pitturava robe brutte e morti e facce che piangeva, ma quando aveva la fiasca i suoi quadri era selve di colori. Pitturava solo boschi, Sistasio, quando aveva vino, boschi d'autunno.

E allora quell'autunno era come un quadro di Sistasio quando aveva vino e lassù, a forcella Camp, i boscaioli s'era allegriti e spesso cantava. Ormai il peggio stava dietro, le grosse fatiche finite, si trattava solo di mandar giù legna e legname sulla teleferica. Tutti i giorni un sole ancora tiepido scaldava prima di là e dopo di qua della forcella. I boschi cambiava colori a seconda dove girava questo formaggio d'oro che ogni giorno andava a dormire più basso. I carichi scendeva facendo fischiare la teleferica, le portatrici veniva su facendo fischiare le cotole, sfiorando con gli scufons il sentiero battuto.

Erano cinque, tra queste Paula Francesca Damian, di ventun anni. Era la prima volta che portava carrucole, e la prima volta che andava a cima Camp. Santo l'aveva vista ancora in paese, la vedeva quasi tutti i giorni, ma bella come lassù non l'aveva mai vista. Almeno non ricordava. Vuoi per il sole che incendiava tutto, o causa l'ora del mezzodì, o fursi perché la donna arrivò alla teleferica con le cotole alzate per camminare meglio, sta di fatto che a Santo gli sembrò fusse comparsa la Madonna. Allora aiutò questa Madonna a scaricare la gerla. Svuotandola si accorse che aveva portato sedici carrucole. «Carichi troppo» disse, più gentile che poteva. «Sono abituata» rispose la donna, «se voglio porto il doppio.» Poi si voltò e, senza né bere né mangiare, scese per un altro viaggio. Santo rimase male e decise che al prossimo giro in qualche modo l'avrebbe fermata.

Dopo alcune ore Paula tornò col suo peso di carrucole. Era ormai le tre del pomeriggio, ancora poche ore e la giornata di bosco finiva. Paula non sarebbe apparsa fino all'indomani. Santo vide che ribaltava la gerla, allora si avvicinò e le disse: «Non ti stanchi mai, quanti viaggi hai fatto oggi?».

«Tre» rispose, «e non mi stanco mai, come dici tu.»

Santo capì. Quella aveva carattere da vendere, testarda e orgogliosa come tutte quelle del Bondi. Lo stesso cercò di fermarla e disse: «Siediti un attimo, facciamo una polsa, io al contrario di te sono stanco».

La donna lo guardò fisso, poi si sentò vicino a lui e disse: «Anch'io sono stanca, prima ho detto per finta, invece sono stanca».

«Se mi aspetti tra un po' finisco e ti accompagno a casa, così facciamo il sentiero insieme» farfugliò Santo.

«Ti aspetto volentieri» rispose lei.

I boscaioli finì di mandare i carichi, poi, uno alla volta, solo i più coraggiosi, si lanciò sul filo a sbalzo appesi alle carrucole. Fu a quel punto che Santo pensò l'idea. Perché non scendere a valle sulla teleferica con Paula? Legati tutti e due insieme avrebbe potuto tenerla vicina, stringerla durante il volo. Difficile sarebbe stato convincerla, ma fursi no, quella era una che di coraggio ne aveva da vendere. Allora ci provò. «Paula» disse, «ti piacerebbe fare un viaggio con me sulla teleferica? Andiamo giù insieme, tre minuti siamo a casa.»

La ragazza dapprima disse no, ma poi ci pensò e chiese: «Ma è sicura sta teleferica?».

«Questo» rispose Santo stringendo il cavo d'acciaio da dieci millimetri «porta quintali, noi non pesiamo quintali. Dài, vieni, vedrai che roba.»

Paula tremava solo a pensare al viaggio appesa a un filo, sopra la val Vajont a settecento metri d'altezza. «È come volare» disse il giovane per convincerla, «volare abbracciati noi due, prova a pensarci.» Prese due cerchi di fil di ferro per tenere insieme i carichi, uno per lei uno per lui. Lo fece passare sotto il culo della bella, poi le strinse una corda alla vita che tenesse fermo il cerchio e disse: «Andiamo». Si legò anche lui, prese una carrucola, vi agganciò le due corde, la innestò sul cavo e fu pronti.

Paula tremava, un po' di paura, un po' d'emozione. Nel tremare continuava a ripetere: «Ma sei sicuro? Ma sei sicuro?».

Prima di partire per il gran volo, Santo aveva trovato la forcella di nocciolo per frenare e non pigliare troppa velocità. Poi ridendo disse: «Sono sicuro, ma non del tutto».

A quel punto la canaja non voleva più partire ma ormai era legata, la carrucola mordeva il cavo, bastò che Santo alzasse le gambe e il volo cominciò. La ragazza, quando si trovò per aria, lanciò un urlo: aveva capito che indietro non tornava. Capitasse quel che capitasse, era in ballo e doveva ballare. Solo allora le venne la paura, quella grande che prima non aveva. Prima era preoccupazione, ansia, ma anche curiosità. Adesso no. Adesso che aveva passato il punto di non ritorno, era terrore. E se il cavo si fusse spaccato? O la carrucola bloccata sulla valle? O le venisse presi i capelli dentro la carrucola e sbregati via? Ma il terrore più grande era che il cavo si rompesse. Paula non aveva il coraggio di guardare in basso.

Man mano che andavano avanti, la valle si faceva fonda, pini e larici diventava piccoli e andava sempre più lontani. Con la coda dell'occhio vide il Vajont, settecento metri più in basso, come un filo d'argento. La testa le girava, il vuoto le premeva bocca e stomaco. A quel punto non ce la fece più, abbracciò Santo con una stretta a tenaglia e chiuse gli occhi.

Era quello che lui voleva, farsi abbracciare. L'aveva messa in teleferica apposta per tenerla vicino e spaventarla finché la paura l'avesse fatta cedere. E anche avesse mollato l'abbraccio, dove poteva andare lassù? Da nissuna parte, doveva stare ferma, legata a lui, a settecento metri d'altezza. Con tutto quel vuoto sotto il culo, Paula teneva l'abbraccio come una morsa. Maledì la volta che aveva accettato l'invito a fare la rondine. Intanto stringeva Santo.

Santo con una mano frenava tirando la forcella di nocciolo ma con l'altra stringeva Paula. A Paula quella stretta piaceva. Il giovane voleva mollare il freno per farle sentire un po' di velocità, poi pensò che correndo arrivava prima e meno l'avrebbe stretta. Allora decise di calare piano e star più tempo con lei.

Durante il volo, Paula non aprì gli occhi nianche una volta e quindi non vide correre i boschi sotto di lei, e il Vajont come un filo d'argento, e il paese che da piccolo diventava grande e si avvicinava. Però sentiva la mano di Santo che la toccava, la palpava e le stringeva una mammella. Lei stava ferma, paralizzata dal vuoto, ma anche perché sotto sotto le piaceva esser palpata. Finalmente Paula si accorse che la corsa rallentava, e poi piano ancora, finché sentì voci e capì di essere ferma. «Siamo arrivati» disse Santo. La ragazza mollò l'abbraccio, aprì gli occhi e vide poco sopra la sagoma della canonica. Attorno al pilone d'arrivo boscaioli ancora catastava legna.

Uno di questi si avvicinò e, prima ancora che si slegassero, li guardò fisso. Era Bonifazio Corona detto Fazio. Li guardò per un bel po', fin quando si fu tolti dalla teleferica, poi disse a Santo: «È arrivata quella del formaggio». Sputò per terra e sparì lungo il sentiero che menava in paese.

Da quel giorno i giovani s'incontrava ogni volta che poteva. Ogni volta che lavoro e tempo dava spazio, stava abbracciati come due alberi cresciuti insieme. Quando c'era da mandar legna sulle teleferiche, Paula portava carrucole e allora era più facile che Santo la incontrasse. Finito il lavoro la compagnava a casa. Non sul cavo d'acciaio ma per sentieri. Aveva capito che facendo i sentieri poteva stare molto di più con la sua bella. In teleferica il viaggio durava poco, tornando per boschi e valli occorreva diverse ore. Ore passate con lei. Camminando sui sentieri la teneva per mano, la mollava solo dove la via si faceva stretta e in due non si passava.

Durante una di queste camminate, successe quella cosa che prima o dopo tra morosi deve succedere e, visto che deve succedere, è meglio prima che dopo. Era passata una settimana dal volo in teleferica. Paula e Santo stava tornando dai boschi di cima Camp. Vicino alle curve di Vinchiarei, lasciò il sentiero e si nascose sotto un larice. Era un larice vecchio, pieno di barbe bianche e muschi che lo fasciava alla base come a tenergli caldo. Siccome era autunno, questo larice lasciava cadere gli aghi e ascoltando bene li si sentiva cadere con rumore di pioggia fina. Gli aghi, cumulandosi per terra, formava uno strato molle come un letto di piume. Era un larice grosso che due uomini non lo abbracciava, impiantato nella terra col tronco gobbo.

Paula e Santo si sentò sotto il larice. Lui l'abbracciava e lei si lasciava abbracciare. Poi lui tacò a palparla e lei si lasciava palpare. Alla fine la ribaltò sul letto di piume e si mise sopra di lei. Era per tutti e due la prima volta ma imparò veloci. La ragazza al principio sentì male e cigolò come una rondine, ma dopo passò e gli pareva di essere in paradiso e non diceva più niente.

Restarono lì finché fu scuro, poi partirono. Lasciandosi dietro le curve di Vinchiarei, traversarono il ponte di legno e montarono sul sentiero a strapiombo che andava verso il Bondi. Passando, oltre l'acqua videro una lucina che ardeva. Una candela o un lampione metteva in chiaro la finestra di Silvio il Francese, per il resto intorno era scuro e silenzio. Solo il Vajont brontolava con la sua voce di pietre che rotola. Sempre quella voce, da secoli, o anche da milioni di anni, non si sa. Nissuno può sapere quando è nato il Vajont, saltando fuori dalla pancia della montagna sotto le cime di Pino Nord.

Santo lasciò Paula vicino la porta di casa, nella frazione Bondi. Lei disse: «Entra», lui rispose: «No». Non voleva vedere i genitori di lei, non voleva vedere nissuno, Santo, solo qualche amico, tanto meno i probabili suoceri. «Hai paura che ti mangino? Non ti mangiano mica» brontolò la ragazza.

«Non mi interessa» rispose burbero, «io non entro, io entro a casa mia e basta.» Si girò, prese il sentiero della Cuaga e sparì tra i vinchi rossi, che non era belli come quelli gialli del Vinchiarei ma serviva lo stesso a far cesti da lavoro.

Ormai era venuto scuro ma Santo il sentiero lo conosceva a memoria, andava sicuro come un camoscio. Dall'alto vedeva le lucine della frazione Bondi, che si accendeva una dopo l'altra come lucciole nella notte. Era più che altro candele e lampioni e fuochi di camini che trapassava i vetri delle finestre e andava fuori, a ballare nei cortili e negli orti ormai quasi vuoti e senza verzure. Intanto era spuntata la luna dietro il monte Cornetto. Per un poco la luce lo sfiorò come a carezzarlo, poi guardò giù la valle e quando gli occhi della luna toccò terra, il Vajont diventò argento e i boschi si mise a tremare come quando spunta l'alba.

Gufi, civette e barbazuani cominciò a piangere e tribolare come se qualcuno li torturasse. Invece cantava, cantava e rideva, ma quelli canta e ride che sembra piangere. Solo loro può cantare e ridere in un sol colpo. Alla luce della luna, volpi e martore si mise a cercar da mangiare su e giù per il torrente. Se una trovava qualcosa chiamava le altre per spartire il boccone. Volpi e martore si vuole bene e divide il mangiare, specie d'inverno, quando ce n'è poco. Se una volpe trova un capriolo morto o un camoscio, che cade anche loro dalle rampe ghiacciate, si mette a baiare e chiama le altre che mangino un poco. E quando mangia, tutte con le teste unite sulla bestia morta, non fa mai baruffa come invece fa i cani. Quando è finita la carne, ognuna si prende un osso e se ne va per i fatti suoi. È così che funziona tra le bestie notturne: la regola è d'aiutarsi a mangiare e non fare baruffa tra loro.

Santo tornò a casa e si mise a pensare a quel che gli era successo, alla cosa bella che aveva sentito dentro il corpo di Paula. Alla fine, pensa e ripensa, capì che il paradiso era fare quelle robe con una come Paula, ma capì anche le parole di Bonifazio Corona detto Fazio: era rivata quella del formaggio. Ma questo non voleva dirlo nianche a se stesso, tanto lo infastidiva. Però ci aveva preso gusto a fare quelle robe con Paula. Appena poteva, o la incontrava nel posto giusto, o si metteva d'accordo prima, le saltava sopra. Dài e dài, passavano le settimane. E passando il tempo a fare quelle robe, prima o poi succede, e Paula restò gravida.

«Ci sposeremo, non stare a pensare» brontolò Santo per

niente contento, «la casa ce l'ho, basta dargli una pulita e siamo un nido.» Non era pronto per quel passo il giovane Santo, era pronto però a regolare la situazione. Ma per farlo doveva entrare nella casa di lei, giù al Bondi, e dar notizia ai futuri suoceri. Questo era fastidio.

«Avvertili prima tu» disse alla ragazza, «gli conti come sta le robe, poi arrivo io.» E così fu. La ragazza spiegò ai suoi la situazione. Questi, invece di sgridarla o darle botte come faceva certe famiglie, si fece il segno della croce ringraziando Dio per quel miracolo. Aveva solo Paula, figlia unica che adesso stava per farli nonni, cosa che mai si sarebbe aspettati così presto.

«Va' tranquilla, non avere paura» disse suo padre, «è meglio che i bambini nasca che morire.»

Finalmente un giorno Santo decise di andare a trovare i suoceri alla casa del Bondi. Li conosceva di vista, se li incontrava salutava, ma a casa loro non era mai entrato. Partì una mattina d'inverno. Andando giù, la neve gli sfiorava le spalle. I badilanti aveva tagliato il sentiero tra le pareti di neve, ma era stretto che due non passava. Pareva che fusse solo la testa di Santo a camminare, il resto era fondato nella neve.

L'acqua del rio Valdenere era ghiacciata. Ghiacciando aveva fatto gobbe e campanili e curve e pinnacoli e altre figure storte. Da dove partiva, fino in basso, dove andava a buttare il muso nell'acqua del Vajont, il Valdenere era tutto un premere di bugne e cavolfiori blu. Dentro queste gobbe, lontana come se venisse dal fondo della terra, si sentiva la voce del ruscello che parlava con qualcuno. Qualcuno che faceva la stessa strada. Era l'aria ghiacciata dell'inverno che, filando lungo il percorso dell'acqua, soffiava nei pifferi di ghiaccio forati e contorti, cavandone suoni che pareva quando si soffia in una bottiglia. Solo che era mille bottiglie e mille arie che soffiava dentro.

Andando giù per il sentiero tagliato nella neve, Santo vide qualcosa, una specie di fagotto che gli intrigò i piedi. Lo prese e si n'accorse che era una lepre bianca, morta.

Allora si impressionò. Trovare la lepre bianca morta dicono porti quarant'anni di malegrazie e robe brutte. Quando invece si uccide una lepre bianca d'inverno, si conserva la zampa davanti, una o l'altra, perché porta fortuna. Santo pensò: "Adesso mi capiterà quarant'anni di scarogna, come se non ne avessi abbastanza". Comunque decise di portare la lepre ai genitori di Paula e bruciarla nel camino, come a slontanare la malagrazia con quel bruciare.

Arrivò alla frazione Bondi tenendo la lepre per le zampe. Tirò due colpi di galoscia sulla porta e aspettò. Venne fuori una donna piccola, col muso tondo e bello. Quando vide Santo capì. «Vieni dentro che fa freddo» disse.

Il giovane entrò. Al centro di una stanza piuttosto grande, rivestita di larice, ardeva il fuoco, e più in là, su una panca di legno, dormiva un uomo che appena sentì parlare si levò. Era il padre di Paula. Santo tagliò corto. «Sono il padre del bambino che vostra figlia ha nella pancia.»

Intanto arrivò Paula che stava sopra, nella camera dove ardeva la stufa di mattoni rossi. Vide il moroso e gli saltò al collo. Questi continuò guardando in faccia i genitori di lei. «La sposo» disse, «ma prima voglio vedere cosa nasce, solo dopo la sposo. Nasca quel che nasca la sposo, ma non prima.»

«Questi è affari vostri» disse la madre, «non ci intrighiamo. Vi aiuteremo il più possibile ma dovete decidere voi.»

Santo teneva ancora in mano la lepre bianca e disse: «L'ho trovata morta. Sapete che porta male trovare la lepre bianca morta? La butto nel fuoco, chissà che non levi di torno la scarogna».

Svalt de Bondi, padre di Paula, disse: «Da' qua e siediti, beviamo qualcosa». Prese la lepre e si mise a soffiare sul pelo per allargarlo. Era cacciatore, voleva vedere cosa aveva ucciso la lepre. Soffiava. Il pelo si slargava lasciando vedere la carne rosa della bestia, poi tornava a chiudersi. Soffiò dappertutto, finché disse: «Eccolo». Dietro l'orecchio destro, era un piccolo foro. Pareva fatto da un ago e una goccia di sangue macchiava appena quel pelo bianco come neve, fitto che Svalt faticava a tenerlo aperto con le dita. «Un pallino da uccelli» disse, «pallino piccolo. Qualcuno ha sparato alla lepre mentre faceva posta agli uccelli.»

«Uccisa o crepata da sola, resta il fatto che l'ho trovata morta e questo porta scarogna nuova, come non avessi abbastanza di quella vecchia» brontolò Santo.

Svalt disse: «Canaj, se vuoi bruciare qualcosa brucia la pelle, questa la spello e ce la mangiamo. Non butto via una lepre solo perché trovata morta». Attaccò la bestia per le zampe a due chiodi sulla parete e con quattro colpi di cortello e una tirata cavò la pelle alla lepre come si cava una calza dal piede. La buttò a Santo, che guardava, e disse: «To', brucia questa se proprio vuoi bruciare la scarogna, la carne si fa nella pignatta per mangiarla. Peccato anche distruggere una pelle così, si potrebbe venderla, ma contra la scarogna bruciala pure».

Santo non se lo fece dire due volte, prese la pelle e la buttò sul fuoco. Si levò una nuvola di fumo bianco, le fiamme agitò la coda come se gli avesse spruzzato benzina. Uno scricchiolare di frasche camminò per la stanza e la pelle era sparita.

Marito e moglie si mise a parlare di progetti, matrimonio, casa e altre robe riguardanti la famiglia. Santo parlava poco. Si sentiva come un ladro di galline preso sul fatto, non vedeva l'ora di tagliar corto e levarsi da lì. Ma i genitori di Paula era buona gente, Santo si n'accorse dopo nianche mezz'ora che stava seduto accanto al fuoco.

Gli offrirono da bere, voleva che mangiasse. Soprattutto, non gli fecero pesare avergli ingravidato la figlia, anzi, era contenti che nascesse un bambino. Allora Santo si pentì di non essere andato a trovarli prima, visto che Paula glielo aveva chiesto subito.

Ma nianche di questo sgarbo dissero niente. Era brava gente quei due, e non si meritava quel che in seguito successe. Successe che la lepre bianca trovata morta portò sul serio la scarogna. Dopo nove mesi, il bambino di Paula nascé morto, o fursi morì venendo fuori, non si sa. Quel che si sa è che rischiò di morire anche lei. La tirarono a Belluno su un carretto col cavallo. I medici le cavò dalla pancia tutto quel che serviva a far bambini, così che Paula, donna sana e robusta, non poté più fare figli.

Santo restò male, la faccenda lo sfreddò alquanto ma seguitò a voler bene a Paula. Anzi, adesso che aveva avuto la disgrazia, le voleva un bene diverso e non gli importava se non era diventato padre. All'ospedale furono chiari: «Bambini mai più». I genitori di Paula si disperò ma, alla fine, pregava Dio. Lo ringraziava lo stesso, almeno la figlia l'aveva salvata e di questo occorreva ringraziarlo. Sempre.

Santo e la morosa continuò a vedersi ma lei non era più quella di prima. Stava sempre in disparte, seria, e quando non era seria pareva incattivita, con lampi negli occhi che sembravano luce di saette. «Si poteva essere marito e moglie» diceva a Santo con voce tagliente, «ma hai voluto prima vedere cosa nasceva e poiché non è nato niente, niente matrimonio. Come fusse quel che nasceva a far decidere se sposarmi o no.»

Infatti era così. Il bambino morto aveva bloccato il matrimonio, e pur se il giovane seguitava a incontrare Paula, di sposarla non parlò più. Sapeva che figli non sarebbe venuti e l'idea di sposare una strepa[26] non gli piaceva proprio. Però continuava a montarla, Paula era bella e giovane. Adesso non era più nianche rischio che restasse incinta, andava ancora meglio.

Montare una bella donna senza problemi né quistioni di bambini o di matrimoni era il massimo che poteva essere. Caso mai la famiglia l'avrebbe fatta più avanti, con una che teneva il pieno, ma per questo non era fretta. A Santo gli piaceva Paula ma col tempo si n'accorse che gli piaceva anche le altre. Non si n'accorse, invece, che anche a Paula piaceva gli altri, e adesso che non restava più gravida poteva farsi montare finché voleva e da chi voleva. Quando Santo ci arrivò era ormai troppo tardi.

[26] Sterile.

8
La sfida vinta

Santo lavorava giorno e notte. Aveva capito che più faceva più aveva e qualche comodità in più non la rifiutava. C'era anche un altro che voleva arricchirsi e prender soldi tagliando boschi. Si chiamava Tomaso Corona De Bartol, aveva dieci anni più di Santo, quindi all'incirca trentacinque. Questo qui risparmiava su tutto, metteva via le palanche più piccole, non spendeva niente né pagava mai da bere. E sempre ripeteva una frase: «Prima o dopo diventerò possidente». Nissuno lo vedeva di buon occhio proprio perché era avaro, non pagava mai un giro e risparmiava anche gli zolfanelli. Però tutti lo rispettava perché, se non pagava, nianche voleva bere quando pagava gli altri. Era uno che stava per conto suo, gran lavorante di manéra, gran giocatore di morra e carte. Fusse stato per lui, avrebbe giocato giorno e notte. Mai quando era in palio posta o pagar da bere. Occorre dire che vinceva quasi sempre, ma non giocava se era da rischiare qualcosa.

A Santo quello gli stava sui coglioni. Allora decise di imparare la morra come si deve per batterlo ogni volta. Pur sapendo che il tavolo di lui non aveva posta, avrebbe giocato lo stesso e lo avrebbe battuto. Così, solo per umiliarlo. Anche sconfitta e umiliazione sono poste in palio, e non da poco per chi le subisce. Santo cominciò a giocare a morra ogni minuto di tempo che aveva. Voleva giocare coi migliori per imparare i trucchi. Era sveglio, veloce e con memoria di ghisa. Una volta imparato il sistema per entrare nella testa del rivale non lo dimenticava più.

Stava attento alle battute di ognuno finché le capiva. Per esempio, dopo cinque colpi il tal dei tali veniva giù col tre. A Santo bastava buttar due chiamando cinque e il punto era fatto. Anche altri stava attenti a questa regola, ma non aveva la memoria di Santo. Se l'aveva, gli mancava la velocità di fare il ragionamento e metter giù la mano.

Santo giocava spesso col fedele amico e maestro Agusto Peron, e lo batteva. Il forte, tenace e scherzoso boscaiolo stava camminando sul sentiero della vecchiaia. Era passati quasi vent'anni da quando aveva portato Santo dietro l'osteria Pilin a spaccare legna. Agusto, pur restando un uomo forte, cominciava a piegare le spalle. «Sto imparando bene a morra» disse un giorno il giovane al maestro «perché voglio battere tutti, soprattutto quel coglione di Tomaso De Bartol. E poi voglio battere anche te, caro Agusto, ma con la manéra, a morra ti ho battuto mille volte, adesso devo vincerti a manéra.»

Agusto lo guardò con le mani in tasca e gli occhi preoccupati, un po' da presa in giro. «Santo» disse parlando piano, «non farti male. E per male non intendo nel lavoro di manéra, ma nella vita. Esser giovani e primi dà soddisfazione, niente da dire, ma ricordati che non si può essere sempre giovani e nianche sempre primi. Bravura e gioventù si consuma come il filo della scure. E quando sei abituato a esser giovane e primo ecco che avanza l'età e arriva il secondo posto. L'età e il secondo posto fa brutti scherzi.»

Santo si arrabbiò e rispose: «Non farmi la predica proprio tu, che hai sempre voluto essere primo. E poi, se vuoi che te la dica te la dico. Meglio un bravo finito che mai cominciato».

«Io non voglio proibirti niente» disse calmo il boscaiolo, «vorrei evitarti gli sbagli che ho fatto io, ma vedo che è impossibile. Uno come te deve passare di là e spaccarsi il naso e le ossa, allora forse capisce.»

«Ecco, bravo» rispose Santo con arroganza, «lasciami

passare di là e spaccarmi le ossa, quando ho capito verrò a dirtelo.»

Il giovane continuò a lavorare, allenando le braccia nelle prove di manéra e la mano a morra con chiunque gli capitasse a tiro. Era diventato un campione ma il destino non lo fece mai giocare con Tomaso. La sfida con lui doveva venire molti anni dopo, quando tutto stava per finire e Santo non aveva più niente da perdere. Ma bisogna andar per ordine.

Tomaso De Bartol aveva riunito una squadra di boscaioli foresti, gente piena di fame, che veniva da paesini di miseria, dimenticati da Dio e dagli uomini. Con questi aveva fatto impresa e gli andava bene perché li pagava poco e niente. Prendeva con calcolo i lotti più scomodi, lontani. Boschi sul ripido che costava due lire, quindi guadagno triplo. Sfruttava quei poveri boscaioli strizzandoli come stracci. Era magri che pareva stecchi e lavorava anche quindici ore al giorno. Gli altri taglialegna storse il naso.

Un conto era prender lotti scomodi e pagare poco gli operai, ma quello vendeva legna e legname a metà prezzo, sfalsando il mercato buono che durava da anni. Allora i capitaglio andò da Tomaso a lamentarsi. Lui li mandò in mona dicendo che a casa sua faceva quel che voleva.

«Sta' attento che è freddo, le teleferiche si può rompere» disse uno.

Ma Tomaso non gli die' retta e rispose: «Tutte le teleferiche si può rompere, col freddo, anche le vostre».

In quel momento nessuno lo sapeva, ma quelle parole diedero inizio alla famosa guerra dei boschi, che sporcò di sangue la valle per oltre vent'anni con pugnalate, manerate e sparizioni di gente che non si sarebbe mai immaginato. Dopo una settimana dall'avvertimento due teleferiche di Tomaso De Bartol erano per terra come serpenti morti. L'impresario, se così possiamo chiamarlo, non se la prese, radunò la squadra di specialisti e in pochi giorni le teleferiche tornò a posto, tirate e precise come corde di violino. Il taglio di teleferiche fu il primo segnale ma Tomaso non capì o, forse, non volle capire. Sta di fatto che continuò a fare quel che gli pareva, a sfruttare boscaioli bisognosi e sbilanciare il mercato del legname.

«Ammazziamolo» disse uno grande e grosso, «così finisce di rompere i coglioni.»

«Sì, tiriamolo via dalle spese» rispose un altro.

Santo era giovane ma vedeva lontano. Disse: «No, non subito, occorre che faccia strada. Lasciamo che diventi grande, e ricco e potente, come vuol diventare, poi gli leviamo tutto in un colpo solo, vita compresa».

Era uomini avvelenati, che lavorava e faceva progetti di ammazzamento, intanto Tomaso andava avanti coi suoi mistieri prendendo lotti persino in Bosconero nella remota val Montina, ai piedi del Duranno. Laggiù aveva fatto montare una teleferica che andava fino a Macchietto, paesino del Cadore, oltre Longarone. Aveva fatto costruire una baracca per i boscaioli che tagliava le mughe di Coltondo e Collalto. Invece quelli che tagliava tronchi nei Gravers de Bosconero e al Col della Taja, dormiva nell'antro dei bracconieri e della Rizea. Fu laggiù che fece i primi soldi Tomaso De Bartol. Nissuno al mondo, infatti, avrebbe mai pensato di chiedere lotti in quel posto lontano e salvatico bandonato da Dio e dagli uomini. E proprio perché nissuno aveva mai toccato quel posto con manéra da quando Dio l'aveva creato, i boschi era fitti come la pioggia, con alberi grossi e alti che il sole non passava giù.

Quando capirono che Tomaso aveva indovinato la mossa prendendo i boschi fuori dal mondo, i rivali diventò ancora più invidiosi e diceva: «Maledizione, averlo saputo! Non averci pensato prima! Diocristo che coglioni no averli presi noi!».

Quando Tomaso spuntava in paese, a Santo gli veniva voglia di sfidarlo a morra, poi pensava e diceva tra sé che ancora non era il momento. Aveva paura di perdere. Ma una sfida quell'anno doveva comunque vincerla e la vinse a manéra, con l'amico più caro: il maestro Agusto Peron.

Era giorno di festa, all'osteria Pilin si beveva e si mangiava. Era festa perché tornava la bella stagione, alla sera si accendeva il fuoco di San Floriano. Era il ventun aprile. Intorno al paese cantava tordi, merli, ciuffolotti, fringuelli, cardellini. Sopra quelle voci, si sentiva il verso del cuculo che cadeva sulla valle come i rintocchi dell'orologio. In paese, invece, cantava le thedìge[27] e i galli nei pollai e gli uccelli che la gente teneva in gabbia per compagnia. Cantava anche le donne nei campi mentre preparava la terra per le semine. Cantava allegre di fatica, povere donne. La fatica le faceva cantare. Quella con la voce più alta andava avanti, le altre le correva dietro come a rosario. Cantava i boscaioli nell'osteria Pilin, pieni di vino e acquavite, in attesa che venga l'ora di accendere il fuoco di San Floriano.

Arrivò anche Santo con la manéra infilata nella cintura dietro la schiena. Tórnava dal bosco. Era andato a fare la sua parte di legna per il falò. Nell'osteria c'era Agusto Peron e tutti gli altri che beveva e cantava. Ce n'era anche di fuori, sui tavoli, che giocava a morra, cantava e quistionava. Tra quelli fuori dormiva Fioravante da Pecol, pieno come una botte. Era crollato sul tavolo d'angolo, le braccia slungate in piano. La faccia in giù e la barba slargata sulle assi di larice.

Santo bevé sei, sette bicchieri, fursi otto, non si sa bene. Quel che si sa è che si mise a prendere in giro il suo maestro.

«Prima o dopo dobbiamo fare quella sfida a manéra, caro Agusto.»

«Bevi piano, Santo. Il vino va masticato se no agita.»

«Se vuoi facciamo a chi beve di più, per me è lo stesso» diceva Santo.

«Vuoi farti male?» rispondeva il vecchio boscaiolo senza perder la pazienza.

Uscirono dall'osteria e andarono avanti per un po' a pigliarsi in giro, poi Santo ebbe come una fulminazione. Guar-

[27] Rondini.

dò Fioravante da Pecol che dormiva sul tavolo e disse: «Ho pronta la sfida!». Aveva gli occhi lucidi come chi ha i vermi e gli ballava dentro una luce da matto. Senza dire una parola in più, sfilò la manéra dalla cinghia dietro la schiena svelto come un gatto, la levò per aria e la calò sulla testa di Fioravante da Pecol. Dal gran colpo tremò i bicchieri.

Fioravante, travolto dalla cioca, non si svegliò nianche. Restò com'era, addormentato sul tavolo. Intorno si levò il silenzio, si sentiva appena brusiare e quelli di dentro venì fuori a vedere. La manéra di Santo stava impiantata sul legno fino a metà. La barba di Fioravante, dalla parte destra del muso, era tagliata a fil di pelle come rasata a lametta. Santo aveva fatto la barba al vecchio con un colpo di manéra, senza toccarlo di un millimetro. Poi brancò la scure con due mani, la mosse su e giù cavandola dal legno, la sporse al maestro e disse: «Coraggio, Agusto, fagli l'altra metà». Agusto prese l'attrezzo e tastò il filo col dito. Non essendo la sua manéra, occorreva controllare come era messa. Di sicuro era messa bene, non si rade i peli se un'ascia è senza filo. Ma un boscaiolo di esperienza lo fa per vizio, tastare il filo è la prima roba che si fa maneggiando attrezzi degli altri. Agusto tastò il filo. Poi guardò Fioravante che dormiva, con metà barba fatta e metà no. Si piazzò davanti a lui e stava per alzare la manéra e calare il colpo sulla barba rimasta. Intorno era silenzio, solo qualcuno trovò la forza per dire: «Siete matti». Ma parlò piano.

Santo saltò fuori e disse: «Coraggio Agusto, le ciacole non dan farina». È un vecchio proverbio per quelli che chiacchiera e non produce niente. Agusto guardò ancora una volta Fioravante che dormiva come fusse morto. Poi tirò un sospiro, poggiò la manéra sul tavolo, sputò nelle mani, la riprese, la alzò sopra il vecchio e calò il colpo. L'altra metà della barba venne rasata fino in fondo.

«Ecco» disse Agusto, «adesso ha la barba fatta. Sei contento?»

«Siamo a pari» brontolò Santo, «non ha vinto nissuno!»

«Aspetta» disse Agusto, «non ho finito.» Sul tavolo stava

poggiate le mani del vecchio, con le unghie nere di sporco, lunghe e storte come grifi[28]. Agusto Peron levò la scure e calò il primo colpo. E poi un altro e un altro ancora. A ogni colpo un'unghia volava lontano tagliata a rasodito. Dieci colpi e dieci unghie saltò via.

Fioravante era una specie di morto che dormiva, non sentiva niente, solo che a ogni colpo la testa gli vibrava un poco. Ormai, di qua e di là del muso era senza barba, gli rimaneva solo il pizzo. Agusto porse la manéra a Santo e disse: «Visto? Un colpo può andarti di culo, dieci no. Per dieci devi essere a posto. Lavora ancora, canaj, e impara».

Santo la prese male. Aveva bevuto quei bicchieri che lo esaltava, ma era lucido. Alzò la manéra e gridò: «Una sfida la voglio a modo mio! Vediamo chi va più vicino al vecchio senza coparlo!». Calò la manéra sul collo di Fioravante con una forza da far paura. Il filo scrisse sulla pelle del vecchio una riga rossa come lapis copiativo. Una riga che partiva dall'orecchio e andava fino in basso. Lo striscio, più sottile di un capello, traversava il collo e finiva sul tavolo. «To', prova tu adesso!» gridò Santo rabbioso. «Se vuoi fare meglio devi andare più fondo. Andando più fondo lo ammazzi. Stavolta ti ho fregato!»

Agusto prese la scure e la fissò, guardò il collo del vecchio, e dopo guardò il vecchio che sotto tutti quei colpi e quel casino non aveva mosso un ciglio. La cioca di Fioravante era di quelle giuste, di quelle che ti portano a casa e non sai chi ti ha portato. E il giorno dopo vai in giro a chiedere cosa è successo e cosa hai combinato. Agusto alzò la manéra, la sporse a Santo e disse: «Non me la sento. Stavolta hai vinto, Santino, potrai vantarti finché vivi. Hai fatto la sfida giusta, bravo».

Intorno si levò un abbaiare di boscaioli che urlava "bravo" al giovane, poi casino e canti tornò peggio di prima, e con loro anche bestemmie e quistioni. Gli uomini pagava

[28] Artigli.

da bere a Santo che aveva battuto il maestro e pagava da bere al maestro, perché aveva perso. Quassù era così, si beveva quando andava dritta e quando andava storta. Si beveva per allegria o dolore, contentezza o disperazione, per nascita o morte, per vittoria o sconfitta. Insomma, si beveva sempre.

Intanto, come se fusse in paradiso, Fioravante dormiva beato e, quando si svegliò, riprese a bere senza nianche accorgersi che aveva solo il pizzo da becco, uno striscio sul collo e niente unghie. Glielo disse Jacon Dal Movi, quello che Santo aveva salvato dalla cannonata dei paranchi. Allora il vecchio si palpò la faccia e sentendola liscia bestemmiò. «Chi è stato?» Gli raccontarono cosa era successo e il vecchio non voleva credere e fece a meno di credere anche quando tutti gli diceva il contrario.

Un colpo di manéra come quello sul collo non si vide più. Santo non trovò il coraggio di ripeterlo, anche se le occasioni non mancò. Aveva capito che colpi come quello van dritti una volta, non due. Quello che non aveva capito, invece, era che Agusto lo aveva lasciato vincere apposta. Se avesse voluto, non solo uno striscio avrebbe fatto sul collo di Fioravante ma cento. Anche uno sopra l'altro. Era tanto sicuro di vincere che per poco non fu sul punto di dare un'altra lezione al giovane arrogante. Ma così peggiorava le cose. Una volta battuto, Santo si sarebbe incaponito col rischio di cercare e trovare rogne altrove. Meglio lasciarlo vincere, così metteva il cuore in pace e non rompeva più i coglioni con le sfide. Di sicuro avrebbe sfidato altri, quello non era un tipo da cedere. Quello voleva vincere e a uno così, prima o dopo, la vita gli dà la paga. Agusto un poco sentiva colpa. In fondo era stato lui a premerlo nelle prove di bravura, a dirgli che doveva essere più bravo di tutti. Per questo non aveva voluto batterlo segnando a manéra il collo di Fioravante. Santo nella vita si sarebbe battuto da solo. Era solo quistione di tempo. Quei caratteri là non cedono, e prima o dopo vanno a finir male. Così pensava Agusto e un po' gli dispiaceva.

Voleva bene al giovane, lo teneva come un figlio. Agusto morì col segreto. Non palesò mai a nissuno che aveva lasciato vincere Santo.

Santo, invece, visse e morì con la convinzione di averlo battuto. E lo diceva in giro.

«Con me Agusto Peron non ce l'ha fatta. Con me ha perso la partita. Ci vogliono coglioni a tirar manéra sul collo di uno senza coparlo.»

Agusto sorrideva e pensava: "Povero giovane, farà una vita grama".

9

La guerra dei boschi

«Tomaso De Bartol comincia a esagerare.» Questa voce girava tra i boscaioli delle altre squadre. Lui si metteva a ridere. E continuava a fare giochi sporchi. Fregava lotti agli altri offrendo metà del prezzo che chiedeva l'asta e pagava taglialegna morti di fame con una pipa di tabacco. Questi non poteva nianche mandarlo in mona e andarsene perché era legati sotto contratto. Prima di cominciare, Tomaso gli faceva firmare una carta che per diverse stagioni stava con lui e con nissun altro. Chi non sapeva scrivere faceva una croce su quel pezzo di carta, quella croce valeva la firma.

Alcuni di questi disperati li aveva addestrati a fare malegrazie. Gli prometteva un soldo in più e loro andava di notte a danneggiare le altre squadre e le altre imprese. I delinquenti di Tomaso tagliava teleferiche, faceva franare cataste, rubava materiale nelle baracche, bruciava le baracche e incendiava la legna in cumulo. Insomma, faceva queste robe agli altri per frenargli il lavoro e far avanzare quello di Tomaso. E siccome era gente ignorante continuava a farla franca. I disperati diventa furbi proprio perché disperati con niente da perdere. Non avendo niente da perdere e tutto da guadagnare, fan le robe più pericolose con decisione, ragionamento e coraggio. Quelli delle altre squadre sospettò che li mandava Tomaso. Del resto, era stati loro a tagliare per primi due teleferiche a Tomaso. Adesso lui le faceva tagliare tutte.

Chi ci guadagnava in queste faccende era Nani Martin la

Gazza. Chiamavano lui a giustarle e tirarle di nuovo perché lui era specialista in teleferiche. Anche altri era bravi, ma Nani Martin la Gazza era il tecnico più veloce e bravo di tutti. Se altri per giuntare una teleferica da nove millimetri metteva un giorno, lui metteva tre ore. Era talmente pratico che camminava sui cavi come uno cammina per la strada. La storia delle teleferiche aveva dato gran da fare a Nani Martin. Un giorno si stufò e nell'osteria Santon, quando tutti era lì a sentire, disse più forte che poteva: «Finitela di farvi male uno con l'altro, non ne posso più di giustar teleferiche».

Agusto Peron coi soldi risparmiati in tanti anni di lavoro aveva messo insieme una squadra di boscaioli fidati, con l'impegno di contrastare l'avanzata di Tomaso. A quel punto saltò su e disse: «Prima o dopo qualcuno finirà di far danni. Appena ne prendiamo uno smetterà di botto, senza dirgli niente». L'avvertimento era chiaro: "State attenti, se vi prendiamo ci lasciate la pelle". Ma dispetti e danni non si fermò, continuò più di prima. Allora i danneggiati decise di montare la guardia nei punti chiave, dove poteva venire i danni, per beccare i bastardi che li faceva.

Il primo lo coparono nel campanile. Due uomini, che non si può fare i nomi perché assassini, si nascose vicino la baracca degli attrezzi nella zona Lèuch Dalchin, sotto forcella Camp. Non pensava che già la prima notte rivasse il delinquente. Invece rivò.

Verso le due, sotto la luna che pareva un formaggio d'oro, i due sentì il passo. Poi vide un'ombra che si vicinava alla baracca e con una scarpata sfondare la porta. Volevano saltargli addosso subito, ma uno disse piano: «Spetiamo, vediamo cosa combina. Se incendia entriamo a sistemarlo, ma prima vediamo cosa combina».

Questo combinò che dopo mezz'ora di casino e colpi e movimenti di una lucina che poteva esser candela, tornò fuori con un fascio di manére sulla schiena. Aveva rubato una quindicina di manére grandi e piccole. Dopo averle legate insieme, se le portava via, chissà dove, fursi a venderle. Occorre sapere che una buona manéra costa un occhio della testa e tutti i boscaioli aveva buone manére, anzi manére speciali. Ognuno di loro diceva che la sua era meglio di tutte. Bisognava sentirle cantare nel bosco, le manére, insieme, quando batteva sulle piante! Era una musica speciale! Trenta, quaranta manére d'argento faceva tin tin di continuo, e ognuna aveva un tin differente dalle altre, come le campane.

«Ammazziamolo» disse uno dei spianti.

«No» rispose l'altro, «seguiamolo, vediamo dove va.» L'ombra carica di manére prese il sentiero verso il basso. Dopo un po', i due che spiava si mise dietro. Quello delle asce fece tutto il sentiero verso la frazione Liron. Poi andò giù verso il Bondi, traversò i ponti del Mesaz e del Vajont, montò i tornanti della Cuaga che pareva uno scarabocchio tanto si muoveva veloce qua e là. Alla fine si fermò davanti la porta del campanile. Fin qui nianche una polsa. L'uomo cavò di tasca qualcosa che si capì una chiave visto che aprì la porta del campanile. Poi entrò.

«Se ha la chiave è il sagrestano» disse uno dei due.

«Adesso lo sapremo» rispose l'altro, «andiamo dentro.»

Saltò insieme dentro il campanile e dopo un quarto d'ora la campana grande si mise a suonare. Poi, uno dopo l'altro, uscì di corsa e la notte se li mangiò come il cane mangia i bocconi. Intanto la campana continuava a suonare.

Quando è inviata bene la campana grande dondola un bel po'. La gente si muové dalle case pensando fusse disgrazia o fuoco. Andò di corsa al campanile con lampioni e candele. E secchi, in caso di fuoco. Nel campanile non c'era nissuno e nianche fuoco in giro. Era solo la notte di novembre che pareva inchiostro indurito, crepato solo dai colpi di campana. E il sagrestano, che andava su e giù impiccato per il collo alla corda della campana grande. Ogni volta che andava su, la testa batteva sotto il piano delle scale e ogni colpo buttava sangue a schizzo. I due boscaioli era entrati nel campanile bloccando l'uomo sul posto. Poi aveva acceso la macchinetta e guardato in faccia il ladro di manére.

Era proprio il sagrestano. Questo qui faceva il sagrestano per modo di dire e solo quando aveva tempo. Più che altro badava alle campane, le raddrizzava quando faceva la giravolta e controllava le corde. Il sagrestano vero, quello di canonica, era vecchio e non poteva rampicarsi su per le scale dritte del campanile. Per questo avevan messo un altro, uno sui quaranta che pareva un gatto.

Adesso quello sui quaranta che pareva un gatto era lì che andava su e giù con la corda come un salame, batteva sotto come un martello e buttava sangue ed era morto. In un angolo del campanile stava un cumulo di manére rubate, di preciso trentasette. Non era la prima volta che quello rubava manére. La gente frenò la campana tenendo la corda, despicò il sagrestano e lo mise per terra. A furia di andar su e giù, aveva fatto il collo lungo e fino come una budella. Nissuno sapé mai chi lo aveva ridotto così né perché. E nianche sapeva ancora che quello era il primo copato nella guerra dei boschi.

Il giorno dopo le manére fu portate sulla piazza, che tutti passasse davanti al mucchio a cercar la sua. Alla fine ognuno la trovò perché la conosceva come conosceva il suo cane. Guardacaso, nissuno di quelli che la cercò era nella squadra comandata da Tomaso.

Tomaso non ci mise tanto a vendicarsi pesante. La primavera dopo, quelli che andava a pulire i sentieri per la stagione di bosco vide qualcosa in una pila di acqua scura. Andò giù a sincerarsi e trovò due boscaioli della squadra di Agusto annegati dentro. Questi due aveva mani e piedi legati dal sarangon, un fil di ferro grosso che per stringerlo si faceva girare più volte un pezzo di legno attorno. Sulla testa aveva lo squarto della manéra. Quando lo venne a sapere Santo disse: «Quello si paga sull'unghia, a prezzo doppio».

«E noi anche» rispose Agusto.

Seppellì i due nella val Vajont, su un colle di erba corta, e non disse niente a nissuno. Per intenderci, in paese tutti sapeva quel che era successo, e immaginava quello che doveva succedere, ma non si chiamò gendarmi. Quassù certe faccende la gente se le aggiusta da sola, senza bisogno di legge. La legge è loro stessi, ognuno in base a forza, coraggio, fortuna e filo di manéra. Quelli della squadra contraria aspettò il momento buono per decidere qualcosa.

Un giorno Agusto prese Santo in disparte e gli disse: «Saresti buono di copare uno?».

«Dipende» rispose Santo, «ma non credo di esser buono.» Intanto si era spaventato, non aspettava dal maestro una domanda del genere. «Perché me lo chiedi?» disse.

«Perché non si sa mai, può darsi che sia bisogno di ammazzare e se c'è di bisogno devi esser pronto anche tu. La faccenda si fa tirata, occorre stare pronti. Quel bastardo l'ha presa sul serio, gli faremo calar le ali.»

«Cosa intendi?» chiese Santo.

«Intendo che se lui fa il doppio noi si fa lo stesso o quattro volte tanto. Ne ha copati due? Noi ne ammazziamo quattro, o anche otto.»

«Così non finisce più» disse il giovane, «non è meglio lasciar perdere?»

«Dipende cosa fa lui» fischiò Agusto, «se si calma può darsi che ci fermiamo qui. È vero che noi si avanza un morto ma si potrebbe lasciar perdere. Però se insiste bisogna fargliela pagare. Non a lui. A lui no, sarebbe troppo comodo. La facciamo pagare ai suoi parenti; in modo da farlo tribolare. Comunque vada tu intanto tien da conto l'odio, l'occasione non mancherà.»

L'occasione non mancò. Tomaso De Bartol aveva una morosa, una venuta da fuori insieme alla squadra dei morti di fame. Si chiamava Gelinda, portava carrucole, ma s'intendeva di erbe medicinali. Era una bella donna, intorno ai trentacinque, fursi qualcosa in più. Al primo incontro, Tomaso la maltrattò. Questa, invece di spaventarsi, gli mollò una scarpata nei coglioni. Allora Tomaso prese a stimarla e, dài e dài, alla fine diventò la sua donna. Non era sposati. Lei però viveva in una casetta che apparteneva a lui e più di una mattina si vedeva lui saltar fuori dalla casetta con occhi pesanti. Ormai in paese tutti si sapeva che quella era la sua donna e qualcuno ogni tanto chiedeva a Tomaso quando l'avrebbe sposata.

«Appena sarò possidente la sposerò» rispondeva, «prima ho da fare soldi. Quando la sposo a mia moglie non gli deve mancare niente.»

Quella donna non diventò mai sposa. Una notte partirono in cinque, incappucciati. Andarono alla casa di Gelinda e trovarono Tomaso che la montava. Speravano che non ci fusse, ma visto che c'era, decisero di sistemare anche lui. Lo presero per le braccia. Lui tentò si strappolarsi ma quattro contro uno non si fa niente. Il quinto mollò un pugno alla donna. Poi si calò le braghe e la montò. Quattro colpi, una specie di starnuto e aveva finito. Si tirò su le braghe e fece posto a un altro, dando il cambio a tenere Tomaso. E così, dandosi il cambio, andò tutti e cinque a montare la donna. Quando il quinto aveva finito, al primo gli era tornata voglia e la montò di nuovo.

All'inizio Tomaso fece per gridare e un poco gridò. Per fargli capire che non era il caso, gli mollarono un pugno sul muso che gli occhi si voltò all'indietro. Allora sté zitto e guardò. Guardò i cinque che montava la donna pensando fusse finita lì.

Invece non era finita. Prima di andar via, i cinque lo caricò di pugni e calci e sputi e colpi nelle coste che avrebbe messo giù un bue. Infatti andò giù anche lui. Due di loro legò Gelinda al letto. Perché non gridasse, le strinse un asciugamano intorno la bocca. Poi uno alla volta prese la porta e se ne andò senza nissun rumore, come camminasse nell'aria.

Quando si svegliò pieno di botte, Tomaso liberò la donna dalle corde e dall'asciugamano. Insanguinato e massacrato, disse che, siccome non aveva conosciuto i cinque, per vendicarsi avrebbe fatto fuori tutti gli uomini del paese.

«Se non li trovo ammazzo tutti, così prendo dentro anche loro» diceva. Gelinda taceva. L'offesa era stata troppo per aver qualcosa da dire. Passarono il resto della notte a leccarsi le ferite e medicarle. Più di tutti Tomaso che era ridotto male. «Non li scopriremo mai» ripeteva mordendosi i pugni.

«Io li trovo tutti» disse la donna con calma, «uno per uno li trovo tutti.»

Gelinda non palesò a nissuno quel che era successo. Tomaso contò che si era fatto male nel bosco, che gli era caduto un albero addosso e i rami lo aveva ridotto così. Nei giorni che venne dopo, si vide Gelinda girare per le osterie, avvicinare uomini e farsi pagare un bicchiere di bianco. Pareva allegra, ma allegra non era. Faceva finta di ridere e scherzare ma dentro macinava odio per cavar farina di vendetta. La gente si meravigliò di quel comportamento. Non era uso di donne girare per osterie a farsi pagar da bere da uomini. Dissero che era roba da puttane. Quando le avevano pagato da bere, Gelinda abbracciava gli uomini ringraziandoli con un bacio sul collo.

Passò nianche un mese, di preciso ventiquattro giorni, quando si trovò il primo morto. Era un boscaiolo della squadra di Agusto, uno di quarant'anni, caduto di traverso sotto il portico dei Buchi di Stolf. Si pensò caduto per la cioca della sera prima e battuto la testa. L'aveva visto tutti, la sera prima, cioco disfatto che tentava di strascinarsi a casa dall'osteria Santon. Non portava nissun segno di sangue, nianche in testa, dove si presumeva avesse preso la botta. Solo che era viola come il vino.

«Ha preso la botta nel sonno[29]» disse uno, «là si muore subito.»

Se gli avesse guardato dietro l'orecchio destro, avrebbe visto un foro più fino di un ago da calze e nianche una goccia di sangue. Ma quella era gente semplice e ignorante, non stava lì a guardare dietro le orecchie dei morti.

E non guardò le orecchie nianche al secondo morto, che si trovò una settimana dopo di traverso una letamaia. Lo

[29] Tempia.

vide una vecchia, alle cinque di mattina, che andava a pregare in cimitero.

Era un boscaiolo di Valdapont, frazione vicino San Martino. Anche lui della squadra di Agusto, anche lui col buco dietro l'orecchio. Ma nissuno vide quel buco e allora si pensò a un colpo al cuore.

Il terzo morto lo trovò Agusto Peron, venti giorni dopo. Stava andando a Longarone a piedi, quando, sulla curva della frazione Spesse, inciampò in questo qua che era per terra. Faceva ancora scuro, non l'aveva visto. Chiamò gente e scoprì che era un boscaiolo delle Spesse di trent'anni. Nissuno sapé com'era morto. Anche di lui si pensò a un colpo al cuore. Ormai era tre i morti, tutti viola come il vino: la quistione cominciava a dar pensiero. Che non fusse qualche malattia a copare uno dopo l'altro tre uomini?

Qualcuno disse: «Che scarogna, tutti della squadra di Agusto».

Una vecchia disse: «Se è malattia dovrebbe prendere anche donne, no solo uomini».

Intanto che ragionavano sui fatti, passò una settimana e saltò fuori il quarto morto. Stavolta era uno della frazione Piancuert, sempre boscaiolo, sempre della squadra contraria a Tomaso De Bartol. Era seduto davanti alla chiesetta di Borchia. Morto.

«Fursi stava tornando a casa quando si è sentito male» disse la gente.

«Almeno è morto davanti la chiesa» disse qualcuno, «gli può giovare, nell'altro mondo, esser morto davanti alla chiesa.»

Intanto che succedeva queste robe, in paese un uomo cominciò ad aver paura. Tutti quei morti era suoi amici, adesso temeva toccasse a lui. Quei quattro morti, diventati viola come bottiglie di vino, era gli stessi che aveva montato Gelinda e caricato di botte Tomaso. Per questo il quinto aveva paura. Già quando morì il secondo, i tre che restava si preoccupò, ma decise di aspettare. Intanto che aspettava morì altri due e adesso restava lui. Questo voleva difendersi, ma difendersi da cosa? E da chi? I suoi amici morti era diventati viola su tutto il corpo come sporchi di gèsene[30]. Poteva esser malattia. Ma chi era che dava quella malattia? E se malattia era, possibile che avesse preso solo quei quattro?

Costanzo Cione, l'ultimo dei cinque, si spaventò, e per non esser preso dalla malattia si ritirò in una baracca nei boschi di cima Camp. Restare in paese pensò non convenisse, poteva pigliarsi il male, invece lassù stava al sicuro. Di giorno lavorava con gli altri boscaioli, poi, quando tutti tornava a casa a piedi o in teleferica, restava lì. Però non disse a nissuno perché si fermava. Spiegò che gli piaceva stare lassù e basta.

Lo trovò Santo dopo una settimana. Una mattina arrivò a cima Camp per primo, entrò nella baracca e vide l'uomo steso sulla zaga[31], con la faccia in su, senza braghe, viola come il vino.

«E cinque» disse avvertendo gli altri che stava rivando dal sentiero.

Nissuno sapé mai come era morti quegli uomini né perché. E nianche si accorse che tutti aveva quel buchino dietro l'orecchio. Solo uno venì a sapere la verità ma la custodì nel petto a uso reliquia fino alla morte. Se l'avesse detta, incolpavano lui di tutte quelle morti e allora era meglio finire sottoterra col segreto che sottoterra copato. L'uomo che sapeva era Tomaso De Bartol.

Poco dopo che era morto l'ultimo dei cinque, color vino, Gelinda andò da Tomaso. I due amanti prima fece quel che era da fare uno sopra l'altra, poi lei disse: «Hai visto che li ho trovati?».

«Chi?» rispose l'uomo senza capire.

«I bastardi di quella notte, quelli che ti ha fatto nero e mi ha montata un dopo l'altro.»

[30] Mirtilli.
[31] Letto di foglie e frasche.

«E chi sono?» domandò Tomaso sempre più agitato.

«Chi erano, vorrai dire. Adesso riposa in pace, tutti e cinque sottoterra. Che belli blu era diventati.»

«Come? Non vorrai mica dire quelli morti da poco con la pelle color vino?»

«Era loro» disse Gelinda, «li ho trovati un per uno, fatti fuori un dopo l'altro.»

«Questa non la credo! Non posso crederla!» brontolava Tomaso. «Ma mettiamo che sia vera, come hai fatto a trovarli e coparli?»

«Li ho conosciuti dall'odore. Quella notte maledetta, mentre mi montava, ho tenuto a memoria il loro odore. Tutti aveva un odore diverso e io mi son stampata nel cervello i loro odori da porci. Ti ricordi che andavo in giro per osterie a farmi pagare un bianco dagli uomini?»

«Sì, mi ricordo, e non mi piaceva proprio» rispose Tomaso.

«Lasciami finire. Ti ricordi che quando mi pagavano un bianco li ringraziavo abbracciandoli?»

«Sì, ricordo, e nianche questo mi piaceva.»

«Cosa credi, che li abbracciassi per voglia? No, caro, li abbracciavo per annusarli e quando trovavo l'odore di uno dei bastardi, quello era morto. Bastava aspettare il momento buono e addio.»

«Mettiamo che sia così, come hai fatto a coparli tutti?»

«Semplice, semplice. Trovato l'odore trovato il maiale. Poi seguivo il maiale, lo studiavo, gli facevo occhi da voglia finché capitava l'occasione. Di notte lo invitavo per farmi montare. Lui credeva di montarmi invece, appena mi abbracciava, zac, gli puntavo un chiodino dietro l'orecchio, un chiodino da niente e addio bastardo.»

«Con un chiodino?» chiese Tomaso meravigliato. «Gli uomini moriva per un chiodino?»

«Sì, caro, un chiodino, ma sulla punta di quel chiodino avevo messo il veleno di cinque erbe che solo a guardarlo rimani secco. Siccome non volevo sospetti, quei porci li ho punti dietro l'orecchio. Un buchino come quello di un ago, niente più. Nissuno guarda dietro le orecchie dei morti. Però poteva darsi venisse fuori sangue, allora ungevo il chiodino con l'aglio.»

«Con l'aglio?» rispose Tomaso sempre più maravigliato.

«Con l'aglio, caro mio, con l'aglio. Se devi dare na cortellata a uno e non vuoi che venga sangue ungi il cortello con l'aglio.»

«Non lo sapevo.»

«Adesso lo sai, niente sangue con lama unta di aglio.»

«E come mai i bastardi era venuti viola?»

«Il veleno. Quelle cinque erbe mischiate è un veleno che fa scoppiar le vene tra dolori che nianche Dio sa. Il bello di quel veleno è che ti chiude la voce, non puoi urlare, né soffiare, né parlare, niente. La voce è come morta, sepolta sotto due metri di terra. Ma i dolori, quelli è vivi, e come! Adesso sai la verità ma ti conviene tenertela nei coglioni. Chiodi ed erbe non manca, ce n'è per tutti, caro Tomaso, non si sa mai.»

Il boscaiolo non sapeva più che dire. Per la prima volta in vita sua aveva paura di una donna. Quella, se le girava storta, era buona di far fuori anche lui. Magari all'improvviso, con un colpo di chiodo a tradimento. "Mi sa che dovrò farla fuori prima io" pensò Tomaso.

Gelinda riprese a parlare. «Quella che avete cominciato è una guerra. Una guerra bella e buona, e io mi son trovata dentro senza volere. Voi uomini non siete capaci di star bene, non volete star bene, dovete farvi danno, dispetto, ammazzarvi, se no non siete contenti. Se è successo quel che è successo è anche colpa tua, e io mi son trovata in mezzo. E ho pagato. Poi ho dovuto vendicarmi. È giusto così, certe robe non si perdona. Anzi, niente è da perdonare, le offese va lavate, ripagate sull'unghia, una per una. Adesso non ho più niente da fare qui, domani me ne vado, ma non credere che le guerre finisca con quei cinque. Finché resta uomini, le guerre non finisce. Addio, caro Tomaso, me ne vado da questo paese malideto, da questo paese di assassini, vigliacchi e ignoranti.»

Gelinda uscì, chiuse la porta e sparì. Nissuno la vide più in paese e tutti pensò fusse andata lontano. Invece era più vicina di quel che pensava. Dopo una settimana dalla sua scomparsa, il boscaiolo Gavio Sorbo tornava dal Bondi. Per scurtare la strada, tagliò in salita verso il colle delle Acacie. Traversò il bosco fitto, formato di sole acacie. Da una di queste vide pindolare qualcosa che pareva un fagotto. Allora svoltò e andò a vedere cosa pindolava dalla cassia[32]. Era Gelinda, impiccata a uno dei rami più alti. Gavio fece per tirarla giù, ma appena rivava a toccarle i piedi. Allora gli venne l'idea di montare sull'albero e tagliar la corda con la brìtola, poi pensò che era meglio andare in paese e avvertire. Non si sa mai, se tagliava la corda potevano anche pensare che fusse lui in mezzo alla faccenda dell'impiccata. Era meglio che la vedesse tutti come stava e poi tirarla giù.

Allora filò in paese e chiamò il primo che passava. Gli disse che giù, al colle delle Acacie, era Gelinda impiccata al ramo. Poi Gavio tornò nel bosco per far compagnia a Gelinda. Quell'altro cominciò a dire a tutti che Gelinda era impiccata a un albero sul colle delle Acacie.

Arrivò una processione di gente per vederla e tirarla giù. Dopo una settimana che dondolava all'aria, Gelinda era sciugata come uno straccio al sole, e scura a uso corame. Ma era rimasta una bella donna e, intanto che aspettava gli altri, Gavio guardava da sotto in su per vederle le mutande. Non ne aveva. Mentre guardava in su gli scappò una bestemmia. «Che peccato» disse, «una donna così.»

Gelinda non poteva vivere, non voleva più vivere dopo quel che era successo. Non perché aveva fatto fuori i cinque bastardi, ma perché i cinque bastardi l'aveva montata con la forza. Questo peso non rivò a portarlo. Allora si era impiccata ma prima aveva voluto vendicarsi accoppandoli tutti e cinque.

[32] Acacia.

Al funerale di Gelinda era una giovinetta di circa quindici anni che piangeva più di tutti, ammesso che tutti piangesse.

«Perché piangi così?» gli chiese Tomaso.

«Perché le volevo bene, mi aveva insegnato i segreti delle erbe, e mi voleva bene.»

"Ecco un'altra da stare attenti" pensò Tomaso. "Un'altra che conosce i veleni."

La giovinetta si chiamava Fulvia dal Mir, detta la Siratta perché era svelta e bella come uno scoiattolo, che in dialetto è appunto "siratta". Questa Siratta era fatta a modo suo, non si faceva comandare da nissuno, aveva occhi verdi e fondi come l'acqua dei Govoi. Dicevano che quando ti guardava fisso, uno si poteva anche addormentare sotto la forza di quegli occhi. Era come quando ti prende il pojàn[33] dopo una giornata a spostare tronchi e ti addormenti al margine del bosco con la giacca sotto la testa. Qualcuno credeva e qualcuno non credeva a questa storia dei poteri di Fulvia. Però nissuno aveva coraggio di guardarla troppo a lungo negli occhi.

Tutto il paese compagnò Gelinda al camposanto nell'ultimo saluto. In tanti odiavano Tomaso, ma quella morte aveva aperto uno sbrego anche negli animi più induriti.

Tornando verso casa, Santo e Paula camminava uno accanto all'altra in silenzio. A un certo punto la ragazza del Bondi, con la voce fiapa dopo il piangere del funerale, disse:

«Povera Gelinda, ha pagato per tutti. Lei, che di colpe non ne aveva, ha pagato per tutti.»

«Peccato, era ancora giovane. Mi dispiace. Di Tomaso invece non mi dispiace, ha avuto quello che si merita.» Poi andò avanti.

«Vi fate la guerra per quattro boschi, però muore una che aveva colpa di essere innamorata del suo uomo. Fate sem-

[33] Stanchezza e sonno.

pre i vostri comodi, voi, anche tu, che non hai più voluto sposarmi e mi tieni come una troia.»

«La donna deve seguire il destino dell'uomo, e a noi ci sta bene così» brontolò Santo.

La ribellione della ragazza lo faceva imbestialire. Chi pensava di essere questa qui per dirgli cosa fare? Non lo aveva mai permesso a nissuno, nianche a suo nonno.

Ma il sentimento di Santo verso Paula era cresciuto nel tempo. Ormai le si era affezionato, qualche volta aveva pensato a un futuro insieme. Però non le diceva niente, perché avrebbe dovuto? Se le andava bene potevano tirare avanti, altrimenti che si arrangiasse. Meglio di lei ne trovava altre.

E così Santo e Paula camminava in silenzio, ognuno covando pensieri come chiocce sulle uova.

10

Il cortello

La guerra dei boschi intanto andava avanti. Andava e veniva, si fermava, poi tornava con qualche morto e dopo riposava un poco e pareva pace, e che fusse finita lì. Invece non era finita. Come quando si soffia sulle braci e il fuoco ripiglia forza, la guerra riprendeva a soffiare sui morti col suo fiato assassino. Nissuna delle due parti cedeva o perdonava e ormai era una quistione di chi teneva botta più a lungo per rovinare l'altro.

Questa brutta faccenda durò venti e passa anni e intanto chi ammazzava si era fatto furbo, faceva le robe in modo che paresse incidenti, così non poteva esser sospettato. Ma si condannava da solo, perché gli altri sapeva che non era incidente e allora faceva fuori lui.

A volte era incidenti sul serio, senza trucchi, ma ormai si sospettava di tutto e tutti. Allora poteva succedere che qualcuno si vendicasse di un morto o di un ferito che invece era venuto per caso. E così la guerra dei boschi non aveva mai fine, andava avanti senza più logica, ammesso che le guerre abbia qualche logica.

Un giorno Tomaso De Bartol aprì la porta della fucina dove, tra fumo e scintille e fiamme, lavorava il fabbro Mano Del Conte. Il vecchio fermò un martello a doppia punta e disse: «Cosa vuoi? Manéra? O ronca?». Poi riprese a battere come fusse solo.

Mano Del Conte non vedeva di buon occhio quel boscaiolo arrogante e malvagio che aveva deciso di far soldi a scapito dei boschi e della gente, passando sopra quelli che cercava di fermarlo schiacciandoli come vermi. Però nel lavoro non faceva differenze.

Tomaso aspettò che il vecchio finisse di battere, poi disse: «Né manéra né ronca, stavolta è cortello. Devi farmi un cortello come dico io».

Il vecchio rispose: «Siccome ho da farlo io, lo faccio come dico io».

«Sì» disse Tomaso, «giusto, ma lascia almeno che ti dia la misura.»

«I cortelli ha solo una misura» brontolò Mano Del Conte a testa bassa, «la misura è la tempra.»

«Deve avere venti centimetri di lama sottile» rispose Tomaso, «fina e leggera come una piuma.»

Il vecchio prese un pezzo di carbone spento, lo buttò tra i piedi dell'uomo e disse: «Lì c'è un tavolo, disegna come lo vuoi e va' via. Torna domani».

Sotto gli occhi obliqui di Del Conte, Tomaso disegnò la sua lama strana, fatta a penna di gallo forcello, lunga più di una spanna e storta in dentro.

«Non è cortello da maiali» disse Del Conte guardando il disegno, «e nianche da spellare capre o tagliar cipolle.»

«Infatti» rispose Tomaso, «è cortello da ungere con l'aglio.»

L'indomani Tomaso ritirò la lama, pagò quel che era da pagare, poi andò da Genio Damian Sguima a farsi fare il manico. Poteva farlo anche lui, ma Genio era scultore e Tomaso voleva che in fondo al manico fusse una testa di donna.

«Come viene viene» disse Genio. «Io faccio sant'Antonio, no donne.»

«Come viene viene» ripeté Tomaso, «basta che sembri donna.»

«Lo faccio di corniolo» disse Genio. «Dura eterno.»

«Non serve che duri eterno» fischiò Tomaso. «Col tempo la lama si consuma, affilandola finisce, rimane niente. A che serve il manico senza lama?»

«Si può metterlo su un cortello nuovo» disse Genio, «un bel manico è sempre un bel manico, peccato buttarlo via.»

«Ogni cortello ha il suo manico» brontolò Tomaso, «e quel manico deve morire con lui. Non si mette un manico su un'altra lama. Quei due ha vissuto insieme per anni o secoli, come si fa a dividerli? Il manico sa quel che ha fatto la lama, la lama sa chi ha stretto il manico. Guai dividerli. È come gemelli, se dividi uno, sta male l'altro.»

«Fai come ti pare» rispose Genio. «Io faccio il manico, il resto è affari tuoi.»

Alla fine il cortello fu pronto. Era lungo in tutto trentatré centimetri. Il legno di corniolo aveva intagliata attorno una treccia di capelli che partiva dalla testa di donna in fondo al manico. Si può dire che saltò fuori proprio un bel cortello, con una strana lama che non era dritta ma un po' curva verso dentro, come le coste delle bestie o le nostre. Adesso bastava affilarlo e provare il taglio. Ma il taglio era sicuro come il sole o la pioggia. Mano Del Conte non aveva mai sbagliato una tempra in cinquant'anni. Con le sue lame, fusse manére o sgorbie o ronche o quello che si vuole, potevi tagliare marmo.

Tomaso affilò il cortello sulla mola di saldan, mola ad acqua, fatta girare da uno degli operai morti di fame. Poi lo passò più volte sulla pietra di Candia per togliere il filo morto, una bava fina come un capello che deve esser tolta se si vuole un rasoio. Finito, tirò su la manica della giacca e lo provò sul braccio. Rasò i peli per una buona spanna in lunghezza e a quel punto il cortello poteva dirsi a posto. Invece non era a posto, mancava ancora una roba. Mancava la custodia, un fodero, insomma, qualcosa che proteggesse il filo a quel rasoio dal manico donna. Tomaso camminò lungo il rio Valdenere, dove cresceva sambuchi di ogni misura. Ne tagliò uno che gli paré giusto. A casa cavò il midollo con un ferro. Poi sagomò l'esterno a forma piatta come un fodero da spada. Da una parte lo chiuse con un tappo di sughero. Misurò la lama sul sambuco, tagliò il legno che avanzava, ci infilò il cortello e il fodero era fatto.

Lo mise tra la cinghia delle braghe e non lo tolse più se non per andare a dormire. Quando dormiva lo teneva sotto il cuscino per onorare la buona regola del non si sa mai. Sapeva di avere un po' di nemici e si teneva pronto. Con quel cortello si faceva anche la barba, dopo averlo passato sulla coramella.

All'inizio non ci aveva fatto caso, ma dopo qualche giorno Tomaso s'accorse che alla lama mancava la testa di gufo stampata a caldo, che altro non era se non la firma di Mano Del Conte. Andò dal vecchio a chiedere perché non aveva lasciato il suo marchio sul cortello.

«Io» disse il fabbro «non firmerò mai quel cortello, nianche se mi accoppi. Quello è nato per ammazzare gente, non per tagliare il porco o spellare bestie. Quello è stato voluto così da te. Mentre lo battevo, sentivo che nasceva qualcosa di malvagio ma non potevo tirarmi indietro, né fare a meno di finirlo. Era come se una forza maligna mi muovesse il braccio. Il martello non stava fermo, andava su e giù da solo. Ho provato a temprarlo male, ma la mano s'è ritirata quando l'acciaio friggeva giusto. Né un attimo in più né uno in meno. Il tempo da temprarla e il braccio ha ritirato la lama. Quello è un cortello nato per il male. Lo hai voluto tu, la forma storta è per buchi che non guarisce. Adesso è tuo. Male ne farà anche troppo, ma non pretendere che te lo firmi.»

Il fabbro aveva visto giusto.

«Sei un vecchio rincoglionito» gridò Tomaso a Mano Del Conte. «La tua firma non mi serve, mi serve lama buona, cosa faccio è affari miei!»

Mentre se ne andava sentì il vecchio dire: «Quel cortello ha la morte in faccia, guai a chi si trova davanti». Poi non disse più niente, tornò a battere l'incudine.

Venne il giorno di San Simon. Gli uomini preparava la catasta per il grande fuoco. Le donne doveva far bollire una pecora fatta a pezzi con dodici patate e dodici cipolle nel calderone sul fuoco davanti la chiesa. Prima di lessarla e mangiarla con patate e cipolle bisognava ammazzarla, e prima di ammazzarla era da tosarla che la lana serviva a tener caldo. Quando fu da coparla, le donne si n'accorse che mancava il secchio per prendere il sangue. Lì attorno era tutti, amici e nemici, buoni e cattivi, giovani e vecchi.

«Vado a prendere il secchio» disse una donna. «Intanto trovate uno che l'ammazza.»

Tomaso, che era vicino, saltò fuori e disse: «La copo io, e secchio non serve».

«Come non serve? E il sangue?» brontolò una vecchia.

Ma, intanto che quella parlava, Tomaso aveva già tirato fuori il cortello dal fodero e forato la pecora sul collo.

«Si sporca il sagrato in quel modo» protestò la solita vecchia.

Ma dal collo della pecora non sortì goccia di sangue. Fra i tanti che ingombrava lo spiazzo, Santo, Agusto Peron, Gavio e altri guardava. Alcuni si guardava storto ma tutti faceva finta di niente. Era festa, per una volta si poteva andar d'accordo.

Quando si n'accorse che la pecora non buttava sangue, Agusto avvicinò Tomaso e gli domandò perché.

«Ho unto la lama con l'aglio» rispose.

«Con l'aglio?»

«Con l'aglio» disse Tomaso, «se ungi la lama con l'aglio il sangue resta dentro.»

Si fece avanti Santo e disse: «Questa non la sapevo».

«Non sapete molte robe, voi» disse Tomaso, «ma pian piano imparerete a vostre spese. Se avrete tempo e vita le imparerete tutte.» Si mise a spellare la pecora.

Intanto arrivò la donna col secchio di legno e una ronca. Tomaso tagliò la testa alla pecora con la ronca e solo a quel punto il sangue cascò nel secchio.

Santo si avvicinò e guardò il buco nel collo della pecora. Era un buco a U. Essendo la lama storta, tirandola fuori lo aveva slargato e sagomato a quel modo. Fusse stata lama normale come tutte, sarebbe venuto un buco netto, ma quello era un cortello speciale e faceva quel buco lì.

Si andò avanti con la festa. Le donne bollì la pecora, gli uomini incendiò il falò di San Simon e tutti mangiò e si ubriacò. Prima di infilare il cortello nel fodero di sambuco, Tomaso lo lavò e lo asciugò con la lana della pecora. Poi, da un tascapane che teneva a tracolla, cavò due riasche[34] d'aglio e le strofinò una per parte sulle facce della lama finché fu sottigliate. Quello che restò dell'aglio se lo mangiò. Mise il cortello nella cinghia dei pantaloni e disse: «Pronto per la prossima».

[34] Spicchi.

11

Nei boschi di Barucco

Quell'autunno della pecora senza sangue, Agusto, Santo e compagni prese lotti di faggi e larici nei boschi di Barucco, in val Zemola, dalle parti di casera Bedin. Più in alto era da tagliare infinite boscaglie di mughe che fasciava le montagne e che avrebbe portato un bel guadagno. Nissuno fino allora era riuscito ad avere quei lotti. Il malgaro di casera Bedin li aveva ottenuti dal comune insieme ai pascoli, in modo che altra gente non venisse intorno a rompergli i coglioni. Morto il malgaro, i boschi si liberò e, prima che entrasse un altro malgaro, Agusto fu svelto a farsi dare i lotti dal comune.

Questa volta fu più svelto di Tomaso, che non sapeva niente. Il podestà era amico di Agusto e lo avvisò per fare la domanda prima dell'altro. Tomaso non digerì la faccenda, il boccone gli andò di traverso. Quei boschi li braccava da tempo. Aveva cercato anche di convincere il malgaro a cederli per un bel po' di soldi, ma al malgaro non gli interessava i soldi. Gli interessava stare in pace a casera Bedin, circondato da vacche, pascoli e boschi, così lo mandò in mona.

Appena ricevuti i lotti, la squadra di Agusto si spostò lassù, nelle selve di Barucco, a preparare i tagli. Prima mise in piedi due baracche di tronchi per mangiare e dormire, poi tirò due teleferiche, una da val Zemola al Col della Lessa, la seconda dal Col a Erto.

Ormai, con scarpe ferrate e cieli di piombo, veniva avanti l'autunno, stagione buona per il taglio di piede. Occorreva buttar giù piante il più possibile e poi fermarle in catena, che vuol dire sramarle lasciando solo un ciuffo in cima. Questo ciuffo, per vivere ancora un poco, tira su tutta l'acqua che sta dentro l'albero lasciandolo leggero e asciutto come una paglia. È la legna meglio: brucia e fa caldo. Le piante da lavoro anche; lasciate in catena diventa uniche e non si sfende e non storce mai. Tutto però deve esser fatto in luna calante fino a dicembre. Così gli alberi ha tutto il resto dell'inverno per farsi asciugare le acque dal ciuffo rimasto in cima. Se non c'è tanta neve, a gennaio si manda giù legna e legname per i canaloni ghiacciati e intanto si taglia anche roba nuova sempre in luna calante, fino a metà aprile, quando le manére si ferma e i boschi si sveglia e riprende a vivere.

Prima della neve arrivò le piogge, i boscaioli costretti a stare in baracca si contava storie di quando era giovani o di adesso che era vecchi. Storie di donne o di caccia, perché quasi tutti era anche cacciatori per necessità di vivere. Mollava la manéra, prendeva la schioppa e tornava nei boschi da dove era appena usciti come caprioli dalle radure. Non era meraviglia che quando partiva con la manéra in spalla il boscaiolo avesse anche fucile e cartucce.

Quell'autunno piové a secchie, ma i taglialegna resisteva e non si muoveva dai boschi di Barucco. Per non perdere tutto il tempo, appena cessava qualche ora usciva e cercava di lavorare sui tronchi, ma dopo dieci minuti era bagnati marci e allora tornava nelle baracche a sciugarsi davanti ai fuochi.

Finalmente tornò bel tempo, gli uomini poté uscir fuori da quella tenaglia di mal tempo e mettersi a tagliare come si deve. A colpi di manéra e segone, buttarono giù cinque-seicento metri cubi di legname, mughe comprese. Poi tornò a piovere per altri quattro giorni. L'acqua veniva sempre verso mezzogiorno, allora i boscaioli correva alle baracche a mangiare e stare all'asciutto.

Tra loro c'era uno di nome Leopoldo Corona detto il Polte,

che non credeva in Dio e non poteva vedere i preti. Questo Polte, quando si metteva a piovere e tutti correva in baracca per non bagnarsi, lui camminava piano, così la prendeva tutta. Gli chiesero perché andasse piano sotto la pioggia invece che correre. Rispose: «Se corri prendi pioggia il doppio, invece se vai piano passi tra le gocce e le schivi».

Sapevano che il Polte era un bastian contrario e dopo questa risposta non gli chiesero più niente. Polte non voleva essere interrogato, non sopportava domande e quando si sentiva far domande li freddava con risposte a fucilata che sfioravano l'offesa.

Per esempio: «Prendi il sole, Polte?».

«Non lo prendo, lo lascio camminare.»

Oppure d'inverno nella sua casa spesso senza fuoco.

«Patisci freddo, Polte?»

«No, non lo patisco, ne ho anche troppo.»[35]

Passava uno sulla strada tirando la slitta, Polte era seduto sulla porta.

«Come va, Leopoldo?»

«Sai tu, come va, che la stai tirando.»

Si potrebbe andare avanti mesi con le fucilate del Polte, ma una, fursi, merita ricordare.

Era già vecchio, viveva solo, e dava forme di formaggio ai topi, unici amici che aveva in casa. Per strada i canajs lo prendeva in giro.

«Ti tira ancora, Polte?»

E lui calmo: «Non mi ha mai tirato lui, ho sempre dovuto portarmelo io».

Un giorno Polte dai boschi di Barucco scese alle baracche per riempire la baril di vino. Gli altri boscaioli era sparsi qua e là nelle fasce di mughe a tagliar di piede. Entrò nella baracca del mangiare dove c'era il vino. Fece per andare al deposito ma si fermò. Per terra c'era il cuoco con un cortello impiantato nel cuore. Sangue niente, non usciva nianche

[35] Patire in ertano significa anche "sentire la mancanza" di qualcosa.

una goccia. Il cuoco non era cuoco ma boscaiolo come tutti. A turno, una volta al giorno, un boscaiolo doveva essere cuoco e far da mangiare a quelli che stava in bosco. Polte salì il sentiero di corsa e senza vino a dire che il cuoco boscaiolo, Ludovico Ruan Corona detto Vico, aveva un cortello dove non doveva essere.

Gli altri non capiva.

«L'ha impiantato nel cuore» spiegò Polte. Corsero giù tutti perché si passò la voce l'un l'altro.

«Si è copato da solo» dicevano, «povero Vico, chissà cosa aveva in testa che lo tormentava.»

«Non mi pareva disperato da impiantarsi il cortello» diceva qualcuno.

Intanto arrivò Agusto Peron e Santo, e altri boscaioli scesi dalle fasce di mughi con le manére dietro la schiena. Vico aveva impiantato dalle parti del cuore un cortello di quelli lunghi che adoperava a far da mangiare. Agusto lo guardò e s'accorse che non c'era sangue sulla camicia di Vico.

Intanto quelli attorno continuava a dire che si era copato e a domandarsi perché Vico si fusse copato.

«Non si è copato» fischiò Agusto, «l'hanno copato.»

«Come fai a dirlo, a essere sicuro?» chiesero.

«Lo dico perché sono sicuro, altrimenti non direi.»

Prese il cortello per il manico, con uno strappo lo cavò dal petto di Vico Ruan Corona, se lo mise sotto il naso e annusò come si annusa carne andata male.

«Aglio» disse rivolto ai compagni. Poi guardò Santo e continuò: «Questo cortello è stato unto con l'aglio, per questo non esce sangue».

Uno saltò su e disse: «Mettiamo che sia stato ammazzato, ma da chi? Chi può essere venuto quassù a far fuori Vico? E poi perché questa storia dell'aglio? Se uno vuol copare un altro non gli interessa se corre sangue o non corre».

Agusto disse: «Quella è la firma. Chi ha lasciato secco il povero Vico ha voluto lasciare la firma. E noi sappiamo chi unge i cortelli con l'aglio. Vi ricordate la pecora di San Simon? Chi fu a coparla col cortello unto di aglio? La pecora non buttò una goccia».

«Tomaso!» dissero alcuni boscaioli.

Uno saltò fuori e brontolò: «Non è detto sia stato lui. Primo, lui ha il suo cortello e non lo molla per nissun motivo. Secondo perché dopo la storia della pecora sanno tutti la faccenda dell'aglio e chiunque può prenderne due riasche e ungere un cortello».

«Anche questo è vero» rispose Agusto. «Resta la faccenda che Vico è stato ammazzato. Se si fusse ammazzato lui, di sicuro non ungeva il cortello con l'aglio prima di impiantarselo. È stata gente dell'altra squadra, quella di Tomaso. La guerra continua, canajs.»

Andarono avanti coi lavori di taglio, sramatura e accatastamento su in alto, nei boschi di Barucco. Prima portarono sulla slitta il morto fino in paese e lo seppellirono. Del cortello in petto nianche parola. Contarono che era stata una pianta a schiacciarlo. Per far tutto più da credere, prima di tirarlo giù gli mollarono un tronco sul petto e la gabbia scricchiolò, poi si fracassò come buttare un lastrone addosso a una vecchia gerla. Diverse coste venne fuori dalla pelle e spinsero in alto la camicia come un dito che preme sotto un lenzuolo.

Intanto il freddo cominciò a far vedere il suo brutto muso e le unghie affilate. Subito dopo le piogge, i canaloni ripidi dove si faceva slittare il legname fino in val Zemola si ghiacciarono diventando gronde di vetro lunghe un chilometro, anche uno e mezzo. Le foglie che cadeva dagli alberi si poggiava sul ghiaccio di quei canaloni e scivolava fino in fondo. Tutti i boschi ormai si toglieva i vestiti colorati, pezzo dopo pezzo. Gli alberi restava impiantati nella terra nudi e crudi, coi rami per aria come ombrelli senza tela. Le selve, fino al mese prima fitte che non vedevi un metro, senza foglie era schiarite come aria e i boschi pareva processioni di cristalli lavati dall'acqua piovana. Tutto era diventato limpido come il cielo.

Dai boschi di Barucco si poteva vedere a fondovalle, la casera Ferrera e in alto a sinistra la casera Bedin e di fronte la remota casera Galvana. Sotto il castello del Duranno, con la torre illuminata dal sole di novembre, occhieggiava la piccola casera Pezzei. A stare un poco attenti con l'orecchio, si poteva sentire nell'aria il toc toc di altri boscaioli che forava tronchi. Era i picchi rossi e verdi che cantava e lavorava insieme ai taglialegna e passava l'autunno con loro.

Il picchio rosso e il picchio verde sta coi boscaioli. Lavora con loro tutto l'autunno con fatica e velocità finché gli fa male la testa a furia di battere. Scavano nei tronchi malati, quelli morti dentro, come certi uomini. Li forano fino al midollo e poi dal midollo vanno giù per un metro e anche più, in modo da prepararsi la casa per la primavera che viene. In questa casa fanno il nido, lo mettono laggiù in fondo, dove nissuno li può disturbare o fargli pericolo. Il picchio è uccello caro ai boscaioli perché fa lo stesso mistiere, cioè taglia legno come loro. Ma il picchio rispetta il bosco, invece spesso il boscaiolo no.

Per esempio Tomaso non rispettava i boschi. Dal momento che voleva diventare ricco, tagliava più che poteva per vendere più che poteva e fare schei. E anche Santo, più avanti, prese quella brutta voglia di fare schei. Ma bisogna andare per ordine.

Intanto il cielo diventava latte, stava per arrivar la neve, il regalo che i boscaioli aspettava. La neve è un prezioso amico quando si deve far scivolare il legname a fondovalle. I canaloni solo ghiacciati non basta a far correre i tronchi. Il ghiaccio si gratta via dopo due o tre discese e i legni non scivola più. Invece, quando viene un metro di neve o due, si fa la traccia tirando lungo il canalone un tronco grosso, una taja da cinquanta centimetri di diametro. Questa apre la prima strada e poi si strascina giù un'altra e un'altra ancora, fino a cinque. A quel punto il canalone è pronto. Si aspetta il gelo della notte che lo saldi come si deve, in modo che la neve battuta diventi una lastra di marmo, e il canalone è pronto. Un chilometro, un chilometro e mezzo di budello ghiacciato, ripido che fa paura solo a guardarlo. Guai scivolarvi dentro per sbaglio o mossa storta. Si finiva a fondovalle più veloci dei tronchi, e più spaccati. Per non rischiare, i boscaioli lavorava sempre con le grappelle a sei punte sotto gli scarponi o usava galosce ferrate.

Intorno a metà novembre arrivò l'aiutante dal vestito bianco. Ne venne giù più di un metro e intanto che nevicava gli uomini tornò in paese, al caldo delle stufe e delle mogli. Chi le aveva. Chi non le aveva, cercava quelle degli altri, o cercava quelle che non aveva marito o, alla più disperata, si rangiava da soli a mano.

Appena finì di nevicare, partì trenta uomini. Era quelli della squadra di Agusto Peron e Santo, armati di ciaspe per stare a galla. A essere precisi era trentuno. Il trentunesimo si era presentato tempo prima di fronte ad Agusto. Gli disse che avrebbe voluto lavorare con lui, di Tomaso ne aveva i coglioni pieni, quello era un farabutto di prima categoria e lui coi farabutti non voleva avere a che fare. Allora domandò a Peron se lo pigliava in squadra. Agusto, che era un buon uomo, lo tirò nella squadra.

Il nuovo entrato si chiamava Cosmo Redento Butti, detto Piuma di Fagiano perché sul cappello portava una piuma di fagiano raccolta nella pianura friulana, quando andava a fare l'ambulante chiedendo carità. Questo Piuma di Fagiano aveva intorno quarant'anni, magro, alto, col muso da faina, che è il muso dei sospettosi che non ride mai e quando ride ha muso da traditore, come le faine. Da quando entrò nella squadra di Agusto, capitò un periodo che tutto andava storto. Per esempio, c'era da contattare un commerciante nel Bellunese o nel Maniaghese per vendere il legname? Andavano per contattarlo e invece aveva già fatto prima Tomaso e combinato l'affare. Oppure saltava fuori l'occasione di un lotto, Agusto e Santo andava per trattare e scopriva che l'aveva preso Tomaso.

Un giorno partì Santo e Agusto per andare a Igne, paese sopra Longarone, a trattare duemila metri di bordion, cavo per teleferica da nove millimetri. Il mercante gli disse che era passato un tipo il giorno prima a comprare il cavo.

«Era vostro paesano» disse.

Si fecero spiegare com'era la faccia di questo tipo e alla fine saltò fuori che era Tomaso. Il bordion si trovava ancora là, catastato in rotoli, ma ormai Tomaso l'aveva pagato e non c'era niente da fare.

«Ti diamo il doppio» disse Santo al mercante, «se ce lo dai a noi.»

«Non posso» rispose, «nianche per il triplo, la parola è parola, ormai l'ho data a quello.»

I due tornò a casa scornati, anche perché era andati a piedi a comprare la corda.

«Come mai il bastardo sapeva del cavo?» domandava Agusto a Santo mentre camminava verso Erto.

«Boh! Non lo so, fursi ha sentito voci, non si tace mai abbastanza in questo buco di paese.»

«Comunque il cavo non lo usa» fischiò Agusto, «appena lo tira lo taglio, se lo tira di nuovo taglio di nuovo, finché resta a tocchettini.»

Un giorno Santo tornava dal Bondi dove aveva incontrato Paula alle curve di Vinchiarei. Erano stati là fino a tardi, seduti a chiacchierare e far quelle robe che fa due morosi, tra cespugli di vinchi gialli e il Vajont che passava di lato. Era scuro patocco[36] quando Santo risaliva le rampe della Cuaga, sul sentiero che conosceva a memoria. Aveva i piedi scufonati[37] e avanzava senza rumore. A un certo punto, dietro il noce della quinta curva, vide due lucine che gli sembrò lampe a carburo perché faceva fiamme bianche. Allora si avvicinò pian piano per vedere chi fusse quelle lucine. Era due uomini. Si accorse dopo un po' che i due parlava e uno die' una roba all'altro mettendogliela in mano, ma non si capiva cosa.

36 Buio pesto.
37 Calzava gli scufons.

Quello che invece Santo capì e conoscé, fu i due che parlava con le lampe a carburo tacate a un ramo del noce. Era Tomaso De Bartol e Piuma di Fagiano. Alla fine del discutere, spicarono le lampe e se ne andarono uno di qua uno di là, uno verso i Lizoi, l'altro verso Pineda. Santo tornò a casa e quella notte lasciò perdere. L'indomani, appena fu chiaro, andò da Agusto a dirgli cosa aveva visto sotto il noce della quinta curva.

Agusto tirò una bestemmia che tremò i vetri della cucina e disse: «Adesso capisco perché Tomaso arriva prima di noi in tutto. È quel bastardo del Piuma che riferisce le nostre mosse. Ha fatto finta di stare con noi, invece è ancora con lui. È venuto nella nostra squadra per capire quel che si fa, scoprire i nostri progetti e riferirli. Brutto bastardo, stavolta gli taglio la piuma. Tu, Santo, non dire niente a nissuno, nianche a Cristo, col Fagiano mi arrangio io».

Si salutarono.

Da quel momento, per ordine di Agusto, nella squadra non si parlò più di progetti quando era presente Cosmo Redento Butti detto Piuma di Fagiano.

Intanto capitò il momento della neve e dei canaloni ghiacciati. Ormai era l'inverno coi boschi pieni di neve e gli alberi che dormiva pacifici, e volpi e martore che andava a caccia lasciando le peste lungo la valle e sui monti come punti di un ricamo. Si sentiva rantoli e pianti di gufi e barbazuani che sgrinfava la notte come unghiate di gatto sulla neve. C'era tanto di quel bianco accumulato che spesso, nel silenzio più profondo delle notti infinite e crude, si sentiva il crac improvviso di un albero che si spaccava per troppo peso. Quando era crac più piccoli, voleva dire che si era spaccati solo i rami. Gli alberi si rompe sempre di notte sotto il peso della neve, come se aspettasse il buio per andarsene da questo mondo non visti anziché di giorno, quando tutti vede.

In quel periodo lì, che si spacca gli alberi sotto la neve, entrava in azione un vecchietto. Il suo mistiere era scoltare.

Quest'uomo non dormiva mai, o dormiva poco. D'estate allevava i caprioli che aveva perso la madre, d'inverno ascoltava gli alberi rompersi. Si era inventato un lavoro a modo suo, faceva l'ascoltatore di alberi che si rompe. Dopo averli sentiti, l'indomani, con le ciaspe ai piedi o anche senza, armato di manéra andava nella zona dove aveva sentito il crac a raccogliere l'albero caduto. Così faceva un po' di legna. Gli alberi spaccati dalla neve sono di tutti e tutti può raccoglierli, anche se il bosco è privato.

Bonaventura Selchi detto Venturin si era inventato quel lavoro lì, ascoltare alberi che si rompe, non perché fusse strambo o povero ma perché non sopportava lasciare l'albero spaccato nel bosco. Li raccoglieva un per uno, come si fa con un morto o un ferito.

«Gli alberi va raccolti» diceva Bonaventura, «sono meglio di noi.»

Verso la vigilia di Natale i boscaioli del Barucco aveva quasi finito di mollar legna lungo i canaloni ghiacciati e ripidi che pareva gronde verticali. La mattina della vigilia, sul bordo di uno di quei canaloni, si trovava Piuma di Fagiano intento alle manovre. Arrivò Agusto camminando cauto sul margine del bosco. Era senza grappelle, per questo camminava attento, standο più alto dell'imbuto.

Si avvicinò al Piuma e disse: «Cosmo, ho lasciato le grappelle in baracca. Volevo andare a casa, poi mi son ricordato che ho la manéra impiantata in un larice nel canalone. Imprestami un attimo le tue grappelle, che vado a prenderla».

Piuma di Fagiano si sentò sul margine della ripida grondaia ghiacciata e si tolse le grappelle sporgendole ad Agusto. Non immaginava che togliendo quegli aggeggi si toglieva la vita. Appena ebbe in mano le grappelle, Agusto mollò al Piuma una spinta che avrebbe spostato un toro. Il Piuma, che già pesava poco, si levò come un uccello e partì a testa in giù lungo il canalone. Quando capì quel che doveva capire prima, ormai era tardi. Per vendicarsi un poco, mentre filava come un razzo lungo il budello, si mise a urlare: «Aiuto, aiuto, Agusto mi ha spinto, mi ha buttato Agusto, aiuto!». Poi cominciò a sbattere e saltare e prender colpi e allora la sua voce finì. Si spense come si fusse impiantata dentro tutta quella neve.

I boscaioli sui bordi lo vide passare veloce come un tronco di larice e lo sentì pure urlare che era stato Agusto a spingerlo. Ma quando rivarono in paese col morto sulla slitta, nissuno aveva sentito niente. Lo avevano solo visto passare a tombole lungo il budello lasciando strisce di sangue sulla ghiaccia. Arrivò in fondo spellato come un osso sfracellandosi nella catasta.

Bonaventura Selchi Corona, quello che ascoltava i crac degli alberi, disse: «C'è sempre qualcuno che muore a Natale per rovinar la festa».

Piuma di Fagiano ebbe la stessa paga che aveva dato a Ludovico Ruan Corona detto Vico, boscaiolo da una vita, cuoco per un giorno. Vico Ruan, poco prima di venir ucciso con un cortello nel petto, aveva visto il Piuma parlare con Tomaso alla curva di Costa. Poi Tomaso era andato verso i boschi di Pradon, e il Piuma verso la val Zemola dove, a cento metri, c'era Vico. A Vico non gli tornò i conti. Disse: «Come mai, Cosmo, parli con Tomaso quando dici che con quello nianche più ciao?».

«Gli ho chiesto i soldi che mi avanza» rispose l'uomo. «Per soldi si parla anche col diavolo. Ma poi, che te ne frega con chi parlo o non parlo? Lascia stare e non rompermi i coglioni.»

Ma ormai Vico i coglioni glieli aveva rotti e dopo poche ore si trovò il cortello impiantato nel petto. Piuma sapeva che quel giorno toccava a Vico far da mangiare. Si era nascosto nella baracca-mensa e lo aveva aspettato. Intanto che aspettava trovò il tempo di spellare due riasche di aglio e passarle sulle facce del cortello. Quando sentì i passi che scendeva, si mise dietro la porta. Vico entrò pacifico, senza sospettare. Appena fu dentro, Piuma lo chiamò. Vico si voltò tranquillo. Quando si rese conto, aveva il cortello impiantato nel petto dalla parte del cuore. Non appena piegò le gambe e andò giù capì, ma ormai era tardi.

Passate le feste di Natale, i taglialegna tornò nei boschi di Barucco. Era un freddo che andava sotto le unghie, con un male boia, il viso diventava color vino, e gli alberi faceva più crac del solito. Quelli che non si spaccava per il peso, scoppiava dal gran gelo.

Una mattina, su al Barucco, spuntò un vecchietto nella baracca-mensa mentre i taglialegna mangiava polenta fredda sbriciolata in scodelle piene di caffè d'orzo bollente. Era Bonaventura Selchi, l'ascoltatore di alberi che si rompe. Aveva indosso due pastrani e un berretto di lana calcato fin sul naso, bragoni doppi e galosce. E la scure infilata nella cinghia.

«So che queste notti da castigo ha spaccato molti alberi» disse, «resto qui con voi a scoltare, poi vado a tirar su i morti.»

«Ne hai da tirar su» disse Santo. «Il peso della neve e il freddo taglia più della manéra.»

Agusto disse: «Hai guardato per aria, Venturin? Il cielo è una caldiera di latte. Non passa la notte che viene ancora neve. Ai primi fiocchi si parte, si va giù o restiamo bloccati. Quando smetterà si torna, allora puoi venire anche tu a scoltare i crac».

«Resto oggi e domani» disse il vecchio. «Se nevica scendo con voi.»

Aveva ottantaquattro anni ma pareva più giovane e si muoveva nei boschi a salti come un gatto.

Quella notte, secondo le previsioni di Peron, nevicò. I boscaioli s'accorse subito, ma decise di scendere col chiaro.

"Tanto" pensarono, "anche se viene fitta possiamo calare facendo traccia a turno. In una notte non può venire più di tanta."

Si sbagliavano. E sbagliarono anche a mettersi a dormire. Venturin invece non dormiva. Ascoltava il fruscio della nevicata e i crac degli alberi che si spaccava. Ce n'era parecchi. Gli avevano dato una zaga vicino la porta, nella baracca del dormire. Stava seduto su quella specie di letto fatto di tronchi e boccoli di muga ormai secchi e polverizzati. Venturin ascoltava i crac. Li contava: «Uno». Poi passava un po' di tempo, e ancora crac. «Due» diceva il vecchio tra sé.

Fuori nevicava così fitto che la neve cadendo faceva rumore. Nel cadere era come un frusciare di grandine fina, come strascinare un lenzuolo di seta sulle foglie dell'autunno. Ormai ce n'era più di mezzo metro. Si poggiava su quella vecchia, indurita dal gelo delle notti senza fine, sfiorata di giorno da un sole pallido e debole come un amore che sta per finire.

Intanto rivava dalla notte come un abbaiare di cani lontani, perduti nel buio. Bonaventura li sentiva. E li ascoltava come ascoltava i crac degli alberi. Era caprioli. Imprigionate dalla grande nevicata, le povere bestie chiedeva aiuto alla notte, al bosco, a Dio, che venisse a liberarle. O che li aiutasse almeno a morire. Con quelle nevicate lì, non solo gli alberi si spacca ma anche le bestie. Camosci, caprioli, cervi si trova in difficoltà, fatica a muoversi, a camminare. Indeboliti, senza mangiare, cade dai precipizi perché gli trema le gambe. Oppure viene strascinati giù dalle valanghe e si trova le ossa in estate, quando le valanghe sciolgono le gobbe e le fa vedere. Tutte le notti di grandi nevicate si sente i lamenti delle bestie. Solo volpi e martore resiste a quelle notti, ma piange anche loro se non trova da mangiare.

Bonaventura Selchi ascoltava. Intanto ricordava gli inverni, le primavere, le estati e gli autunni dei suoi ottantaquattro anni. Era stato anche lui boscaiolo ma adesso alberi non ne tagliava più, raccoglieva quelli caduti da soli. Ricordava sua moglie, morta venti anni prima per una malattia che non si sapeva cosa, ma che l'aveva smagrita come stecco e fatta gialla che pareva le erbe d'autunno. Figli niente. Nianche la buona semenza di Selchi era riuscita a ingravidare quella donna. Però, figli o non figli, lui le voleva bene e quando morì attaccò ad ascoltare gli alberi che si spaccava sotto la neve come si era spaccato il suo cuore sotto il peso del dolore.

Quella notte, ai boschi di Barucco, Venturin ascoltò cinque crac di alberi e tanti lamenti di bestie che piangeva. Stava seduto sulla zaga, coperto dai pastrani e vestito di tutto punto. Il freddo aveva mollato la forza della sua stretta perché, quando nevica, il gelo lascia spazio alla neve e si tira come un po' in disparte.

Sarà state le tre di notte quando il vecchio Bonaventura, stanco di sentir piangere bestie e creparsi alberi, pian pianino aprì la porta della baracca e uscì.

I taglialegna dormiva, non si accorse di niente.

Fuori era la notte più scura del mondo ma pareva fusse chiaro dal bianco nevicato. Tanta ne era caduta su quella vecchia che pareva montagne nuove e misteriose, ma Selchi non vedeva niente. In mezzo a quel vento di neve che girava e saliva e calava, era frastornato. Però si accorse che camminando non faticava. La neve che apriva con le galosce era cipria impalpabile, non metteva blocco al passo, e Venturin credeva di camminar per aria. Giri di vento circolare continuava a frustare con rabbia gli alberi stracarichi. Per questo ogni tanto uno o l'altro faceva crac: anche la neve di cipria ha peso che spacca.

Il vecchio ascoltava i crac ormai senza interesse. Camminando in quel mare bianco che si muoveva, non sapeva dove andava né dove si trovava, ma non gli interessava più. Seguiva i lamenti disperati dei caprioli per raggiungerli e dargli una mano. Camminò quel che camminò, non si sa quanto, finché si perse. Selchi sparì dentro le selve bianche dei boschi di Barucco mentre la tormenta continuava a crescere di forza e spessore.

La mattina dopo i taglialegna si alzò per mettere le ciaspe e tornare a casa arando montagne di neve. Appena accesi i lampioni, s'accorse che il vecchio non era nella zaga.

«È sceso stanotte» disse Agusto «per paura di restar bloccato.»

«Un bel coraggio» brontolò Santo, «da solo, a quell'età. Poteva avvisarci, uno di noi lo accompagnava. Speriamo sia arrivato sano.»

Qualcuno uscì a pisciare e si accorse che non c'era nissuna traccia. Continuava a nevicare che pareva cadere latte cagliato. Anche se il vecchio aveva lasciato il solco del cammino, ormai era coperto dalla neve fresca.

Aprendo il varco a turno nel mare bianco, i boscaioli con le ciaspe scese a valle e quindi al paese, dove domandò subito di Bonaventura. Ma l'ascoltatore di alberi che si spacca in paese non era arrivato. Allora gli uomini si preoccupò. Disse che occorreva tornar su a vedere, anche se nevicava, anche se non sapeva dove cercarlo, anche se non esisteva tracce.

Così i boscaioli mangiò un boccone e ripartì sotto la nevicata ancora con le ciaspe ai piedi e, stavolta, i badili in spalla. Tornarono ai boschi di Barucco. Arrivarono che scuriva, per quel giorno niente cerca del vecchio.

L'indomani nevicava meno ma nevicava. I boscaioli si domandò: «Dove andiamo a cercarlo? Da che parte ci voltiamo? Qui è tutto bianco, tutto sepolto».

Durante la notte avevano sentito l'abbaio continuo dei caprioli e anche quando fu giorno questi si lamentava. Piangeva e il pianto veniva dal Col de Sitta.

«Puntiamo in quella direzione, dove piange i caprioli» disse un taglialegna. «Almeno vediamo qualcosa, qui non si sa che fare. Credo che il vecchio salterà fuori a primavera, lo troveremo quando va via la neve.»

I taglialegna partì dalle baracche sepolte nel bianco. Una parte andò alla casera Bedin, altri si diresse verso dove piangeva i caprioli. Armati di ciaspe e badili, camminava curvi. Quel mattino era tornato il freddo, i fiocchi che cadeva era duri, cadendo faceva tic. Gli uomini camminò un po' a caso verso i lamenti dei caprioli, ma non aveva la minima speranza di trovare il vecchio dentro quella neve.

«Tracce non c'è» disse Agusto. «Si sta perdendo tempo. Se Bonaventura è fuori dall'altra notte, a quest'ora è morto due volte, morto e duro come un tocco di marmo.»

Andavano là, dove i caprioli faceva versi di pianto. Con le ciaspe gli uomini camminava bene, ma intorno pareva un altro mondo. Era come avanzare in una caldiera di latte cagliato, bianco sopra, bianco sotto, bianco di qua, bianco di là, bianco dappertutto. E silenzio. Solo quel grandinio di neve congelata che pungeva il muso come aghi e i lamenti disperati dei caprioli. Altro non c'era. O, almeno, altro i boscaioli non sentiva.

«Le bestie piange di là» disse Agusto.

«Allora andiamo di là» rispose Santo.

Galleggiavano sulle ciaspe, si muovevano nel bosco come martore a caccia di qualcosa da metter sotto i denti. Sovente veniva battezzati dalla neve, imbiancati a fresco come se nell'aria qualche dispettoso rompesse sacchi di farina gelida e li buttasse sulle teste di quel gruppo bestemmiante, che vagava cercando un vecchio nel silenzio immacolato dei boschi invernali. Bestemmiavano a ogni battesimo, senza rendersi conto che eran loro stessi a sbatter nei cespugli e nelle piante giovani, a scuoterle e far muovere la neve che li zuccherava cadendo a carriole. Forse sapeva che era causa loro, ma doveva bestemmiare lo stesso per scaricare su Dio la colpa di tutto. Anche della rabbia che aveva nel cercare Bonaventura.

«Non lo troveremo mai, stiamo perdendo tempo» disse un boscaiolo giovane, agro di sentire neve giù per il collo.

«Non rompere i coglioni» rispose Agusto, «se non ti va di cercare torna in baracca. Noi si cerca il vecchio, almeno per dire che abbiamo provato e guardarci allo specchio senza sputarci in faccia.»

Avanzarono verso il pianto dei caprioli. Era come belati di agnello. Dopo un'ora di batter pista a suon di ciaspe, arrivarono in una conca come una scodella piena di latte, circondata da larici e pini carichi di neve e cespi di mughe sepolte di bianco. Sotto uno di quei larici videro due caprioli fondati fino al collo. Era quelli che piangeva, e continuava a piangere anche di fronte agli uomini.

«Tira fuori la manéra» disse Santo, «abbiamo carne fresca, basta tagliargli la testa.»

«No» s'infuriò Agusto, «questi non si tocca, liberiamoli che corra ancora. Troppo facile coparli così, prigionieri della neve come legati a una corda. Non si ammazza le bestie che non può difendersi. Dovresti vergognarti pensare una roba simile.»

Si avvicinarono coi badili e cavarono dalla neve le povere bestie, che invece di scappare restò lì, a leccare le mani a quelli che le aveva tirate fuori. Pareva fusse animali domestici, come se avesse sempre visto uomini: «Bisogna portargli fieno, o stanotte muore, povere bestie. Domani torniamo con fasci di fieno» disse Agusto.

Intanto che liberavano gli animali, uno dei boscaioli vide, sul tronco del larice, una manéra impiantata nella scorza. Era come se qualcuno fusse montato sui rami per impiantarla alta, in modo che la neve non la coprisse. Era come se qualcuno l'avesse appiccata lassù per un segnale di attenzione.

Il boscaiolo vide l'attrezzo e disse: «È una manéra sul larice!».

Tutti guardò col naso alto la manéra.

«Di chi sarà mai?» brontolarono. «E perché piantarla lì?»

Agusto guardò la scure.

Santo disse: «È un segnale di passaggio, qualcuno è venuto qui».

Agusto rispose: «Questo è segno di fermata, no di passaggio. Non avete ancora capito? Uno che passa non lascia la manéra. Scaviamo sotto il larice».

Scavarono sotto il larice. Dopo un metro era laggiù. Videro il berretto di lana. Allora slargarono il buco e pian piano il vecchio Venturin cominciò a prender forma. Aveva indosso i pastrani, le braccia in giù e la schiena piegata in due. Il peso della neve l'aveva spaccato come spaccava gli alberi del bosco. E gli aveva rotto anche le braccia. In pratica Venturin aveva voluto morire facendosi spaccare dalla neve come i suoi alberi. Finirla così gli pareva buono.

Due caprioli lo vegliava, l'aveva riconosciuto: era di quelli che allevava e poi lasciava liberi. Succede che piccoli caprioli appena nati si perda nel bosco o nell'erba, perché qualcosa ha spaventato la mamma e l'ha fatta scappare. Allora, se passa un falciatore, un taglialegna, un bambino o chiunque, e carezza il capriolino con le mani, è finita. La mamma che lo ritrova sente odore di umano e non lo vuole più. Lo abbandona e lui, dopo pianti disperati, si spegne pian piano morendo di fame.

Venturin, ogni maggio, andava per prati e boschi a cercare i caprioli toccati dall'uomo. Non che fusse tanti, ma qualcuno lo trovava sempre, perché c'era sempre qualcuno che carezzava i capriolini. D'altronde è così belli che è difficile resistere dal carezzarli. Così, quasi ogni primavera, Venturin allevava un capriolo abbandonato, a volte anche due. Quando era grandi e mangiava da soli la buona erba dei pascoli, li lasciava liberi. Questi caprioli si ricordava di lui perché tornava a trovarlo, finché veniva anche per loro la stagione degli amori. A quel punto, si slontanava del tutto. Però si ricordava di chi li aveva allevati e quando il vecchio passava nel bosco lo riconosceva e gli faceva festa. Quei due lì, che lo vegliava sepolti vicino al larice, era allevati da lui. Gli aveva fatto compagnia nella morte e ancora stava là. Nianche dopo liberati si spostava. Solo quando gli uomini legò Venturin sotto una stanga per portarlo in paese, i due caprioli, con la neve fino al collo, prese la via del bosco e sparì. Li sentirono sempre più lontani e sempre che piangeva.

Non poterono tirare il morto in paese con la slitta che fondava troppo. Allora i boscaioli tagliò rami di mughe, che sono sempre verdi e fitte, e con quelli fece una coza[38]. Vi misero sopra il povero Bonaventura, lo legarono bene e lo strascinarono in paese per metterlo nella terra.

Fatto il funerale, gli uomini tornò ai boschi di Barucco e di nuovo mandò legname lungo i canaloni ghiacciati che pazientemente riaprivano dopo ogni nevicata.

[38] Sorta di slitta primitiva.

Intanto, giorno dopo giorno, l'inverno passava. In alto, sui monti a punta, la neve cominciava a sfaldarsi come blocchi di zucchero che frana. A quel punto, che tutto si sghiacciava, si sghiacciò anche i canaloni e gli uomini smise di mandar giù legname e si attaccò alle teleferiche. Il prossimo settembre avrebbe tagliato altra legna e aspettato che i canaloni ghiacciasse di nuovo per spedirla in basso. Così era i ritmi del bosco e così si doveva fare. Spettare il periodo giusto per le robe giuste, da lì non si scappava, chi scappava sbagliava sempre.

Intorno ai primi di aprile cantò il cuculo e la primavera cominciò a venir fuori. La fioritura spuntò. Camminava partendo dal basso verso l'alto, come i falciatori quando falciava i prati della Palazza. Ogni giorno era un fiore nuovo che spuntava da qualche parte. Apriva le braccia come a dire eccomi qua, poi altri fiori e altri ancora apriva le braccia. E spuntava anche foglie. Ma quelle non apriva le braccia, quelle si inchinava come a fare un saluto. Mano a mano che le foglie spingeva sui rami, il verde andava in su, verso i boschi alti. Così potevi vedere una fascia verde, in basso, che girava attorno alle valli come una sciarpa intorno al collo. Sopra questa sciarpa c'era una riga netta che pareva fatta col lapis. Sopra la riga, grandi vastità di alberi marron grigio, ancora senza foglie. Ma, seppur pian piano, il verde camminava verso l'alto e un po' alla volta rivò fin lassù, sulle cime dei monti, confondendosi col verde dei mughi e dei pecci che fino allora aveva fatto i bulli perché era verdi solo loro.

In quel momento anche i pascoli tacò a cambiare muso, lo stesso i prati alti, per esempio quelli di Carmelìa e della Palazza. Da gialli come mota, diventò verdolini e poi più verdi ancora e l'erba venne su in un lampo, come il latte sul fuoco. Dai campi qua e là, rivava in paese voci di contadini che seminava la terra. Dagli orti vicino le case si sentiva ciacole di donne che parlava tra loro. Dalle punte dei pini partiva canti di cuculi. Dopo un lungo arco, la voce dei cuculi cadeva sulle case come gocce di pioggia grosse e allegre.

Dalla valle in fondo ai pascoli, saliva la voce del Vajont ingrossata dal disgelo. Era una voce marron chiara, brontolante e rauca come il gorgoglio di una grossa rana. E non solo parlava, il Vajont fumava la pipa. Dalle acque chiacchierine, si levava un fumo bianco che invece di salire nel cielo camminava per lungo, a pelo d'acqua, come se accompagnasse il torrente passo passo tenendolo per le orecchie.

Fu in quel periodo di fiori e foglie che nasceva, e verde che andava in su, che Santo e Paula tacò a vedersi e passare ore in un posto che pareva un paradiso. In quel pezzetto di paradiso, nacque tra i due molte robe belle, ma anche quella brutta.

12

La radura dei bei sogni

In quel periodo pieno di colori e vivo che è la primavera, Santo e Paula, per stare insieme tranquilli, trovò un posto che fursi più belli non esiste in nissuna parte del mondo. Era un cerchio di prato grande come l'interno della chiesa, circondato da pini e abeti bianchi e più in fuori, verso l'esterno, da pini mughi che voltava in su i rami come braccia alzate a proteggere quel cerchio magico. In mezzo era una pietra quadra che pareva un altare e intorno erba fina e corta come erba dorc, il secondo taglio del fieno. Questa radura si trovava sul Col di Garlanda, poco sopra il paese. Gli alberi che la circondava piegava tutti verso in dentro, come a formare un ombrello che la riparava dalla pioggia e dal vento. Dentro Santo e Paula s'incontrava.

All'inizio fu per caso. Venivano giù dalle Crode Rosse dove, in una baita, viveva il vecchio Carlo Maria Cionte, di mistiere stagnino. Era andati a trovarlo e Paula si era fatta aggiustare un secchio che perdeva. Passando entrarono nel cerchio e subito si accorsero che dentro si stava bene e c'era pace e silenzio. Erano passati ancora da quelle parti, uno alla volta o insieme, nelle varie stagioni, ma non si erano mai fermati e non si erano accorti che lì dentro era pace e silenzio. Quel giorno invece sì. Quel giorno si n'accorse. Rimase seduti, con la schiena alla pietra, stretti l'un l'altra. In quel momento fu come se il cerchio e il prato e il bosco fusse coperti da una boccia di vetro. Venne giù il silenzio dei monti e camminò dentro la radura attorno a loro, e poi si sentò vicino, e restò lì a spiarli.

Fuori cantava uccelli di ogni tipo, cuculi, gazze, tordi merli, ciuffolotti e fringuelli, ma all'interno del cerchio le voci non arrivava. Era come se un muro respingesse quei canti e non li facesse entrare. Là dentro era solo Santo e Paula e il silenzio che guardava. Chiusi in quella boccia di verde con una pietra nel mezzo, i due fece l'amore e poi restò lì, stesi nell'erba, e tacò a far sogni con gli occhi aperti.

Diceva che sarebbe andati a vivere insieme, in una casa di legno, dentro al bosco. E magari quella casa l'avrebbe costruita Santo proprio là, nel cerchio magico, dove adesso stava stesi viso al cielo e guardava le punte degli alberi chinate su di loro. Fece altri sogni a occhi aperti, poi tutti e due si addormentò, lei con la testa sul petto di lui, e a quel punto fece sogni veri, quelli che si fa dormendo.

Era sogni belli, come se quel tondo di prato e bosco favorisse i sogni migliori, quelli che, quando ti svegli, resti incantato per ore. Santo e Paula si svegliò dopo un tempo che non sapeva e si contò l'un l'altra i sogni fatti. Lei era mamma di tre figli, uno meglio dell'altro, sani e robusti e belli, ed era sposata a Santo. Sapeva che figli non avrebbe potuto averne mai più e questo la rattristò, ma intanto il sogno era bello.

Lui nel sogno era un signore ricco e pieno di cose da fare, una più interessante dell'altra. Poi si contò altri sogni che qui non vale la pena elencare ma, comunque, sempre sogni belli. Chiamò quel posto "la radura dei bei sogni" perché, ogni volta che andava lì, il mondo si chiudeva sopra di loro mentre faceva l'amore e poi sognava, tanto a occhi aperti che a occhi chiusi. Sempre cose belle. Si nascondeva lì appena aveva un po' di tempo, stretti insieme vicino alla pietra, dentro la radura dei bei sogni a fare l'amore e sognare.

Passò la primavera e anche l'estate e poi rivò l'autunno. Loro, quando poteva, entrava a vivere qualche ora nel cerchio magico. La gente sapeva che quel posto era di Santo e

Paula e, se passava di là, tirava dritti per non disturbarli e tanto meno spiarli. D'autunno vennero giù le foglie strappate dai venti e dalle piogge e la radura dei bei sogni rimase nuda e cruda come na bambina appena nata. Ma l'istesso conservava intatti il suo potere e la sua magia, solo che se passava qualcuno vedeva il centro col sasso e i due che faceva l'amore e sognava a occhi aperti e chiusi. Allora Santo e Paula, finché la radura fu spoglia e trasparente, entrarono lì solo a sognare, a star seduti o dormire senza più far l'amore per non esser visti. Poi però venne l'inverno coi boschi muti e spogli e la neve tacò piano piano a cadere fitta e quieta. Allora, silenziosi e tristi, Santo e Paula guardava dalla finestra cadere i lenti fiocchi e tra i fiocchi passava lontani i ricordi dell'estate.

Santo e Paula non andò più alla radura dei bei sogni. Faceva freddo, il cerchio magico era sepolto di neve e il sasso che pareva un altare nel centro era scomparso, sepolto anche lui dalla neve. Però una volta vollero andarci l'istesso anche se tutto era pieno di neve, il freddo teneva la gente in casa, le bestie taceva e le piante dormiva. Salirono con le ciaspe ai piedi battendo pista perché era neve nuova, poco indurita, e non si stava su.

Entrò nella radura prima Santo e poi Paula. Anche se era inverno e freddo e tutto era scomparso, nascosto dal bianco, il posto era sempre bello, misterioso e pieno di silenzio. Ma anche fuori dal cerchio quel giorno era silenzio. Quel giorno l'inverno taceva. Ci son inverni malinconici dove martore e volpi sta zitte, non baia e non grida e nianche gufi e barbazuani apre bocca. Succede a periodi, ma succede. Dentro la radura dei bei sogni, quel giorno Paula e Santo sentiva le stesse robe che sentiva in primavera, quando cantava i cuculi. O d'estate, quando cantava i falciatori sui prati, o d'autunno quando cantava i boschi arrugginiti, gialli e ramati come fiamme di fuoco. Però lì dentro non poté stare molto tempo. Faceva freddo e quando i due tacò a sognare, seppur coperti bene, era tutti infreddoliti.

Allora Santo decise di accendere un fuoco per fermarsi

ancora un po'. Montò sul sasso coperto di neve. Usando le ciaspe a mo' di badile, pulì finché spuntò la pietra. Poi andò sotto i grandi pini che faceva spiovente e raccolse stecchetti fini e secchi. Era roba come fili di lana grigi. Sempre sotto i pini, cercò stecchi grossi e più grossi ancora in crescendo e portò tutto sull'altare di sasso in un mucchio. Con la macchinetta a benzina fece puff sotto il cumulo e il fuoco comparve come per incanto.

Santo e Paula montò sulla pietra a scaldarsi e a fare sogni, ma sogni non veniva. Il fumo, azzurro e grigio, andava su a impigliarsi tra i rami dei pini e dei larici e restava lassù, intrappolato come straccio spenzolante. Il fuoco scricchiolava e sbuffava e slungava le ossa di stecchi e rami e si spaccava liberando faville che ronzava intorno come api. I due si scaldava e provava a far sogni ma niente, sogni non veniva. Per la prima volta, nella radura dei bei sogni, sogni non veniva. Il posto, mano a mano che cresceva il fuoco e alzava le fiamme, perdeva magia e tutto il mistero che lo circondava sembrava andar per aria, portato via dal fumo e dal soffio del vento. La neve intorno al sasso si scioglieva e si scioglieva anche in basso, sotto la pietra e intorno al bosco.

Paula e Santo sentì che non c'era più niente di magico e niente di mistero, e sogni non veniva come prima. Il fuoco aveva dato vita a rumori, fiamme, scoppi, faville, scricchiolii, e tutto quello che stava quieto se n'era andato, sogni compresi. Il fuoco aveva slontanato le voci e parlava lui, bruciando sogni, misteri, pace e tutto il bello di quella radura incantata. Paula e Santo lo capì subito e restò male. Era il fuoco la causa delle assenze. Per la prima volta il fuoco non era amico.

«Proviamo a spegnerlo» disse Paula. Raspando con le ciaspe a uso badile, Santo buttò neve sul fuoco e questa si mise a sfrigolare e fondere spegnendo le fiamme. Dopo un po' che buttava neve, del fuoco restò solo fumo. Il fumo andava su, verso pini e larici, a impigliarsi ancor più forte perché era più denso, ma questo durò poco. Le ciaspate di neve, una dopo l'altra, lo soffocò in un lampo, pini e larici si liberò di stracci e fumo che se ne andò scivolando qua e là, dentro e fuori dai rami, disfacendosi e scomparendo come i fantasmi di nebbia nella val Vajont.

A quel punto, nella radura tornò di nuovo il silenzio e tornò anche i sogni e la magia e il mistero di quel posto. Non era posto da fuoco, quello. Infatti, appena il fumo se ne fu andato a spasso in cielo, le robe misteriose tornò nella radura una dietro l'altra in silenzio, come gatti che entra in casa per sistemarsi ai loro posti. Però era tornato anche il freddo e sul sasso i due ghiacciava. Allora capì che d'inverno non era il caso di stare nella radura dei bei sogni. La radura dei bei sogni chiedeva stagioni buone. Santo e Paula decise così di lasciare i mesi freddi da parte e non sedere più nel cerchio magico. Infatti così fu. Ma non poter andare nella radura ai due dispiaceva. Quello era il posto, la culla preferita, lì dentro stava bene come in una scatola, protetti e rencurati[39] dalle presenze misteriose e strane che abitava intorno.

Così passò l'inverno e tornò primavera e con la bella stagione Santo e Paula andava alla radura. Finché il ventiquattro agosto, giorno di San Bartolomeo, patrono del paese, nel cerchio dei bei sogni capitò un fatto strano. I due stava là, abbracciati con gli occhi a guardar per aria dopo aver fatto l'amore. Era mezzodì, e un caldo da arrostir le foglie. Il sole in mezzo al cielo pareva un formaggio d'oro fuso che rovesciava sulla Terra pezzi ardenti. Nella radura si stava bene, girava una brezza circolare che muoveva le foglie a ventaglio come a rinfrescare gli amanti. Solo là dentro non ci si arrostiva. Fuori, dappertutto, colava piombo liquido sul mondo e sulle cose. Il fieno, rivoltato dai rastrelli, crepitava come foglie secche prese a calci. Quelli che lo rivoltava teneva fazzoletti annodati in testa per slontanare colpi di sole e aveva le schiene arrostite, color caffè. Non c'era

[39] Cullati tra le braccia.

niente che si muovesse fuori dalla radura come se tutto fusse incenerito e mummificato dal sole. Gli alberi pareva ombrelli chiusi, rigidi in piedi, coi rami calati lungo il corpo a darsi fresco.

Cespugli e siepi era fritti, corpi di frasche diventati bianchi che se li toccavi si disfaceva per terra come cenere. Non cantava un uccello nianche a pagarlo oro, nemmeno brontolava animali o faceva cra i corvi. Niente, era tutti all'ombra in silenzio, che aspettava la frescura della sera per metter fuori il naso. Anche il torrente aveva meno voce. Non borbottava come il solito, con l'allegria gorgogliante che saliva fino in paese a cantar ninne nanne ai bambini nelle notti con le finestre aperte. Pareva fiappito anche lui, stremato, indebolito, sfinato dal calore che lo aveva reso piccolo.

Il giorno che successe quel fatto faceva caldo dappertutto fuorché nella radura. Paula e Santo stava abbracciati, guardando il mondo fuori che arrostiva. Ma di colpo qualcosa cambiò anche nel cerchio magico. Si levò un vento potente e improvviso che non girava, spingeva in giù come a voler schiacciare il mondo. Le cime degli alberi intorno la radura piegò verso l'interno che quasi toccava terra. Santo e Paula si spaventò. Vide che fuori dal cerchio magico il bosco era immobile, come imbalsamato, nianche un albero o un filo d'erba si muoveva. Il vento premeva solo dentro la radura.

«Che succede?» domandò Paula.

«Non so» rispose Santo stringendola.

Intanto che la stringeva ci fu un crac che pareva lo scoppio di una mina. Un larice, dritto e alto come il campanile, sotto la prenta[40] del vento si era spaccato alla base e stava cadendo all'interno della radura proprio verso di loro. Veniva giù quasi piano, come una colonna che si rovescia, e a Santo gli sembrò una manéra che calava verso di loro per tagliarli a metà. Prima di esser colpiti, ebbe l'istinto di mollare l'abbraccio e spingere Paula di là e lui buttarsi di qua.

[40] Spinta.

Fu una fortuna. Il grande larice si abbatté in mezzo a loro con un fracasso che spaccava le orecchie. I rami fondò nella terra per tutta la lunghezza. Quelli che non si era impiantati era finiti in mille pezzi dal gran colpo. Solo i rami volti a cielo era rimasti intatti e guardava su dondolando a destra e sinistra come mani che segna.

Santo e Paula si trovò uno di qua e uno di là del larice caduto, come divisi da un colpo di mannaia. Era sgraffiati dalle frasche e spellati, ma tutti interi anche se piuttosto spaventati. Intanto, il vento che aveva schiacciato la radura come un cielo di piombo caduto era cessato di colpo. Nel posto magico circolava di nuovo il silenzio e la pace di sempre.

«È na roba strana questa successa» brontolò Santo attraversando i rami del larice per unirsi a Paula.

«Sì» rispose lei, «era vento cattivo, un vento che non ho mai sentito, pareva volesse schiacciarci, impiantarci nella terra come ha piantato i rami del larice.»

Dopo quel fatto, anche se era tornata pace e silenzio e dal margine del bosco i sogni voleva entrare, Paula e Santo decise che ne aveva abbastanza, poteva benissimo tornare in paese. Appena fuori dalla radura, come fusse usciti da sottoterra, sentì la vampa rovente sul muso e udì le campane del paese che accompagnava la processione di San Bartolomeo. A casa, Paula andò da una vecchia, sua amica, e le chiese se poteva spiegare qualcosa sul fatto avvenuto nella radura.

La vecchia, che non era strega come Sgnara o Sentina o Melissa, ma saggia e giudiziosa, dopo aver ascoltato la storia pensò un poco e disse: «Mi sembra che il destino vuol dividervi, separarvi come il cuneo spacca il tronco in due parti, una di qua, una di là. Non per niente l'albero è caduto tra voi, nel mezzo. Quel larice spaccato dal vento è solo l'attrezzo, la causa è la radura, il posto dove andate a sognare. È quello che vi separa. La radura è divisione».

Paula non capiva. Non capiva perché era presto, in seguito avrebbe capito.

Il giorno dopo, Santo andò alla radura armato di segone e manéra. Aveva intenzione di liberare il prato dall'ingombro del larice. L'albero era caduto vicino la pietra-altare e con la sua lunghezza traversava tutto il cerchio magico. La punta era volta verso il paese come a dare una direzione, una via da prendere. La testa, invece, guardava l'occidente, dove spariva il sole, come volesse dire che si va verso il tramonto e si muore, e quel che è fatto è fatto. Se nella vita si è fatte robe buone, si può morire in pace, ma se si è fatte robe brutte e odi e vendette e cattiverie col fiele nella pancia, si muore male e avvelenati. Ma questo lo si capisce sempre in ultima. Pentirsi va bene, ma se succede in ultima, quando si sta davanti Dio e la morte, fa male che più male non esiste. In quel momento si vorrebbe tornare indietro a giustare le cose. Si vorrebbe avere tempo per chiedere scusa, farsi perdonare da tutti, ma tempo non c'è più e allora si muore male, disperati e impauriti. Questo è il primo passo verso il castigo e la penitenza.

Quando fu avanti con gli anni, Santo sentì sulla pelle e nell'anima tutte queste cose, ma ormai era tardi anche per lui e non fece in tempo a fare niente. Molto dopo, un certo giorno di novembre, di fronte al grande faggio che lo sovrastava, Santo, ormai vecchio, prima di affrontare l'albero si guardò intorno. Era come se cercasse qualcuno, gente, uomini, donne, bambini per chiedere loro scusa, per farsi perdonare. Sapeva che la sfida col faggio era un rischio, uno dei due non tornava vivo, e voleva liberarsi la coscienza. Ma intorno non c'era nissuno, nianche le bestie: era andate via anche quelle, per non esser testimoni. Lassù, nel bosco della val da Diach, era solo lui. E il faggio che lo guardava storto, pronti alla sfida. Intorno gli altri alberi taceva e aspettava chi dei due sarebbe uscito vivo. Ma occorre andare per ordine.

Il giorno dopo San Bartolomeo, Santo andò alla radura, deciso a fare a pezzi il larice, portarselo a casa e liberare la radura dall'ingombro. Prese la manéra e si mise a sramare il larice per poi farlo a tocchi col segone. I rami cadeva uno alla volta di qua e di là del tronco steso come un morto. Ogni due colpi saltava un ramo. Mano a mano che si avvicinava alla punta, i rami era più fini e bastava un colpo nianche tanto forte a staccarli. Alla fine il larice, nudo crudo, traversava l'intera radura. Parte a parte stava i rami verde grigio col sottosopra, come palme di mani aperte. Tutto insieme faceva una lunga scia d'argento. In mezzo a questa scia l'albero di trenta metri pareva un bestione morto con la faccia in mezzo al fresco dell'erba.

Santo fece una fumata seduto un po' discosto. Guardava il tronco con la scorza cresposa e grigia piena di spacchi e sfenditure. Dentro gli spacchi, come strisce di carne, le macchie rosso sangue dell'alburno guardava il mondo di fuori. Faceva paura solo a vederle.

La scorza dei larici, specie se vecchi, crescendo si spacca e dentro è rossa come l'interno dell'anguria. Se c'è da fare un trave o comunque roba che duri nei secoli, è da cercare i cosiddetti "ross de lares", cioè i larici più rossi che si trova. Se questi hanno crescitura fina, con anelli quasi che si tocca, meglio ancora. Però va tagliati in luna calante di novembre, altrimenti perde la resistenza e diventa deboli.

Il larice della radura non era debole, Santo si n'accorse appena mise mano al segone. Siccome vide che il tronco era dritto come un fuso, decise di far tocchi da quattro metri e chiamare rinforzi per strascinarli in paese. Appena mise il segone sul legno e tacò a tirare, restò di sasso. La lama, dopo aver appena sgraffiato un po' di scorza, pareva camminare sulla ghisa. Non fondava un millimetro nianche a far miracoli.

Santo tirò il segone per dieci minuti ma non mordeva. Il larice era marmo. Spaventato più che maravigliato, voltò l'attrezzo e guardò la lama. Distrutta! I denti era limati come avesse segato pietra al posto di legno. Santo non capiva, ma voleva esser sicuro di quel che stava pensando. Forse il larice aveva dentro qualcosa di malvagio o misterioso. Il non tagliarsi poteva essere un segnale, un avvertimento. Paula gli aveva contato della vecchia e che questa aveva visto nella caduta dell'albero il destino di una divisione. Santo si era messo a ridere. «Sacramento! Non credo a queste balle.»

Ma ora che il segone correva sulla ghisa, sdentato come un vecchio, tacò a pensare. Buttò il segone lontano e prese la manéra.

«Adesso vedo io.» Bestemmiò.

Si piazzò a gambe larghe di fronte al larice e cominciò a menar colpi che le braccia pareva pale di mulino quando gira al massimo. Pensò che il segone fusse acciaio troppo fiacco per quel larice tenace, ma la manéra no! Anche se perdeva due spanne di legno nel taglio, la manéra lo avrebbe fatto a pezzi. Si sbagliava. Dopo quindici colpi la polpa del larice era intatta, come avesse battuto con un fiore. Invece il filo della manéra era rovinato. Santo guardò la fedele scure come si guarda un bimbo malato.

Allora fissò il larice nel punto dove aveva picchiato. Niente, nianche uno striscio, nianche le botte della manéra, ormai slabbrata e tonda come il bordo delle caldiere. Santo guardò verso il cielo. Pensò: "Vado a vedere la punta, dove è fina, provo ad alzarla, se si piega vuol dire che è normale. Larice duro finché si vuole, ma sempre legno".

Così fece. Andò alla punta, si chinò a gambe larghe, la prese con le mani e tirò verso l'alto. Immobile! La punta non si piegò un millimetro, era come piegare un bastone d'acciaio. Santo tirò più volte, fino a dolergli la schiena, poi mollò e andò in paese.

Trovò boscaioli che beveva da Pilin. Disse che nella radura di Garlanda stava in terra un larice di marmo.

I boscaioli pensò che fusse diventato matto per un colpo di sole. Gli disse: «Siediti, Santo, bevi qualcosa e rinfrescati».

Santo capì che non era creduto. Disse: «Pigliate la manéra, coglioni, e andate se siete buoni a tagliarlo. Scommetto il bere di un anno se lo strisciate».

Alcuni di loro si incuriosì e andò alla radura con le manére e dopo un po' tornò con le manére disfatte. Il larice, dopo la sramatura di Santo, era diventato sasso. Un tronco pietrificato di colpo come per restare, non disfarsi mai e segnare il tempo come una lancetta di orologio. E marcare la divisione della radura come il sentiero divide l'erba.

I boscaioli tornò spaventati. Uno disse: «Forse era pietrificato quando stava in piedi».

«No» rispose Santo, «ho tagliato i rami e quelli era normali.»

Nissuno mai sapé spiegare quel mistero. Il larice di pietra restò lì per molti anni, finché una squadra di muratori del Bondi lo spaccò con le mazze per far muri di nuove case. Ogni tanto, mentre le case s'alzava, i muratori incastrava un pezzo di larice in modo che, quando era finite, nel muro sporgeva questo occhio tondo dentro il quale si poteva contare gli anelli del larice che dicevano l'età.

Era belle le ultime case del Bondi con gli occhi di larice incastrati dentro i muri. Tutti le invidiava perché diceva che era case fortunate. Restò invidiate per anni, finché venne uomini dalla città a costruire una stua di cemento. Quando l'acqua della stua tacò a salire, le case del Bondi fu smantellate insieme agli occhi di larice e a quelle di Piancuert, la Spianada, Lizoi e Sotnert. Ma questa è una storia differente e qui non bisogna perdersi in faccende che non c'entra.

Santo e Paula tornò ancora alla radura dei bei sogni. Anche se c'era l'albero pietrificato a dire che qualcosa doveva andare storto, loro lì dentro stava bene. La magia del posto seguitava a esistere e i sogni buoni tornava sempre.

Qualche volta, dopo aver fatto l'amore, parlava di andare a vivere insieme, nella casa di legno in mezzo al bosco. In quei momenti Paula era contenta, pensava che il sogno più grande stava per venire. Ma alle parole non seguiva i fatti, e la delusione le cresceva dentro come pulcino nell'uovo. Paula tacò a cambiare. Mese dopo mese diventava sempre più nervosa, saltava su per niente come il latte sul fuoco, spesso rispondeva male a Santo. L'uomo faticava a tenere la pazienza.

Intanto il tempo passava, i boscaioli lavorava come muli, la guerra tra loro pareva calmata e tutto filava come l'arcolaio appena unto. Ma era una finta calma e un giorno la guerra dei boschi venne a prendersi un uomo, fursi il più nobile, nel modo peggiore.

13
Val Chialedina

Santo aveva ventinove anni e guidava la squadra di boscaioli con capacità e precisione. Sotto il suo comando incidenti e baruffe era quasi scomparsi.

Anno dopo anno diventava un capotaglio coi coglioni, uno che la sapeva lunga e si faceva rispettare.

Agusto Peron, il maestro, ormai era vecchio, non tagliava più alberi, però cercava, trovava e otteneva lotti di bosco a cifre convenienti. Era una volpe esperta, Agusto, conosceva l'arte di trattare e convincere, e aveva quella personalità e onestà che fa di un uomo un esempio da seguire e copiare. Se ti guardava negli occhi dovevi abbassarli. Pareva ti leggesse dentro peccati, furbate e tradimenti, e quindi abbassavi lo sguardo.

Tomaso De Bartol era andato nel comune di Claut a chiedere i boschi che fasciava la val Chialedina vicino casera Gravuzze, sotto il monte Magòr. Era boschi che faceva invidia al mondo, fitti e grossi che non passavi. Ma il comune per cederli voleva soldi. Quelli del posto, invece, non voleva Chialedina, perché non era strada. Senza strada, diceva, non conviene. Ma Tomaso, non si sa per quali traverse, aveva saputo che presto la val Chialedina avrebbe avuto la strada, una strada nuova di zecca, e allora c'era da fare soldi.

Lo sbaglio che fece Tomaso fu andare in municipio a Erto a farsi scrivere dal messo la domanda per il comune di Claut. Il messo avvertì immediatamente Agusto, il quale, con una domanda in mano, partì di corsa e poche ore dopo i boschi di Chialedina era suoi.

Quando arrivò Tomaso con la richiesta, si sentì rispondere che i boschi in quistione era andati a un altro.

«Un altro chi?» domandò con gli occhi in fuori.

«Uno di Erto» rispose l'addetto, «fursi lo conosce, aspetti che le dico chi è.»

Palpò in un cassetto e trovò la carta. Lesse il nome a voce alta. «Augusto Corona, ecco chi ha preso i lotti. Questo Augusto Corona ha dato caparra subito, senza dire parola.»

A Tomaso De Bartol s'intorcigliò le budelle. Appena uscito dal municipio, bestemmiò più volte e chi era lì lo sentì bene. Una vecchia sulla strada gli disse di vergognarsi a bestemmiare, ma lui la mandò in mona e seguitò a tirare porci e cani. Tornò a casa bestemmiando. Mentre faceva i quattordici chilometri che separa Erto da Claut, pensava ad Agusto e mollava calci a quello che gli capitava a tiro. A Cimolais un cane gli traversò la strada e lui gli mollò una scarpata ferrata da aprirgli la pancia. Arrivato in paese sparì tre giorni e nissuno sapé dove fusse.

Intanto arrivò settembre, gli uomini di Santo e Agusto tacò a batter giù alberi nella val Chialedina. Mentre lavorava, li impressionò una cosa. Ogni tanto sulla scorza dei faggi trovava incisa a punta di brìtola, la figura della morte. Era teschi di varie misure, grandi come angurie o piccoli come una mela o una noce. Comunque sempre teschi. A volte, sotto questi teschi, l'intagliatore misterioso aveva scritto la parola "morte".

I taglialegna pensò a scherzi di qualche stupido o invidioso di Cellino che voleva i boschi. Santo non pensò a scherzi. Quelli secondo lui era segni precisi. Comunque, finché era scritti sui faggi non spaventava nissuno, però faceva pensare. Pensare a chi li aveva fatti con la punta della brìtola. Fursi era Tomaso, Santo lo pensò quasi subito. Agusto gli aveva contato la storia dei lotti fregati al pelo, e in effetti Tomaso continuava a masticare la faccenda.

Ormai non era più quistione di legna e soldi, ma di smacco. Non digeriva esser stato anticipato sul tempo proprio da Agusto Peron. Come aveva fatto Peron a soffiargli l'affare? Com'era stato possibile sapere il giorno esatto in cui avrebbe presentato la domanda e presentarla prima? Tomaso ci arrivò pian piano.

Una sera che stava in casa vicino al fuoco a fumarsela e masticare amaro, si tirò un pugno sul naso e disse: «Il messo comunale! È stato quel bastardo a palesare a Peron».

Intanto, al comando di Santo, i boscaioli tagliava la val Chialedina piena di faggi e carpini secolari, una fortuna da vendere e guadagnar soldi. La fortuna era doppia. Di pari passo che i boscaioli tagliava e accumulava tronchi, sessanta operai con picconi, badili e barramine tagliava la strada camionabile che da Cellino apriva la valle in due per sei chilometri fino a casera Gravuzze.

«Compriamo la carretta» disse Agusto a Santo, «uno di quei camion BL e diventiamo signori.»

«E chi lo guida?» domandò Santo.

«Qualcuno imparerà, sacramento, non vedo problema, paghiamo un giovane che vada a Maniago a imparare la guida. Che storie sono? Non farete mai un cazzo se restate fermi al chiodo. Non sapete guardar lontano, non volete mai rischiare, vi contentate sempre di quel poco che avete. In Chialedina viene la strada, basta teleferiche, cavi, carrucole. Col camion si va dritti e meno fatica. Da qua in avanti cercheremo lotti dove c'è le strade, dove non c'è le faremo. Occorre eliminare le fatiche e guadagnare di più. Questa è la regola dei prossimi anni, più schei e meno fatica, altro che spaccarci la schiena come muli alla soma.»

Intanto era cominciato l'autunno e la valle aveva messo vestiti a festa.

Ogni mattina, quando arrivava il sole, i taglialegna fermava le braccia qualche minuto e guardava lo spettacolo della val Chialedina incendiata di colori e di vita. Era tutto un ballare di gialli, rossi, viola e verdi. Ruggini marron scuro ondeggiava qua e là, a seconda che si muoveva il vento.

Pareva un grande incendio, che però invece di proseguire faceva avanti e indietro come se ardesse andando e tornando sempre nella stessa zona. Quei boscaioli lassù era gente che per un tronco rubato ti piantava il cortello nella pancia, ma quando si trovava di fronte a certi spettacoli del bosco tirava giù il cappello e stava in silenzio. L'autunno coi suoi colori e i suoi venti che muoveva i colori facendoli diventar fuochi ballanti era uno di quegli spettacoli.

Quando tagliavano alberi d'autunno, ogni colpo di manéra faceva cadere un pugno di foglie colorate. Alcune si posava sulle spalle del boscaiolo o sulle braccia, come a chiedergli pietà per la pianta destinata alla morte. Il taglialegna non poteva avere pietà, altrimenti moriva di fame. A quei tempi il bosco, la selvaggina e gli animali domestici era la vita. Il bosco dava legna per scaldarsi, legname per scolpire oggetti, legna da vendere nei paesi della Bassa, materiale per fare le case. Senza parlare delle buone cose da mangiare che crescono nel bosco, per esempio i funghi. Quando l'albero d'autunno cadeva, era come si levasse un vento di foglie, e subito dopo cadesse una pioggia di foglie.

Sbattendo sul terreno, la pianta mandava uno sbuffo di stanchezza, e questo sbuffo faceva volar per aria le foglie colorate dalla prima all'ultima. Poi le foglie cadeva con un fruscio di seta, una specie di bisbiglio che era pioggia di foglie. Il boscaiolo si trovava così circondato da un tappeto di colori che andava dal rame all'oro, passando attraverso mille altre tinte.

Verso la fine di novembre, tagliare piante non faceva piovere foglie né levarsi vento di foglie. Gli alberi era nudi, coi rami a scheletro come ombrelli aperti senza tela. Dal fondovalle, attraverso i boschi trasparenti, si poteva vedere alte, sui costoni, le casere solitarie sparse qua e là, vicino alle fonti d'acqua. E, più in alto, le cime dei monti, limpide e dritte come coti d'argento. A quel punto tagliare piante non era più niente, mancava il ballo dei colori, gli sbuffi delle foglie e il fruscio della seta. L'albero, cadendo, faceva solo sfrash.

All'inizio della val Chialedina, dalla parte opposta dei

monti Muri, correva la Cellina con le sue acque verdi e blu, ma anche gialle e rosse. L'acqua più bella del mondo è la Cellina, d'autunno sembra un fiume di foglie che va.

Cellina era una giovinetta e Cellino un giovinetto. Adesso qui occorre far una polsa e dire chi era questi due, se no la storia della val Chialedina viene mutilata.

Cellino e Cellina era due pastorelli di sedici anni. Si era innamorati e pascolava le capre nel Cadin delle More, sopra forcella Fugna. Ma il mago Magòr, che viveva proprio nel Cadin sotto il Col Nudo, si ingelosì. Cellina gli piaceva a lui e non voleva lasciarla al giovane. Allora, tramite una magia, trasformò Cellino in una roccia, quella che anche oggi si può vedere di fronte al borgo. Cellina, disperata, andò in cima a quella roccia e si buttò giù. Morì tra due pietre, vicino a una scarpata. Gli spiriti dei boschi si riunì e decise di far stare sempre insieme quei due poveri giovani. Tutti insieme fece in modo che Cellina carezzasse il suo moroso per l'eternità. Fu trasformata in acqua, un torrente di mille colori che passando carezza il viso al sasso di Cellino. Intanto che era lì, morta per terra, da quel corpo nacque la Cellina, il torrente dal nome di donna.

E Magòr? Magòr, quel delinquente, fu messo a posto anche lui. Gli spiriti dei boschi lo prese per le orecchie e lo impiantò nelle rocce del Col Nudo, che stesse lì, a patire lungo tutta l'eternità. Per questo il monte viene chiamato Magòr dai clautani. A guardare da Claut, si vede il mago che cerca di cavarsi dalla croda. Spinge, urta, grida e soffia e butta fumi di fiato. Dal paese sembra nibia, invece è il fiato del mago che sforza per tirarsi fuori. La fatica lo fa fumare di continuo come un camino. È raro il giorno che non si vede nibia nel Cadin di Magòr. Quando non si vede, vuol dire che il mago polsa, stremato dagli sforzi. La sua condanna è fare fatica per l'eternità, fin quando dura il mondo.

Proprio per la storia dei due giovani, la gente chiamò Cellino il pugno di case che sta all'imbocco della valle. Prima si chiamava Lastéi, borgo fatto con lastre di pietra saldan.

Il taglio della val Chialedina andò avanti di pari passo con l'apertura della strada, ma sotto le feste di Natale tutto si fermò. Sui pendii della valle, di qua e di là, era cataste di tronchi pronti per essere mandati in basso lungo i canaloni ghiacciati. La strada non era finita, anche se un pezzo già stava.

Gli uomini avrebbe voluto darci dentro ancora un poco, almeno fino alla vigilia, ma il cielo ingrigì, i rigagnoli ghiacciò e l'aria diventò gelida e si mise a tagliare le facce come un rasoio.

«Sta venendo la neve» brontolò Santo guardando in su.

«Magari» rispose un boscaiolo che non arrivava al metro e sessanta, «ne ho i coglioni pieni di faticare in questa valle.»

«Perché sei piccolo» lo prese in giro Santo, «allora fai più fatica.»

«Va' in mona» fischiò l'altro, «io li ribalto a manéra quelli alti come te. Allo stesso modo che butto giù i larici, butto giù gli spavaldi come te. Quelli alti e grossi fa solo più rumore a cadere. E basta.»

Santo si mise a ridere, guardò ancora il cielo e si accorse che qualcosa di gelido cadeva a uso polvere fina. Stava cominciando a nevicare. La val Chialedina pareva una caldiera di latte cagliato. Il bianco del cielo si era abbassato andando a infilarsi dappertutto e sfalsando le distanze. Un albero a dieci metri sembrava a un chilometro. Sui monti era l'istesso, lontananze che pareva infinite e bianco latte che si faceva neve e questa neve tacava a venir giù con un bisbiglio, come se parlottasse col terreno dove andava a poggiarsi.

La prima neve fa sempre chiacchiere quando arriva. Cadendo, tocca foglie secche di bosco, erbe secche di pascoli, terra secca di campi e rami addormentati di alberi. Tutte queste robe, a venir toccate l'improvviso dai fiocchi gelidi, ha brividi, comincia a muoversi, chiude le braccia intorno alle spalle per ripararsi dal freddo. Muovendosi fa suoni, voci, chiacchiere. Allora si sente bisbigliare e ticchettare e crepitare boschi, campi e prati, come se questi parlasse sottovoce con la neve. Quando la neve diventa alta, queste chiacchiere non si sente più, lo spessore fa da cuscino, le voci si fonda dentro il cuscino e scompare. A quel punto si sente solo il crepitio dei fiocchi che si tocca, spinge, gira e ronza come quando scappa le api in primavera. Quello è l'inverno, pieno di silenzi e brontolii, fiati che soffia, alberi che fa crac e si spacca e corvi in cielo che graffia l'aria congelata e fa cra anche loro, come a dire alla gente che ci sono. L'inverno non è altro, una serie di silenzi e di rumori.

Venne le feste di Natale, con due metri di neve.

I boscaioli era in pausa forzata, gli artigiani invece, che spesso era gli stessi boscaioli, scolpiva oggetti al caldo delle stufe. Per non far entrare freddo in casa, la gente pressava trecce di fieno dietro porte e finestre. Le finestre non le apriva mai, le porte sì, perché doveva andare fuori e dentro, ma una volta dentro era obbligo pressare di nuovo il fieno per tener fuori la bestia del freddo. Al mattino la treccia nella fessura aveva una barba di brina che pareva zucchero.

Passato il Natale, l'anno nuovo e l'Epifania, la vita riprese come sempre.

I boscaioli andò a sverginare i canaloni della val Chialedina per mandare il legname sulla strada che gli operai stava facendo. In primavera l'avrebbe finita, allora si ingaggiava uno col camion e la festa alle cataste era fatta. Altro che teleferiche, carrucole, cavalletti e mille rogne! Un bel camion che viaggiasse tutto il giorno tutti i giorni e via.

Santo aveva preso accordi con uno di Maniago che faceva trasporti col suo camionaccio a caldaia, storto e pieno di urti ma robusto e sicuro.

A gennaio faceva un freddo che congelava le parole. I boscaioli stava zitti mentre trascinava tronchi enormi col muso a punta, per aprire il varco lungo i canaloni dove poi lanciare legna.

Verso le cinque di mattina, il messo comunale, dopo aver acceso i lumi a petrolio, avviava le stufe del municipio in modo che le stanze si scaldasse per tempo. Alle otto rivava il podestà e gli impiegati, quattro in tutto, compreso il segretario, che si chiamava Dorizzi, uno grosso coi baffi stirati di traverso lunghi mezzo metro. Il messo di Erto aveva una stanzetta, in municipio, dove teneva frasche e legna secca. Dopo aver acceso i fuochi, si buttava su un vecchio paglione a pisolare un poco mentre controllava le stufe che non si spegnesse.

Ma quella mattina che Dorizzi rivò in comune insieme al podestà e agli altri, trovò le stanze fredde e i fuochi spenti. Quelli si domandò come mai il messo non aveva acceso i fuochi.

«Sarà dormentato, andate a chiamarlo» brontolò Dorizzi, «gli faccio la ramanzina.»

Si cercò il messo a casa, ma a casa non c'era. Porte e finestre chiuse diceva che o era morto dentro o dentro non stava. Intanto in municipio i quattro impiegati decise di accendere i fuochi nelle stufe. Uno andò nella stanza del messo a prendere frasche e legna secca. Tornò correndo spaventato, gridando che nel tinello era uno per terra che a prima vista gli pareva il messo.

«Si è sentito male!» disse il segretario.

«Non credo» rispose l'impiegato. «È nudo, con una tela intorno la bocca.»

Andò tutti a vedere e restò di sasso. Il messo, che si chiamava Carlin e aveva cinquant'anni, non era sul pagliericcio ma per terra, con le mani legate dietro la schiena e una fascia che, girando più volte intorno al collo, gli chiudeva la bocca. Qua e là, il solaio di legno era bagnato. Il corpo del messo era blu causa il freddo, tanto che, di primo entro, fu convinti fusse morto. Invece, quando sentì rumori, il messo aprì un occhio e poi l'altro. Allora tutti disse: «È vivo, aiutiamolo».

Lo presero e lo portarono sul tavolo di fuori, nella sala grande. Mentre uno lo copriva con le coperte che era sul pagliericcio e con la sua giacca, altri accese le stufe per dargli caldo. Il segretario lo liberò dalla tela che gli stringeva la bocca. Era indebolito di freddo e di botte. Gran parte del blu che aveva sul corpo era fatto da bastonate e scarpate.

Dorizzi disse: «Andate a prendere acqua bollente, caffè bollente e acquavite».

Nello stanzino scoprì i vestiti del disgraziato, lo vestì con le sue robe e, mentre lo vestiva, questo cigolò di dolore per le botte ricevute. Poi gli buttaron sopra di nuovo le coperte e aspettò che rivasse quelli col caffè, l'acqua bollente e la sgnapa. Prima gli fece bere acquavite, poi gli mandò giù caffè. Perché non si sfreddasse, avevano messo la cuccuma su una delle stufe che ormai andava alla grande e scaldava la stanza insieme ad altre due.

Dopo un'ora e mezza, Carlin si riprese da botte e spavento e riuscì a dire qualche parola e contare quel che era successo. Con voce tremolante spiegò che mentre accendeva le stufe, intorno alle cinque e mezzo, era rivati quattro uomini con sacchi in testa a uso cappucci per non esser conosciuti. E guanti sulle mani per non far conoscere nianche quelle, perché, si sa, ognuno ha le sue mani e può essere conosciute.

Nei guanti stringeva bastoni e pezzi di legno. Senza dire parola, che la voce si conosce più delle mani, questi qui si mise a dare botte a Carlin a destra e sinistra. A ogni colpo aggiungeva scarpate e scalciate di gomito nel naso, nelle coste e dove capitava.

Poi, quello che pareva il capo lo spogliò e lo buttò sul pavimento, nudo come un verme, e gli altri seguitò a bastonarlo. Finito di bastonare, gli legarono le mani dietro la schiena e gli tappò la bocca con uno straccio, perché non chiamasse aiuto.

Il groppo era così stretto che se il poveraccio non morì soffocato fu un miracolo. Dopo spensero i lumi a petrolio e lo lasciarono lì, nudo e bastonato, che crepasse di freddo. Ma Carlin non era morto e adesso contava quel che era successo quella gelida alba di gennaio, mentre accendeva i fuochi nel municipio.

«Proprio non li hai conosciuti?» domandò il segretario. «Nianche uno?»

«No» rispose Carlin con un rantolo da gufo. «Nissuno ha aperto bocca, era incappucciati e coperti le mani.»

La storia delle legnate al messo fece il giro del paese. Prima di mezzodì, rivò alle orecchie di Agusto e di Santo.

Agusto disse: «Io so perché han bastonato Carlin. E so chi è stato».

«Chi è stato?» domandò Santo.

Il vecchio Peron gli ricordò la faccenda delle richieste al comune di Claut per avere i boschi di val Chialedina, e della soffiata avuta da Carlin, e della rabbia di Tomaso De Bartol, battuto sul tempo per quistione di ore.

«Ha capito che era stato lui a pandere[41], e gli ha fatto pagar la chiacchiera» fischiò Agusto. «Non l'hanno ammazzato solo perché è un povero diavolo senza importanza. Il messaggio è per me, io gli ho soffiato i boschi di Chialedina.»

«Allora adesso punterà su di te» disse Santo.

«Sicuro come il sole. Cercherà di vendicarsi, non so come né quando ma lo farà, occorre tenerlo d'occhio.»

«Lo terremo» sibilò Santo. «Lo terremo giorno e notte. Se muove un dito lo seppelliamo vivo in qualche latrina, quando porteranno la merda nei campi a primavera lo troveranno, e Carlin sarà contento.»

«Carlin non sa che è stato lui, e nianche noi siamo sicuri» brontolò Agusto.

«Sicuri o non sicuri, aspettiamo la mossa storta e avrà la sua bella fossa di merda, quel bastardo.»

Santo avvertì i boscaioli di tenere d'occhio il nemico, giorno e notte, affinché non combinasse danni o tacasse il vecchio Peron.

«Facciamolo fuori subito» disse Gregorio Lano detto Goio, un boscaiolo di poche parole col pelo sullo stomaco. «Lo ammazziamo e lo buttiamo sotto una muga, che se lo mangi le bolpi[42], così ci liberiamo una volta per tutte di

41 Rivelare un segreto.
42 Volpi.

quel maiale. Sono stufo di vivere da picco[43] causa un ferabutto. È ora di finirla.»

«Calma» disse Agusto. «Aspettiamo, vediamo cosa combina.»

Se il vecchio boscaiolo avesse immaginato quel che tramava Tomaso De Bartol, fursi avrebbe dato retta a Goio.

L'inverno filava veloce come i tronchi lungo i canaloni ghiacciati della val Chialedina. Tutti i giorni boscaioli al comando di Santo faceva scivolare cataste di legname per quei budelli verticali, lisci come vetro. Legni di ogni misura, grossi, fini, lunghi, corti, dritti e gobbi finiva a fondovalle in una corsa disperata e senza regole, impiantandosi con fracasso nelle montagne di legna già arrivata a destinazione.

Laggiù, i boscaioli camòi, cioè quelli che stava a ricevere il legname, liberava mano a mano il fronte dei budelli dall'intrigo di tronchi e imbastiva cataste qua e là, dove sapeva sarebbe passata la strada nuova. Santo lavorava in alto e, quando all'imbrunire veniva giù e vedeva le cataste di legna che pareva montagne, sentiva che quella era la volta buona di far soldi. Non gli pareva vero che da lì a poco tutto quel legname si sarebbe mosso in camion e non spostato a carichi, lungo le teleferiche, passandolo per mano almeno quattro volte.

«Ci vuole strade» continuava a ripetere nella testa, «con le strade più schei e meno fatiche.»

Vedeva lontano, Santo Corona della Val Martin. Aveva anticipato allora quel che sarebbe successo anni dopo: l'apertura delle strade. Strade per non maneggiar dieci volte sempre la stessa legna col solo risultato di faticare e rimetterci.

Gregorio Lano, detto Goio, si lamentava con la solita solfa: «Prima di vendere queste malidete legne» diceva, «le conosci una per una, tronco per tronco, come gente di famiglia». Significa che, a furia di maneggiarlo prima di averlo

[43] In ansia.

a posto, riconoscevi ogni tronco che prendevi in mano o tiravi di zappino.

Nel 1902 era stata completata la strada lungo la Valcellina, da Montereale a Longarone, adesso che si apriva quella di Chialedina sarebbe stato un gioco spostare il legname e venderlo. Santo faceva progetti mentre con lo zappino arpionava tronchi dalla faccia tonda e li faceva partire a testa bassa come tori alla carica lungo i canaloni ghiacciati, lisci che pareva bottiglioni di vetro.

La legna fina veniva accatastata ai bordi del budello sino a dieci metri cubi, poi si tagliava i pali di sostegno e questa filava giù rombando, cavallandosi in gobbe urlanti, baruffando e spingendo e facendo rumore di valanga. A volte succedeva che un legno si piantasse o finisse di traverso nel canalone e dietro di lui un altro, e un altro ancora, così che il budello s'intasava e il fiume di legna non correva più.

A quel punto interveniva "il boldo", un tronco di cinque metri col diametro di sessanta centimetri e la testa tonda come un'anguria. Di quei tronchi lì i boscaioli ne teneva sempre di riserva, proprio per sbloccare gli intasamenti dei budelli. Appena gli addetti passava la voce di blocco, lassù in alto gli uomini dava il via a un boldo ed era fatta.

L'enorme tronco, arrotondato, liscio e scorzato apposta, partiva per il canalone come una locomotiva senza freni che scende dalla cima del monte. Quando sbatteva nel tappo di legna, era l'istesso che scoppiasse una mina. Volava pezzi dappertutto, per aria, a destra, sinistra, capitava tornasse anche in su per il gran colpo. Il boldo, dopo aver demolito l'intaso, proseguiva la sua corsa senza rallentare un millimetro, come se avesse forato aria e non una catasta di legna ferma. A quel punto il budello tornava libero, liscio come un bottiglione di vetro, e i tronchi riprendeva a correre e cavallarsi come cavalli in fuga.

Una volta, dai canaloni del Certen, ripidi che pareva in piedi, si chiamò boldo. Era intorno la fine di gennaio, il freddo induriva la terra e congelava i fiati, gli alberi si teneva stretti l'un l'altro per non scoppiare, gli uccelli invece cadeva in volo morti di freddo. Intanto che si aspettava il boldo, Damiano Corona Fonte, di anni quaranta, per necessità e fursi per far vedere che aveva coraggio, saltò nel budello, dove c'era l'intaso. Aveva le grappelle sotto le scarpe e lo zappino in mano. Dall'altra parte c'era l'amico Girolamo Bechis detto Becol, che vuol dire "becco", per via del naso. Damiano Fonte andava a farsi accendere la sigaretta, che la sua macchinetta non prendeva. Aveva voglia di fumare, buon motivo per attraversare il budello che lo separava da Becol, oltre a quello di mostrare coraggio. Poteva aspettare che passasse il boldo. Ma, se aspettava che passasse il boldo, non dimostrava di avere poco cervello.

Quel passo gli costò caro. A metà canalone cercò di correre. Aveva sentito un sibilo, un fischio nianche tanto forte. Era il boldo che arrivava. Lungo sei metri, alto ottanta centimetri, l'abete bianco pareva una locomotiva. Filava soffiando come soffia i serpenti. Un serpente dritto, rigido, pieno di gelo, con squame di brina larghe una mano, incrostate una sull'altra.

Damiano fece in tempo a vedergli il muso. La grande bugna smussata era liscia, coi cerchi degli anni che pareva occhi. Quattrocento anni di occhi che lo puntò e lo fulminò.

Damiano fu centrato e spinto contro l'intaso dal muso del boldo, che lo tranciò in due pezzi. Un pezzo volò di là, uno di qua del budello. Vicino all'amico Girolamo Bechis cadde la parte con la testa. La neve si insanguinò come quando d'inverno si accoppa il maiale fuori casa. Lunghe strisce di budelle, sventolando come bandiere, filava giù per il canalone, impigliate nella legna dell'intaso che correva verso valle.

I boscaioli rimise insieme i pezzi di Damiano Fonte, lo caricò su una coza di mughe e, tenendolo con le corde, tre uomini da un lato e tre dall'altro lato del canalone, lo calò a fondovalle. Laggiù, lo spostò su un'altra slitta, stavolta da legna, e lo tirò a Cellino e infine a Erto per la sepoltura.

Prima di caricarlo sulla slitta da legna, Becol Bechis disse a due boscaioli che stava all'arrivo: «Guardate nella catasta se trovate budelle, qui non ci sono, Damiano è vuoto, non ha baldin[44]».

Guardò ma non trovò niente. La forza dei tronchi, rombanti come tuoni lungo il canalone, era un frantoio che macinava e polverizzava tutto quello che non era legno. Al funerale, Becol Bechis brontolò: «Tutto per una sigaretta».

Visto che si parla dei boldi, i tronchi spaccaintasi, fursi occorre contare un'altra storia, successa l'inverno prima, in uno dei tre canaloni che cala quasi a picco dai boschi del Certen. Anche allora era inverno, la squadra di Santo stava lassù, a incumulare cataste di legna per lanciarle nei budelli. Santo guidava gli uomini solo a gesti e occhiate.

L'autunno, Agusto Peron aveva impiazzato un giovane di ventitré anni, svelto di manéra soprattutto a sramare. Questo giovane aveva abbandonato la squadra di Tomaso perché non andava d'accordo col capotaglio e, diceva, nianche con Tomaso andava d'accordo. Ma chi era che andava d'accordo con Tomaso? Nissuno, solo i ferabutti come lui.

Quando venne a saperlo, Agusto gli offrì lavoro nella sua squadra. Non che il vecchio fusse buono più di altri ma perché, spremendo il ragazzo, sperava di cavargli qualche segreto sui progetti di Tomaso. Di sicuro il giovane sapeva le trame del padrone, essendo stato con lui più di tre anni. Interrogandolo con un po' di furbizia, si poteva scoprire qualcosa.

Infatti venne a sapere che, al cento per cento, Tomaso stava per legarsi in società con una ditta friulana, la De Artoni. Era una grossa impresa che tagliava piante in tutto il Friuli, rivando fino in Austria. Tomaso tramava rovinare Agusto facendo comunella con questa impresa che non temeva niente e nissuno, visto i capitali che maneggiava. Agusto restò male e pensò al rimedio, ma sto correndo troppo, bisogna andare per ordine. Questo giova-

[44] Intestino.

ne, assunto in autunno, palesò il segreto dell'impresa De Artoni, poi sulle faccende di Tomaso non aprì più bocca, come si fusse spaventato di colpo per quel che aveva detto. La sua voce morì, restò sepolta, tappata come il cuneo delle stue in val Vajont.

A dire la verità, era da dicembre che non parlava con nissuno, né della sua vita né dei suoi progetti, cosa che prima palesava a tutti. Santo, che era più vecchio di qualche anno rispetto al giovane, lo chiamò e gli chiese perché tutto improvviso era diventato muto.

Si trovavano nei boschi del Certen a far cataste sulle bocche dei budelli ghiacciati.

Il giovane, che si chiamava Bruno, rispose così: «Mi ha lasciato la morosa, quella di San Martino. Ha detto che son poco uomo e si è presa uno di Savéda, più bello e più uomo. Fursi gli piace meglio, non lo so, questo lo sa lei. Io so che non ho più forze né voglia di lavorare, né di far niente, nianche di vivere».

Santo disse: «Ma va' in mona, stupido, cosa dici? Donne ce n'è ancora. Guardati in giro, le fémene è come le piante, ce n'è sempre, più ne tagli più ne cresce. Sono mesi che tagliamo gli alberi del Certen, e il bosco si è fatto solo un po' più chiaro. Guarda intorno, piante dappertutto, come se non fusse mai calate le manére. Fémene c'è sempre, e per tutti. Datti pace e cerca un'altra. I boschi di donne è più fitti dei boschi di piante. Però occorre avere la manéra affilata. Se quella ti ha lasciato, fursi non avevi la manéra abbastanza filata».

Qui Santo si mise a ridere, ma Bruno non rideva. Disse: «Vedi quella pianta lì?». Segnò col dito una piccola betulla storta dalla scorza color neve e i puntini neri sparsi sul tronco come occhi che spiava l'inverno.

«La vedo» rispose Santo.

«A me piace quella» seguitò Bruno. «Non so perché, né m'interessa, ma a me piace quella. So che c'è milioni di piante dentro i boschi. È le piante che fa i boschi, no il contrario. So che in giro è betulle molto più belle di questa. Ce n'è una dietro la tua schiena, prova a voltarti.» Santo si voltò.

«Hai ragione» disse. «Questa è molto più bella.»

«Sì» rispose Bruno. «Ma a me piace quell'altra.» E segnò di nuovo col dito la prima betulla. «Io vedo bella quella e nissun'altra. Non è colpa mia se vedo storto e mi piace quella betulla.»

Detto questo, senza aspettare la risposta di Santo, il giovane cavò la manéra dalla cintola dietro la schiena, raggiunse la sua betulla e con quattro colpi la tagliò e la sramò. Poi la lanciò nel budello ghiacciato e disse: «Ecco, adesso non è più di nissuno, solo del fuoco».

Nella testa di Bruno era cresciuta da tempo la pianta della vendetta. Già da un mese pensava di ammazzare la morosa che lo aveva lasciato. Lo disse a Santo: «La taj come la brédola».[45]

«No» rispose Santo. «Sincaso è da copare lui, è lui che gli è andato attorno fino a farsi piacere. È lui che intrigandosi ha rotto la forza di voi due.»

«No» brontolò il giovane. «La causa è lei. Perché non l'ha mandato via subito? Perché si è lasciata vicinare, e lasciato provare? Se lo mandava subito a cagare lui perdeva speranza, rinunciava, ma lei gli ha dato spago. Le donne annusa tutti gli uomini come cagne. Quelle troie reputa tutti buoni, tiene gli uomini al caldo, come ovi sotto la gallina, non si sa mai. Quando si stufa di uno, lo rompe e tira fuori l'altro ovo bello caldo. Coparle tutte, quelle troie.»

Santo rispose: «Per me la colpa è dell'uomo, è lui che vuole la donna dell'altro e ci prova: secondo me è da copare lui, non lei».

Andarono avanti a discutere chi era da ammazzare, se l'uomo o la donna, intanto accumulavano legna sulle cataste sporte alle bocche dei budelli ghiacciati come uno che guarda dalla finestra.

[45] «La taglio come la betulla.»

Finita una catasta, Santo e Bruno tagliò i pali di sostegno e la valanga di tronchi partì rombando lungo il canalone. Appena passato il rombo, dieci boscaioli mise in moto le braccia per dare ancora legna alla bocca del budello che si era appena mangiato una catasta. L'un l'altro si passava i tronchi, l'ultimo li buttava dentro. I legni scivolava come volasse tre dita sopra il ghiaccio, andava a finire a Marzana, due chilometri più in basso, dove partiva le teleferiche per il paese. A dire la verità, anche dal Certen partiva una teleferica, ma d'inverno conveniva usare i canaloni. Si faceva più presto che non un carico alla volta appeso al filo d'acciaio. Santo e Bruno si dava da fare a buttar legna nel budello insieme agli altri.

«Non copo né lui né lei» disse Bruno all'improvviso. «Io non copo nissuno.»

«Se fussi in te coperei lui» rispose Santo. «È lui che gli è girato intorno fino a montarle su. In queste faccende è sempre l'uomo la causa. Se mi capita na roba simile copo lui, non lei. Lei me la tengo per fargliela pagare un po' alla volta.»

Insieme ai dieci boscaioli, i due andò avanti a mandar legname nel canalone. A un certo punto dal basso gli uomini dei bordi, scambiandosi voce l'un l'altro come un passamano di tronchi, chiamò il boldo. Laggiù, oltre la metà del budello, un larice bastian contrario si era messo di traverso. Dietro quello altri legni e altri ancora si mise di traverso e dopo un attimo tutto il fiume di legna era fermo.

Lassù in alto, undici uomini andò a trascinare il boldo sull'imbocco. Andò in silenzio, come quando si va nella stalla a tirar fuori il bue per ammazzarlo. Il boldo era un toro. Lungo sei metri, mezzo metro il diametro, stava fermo su na gobba, il muso rotondato sporto in avanti, come un cane accucciato che spetta di saltare sulla preda. I boscaioli, con gesti decisi, gli piantò gli zappini sulla schiena e il grande abete bianco vibrò come se fusse svegliato di colpo.

Quelle punture di api non gli fece né caldo né freddo. Aprì gli occhi, slungò le braccia, sbadigliò facendo cadere la brina, e dopo un po' come stufo di casino si mosse avanti a scatti, infastidito per essere stato svegliato. Gli uomini lo tirava con gli zappini come tirare un discolo per le orecchie. Pian piano il mostro s'avvicinò all'imbocco del budello. Fino a quel momento nissuno si era accorto che Bruno non tirava. Aveva mollato l'attrezzo e seguiva il boldo da un lato, a testa bassa, silenzioso come quando si accompagna la cassa di un morto. Gli altri urlava "issa" e tirava, lui stava zitto.

«Se non vuoi tirare almeno chiama il colpo» brontolò Santo.

Chiamare il colpo era gridare "issa" a tempo giusto, in modo da tirare tutti insieme, non uno prima e uno dopo. Ma Bruno non issava né tirava, camminava rasente il boldo con le mani in tasca. Ogni tanto saltava fuori e diceva forte: «Brutta troia, brutta puttana».

Un boscaiolo lo mandò a cagare con lo zappino alzato. «Basta rompere i coglioni!» urlò. «Se non vuoi tirare, affari tuoi, ma non rompere i coglioni!»

Bruno non aprì bocca, seguitò a compagnare il boldo finché questo non sporse il muso tondo all'imbocco del budello. Sembrava uno che guarda giù dalla finestra, pacifico, come se non gl'importasse di essere buttato nell'inferno del canalone. I boscaioli si mise di qua e di là del tronco, piantò gli zappini nei fianchi del bestione, puntò le scarpe ferrate nella neve di marmo e chiamò il colpo. «Oh, via!»

L'abete bianco si mosse come una locomotiva che parte. Scattò subito in avanti, poi rallentò. Gli uomini stava respirando, per questo rallentò. Poi ripartì finché fu per metà sulla gobba che dava inizio al canalone. A quel punto fece bilancia. Per due, tre secondi sté in equilibrio sulla gobba andando su e giù col muso e la coda come il braccio della bilancia. Poi i boscaioli tirò forte, il muso calò e non tornò più su.

Era partito. Nissuno si aspettava quel che successe. Mentre il boldo chinava la testa, si sentì un urlo come quando si ammazza il maiale e il maiale grida che non vuol morire.

Era Bruno. Cigolava, piangeva, urlava: «Mi copo io, non copo nissuno».

Appena il boldo sfiorò la pancia del budello, con una giravolta come montare un cavallo in corsa, Bruno saltò sul tronco e lo abbracciò. Aveva una gamba di qua e una di là e si teneva stretto come un bambino al petto della mamma. Quando capì i boscaioli cercò di pigliarlo per la giacca, ma era tardi. Il boldo stava filando a liberare l'intaso con in groppa Bruno e il suo destino. Il giovane andava urlando a più non posso. Teneva il muso in avanti e i capelli tirati indietro dalla velocità. Pareva una manéra affilata.

Lassù i boscaioli era senza fiato. Guardava e taceva e sentiva l'urlo di Bruno sempre più lontano e sempre più debole. Finché non lo sentì più. Quelli che stava all'intaso, invece, tacò a sentirlo quando gli uomini in alto non lo sentì più. Si n'accorsero che sul boldo stava qualcosa che urlava e quel qualcosa era qualcuno. Intanto che capì che era Bruno, il boldo passò a saetta.

Il giovane si teneva abbracciato al tronco e urlava e aveva gli occhi sgionfi[46] da matto. Fu qualche secondo e la visione sparì. Ci fu un tuono di temporale nella catasta ingrovigliata dell'intaso. Dal colpo, Bruno volò per aria come un uccello e dopo dieci metri piombò nel canalone con la faccia al cielo. Intanto che volava, sotto di lui era passato il boldo che aveva forato l'intaso e mosso la catasta.

La catasta si era messa in moto e correva sul ghiaccio lucido mentre il boldo era finito ai piani di Marzana, piantato per metà dopo aver arato la neve come un vomere.

Con la faccia al cielo, Bruno filava nel budello ma correva meno della catasta e non si sapeva se era morto o ancora vivo. La quistione fu chiarita subito. La slavina di tronchi indiavolati lo raggiunse, lo seppellì, ci passò sopra, lo demolì, lo piallò e proseguì. I resti del giovane rivò in fondo al canalone in ritardo rispetto alla legna, che correva di

[46] Gonfi.

più. Questi resti rivava un po' alla volta, prima un osso, poi na straccia di pelle, un altro osso, tocchi di testa e avanti così. Il peso e la forma dei resti decideva la velocità. Un osso correva più che una straccia di pelle e le coste andava manco dei tocchi di testa.

Giù all'arrivo, i boschers si n'accorse che rivava tocchi umani ma, essendo stracce, non sapeva di chi fusse.

«Intanto prendete un sacco» disse uno.

Quando rivò na scarpa ferrata, con dentro carne della gamba, gli uomini cercò di conoscere quella scarpa ma non fu caso, era disfatta. La mise nel sacco, insieme agli altri tocchi. Per sapere di chi fusse quei resti dové aspettare che venisse giù quelli in alto, a dire che quello era Bruno Formin, saltato sul boldo per ammazzarsi causa la morosa che l'aveva lasciato. Allora tutti insieme disse: «Povero diavolo», e smise di lavorare per portarlo a casa nel sacco. Ai piani di Marzana un boscaiolo chiamò polsa. «Da qui possiamo mandarlo in teleferica» disse.

«No» rispose Santo. «Lo portiamo insieme a noi, da solo ha viaggiato abbastanza.»

Così finì la vita di Bruno Formin Corona, strascinato alla morte dalla malinconia, agganciato come lo zappino aggancia il tronco e lo strascina e non lo molla più. Tutto perché la morosa lo aveva lasciato.

Agusto e Santo venì a sapere ufficialmente che Tomaso si era associato con la grande impresa friulana De Artoni. A quel punto, lo sapeva tutti: le prime squadre di boscaioli foresti mise il naso in paese e disse che li aveva mandati il padrone in persona, De Artoni, appunto.

Agusto comandò alla sua squadra di rispettarli, quelli era operai come loro, si guadagnava il pane con sudor di sangue e obbediva il padrone o era licenziati. Caso mai, se c'era da far quistioni, era da farle con Tomaso e De Artoni, non con poveri diavoli magri e secchi come cani segugi. E stracchi come segugi che ha corso tutto il giorno. Dopo l'ordine di Agusto, i foresti venne rispettati e nissuno fece loro del male o dispetti.

Nel frattempo in Chialedina i canaloni tacava a sghiacciarsi e mollare, ma ormai poteva farlo, colme e cataste stava a fondovalle. Le colme, bisogna dirlo, era cataste di tronchi da opera, larici, pini, abeti bianchi, pecci scuri, lunghi quattro metri e grossi. Le cataste, invece, era cumuli di legna da ardere, o da lavori piccoli, tocchi lunghi al massimo un metro e settanta, molto più fini. Le colme si chiamava così perché i tronchi impilati formava un mucchio a triangolo che finiva in colmo, cioè con un ultimo legno. Quella era la colma.

Le cataste invece era piatte, alte massimo tre metri per quindici, venti di lunghezza, a seconda dei siti. A volte era più lunghe, ma dove non c'era posto, poteva essere solo qualche metro. Sghiacciandosi i budelli, voleva dire che la primavera aveva acceso la stufa e slontanava l'inverno a colpi di tepido e canti d'uccelli e rane. Nelle radure della Fugna e dei Pradut, nei Cadini di Magòr e lungo le coste più alte di Chialedina, cantava galli forcelli e cedroni.

Il cuculo ancora cantava poco, dava solo qualche colpo di tosse in attesa di più caldo.

I boscaioli della val Chialedina, al comando di Santo e su consiglio di Agusto, si mise insieme agli operai della strada, per finirla prima. Era da fare ancora un po' di curve, verso il Pian di Ferron, poi si poteva passare.

Intanto Agusto era andato a Maniago a trovare una carretta di camion, na specie di carro che andava a gasogeno, cioè con caldaia funzionante a legna. Lo trovò insieme all'autista. L'autista disse che, per andare, il trabiccolo aveva bisogno di legna. Agusto rispose che legna non mancava per far mangiare il mulo di ferro. Appena lo vide lo chiamò "mul de fer". Ce n'era così tanta, di legna, che poteva far scoppiare lo stomaco a un milione di muli come quello. E così combinò l'affare con l'autista e il suo trabiccolo.

Verso maggio la strada era finita. Il carro a gasogeno, insieme al conducente, tacò a spostare legna e legname dalla val Chialedina. Tutti i giorni. Faceva avanti e indietro da Maniago, dove era pronti gli acquirenti. Il legname da opera lo prendeva tutto in blocco le segherie Barentina, sempre a Maniago, e lo pagava bene.

Con strada e carretta, era un lusso fare legna, mai come quell'anno i boscaioli prese soldi con metà fatica. Santo intuì che in quel modo si poteva diventare siori[47]. E, dopo un po' di anni, mandare in mona tutto, mollare manéra e pensieri e ritirarsi a guardare le stagioni. Magari insieme alla sua Paula. Invece così non andò, e Santo la manéra non poté mollarla. Gli restò incollata alle mani fin l'ultimo giorno di vita come una maledizione. Ma continuo a correre troppo, bisogna seguire il filo della storia come il filo delle manére.

Quell'anno, dalla val Chialedina, sulla carretta a gasogeno, venne giù novemila quintali di legname, tutto venduto a Maniago e dintorni. L'autista rivava a fare due viaggi al giorno e, a parte qualche bullone smollato, il trabiccolo funzionò come un orologio. Non lo caricavano mai troppo per non sforzarlo.

«Meglio un viaggio in più che rompere il mul de fer e restar fregati» diceva Agusto.

Infatti non restò fregati e tutto funzionò.

Un giorno Santo chiese all'autista di lasciarlo montare sul cassone e andare con lui fino a Maniago, per vedere la valle fiorita e palpare la primavera stando seduto sui tronchi, e sentire in faccia l'aria.

«Metti un larice in meno e monta su» rispose l'uomo. «Ma puoi stare anche in gabina» aggiunse.

«No» disse Santo, «voglio stare fuori, sul carico, per vedere e sentire.»

Così partirono in tre: Santo, la legna e il guidatore. Andando giù, Santo guardava in giro. La Valcellina era sempre l'istessa, quella vista un giorno lontano, quando era andato a Maniago con suo nonno a farsi forgiare la manéra dal

[47] Ricchi.

fabbro della val Colvera. Stesse gobbe di prati, stessi boschi, stesso oro sui costoni pitturati di fiori gialli. Di qua e di là, stesse falci affilate di montagne che pareva cascasse addosso da un momento all'altro. Laggiù, in fondo a quell'inferno di strettoie e ganasce di roccia, correva la Cellina, con le sue acque di ogni colore. Santo era stato ancora a Maniago su carri strascinati da cavalli, ma il giorno che vi era andato a piedi con suo nonno non lo dimenticò finché visse.

Adesso, stando sopra la carretta a motore, vedeva la valle da più in alto e ricordava ogni punto e ogni passaggio. Anche se la strada, costruita nel 1902, aveva piallato qualche costone, trapanato alcune crode e demolito quasi del tutto l'antico sentiero, riconosceva passo per passo dove era passato col suo vecchio.

A un certo punto vide una casetta sporta sul vuoto in un piccolo spiazzo a sinistra andando giù. Quella volta che passò con suo nonu la casetta non c'era, quindi, pensò, l'avevano fatta dopo. Sul tetto era inchiodato un ramo con un cartello che diceva: "Frasca".[48] Era un'osteria. Santo batté due colpi sulla gabina del guidatore e gli gridò di fermare. L'uomo fermò il trabiccolo nello spazio davanti all'entrata. Saltò giù dalla gabina mentre Santo saltava dal cassone e, insieme, entrò nell'osteria.

Là dentro era un vecchio con due baffi come due pennelli da barba, seduto vicino a na stufa di ghisa che ardeva come una forgia. L'uomo pareva di marmo. Appena vide i due, si alzò tenendosi la schiena e andò dietro il banco. Camminava storto. Salutò solo l'autista. Lo conosceva, si fermava ogni volta che tornava col carico. A Santo invece non lo salutò. Allora, per fargli dispetto, lo salutò lui. Ma il vecchio non rispose, brusigò[49] qualcosa che non si capì e tornò di marmo.

I due ordinò un paio di quarti di vino rosso. Il vecchio

[48] Dopo la spremitura dell'uva nuova, anche i privati si dedicavano alla vendita di vino. Una frasca inchiodata alla porta segnalava che in quella casa si poteva bere un bicchiere.
[49] Mugugnò.

guardò sotto il banco, poi, con una voce che pareva avesse dentro tutto il dolore del mondo, disse:

«Rosso niente, ne ho più un fiasco, quello mi serve a me. Se volete bianco. Bianco o niente, il rosso mi arriva domani.»

«Va bene bianco» disse l'autista.

Bevvero due quarti di bianco, pagarono, montarono in carretta e ripartirono.

Quel vecchio oste si chiamava Gildo, fino a pochi anni prima era stato uno dei più forti boscaioli della Valcellina. Uno che dormiva all'aria aperta fin quando spuntava l'inverno. E quando veniva l'inverno dormiva nella stalla insieme alla mucca, non con sua moglie.

A chi gli chiedeva qualcosa in merito, rispondeva: «Dormo già con la vacca, una basta e avanza».

Forte come un cavallo da tiro, gli piaceva bere e giocare a morra, ma solo quando il lavoro era finito e fatto bene. Sua moglie gli rompeva i coglioni, non voleva bevesse e giocasse, per questo Gildo dormiva all'aperto o nella stalla. Luna, stelle e animali notturni non gli diceva niente, e nianche la vacca apriva bocca quando tornava ubriaco. Fino a quel maledetto giorno che gli arrivò un tronco di larice nella schiena.

Fu al canalone di passo Valbona. Un tronco venne giù dalla colma e lo colpì mentre mangiava seduto sotto. Ci mise un anno a guarire, ma di fare il boscaiolo nianche più parlare. Gli faceva male la schiena al minimo urto o movimento. Batter di manéra era dolori da non pensare. La manéra intorce la spina dorsale a ogni colpo, e allora per Gildo addio manéra. Così, per non stare con la moglie, e visto che c'era la strada, decise di aprire una frasca allo sbocco della Valcellina dove passava gente. Ma non poter più fare il boscaiolo, né vivere e dormire sotto le stelle, né muoversi come era uso, lo aveva ingrugnito e reso salvatico come un orso chiuso dentro.

Nell'osteria Gildo diventò famoso per i suoi silenzi. Se parlava, attaccava come un tasso rabbiato. A Santo non gli dispiaceva quel tipo scontroso e, da quel giorno, andò più volte a trovarlo saltando sul mulo di ferro del maniaghese.

Dopo aver bevuto i quarti di bianco, Santo e l'autista partì e rivò a Maniago a scaricare il camion nelle segherie Barentina. In quel largo e lungo piazzale che non finiva più, Santo guardava le grandi cataste di legname. In qualche colma, riuscì a conoscere i suoi tronchi, quelli di val Chialedina, che aveva maneggiato anche lui. Gli sembrò di averli traditi. Gli sembrò che laggiù, nella pianura, catastati alla meglio in attesa di esser ridotti a tavole e travi, i grandi tronchi fusse tristi e malinconici e perfino che piangesse. Non per esser tagliati, ma per esser stati portati via dal loro paese, che era il bosco.

Un albero può venir tagliato quanto si vuole, anche a fette, ma se lo lasci nel suo posto non piange. Invece se lo porti via piange. Anche se lo cavi con le radici, e lo impianti da un'altra parte, nelle pianure o nelle città, piange. Se gli guardi la faccia, dove c'è il taglio, vedi che butta un'acqua chiara che vien fuori piano, come olio. Quelle è lacrime. Invece, quando è sulla montagna, anche se sta per terra tagliato a tocchi, lacrime non butta. A Santo gli venì un groppo allo stomaco nel vedere i tronchi che piangeva. Piangeva tutti, anche quelli venuti da altri boschi e altre valli e paesi. Quando tiri via con la forza un albero dal suo paese, questo si mette a piangere. E piangerà finché dura, a meno che non se lo mangi il fuoco.

Nei paesi della Bassa si vede, in certe camere da letto, travi di soffitti in larice che piange perché son stati portati laggiù. Sotto di loro la gente fa l'amore o dorme o nasce o muore mentre, due metri sopra, i travi piange. Se muore qualcuno, i travi piange coi parenti del morto. La resina invece è diversa. Anche lei è il prodotto di un dolore, ma fisico. La resina è sangue che cola dall'albero ferito. Sangue d'oro, miele amaro. La resina non scappa via come le lacrime che piangendo se ne vanno. La resina resta incollata al tronco per tenergli compagnia, per aiutarlo a resistere, guarire, crescere ancora.

Santo fu preso dalla malinconia, come gli alberi accatastati nel grande piazzale della segheria. Prima che gli venisse da piangere, disse all'autista: «Andiamo via».

Tornarono in val Chialedina e questa volta Santo montò in gabina. Ma ogni tanto metteva fuori la testa per sentire l'aria raspargli il muso.

I trasporti di legna e legnami durò fino a settembre. Quando il sole tacò a farsi lontano e l'aria più fina e le foglie a diventare rosse in faccia come ragazze che ha bevuto un po' di vino, si poté dire che la boscatura di val Chialedina era finita. Restava ramaglie e bachetàn, ma quelli se li prendeva la gente come regalo, una specie di riconoscenza per aver ospitato i boscaioli che gli portava via i loro tesori.

La ramaglia può sembrare poco, ma non è poco. Le famiglie andava nei boschi dove era passati i taglialegna a pulire i resti di rami e frasche, che era roba buona. Na volta secca serviva per accendere il fuoco e dargli forza. Si correva a prendere sta roba con slitte, carichi a spalla, a gerla o teleferica. Così, anche se la grande boscatura era finita, nella val Chialedina si sentiva ancora voce di attrezzi. Ma non era più il canto delle manére che faceva toc toc, bensì il frusciare delle ronche che sramava frasche facendo un suono di seta, come quando piove sul bosco in tardo autunno.

Quando anche quel suono finì, da dietro il larice di forcella Ferron saltò fuori l'inverno con la gerla piena di freddo, neve e ghiaccio. A quel punto la valle diventò muta.

14
Morte di un amico

Quell'inverno passò tra il lavoro degli artigiani nelle case, tenute calde dai fuochi come pecore nella lana, e il lavoro dei boscaioli ai canaloni ghiacciati. Questa volta nei ripidi versanti a pusterno del monte Toc. In alto, verso la cima Mora, era da tagliare mughe che cresceva in abbondanza, tanto da sembrare pascoli di erba verde. Più in basso la solita storia: abeti bianchi, larici, pini, faggi e carpini. E poi legni da intaglio: aceri, maggiociondoli, tassi e altra roba da scolpire.

Anche stavolta Agusto era rivato prima di Tomaso a pigliarsi i boschi del Toc. I boschi del Toc era privati, era dei cassani.

I capifamiglia un giorno si riunì e decise, senza uno che dicesse no, di cederli a offerta segreta. Serviva un po' di soldi per sistemare le vecchie case che sorgeva sull'altipiano del Toc, a sinistra dei ripidi. Nissun cassano voleva i boschi del Toc. Ne aveva i coglioni pieni di quelle rampe verticali da non stare in piedi, e poi gli serviva soldi.

Allora tutti insieme decise di cedere i boschi ai taglialegna ertani, che se la vedesse loro. Coi soldi dell'asta avrebbe aggiustato le case.

Di questa faccenda Agusto venne a sapere non per caso, ma perché una cassana glielo disse. Era stata un suo vecchio amore, un amore di gioventù segreto e lontano, durato il tempo di una primavera. Una primavera ormai perduta nella memoria della gente, ma viva nel cuore di lei. La donna non aveva dimenticato quell'amore durato il tempo della fioritura. E non aveva dimenticato nianche l'uomo con le braccia forti. Quell'uomo era Agusto Peron. Adesso, dopo tanti anni, ringraziava Agusto per quell'amore da cuculi palesandogli la decisione di cedere i boschi dell'ombroso Toc. Andò a cercarlo in piena notte, volando sugli scufons, calzari silenziosi come le ali dei gufi. Era partita da Casso filando il sentiero dei carbonai a lume di candela.

Agusto sentì colpi sulla porta, si levò e aprì.

«Agnese!» disse ancora insonnolito. «Come mai?»

«Vai a prenderti i boschi del Toc, i capifamiglia ha deciso di cederli.»

«Quando?» chiese Agusto.

«Subito, domani mattina. Parla con Gervasio prima che venga a sapere e si presenti altri.»

La donna guardò il buio. Poi, prima che Agusto la invitasse per una scodella di caffè, Agnese era scomparsa volando sulle piume silenziose dei suoi scufons. Era stato un amore breve, giusto il tempo delle semine. Agusto aveva un'altra. Dopo aver amoreggiato con Agnese nei boschi di monte Pul da marzo a giugno, aveva trovato il coraggio di dirglielo.

La donna rispose questo: «Hai fatto bene a non dirmelo prima. Ho potuto godermi quattro mesi con te, non pochi per una che non ha mai avuto niente. Adesso ti lascio con lei, non si sta con due piedi in tre scufons. Se un giorno ti liberi, pensa a me, ti spetterò sempre. Finché vivo guardo se torni. Se non torni, starò sola, altri uomini mai. Tu sei stato il primo e l'ultimo. Ricorda ste parole: primo e ultimo».

Agusto non ricordò quelle parole. Nella sua vita, dopo la prima morosa, passò da una donna all'altra come l'ape sui fiori, senza più tornare dalla povera Agnese. Nianche lei cercò altri uomini. Visse pensando a lui, si risparmiò per lui, si conservò per lui, si consumò per lui. Ma lui non tornò. Ogni tanto la incontrava alle teleferiche. Agnese portava carrucole come molte donne di quegli anni. Un saluto e via, uno sguardo e basta. La vedeva in paese a far spesa, alle sagre, ai fuochi di San Floriano e San Simon. «Ciao.» Niente più. Lei gli volé bene, cercò di aiutarlo senza pretendere niente. Adesso, dopo tanti anni, gli faceva un altro favore: i boschi del monte Toc.

Non era nianche fatto giorno quando il vecchio boscaiolo Agusto Peron batté la porta di Gervasio Lorenzi.

«Bondì.»

«Bondì.»

«Prendo i boschi del Toc» tagliò corto Agusto.

«Come sai?»

«So.»

«Vieni dentro che parliamo.» Versò due gotti di acquavite e disse: «È da fare l'offerta in piazza, non possiamo darteli così, a favore».

«Chiedete la cifra» rispose Agusto, «fate quel che vi pare ma voglio quei boschi. Pago anche il triplo, basta non vadino a Tomaso De Bartol.»

«Si può fare» disse il capo dei capifamiglia, «combino l'affare per te. Ti dico il prezzo di partenza, così puoi regolarti. Vale l'offerta più alta, al primo colpo, non si può tornare sopra.»

«Tomaso si è messo col furlan[50], il furlan non ha paura di alzare la cifra» disse Agusto.

Gervasio seguitò: «Per questo tengo buono il primo colpo, chi offre di più al primo colpo i boschi è suoi. Tu sai già quanto è di base, non hai nissun problema a vincere».

«Allora dimmi la base.»

«Oggi riunisco i capifamiglia, stasera vengo a Erto e ti dico.»

Bevve ancora un po' di grappa, si salutò e tornò alle sue faccende.

Come avevan combinato, l'offerta di Agusto fu più alta, si portò via i boschi del Toc e poté godersi la faccia storta di Tomaso De Bartol piena di rabbia. Ma fece uno sbaglio.

[50] Friulano.

Proprio lui, silenzioso come la meridiana, che dà le ore senza tocchi di campane, fece lo sbaglio di dar notizia a voce alta. Appena tornato in paese, dopo aver parlato con Gervasio, si mise a bere da Pilin e, dopo il sesto quarto, tacò a dare ordini ai suoi boscaioli che era lì a bere anche loro.

«Potete cominciare a tagliare il Toc» diceva, «domani potete partire. Fate piazza pulita, il Toc è nostro.»

Aveva bevuto, parlava troppo, sputava all'aria quel che avrebbe dovuto tacere. Le parole gli usciva dalla bocca come api dai nidi sotterranei, che salta fuori dal buco nel prato a primavera.

Lì da Pilin era Tomaso, che taceva. Solo una volta brontolò segnando Agusto: «Staremo a vedere chi la vince. De Artoni ha soldi per comprare il paese». E aggiuntò: «Se vuole».

Invece i boschi fu di Agusto, ma il fatto di averlo annunciato in anticipo non gli giovò.

In settembre, Santo e la squadra tacò a tagliare i boschi di Toc e cima Mora dove, oltre ai soliti alberi, cresceva mughe da far spavento. Verso l'alto, fin sulla punta della Mora, era infinite pale di pino mugo, dette mughe. Queste qui, come legna da ardere, è roba speciale e brucia che è un piacere, a uso benzina. Però dura poco, allora si tiene un poco umida.

La muga è furba, di lei vedi solo un pennacchio verde mosso dal vento, un ciuffo di capelli che non sta mai fermo. Allora, se non la conosci, ti vien da pensare che è tutta lì, solo quel ciuffo. Invece la muga è un gran albero, solo che non lo fa vedere. Il suo corpo lo tiene nascosto sottoterra, mostra solo i capelli. Ma sottoterra le mughe è lunghe anche dieci, quindici metri, e grosse come tubi da stufa. I boscaioli dei tempi antichi, quando s'accorse, scavò col piccone a liberare i corpi delle mughe che corre sotto la scorza della terra e le tagliò per venderle e far fuoco.

Ci fu anni di miseria. Quando i boschi era troppo sfruttati, subito dopo l'ultima guerra, si tagliò solo mughe e queste salvò dalla fame e dal freddo la gente dei paesi ripidi. Le mughe è la riserva che Dio ha dato ai montanari per i giorni difficili. Quando sulla montagna tutti gli alberi tacherà a scarseggiare, resta le mughe e le api a dare una mano agli uomini. Ma, a quel punto, anche il mondo sarà in malora e, a dirla tutta, se non c'è più alberi sulla Terra tanto vale morire anche noi. E si muore. Se non c'è alberi che ci fa respirare sarà una rogna seria, anche se resterà le mughe a darci un po' di fiato. Ma comunque è ancora presto per dire queste robe.

Da Casso, i cassani guardava il taglio dei loro boschi. Il Toc si trova dirimpetto al paese, circa un chilometro e mezzo in linea d'aria. Un po' gli dispiaceva averli ceduti, ma era da pagare uomini e materiale per giustare le case.

I vecchi mangiava a mezzodì e poi usciva. Si metteva sulla piazza, seduti sulle panche ricavate spaccando grossi tronchi ai quali aveva lasciato i rami a uso piedini. Fumava pipe come scodelle e guardava il Toc di fronte.

«I nostri boschi!» diceva.

Quando l'aria veniva verso loro, sentiva i colpi di manéra che rivava a cavallo dell'aria, e cadeva in paese a fare toc toc, come se battesse alle porte per farsi aprire. Se era vento, le mughe di cima Mora muoveva i capelli dondolando avanti e indietro come a fare un ballo. I vecchi della piazza vedeva tutto quel verde diventare na volta scuro e na volta chiaro, a seconda che i ciuffi andava qua e là spinti dal vento. Lo scuro era sopra le foglie, il chiaro sotto. Quando veniva il chiaro voleva dire che il vento le premeva in su, le alzava come quando alza le cotole alle donne e si vede il bianco delle gambe.

Dopo un mese, l'autunno era venuto avanti a pitturare i boschi coi suoi pennelli pieni di colori. I vecchi cassani in polsa seguitava a guardare oltre la valle impiantando gli occhi nei colori del Toc. S'accorgevano, giorno dopo giorno, del cambiamento che andava e veniva. In basso il bosco schiariva sotto i colpi delle manére come uno straccio lavato troppo. In alto, tra le pale di mughe verdi, appariva come delle strade orizzontali larghe fino a venti metri e lunghe uno o due chilometri. Era le fasce di mughe tagliate.

Gli uomini tagliava a quel modo perché i boschi di mughe, più alti di quelli cedui, fermava le valanghe che partiva dalle cime. Allora occorreva lasciare delle fasce come file di mani che tenesse su le valanghe. Se no queste veniva giù a sfracassare anche i boschi buoni che stava sotto. Guai tagliare le mughe senza lasciar le fasce di traverso. Solo dopo, molto dopo, quando non era più la fame e quindi nianche il rispetto del bosco, venne uomini che tagliava senza lasciare fasce, solo per far soldi.

Anche Santo diventò uno di quelli, ma corro troppo.

Un pomeriggio dei primi di novembre, a esser precisi il giorno dei Morti, Santo sentì battere alla porta. Aprì. Era Agusto. Disse: «Ho da parlarti».

«Entra.» Entrò.

«Parla pure» disse Santo.

Il vecchio boscaiolo aveva in mano un secchio.

«Stanotte mi son svegliato che i cani baiava intorno. Allora mi son alzato e ho guardato giù. Ho visto na specie di ombra traversare il cortivo, poi niente. Ma i cani seguitava a baiare. Allora sono andato schiarendo col fanale. Sulla porta, poggiato alla pietra, ho trovà questo.»

Fece vedere quel che aveva dentro la secchia. Era un fegato ingrumato, grosso come n'anguria, fursi di vacca o di manzo o di porco, non si sa. Si sa che aveva un cortello impiantato dentro fino al manico. Agusto lo cavò. Era cortello da copare porci, ma non conoscibile. Un cortello foresto, oppure mai fatto vedere in giro. I cortelli da porco quassù si conosce, tutti. Ogni famiglia ha quelli giusti, ognuno ha il suo, e conosce quelli degli altri perché si lavora il porco insieme, iutandosi l'un l'altro.

«Di chi è quel cortello?» domandò Santo.

«Non lo conosco, mai visto sulle tavole da porco.»

«Sai cosa vuol dire?» brontolò Santo a testa bassa.

«So cosa vuol dire» rispose Agusto. «Cortello e fegato vuol dire morte. Qualcuno me l'ha giurata. Ma chi vuol coparmi ha da venirmi vicino, quando è vicino siamo in due, io e lui, vediamo chi resta in piedi. Sono vecchio ma, sacramento, ancora non ho paura di nissuno!»

«E se son dieci?» disse Santo. «E se ti pigliano intanto che dormi? E se ti sparano alla schiena? È tanti modi per far fuori uno.»

Agusto si arrabbiò. «E se, se» gridò, «e se i coglioni fusse quadrati? Va' in mona tu e i "se". Non hai capito il segnale? Cortello e fegato parla chiaro, vogliono pugnalarmi. È un cortello che mi cerca, ma in quel momento sono lì anch'io, sacramento, e vediamo come finisce. Ho idea di chi può essere a volermi in terra. Quel bastardo non ha digerito che gli ho fregato il Toc. Tomaso me l'ha giurata, è lui che maneggia cortelli, ne ha cassetti pieni, uno lo fece Mano Del Conte.»

«Fursi vuol spaventarti, magari non ha intenzione di fare sul serio» brontolò Santo. Poi pensò un attimo e disse: «Ma se per caso volesse far sul serio, dobbiamo anticiparlo, bloccarlo. E qui una delle due, o lo ammazziamo o proviamo a parlargli, a combinare la pace e finire sta guerra».

«Cosa vuoi parlare con quello? È tempo perso. Quello è falso come una lapide, buono a dire "facciamo pace" e pugnalarti alle spalle.»

«Allora bisogna tirarlo via dalle spese» sibilò Santo, che solo a pensare la faccia di Tomaso stava perdendo la pazienza. «Liberiamoci di quel bastardo una volta per sempre e staremo meglio tutti.»

«Lo fai fuori tu?» domandò Agusto con mezzo sorriso e mezzo toscano in bocca.

«No, io no. Non sarei capace di ammazzare una persona. Un conto è pensarlo, un conto è farlo. Però possiamo trovare qualcuno che lo ammazza per noi. C'è gente qui che per quattro palanche fa fuori la mamma soffocandola mentre la guarda in faccia.»

«Aspettiamo» disse Agusto. «Aspettiamo a vedere cosa combina, fursi come dici tu, vuol solo spaventarmi.»

Il vecchio boscaiolo fece una polsa di silenzio. Prese il cortello che aveva messo sul tavolo, lo pulì sulle braghe, lo infilò nella cinghia e disse: «Questo lo porto a casa, provo a sapere di chi è, anche se quasi lo so. Tieni d'occhio il bastardo, io già lo tengo. Di' a quelli della squadra che lo tenga d'occhio anche loro. Tutti dobbiamo tenerlo d'occhio. Quando farà mossa falsa è fritto. Brucia quel fegato e tornami il secchio. Ti saluto, ci vediamo domani, vado in cimitero a trovare i morti».

Agusto, dopo aver salutato Santo il giorno dei Morti, andò in cimitero a salutare quelli che stava lì dentro sotto due metri di terra. Passò fossa per fossa a trovare tutti quanti, amici e nemici. Tutti abbiamo qualche nemico da vivi. Ma in quel posto i nemici che Agusto aveva avuto sulla Terra, non era più nemici, ma povera gente sepolta lì. Trovando i loro nomi sulle croci, il vecchio boscaiolo li ricordava un per uno e per la prima volta si pentì di aver avuto da dire quando erano in vita. In verità non era molti i nemici di Agusto, ma qualcuno c'era, come in quel periodo era Tomaso.

Passando a testa bassa sulle tombe, quel giorno, Agusto capì che non valeva la pena battagliare per finire due metri sottoterra. Quelli che in vita reputava nemici e quindi da combattere, adesso gli faceva pena a vederli sepolti dal tempo e dalla terra. Pensò che, se fusse tornati vivi lato pratico[51], li avrebbe perdonati e bevuto un bicchiere insieme. Ma ormai era tardi, vivi non sarebbe tornati e allora Agusto si rese conto che i perdoni va fatti prima della morte, quando ancora si è in tempo.

Pensando così, vide meno malvagio anche Tomaso. In fin dei conti, faceva la sua guerra come la faceva lui. Fursi Tomaso era più cattivo, ma Agusto non aveva mai fatto niente per spianare le quistioni. Anzi, le aveva cercate e infocolate. Pensando così, decise di provare a parlargli per cercare di andar d'accordo e finirla na buona volta con quelle storie. Agusto Peron era diventato buono di colpo, buono e

[51] Subito.

ragionante. Fursi sentiva qualcosa, fursi sentiva la morte. Ma, se la sentì, non si n'accorse.

«Domani vado a parlargli» disse mentre era sulla fossa di uno da Valdapont, morto senza che si fusse più parlati.

La gente che stava in cimitero a giustare le tombe lo guardò strano, non era uso sentire Agusto parlare da solo.

«Domani vado da lui» tornò a dire forte.

Non fece in tempo. Il boscaiolo lasciò questo mondo poche ore dopo, fursi sul filo del giorno, quando fa ancora scuro e non si vede bene. O fursi nella notte, non si sa di preciso a che ora si mosse da casa per andare nel posto dove fu trovato. Di solito in quel posto si va di mattina.

Fu trovato da una donna. Passava al primo chiaro del tre novembre per andare in stalla a mungere le capre. Dalla porta della latrina spuntava due scarpe.

«È qualcuno!» Si spaventò, ma l'istesso trovò coraggio di guardare dentro. Dentro era Agusto Peron.

Stava per terra. Siccome il posto era stretto, le gambe aveva spinto fuori la porta e spuntava le scarpe ferrate. La donna gli prese una mano e lo chiamò, ma sentì in quelle dita il freddo rigido della morte. Allora corse urlando ad avvertire gente. Gridava che Agusto Peron era morto nella latrina. Spuntò gente sulle porte a domandare.

«È morto Peron» gridava la donna. «Nella latrina, davanti casa, morto freddo.»

Andò gente a vedere e vide che davvero Agusto era morto. Ma non aveva nissun segno di botte, o ferite, o sangue da qualche parte. Allora tutti disse che il boscaiolo era morto per un colpo al cuore mentre andava al cesso davanti casa. Fu convinti che doveva cagare, non pisciare, perché lo trovò con la cinghia delle braghe slacciata anche se non aveva fatto in tempo a calarle. Agusto Peron non aveva avuto il tempo di cagare l'ultima volta. La gente decise che era successo al mattino. Di solito è quella l'ora che uno si alza, beve il caffè e poi gli scappa di andare al cesso. Metà di quelli che parlottava non sapeva né leggere né scrivere ma, sacramento, due più due lo faceva. Come minimo, se ne intendeva di quando si va al cesso. A ogni modo, disse che era morto di mattina.

Levò il morto per sotto le braccia e i piedi, lo portò a casa sua, e lo stese sul tavolo della cucina. La porta d'entrata era aperta, non si chiude a chiave per andare al cesso. Il lume a petrolio ardeva. Sul focolare era ancora cenere che fumava, segno che Agusto aveva fatto fuoco prima di andare al cesso. Sul secchiaio stava il cortello del fegato. Qualcuno chiamò don Chino Planco a benedire il morto. Altri andò a vertire Santo ai boschi di monte Toc.

Santo rivò di corsa, insieme agli altri. Quella mattina si chiuse baracca per tre giorni.

Santo accese il fuoco nel camino e poi guardò il suo vecchio maestro. Agusto aveva indosso la montura[52] da lavoro: braghe di fustagno e la solita giacca cacciatora, piena di buchi e toppe alla buona. Sotto portava una camicia grigia, lana di pecora, con gli ultimi bottoni aperti. Sotto ancora, una maglia, grigia anche lei, quindi anche lei di pecora. Pecore lassù non mancava e nianche lana.

Santo lasciò che la gente venisse a salutare Agusto per l'ultima volta. Verso sera disse: «Via tutti! Resti con me qualcuno per lavarlo, fargli la barba e mettergli il vestito buono. Quando abbiamo finito potete tornare a dire rosario, non prima di un paio d'ore».

Chiamò due giovani che era lì e disse: «Nino, Franco, ve la sentite di darmi una mano?».

«Ce la sentiamo.»

«Mettete a scaldare una caldiera d'acqua.»

Quando l'acqua fu calda, Santo decise di lavare l'amico e fargli la barba. Ma Agusto era indurito, rigido come un legno, non era verso di cavargli i vestiti. Solo le scarpe si lasciò cavare. Allora Santo prese la forbice picata[53] a un chiodo a muro, sopra il secchiaio. Con quella forbice Agu-

[52] Vestito.
[53] Appesa.

sto sminuzzava il radicchio. In ultima aveva pochi denti, doveva farlo fino. Lo tagliava come quello che si alleva i merli, poi, condito con lardo fritto, lo mangiava. La carne la tritava a colpi di manéra, come a fare il pestìz[54].

Con la forbice, Santo tagliò a strisce i vestiti del morto per spogliarlo e lavarlo. Bisogna dire che era piuttosto sporco. Pareva fatto di terra e fumo. Agusto non aveva nissuno che lo curasse o gli lavasse la roba. Ma nianche aveva cara l'acqua. Agusto l'acqua la teneva lontano. Alla fine il povero morto restò in mutande.

«Quelle le lasciamo» disse Santo. «Non voglio vederlo nudo del tutto.»

Mentre lo spogliava tagliando i vestiti a strisce, nissuno si era accorto di niente. Ma quando lo voltò sul fianco per lavarlo, Santo restò di sasso. Il suo maestro e amico Agusto Peron aveva un buco strano, un foro proprio sotto le coste, dalla parte destra. Intorno a questo buco, in linea del fegato, la pelle era diventata color vino come l'anzicioco, fiore dei pascoli alti.

«Aspettate» disse ai giovani che stava per metterlo pancia in giù. «Voglio vedere sta roba.»

Guardò bene il buco andando più vicino che poteva. Avvicinandosi col muso, sentì odore di aglio. A quel punto aveva capito. Era foro di cortello ma non piatto come lascia i cortelli. Era fatto a U, una U slargata. Quello era il cortello di Tomaso, fatto da Mano Del Conte. L'aveva voluto storto apposta per esser unico. Tutti lo sapeva.

Poi c'era la quistione dell'aglio. Santo ricordò il giorno di San Simon, quando sul sagrato della chiesa Tomaso aveva ucciso la pecora col suo cortello e dal buco non era venuta fuori goccia di sangue. Si ricordava bene. Era con Gavio e Agusto. Fu proprio Agusto a domandare a Tomaso perché dalla pecora non sortiva sangue.

«Semplice» aveva risposto, «ho unto la lama con l'aglio.»

Santo aveva detto a Tomaso che quella dell'aglio non

54 Rape pestate insieme alle loro foglie e cotte in acqua bollente e aceto.

la sapeva. Tomaso aveva risposto che non sapevano molte robe, ma se avevano tempo e vita, le avrebbe imparate a loro spese. Ma, più di tutto, ricordò una roba mentre guardava la pancia forata dell'amico. Ricordò il buco a U.

Quando Tomaso aveva tagliato la testa alla pecora, Santo aveva guardato il buco sul collo. Era un buco a U piuttosto largo, come quello che aveva addosso il povero Agusto. E c'era l'odore dell'aglio. Ecco perché nissuno s'era accorto di niente spostando il morto. Il farabutto aveva unto il cortello con aglio e dalla pancia di Agusto non era venuta fuori una goccia di sangue. Ma c'era quel buco a U che faceva da firma. Quello era un testimonio silenzioso ma parlava chiaro.

«Lo hanno copato» disse Santo ai giovani. «È foro di cortello.»

«Ma non ha sangue» disse Franco.

«Se ungi il cortello con aglio, sangue non esce» disse Santo.

«Dobbiamo vertire i gendarmi a Maniago» disse Franco.

«Non sognatevi nianche» sibilò Santo. «Questa roba ha da restare tra noi. Adesso gli mettiamo il vestito buono e amen. Nissuno vede niente e nissuno deve sapere niente. La faccenda me la vedo io. Fursi so chi è stato e, senza fursi, devo fargliela pagare. Agusto era come un padre. E tenete bene a mente: se uno di voi apre bocca la paga tutti e due.»

«Almeno laviamolo» disse Nino.

«No. Ho paura che arrivi qualcuno, vestiamolo così, subito.»

Santo andò sopra e tornò col vestito buono di Agusto. Lo attaccava sotto il trave della camera, non fu difficile trovarlo.

Riuscirono a mettergli le braghe, ma camicia e giacca niente, fu costretti a tagliarle con la forbice del radicchio. Le tagliarono dietro e le infilarono su per le braccia di Agusto. Poi le piegarono sotto la schiena e il morto fu pronto.

«E la barba?» chiese Franco.

«Niente barba» rispose Santo. «Si sporca il vestito a fargli la barba, lasciamolo col muschio sul muso, povero Agusto. Tu, Nino, vai dal prete, fatti dare quattro candele lunghe, digli che passo io a pagarle.»

Dopo nianche un'ora, pian pianino, uno o due per volta, tornò donne e uomini a dire rosari tutta la notte. Agusto pareva caduto nel sonno, ma se lo guardavi bene gli vedevi sul muso una piega, più che di paura di rabbia. Farsi copare nel cesso gli dava fastidio.

Aveva inventato di tutto per schivare l'attacco di Tomaso, mai pensava che il bastardo lo avrebbe aspettato nel posto dove si va più disarmati. Per questo sul muso aveva impresso rabbia. Dopo avergli messo fegato e cortello sulla porta, Tomaso era deciso a far fuori Agusto, ma non così presto. Voleva aspettare almeno una settimana, in modo che il vecchio vivesse preoccupazione e paura. Ma il destino volle che Tomaso, tornando a casa, vedesse Agusto entrare nella latrina e avesse la fulminazione.

«Il cesso!» disse. «Ecco dove lo fermo, nel cesso. Nissuno si aspetta un assalto nel cesso. Quando si alza, un uomo sano va a cagare. Agusto è sano, e si leva che fa ancora scuro, in giro non c'è nissuno. Mi nascondo nella latrina e lo foro.»

La cosa era talmente liscia, sicura e semplice, che a Tomaso gli venne voglia di copare.

"Lo aspetto domani all'alba, la faccio finita subito" pensò. "Nel cesso va solo lui, il cesso è suo, ogni famiglia ha un cesso, non dopera quello degli altri. È il posto più sicuro che potevo trovare. Mi nascondo lì dentro poco avanti l'alba, appena va a cagare è secco. Tra poco ha finito di fregarmi i lotti e inciamparmi affari."

E così fece. Prima che rivasse il chiaro del giorno tre novembre, un bel po' prima dell'alba, Tomaso unse la lama con riasche d'aglio, mise il cortello nel fodero e lo infilò nella cinghia delle braghe. Si buttò addosso una giacca, ormai faceva freddo, e s'infilò nel buio della notte come na trota nelle pozze nere dei Govoi.

La giacca era scura, la notte più scura, dell'uomo non si

vedeva niente. Solo, a volte, na macchia veloce che faceva zac tra i cespugli e tra le vie. Tomaso entrò nella latrina. Per non far cigolare la porta, la sollevò, che non pesasse sui cardini. Sapeva che cigolava. A quel punto tacò ad aspettare poggiato alla parete. Dal buco nelle assi saliva odore di merda e piscio, questo gli die' fastidio. Gli die' fastidio esser costretto a nasare la merda di Agusto, ma si consolò pensando che tra poco l'animale non avrebbe più fatto odore.

Tra poco apriva la latrina per l'ultima volta, ma sarebbe morto senza la soddisfazione di cagare. Tomaso palpava il cortello mentre pensava le robe.

Avrà spettato sì e no un'ora e mezza. Era ancora buio quando si accese una lucina in casa di Agusto. Il vecchio si era alzato. Dopo un po', la luce si fe' più grande e lampi rossi a uso code di volpi tacò a ballare dentro i vetri. Agusto aveva acceso il fuoco. Scaldò un bricco di vino, grattò dal paiolo scorze di polenta, le mise in una scodella di legno e vi buttò sopra il vino bollente. Le scorze scricchiolò come ghiri che rosicchiano, poi tacò a mollarsi. Quando fu molli Agusto le mangiò. Dopo mangiato, come succede alle persone sane al primo mattino, gli scappò da cagare. Infilò la giacca da lavoro, aprì la porta e si diresse verso il cesso.

Dalla casa alla latrina saranno stati un cento metri. In parte la latrina, un melo vigilava. Era ancora scuro. Agusto sentì gemere il barbazuani su un cumulo di frasche là vicino. La cevitta piotava sul tetto di casa. Più in là, al limitare del bosco, due gufi rantolava come gli mancasse il fiato e fusse per morire. Lontano, nella parte bassa del paese, baiava un cane. Più che abbaio, pareva un piangere.

Agusto conosceva quei versi un per uno. Tante volte si era trovato in giro di notte e aveva ascoltato gli uccelli che vola senza rumore, i cani disperati e l'abbaio della volpe e del capriolo. E poi rane brontolanti, bisce fischianti, galli cedroni che cantava e galli da pollaio che gli faceva il verso. Anche adesso, mentre andava in latrina, sentiva galli domestici cantare.

È sbagliato credere che di notte sia silenzio. Di notte è tutto un parlare, cantare, brontolare. Infino le talpe zappa di notte e fa come un fru, e i pipistrelli fa quic quic. C'è gente che di notte non dorme e c'è bestie l'istesso, di notte non dorme: parla, canta, lavora. Così facendo, fa rumori e suoni.

Agusto era sempre contento di ascoltare quelle voci, non immaginava che tra un po' non le avrebbe più sentite. Non credeva che la cevitta, quando canta, porti la morte. Non ci aveva mai creduto, ma quella notte la portò.

Prima di rivare al cesso, Agusto tacò a mollare la cintura. Meglio parecchiarsi pronti. Slacciò il corame, tirò la porta e saltò dentro. Stava per sbottonarsi le braghe quando sentì il colpo alla pancia. Verso il fegato. Finì tutto in una quistione di secondi. Mentre cercava di rendersi conto, un fiato grapposo gli soffiò in faccia queste parole: «Crepa, bastardo!».

Riuscì a conoscere la voce di Tomaso, sentì aprire la porta e chiuderla di nuovo. Ancora una volta, l'ultima, udì la cevitta piotare sul melo. Poi niente, non sentì più niente. Cascò nel cesso faccia avanti e si mise a scalciare e tirare le ultime. Scalciava come quando si copa il tacchino. Le scarpate aprì la porta, che restò spalancata. Avrà scalciato tre minuti, dopo più niente.

Così moriva il boscaiolo Agusto Corona Peron, uomo esperto e attento. Uno che aveva messo in conto tutti i posti del mondo dove poteva venir colpito da Tomaso, fuorché la latrina. Quando coi boscaioli parlava di solitudine soleva dire: «Da soli è penitenza, da soli si sta bene solo al cesso». In quel caso, non riuscì a star bene nianche al cesso. Ma, a pensarci bene, non era solo, erano in due, lui e quello che lo stirò.

Alla fine di questa faccenda, il paese fece il funerale al povero Agusto. Era presenti tutti i boscaioli, anche gente della squadra rivale. Uomini con la scorza di larice e la coscienza sporca che però non aveva niente contro quel vecchio ucciso, per tutti, da un colpo al cuore. Per tutti fuori che Santo, Nino, Franco e Tomaso. Quelli sapeva ma stava zitti.

Santo giurò vendetta sulla fossa del vecchio maestro. Disse

tra sé che Tomaso l'avrebbe pagata cara. Cara, a qualsiasi costo. A costo di passare il resto della vita nelle galere di Udine. Adesso era ora di finirla, quella bestia feroce doveva esser tirata via dall'intrigo. Bastava aspettare l'occasione giusta. A lui non interessava unger cortelli con l'aglio o altre balle. Un colpo di zappino sul cranio e faccenda finita. Era solo da stare attenti che nissuno vedesse. Poteva essere dopo qualche tempo, non d'inverno, che c'è neve, la neve si macchia di sangue, ma in primavera sì. Poteva essere benissimo quando canta i cuculi.

Giorno e notte, Santo pensava a far fuori Tomaso. Poi ricordava di aver detto all'amico che non sarebbe mai stato capace di far fuori un uomo. Ma, Cristo Dio, in quel momento sì che lo avrebbe fatto fuori! Però, se aspettava primavera, poteva darsi gli passasse la rabbia e non trovasse più la forza di ammazzare.

«La forza fursi no» disse tra sé, «ma l'odio resta, e se resta l'odio la forza torna, torna anche a primavera.» Questo pensava Santo mentre mettevano Agusto nella terra.

Seppellito il morto, ognuno tornò alle sue faccende. Tutti pensava fusse crepato per il cuore e gli dispiaceva. Quelli che sapeva la verità stava zitti, che gli conveniva, però gli dispiaceva più degli altri. Sapeva come era morto Agusto e non poteva farci niente né dire niente. L'unico che non gli dispiaceva era Tomaso. Santo si friggeva!

Se un amico muore per malattia o incidente, è un conto, ma se te lo copano alla vigliacca con una cortellata a tradimento mentre va al cesso, allora ti prende la rabbia e hai voglia di farla pagare a chi è stato.

Nel frattempo andava via novembre come un vecchio gobbo e stanco poggiato al bastone. Dietro di lui veniva avanti dicembre col Natale per mano e gerle piene di neve e freddo, camini che fumava e gente coi tabarri.

15
Il carico

Da quando aveva deciso di far correre la legna nei canaloni ghiacciati, i boscaioli non aveva pace. Prima, molti anni prima, d'inverno i boschers faceva intagli e oggetti, scolpiva legni, faceva cioche, cantava davanti ai banchi delle osterie o si contava storie davanti al fuoco delle case. Adesso non più. D'inverno era da far scivolare colme e cataste lungo i budelli ghiacciati. L'inverno, da molto tempo, era diventato amico dei boscaioli, gli dava una mano, quindi occorreva profittare e volergli bene. Anche se era gelido e sempre puntato a muso duro da far paura, non faceva male. Sulla montagna, come sul mare, non c'è niente che vuol male agli uomini. Però basta che il mare o la montagna sbadigli, faccia un colpo di tosse o stiri un poco le ossa come il gatto quando si slunga e sono guai per tutti.

Comunque, tra un canalone e l'altro, col ghiaccio indurito a marmo, l'inverno passò e tornò primavera senza che succedesse niente ai boscaioli né a Tomaso De Bartol. A Santo la rabbia non gli era passata e stava solo spettando l'occasione buona per vendicare l'amico Agusto Peron. Ma, come si è detto, successe qualcosa che ritardò le faccende. Capitò proprio in quella primavera, sotto le piogge e il canto dei cuculi e dei galli forcelli e di tutti gli uccelli che alzava la voce al tepido del sole.

Santo aveva preso un ramo nell'occhio alla base del monte Toc. Stava attento a non farsi male come la vipera sta attenta all'aquila, ma quel giorno, subito dopo mangiato, batté con la manéra un ramo piegato di abete bianco. Il ramo scattò di colpo, si drizzò come una molla e andò a bastonare l'occhio sinistro di Santo. Non vide per due giorni. Subito si buttò addosso l'acqua fresca della ghirba, poi si fe' guardare l'occhio bastonato da un compagno. Questo compagno, un tipo piovoso e triste che non parlava mai, gli disse che era sangue dentro l'occhio, meglio fusse andato a casa e poi dal medico Gregoris a Cimolais. Così Santo s'inviò verso il paese con la manéra infilata nella cinghia dietro la schiena: un boscaiolo abbandona la moglie ma non la manéra. Camminando, premeva uno straccio sull'occhio e bestemmiava come sapeva fare quando era in rabbia.

«Ti compagno io» gridò il piovoso che gli aveva guardato l'occhio.

«No, vado solo, ho ancora un occhio buono, so la strada, e le gambe non mi trema.»

Santo camminò svelto. L'occhio orbato non gli faceva stimare le distanze e ogni tanto metteva un piede in fallo, ma andava. Per arrivare in paese più veloce, decise di fare una scorciatoia che passava per la radura dei bei sogni. Se non fusse passato di là, fursi la storia, la vita, il destino di Santo Corona della Val Martin avrebbe avuto piega diversa. Invece passò di là. E vide. Vide con un occhio solo, quel che non avrebbe dovuto e voluto vedere.

Andava via una primavera preoccupata, come quando un agnello ha perso la mamma e bela e piange per trovarla. Temporali apriva le porte improvvisi e saltava dal cielo rovesciando secchie di pioggia e soffiava venti che faceva andare l'acqua di traverso invece che dritta. Poi il sole si faceva largo tra selve di nubi e tornava a scaldare la Terra e tutto fumava come na grande carbonaia. Fumava prati, campi e fumava boschi. Quando niente più fumava che era sciutto e bello, tutto brillava di lavato come rame lucidato con aceto e cenere.

Le nuove foglie pareva incendiate come se portasse in punta candele accese. L'erba corta era un lungo riflesso verde che ballava muovendo la testa in qua e in là. Le scorze di faggi e aceri pareva acciaio brunito come le canne dei fucili. Le cortecce dei larici era diventate oro, quelle degli abeti pareva argento, quelle dei pini prendeva il colore dei caprioli d'estate, che tira sul rossino.

Era questo che vedeva Santo vicinandosi alla radura. In mattina era stato un temporale, il bosco aveva fumato e poi si era sciugato, adesso brillava. Santo doveva coprirsi l'occhio buono con la mano da tante luci lo feriva. Avanzò verso il centro della radura, girò lo sguardo e l'occhio buono trovò qualcosa che si muoveva. Santo, senza far rumore, si avvicinò. All'inizio pensò a una bestia, poi s'accorse che bestia non era. Era un uomo. Un uomo sopra una donna che andava su e giù. Stava per andar via e lasciarli taconare in pace, quando lei alzò la testa: aveva sentito qualcosa.

In quel momento Santo la conoscé. Era Paula Francesca, la sua morosa. Anche lei aveva conosciuto Santo e cercò di tirar giù la testa, ma era tardi. Santo sentì intorcersi le budella. Stava per metter mano alla scure, ma prima decise di vedere chi fusse a montargli la morosa. Allora andò più vicino, vide chi era sopra che agitava il culo su e giù. Era Jacon Dal Movi, l'amico al quale aveva salvato la vita davanti la baita Carniar in val Vajont. Santo rivide la scena.

Si era spaccate le corde dei paranchi mentre Jacon tirava un larice. I paranchi da venti chili era partiti come pallottole verso Jacon. Santo si era buttato atterrandolo e salvandogli la vita.

«Proprio tu» disse a Jacon che, essendosi accorto di Santo, si era fermato da montare e guardava in su col muso storto. «Ti ho salvato la pelle e mi paghi così.»

Rivolto alla sua bella, disse: «Troia!». E poi ancora: «Malideti bastardi».

Salì sul larice pietrificato, come per guardarli dall'alto. Stando lassù, ricordò che Paula era andata dalla vecchia quando era caduto il larice in mezzo a loro. La vecchia aveva capito bene quel segnale: la radura li avrebbe divisi, il larice era il cortello del taglio a metà. Adesso i conti tornava. Nella testa del boscaiolo ronzava pensieri di morte come api che gira.

«Così te lo fai metter dentro da un altro!» disse alla morosa.

Vistasi scoperta, Paula scattò come una molla e rispose: «Che vuoi? Sei forse mio marito per dirmi cosa fare? Non m'hai voluta, e allora che pretendi? E poi, che ne sai se l'ho dentro o fuori? Hai passato un filo da polenta tra me e lui? Prendi un filo e passalo tra noi due, se si ferma l'ho dentro ma se passa via non l'ho dentro e allora sta' zitto».

Santo sfilò la manéra dalla cintola. Disse: «Ce l'avrei un filo da passarti sulla pancia, brutta puttana, da passarvelo a tutti e due, bastardi, ma fursi è meglio di no. Fursi è meglio che sia il tempo a farvela pagare».

Camminando sul larice pietrificato, Santo attraversò la radura e se ne andò. I due mise a posto i vestiti e sparì anche loro. Ormai non era il caso di finire la monta. Tutti e due aveva paura che tornasse a farli fuori.

A dir la verità potevano andare in mille posti a fare gli sporcaccioni ma lei, sapendo che Santo era nel bosco, aveva voluto farsi montare nella radura dei bei sogni.

Quel posto le piaceva, tranquillava pensieri e tormenti. Era mesi che Jacon e Paula si montava, ma era la prima volta che lo faceva nella radura. «Malideto sto giorno infame» diceva Jacon.

Era venuta sera, Santo non riusciva a darsi pace. Una rabbia a morsi lo mangiava come la ruggine smangia il chiodo. Camminava su e giù per la cucina, senza fuoco e senza cena. Poi partì di corsa palpando, in tasca, la macchinetta a benzina. Andava a incendiare la radura dei bei sogni.

Ma era primavera, le piante buttava l'acqua della vita, le loppe veniva forate da erbe nuove e umide. Verde e giallo si mischiava, umido e secco combatteva, la radura stentò a pigliar fuoco. Ma alla fine arse e del cerchio magico restò solo il larice pietrificato di traverso, e gli alberi in piedi neri e abbrustolati.

La roba strana fu che abbruciò solo la radura, del bosco esterno s'incendiò una frasca. Era come fusse un lago intorno che lo bagnava e rencurava, che il fuoco non entrasse. La gente aveva visto la luce a balzi che rossava la notte. C'è sempre qualcuno che non dorme e dà gli allarmi. Allora era andati per spegnere con badili e picconi, ma non servì. La radura era già morta e fuori il fuoco non tacava.

Da quel giorno, Santo passò ai boschi del Certen per non incontrare Jacon Dal Movi muso a muso. La rabbia lo forava da parte a parte, l'odio lo spaccava in due come il cuneo spacca il tronco. Jacon cambiò squadra per star lontano da quello che gli aveva salvato la ghirba e che adesso gli faceva paura.

Santo non vide Paula per un mese ma nianche andò a cercarla. La incontrò per caso un giorno che portava carrucole al pilone della teleferica sotto i canaloni Cavaitin.

Dal Certen era andato a dare una mano laggiù. Verso sera i boscaioli tornava a casa, chi lanciandosi sul filo d'acciaio, chi andando a piedi. Lei arrivò, scaricò la gerla di carrucole e tentò di scappar veloce, ma Santo la bloccò.

«Fermati.»

Paula diventò bianca, il suo viso era ricotta, buttò la gerla e si fermò.

«Facciamo ancora un viaggio insieme» disse Santo. «In teleferica, come la prima volta.»

Paula prese paura, pensò che la volesse buttare giù e disse no.

Ma Santo, accortosi che intorno non era più boscaioli, con un salto le prese un polso e le disse: «Tu vieni con me in teleferica, brutta puttana. Se vuoi tornare a casa viva monta sul cavo o ti seppellisco qui subito. E non aver paura, non ti faccio niente, se avessi voluto avrei già fatto. Ho da parlarti e voglio farlo per aria, come gli uccelli che si parla in volo, come la prima volta, sulla teleferica».

Un po' più tranquilla, visto che non poteva fare a meno, Paula decise di viaggiare sul cavo col vecchio moroso, che aveva gli occhi in fuori come i rospi.

Santo preparò le corde per fare l'imbrago e quando l'avé fatto si voltò verso Paula, seduta con la testa sulle ginocchia, e disse: «Andiamo, troia».

Montò nell'imbrago prima lei. Lui si legò davanti in modo da averla di fronte.

Paula si n'accorse che Santo aveva le braghe sbottonate ma non disse niente. Non era caso di far notare certe robe.

Santo attaccò la carrucola al cavo, sollevò Paula come una piuma e l'agganciò. Poi si levò sulle punte dei piedi, fissò il freno di nocciolo davanti la puleggia, s'agganciò anche lui e partì. Era tanto tempo che non andavano in teleferica. Questa era la seconda e ultima volta.

«Mi raccomando» disse Paula.

«Raccomandati, puttana, raccomandati» sibilò Santo.

Partirono. L'uomo lasciò il freno lasco e il carico umano pigliò velocità. Con la velocità, le cotole di Paula si alzò. Santo gli vide le gambe fino in cima, e dove finiva le gambe, la bugna che ingrossava le mutande. Era quello che aspettava.

Con una mossa decisa, tirò fuori l'uccello duro come un pezzo di legno e disse: «Sposta le mutande».

Paula capì e le spostò.

«Comincia» ordinò.

La donna non fece altro che spingersi un poco avanti e se lo trovò dentro fino in fondo. Santo tacò a frenare, per non arrivare al pilone prima di aver finito. Accanto a loro, un po' più alta nel cielo, una cubia[55] di poiane faceva l'amore in volo intorcolandosi nell'aria come galli che baruffa.

Con la coda dell'occhio Santo vide la scena e disse a Paula: «Guarda lassù, cornaza[56], si monta in volo come noi. Ti monto in volo, troia, come na cornaza, perché tu sei cornaza, no poiana».

Poi si concentrò su quel che stava facendo e pompò. Quando fu a piombo sul Vajont, a quattrocento metri d'altezza, tirò il freno e tirò gli ultimi colpi da caprone dentro la pancia di Paula, che miagolò come il gatto chiuso dentro. Ap-

[55] Coppia.
[56] Cornacchia.

pena finito, senza tirarlo fuori disse: «Vedi, troia, potrei buttarti giù, dire che sei uscita dall'imbrago». Cavò l'uccello, lo mise via, mollò il freno e partì.

Rivarono al pilone in pochi minuti senza che Paula aprisse bocca. Santo mollò le corde, recuperò la carrucola, nascose tutto in un cespuglio e disse: «Sparisci, troia, non farti più vedere».

«Ho la gerla nel bosco» disse lei.

«Te la recupero io domani, la butto davanti a casa e sia chiusa la faccenda.»

Santo s'allontanò lungo un sentiero pieno di frasche. Paula si mise seduta, la testa fra le mani e così restò finché su in alto non spuntò la luna. Al chiaro della luna Paula tornò a casa.

Santo lavorava a testa bassa. Silenzioso e suturno[57], faceva partire i carichi sulla teleferica del Certen come fusse una macchina da cucire a manovella. Si era slontanato dai boschi del Toc per non sbattere il muso in quello di Jacon Dal Movi. Ma, per quanto uno si slontani sulla Terra, alla fine gira in cerchio e, prima o dopo, quello che sta dietro gli vede la schiena. Quelli che invece gira al contrario, dopo tanto girare, incontra il muso di chi viene dall'altra parte. Così successe a Santo e Jacon.

Una sera che i boscaioli stava per finire giornata, Santo partì dal Certen, lungo il sentiero alto, per verificare come andava i lavori ai boschi del Toc. Non avrebbe voluto incontrare Jacon, ma lo sperava. Aveva sempre il conto aperto e, in qualche modo, voleva chiuderlo. Magari solo con un fracco di legnate. Ma sapeva da tempo che non sarebbe bastata una carica di botte al rivale. L'intenzione era farlo fuori, e nianche questo bastava. Il maiale doveva vedere la morte in faccia; la morte che arriva piano e non le puoi scappare. Pensava senza sapere che inventare.

[57] Corrucciato.

La fortuna, o la disgrazia, quel giorno gli die' una mano. Arrivò alla teleferica del Toc, dove finiva i canaloni. C'era ancora boscaioli là intorno a trafficare. Ne vide uno che s'infilava l'imbrago per lanciarsi in teleferica e andare a casa. Era Jacon Dal Movi.

Al pilone di partenza, già sul forcone basculante, stava un carico di aceri, stanghe di due metri tagliate a punta di matita per fare orti. Bastava due carrucole, una davanti una dietro, abbassare il forcone e il carico partiva.

Guardando le stanghe, a Santo gli venne l'idea, idea da demonio. Vide la morte avanzare e raggiungere chi le stava davanti. Jacon Dal Movi aveva ganciato la carrucola all'imbrago ed era partito in teleferica. Andava frenando, ma l'istesso l'aria gli alzava la giacca scura. Pareva un pipistrello che volava verso il basso.

Santo lasciò che rivasse a metà teleferica, sul piombo del Vajont. Poi scattò. Saltò lungo la costa, pigliò dal mucchio due carrucole, le attaccò alle stanghe di acero strette col fil di ferro, le ganciò al cavo, abbassò il forcone e la bomba partì. Fu così veloce che i boscaioli non riuscì a fermarlo.

Quando si accorsero di quel che faceva corsero urlando: «Santo, cosa fai, sei matto?». Ma ormai il carico era partito. Andava come un missile verso la schiena di Jacon Dal Movi.

Jacon sentì un rumore sul cavo. Pensò fusse un altro boscaiolo che rientrava in teleferica. Sovente si trovavano anche in tre appesi al cavo. Poi sentì che il fischio dell'acciaio urlava più forte e più veloce.

«Che cazzo fanno?» disse voltandosi.

Vide in alto la punta delle lance che veniva verso di lui come bolidi. "Sono morto" pensò, "mi hanno mollato un carico dietro." A quel punto non aveva scelta: lasciare il freno e cercare di scappare avanti. Ma così si sarebbe sfracellato contro il pilone di fermata. Però non c'era altro da fare, tra un po' le lance lo avrebbe raggiunto e infilzato come quando si fora i salami per farli sgocciolare.

Jacon tacò a tremare. Mentre mollava il freno per andare a manetta pisciava come una fontana. Sentiva la morte arrivare da dietro fischiando sul cavo. Il missile di lance si stava avvicinando.

Era quello che Santo voleva, Jacon doveva vedere la morte arrivare senza poter far niente. Altro che fucilata o manéra in testa! Quella era la morte giusta per il bastardo! Nianche a studiarla un mese poteva trovare una morte simile. Invece gliel'aveva portata il caso sul piatto d'argento.

Santo guardava impassibile il carico di lance filare verso Jacon. I boscaioli lo tirava per la giacca urlando: «Cos'hai fatto, Santo, cos'hai fatto!». Poi non urlò più, tutti si mise a guardare la scena, le lance stava per raggiungere Jacon e voleva vedere come finiva. Movi aveva capito che pur mollando il freno e andando a tutta, il carico lo avrebbe raggiunto l'istesso. Lo sentiva fischiare sempre più vicino e non aveva coraggio di voltarsi e guardare in faccia la morte.

Quelli che era al pilone di fermata lo sentì urlare: «Oma! Oma!». Prima di morire, Jacon chiamò la mamma. Più volte. Si invoca sempre la oma prima di morire. Le lance arrivò come frecce. Anche se l'uomo aveva velocità, il carico ne aveva il triplo. Le punte di acero entrò nella schiena di Jacon e gli spuntò davanti. La testa si salvò, la teneva alta, così fece in tempo a vedere le punte spuntargli fuori dal petto e dalla pancia. Il carico non rallentò un millimetro. Jacon, infilzato davanti, sventolava come na bandiera. Quando sbatté nel pilone di fermata, solido cemento armato, schizzò sangue dappertutto e Jacon si disfece.

Dall'alto, i boscaioli vide i colleghi che correva verso il pilone per raccogliere Jacon. Ma non sapeva che era lui.

Santo non si muoveva, continuava a guardare laggiù verso il pilone, dove uomini formicolava intorno al carico umano a tocchi.

«Cos'hai fatto, Santo, cos'hai fatto!» continuava a dire gli amici.

Santo stava zitto. Dopo un po' parlò. Disse: «Canajs, se l'ho fatto era motivo. Adesso la faccenda è chiara, verranno a cercarmi. Devo sparire, non voglio finire in galera. Se sto qui vedo Paula, rischio di copare anche lei. Li ho trovati insieme, un sopra l'altro. La montava. Sono stufo agro, vado via. Non c'è niente che faccia voglia di star qui. Stiamo qui perché ce l'ha detto gli antenati. Quei malideti ha costruito la prigione per noi. Una prigione peggio delle altre, senza sbarre, ma non si salta fuori. Ma io salto fuori, sacramento, me ne vado. Una roba vi raccomando, lasciate stare Tomaso, non toccatelo. Dite a tutti di non toccarlo. Fursi tornerò. Tomaso, se vive, sparagnatelo per quando torno. Se torno».

Li salutò, prese il sentiero per la val Vajont, passò il ponte Bondi e guardò la casa di Paula. Ormai si avvicinava la notte, nella frazione s'accendeva fuochi, lumi a petrolio e lampe a carburo. Il Vajont brontolava col suo gorgoglio di rana.

Santo sputò nell'acqua e disse: «Addio, Vajont. Facile che non ti veda più ma non mi spiace, non mi dispiace niente. Non voglio più veder nissuno, né acqua né boschi né montagne né gente. Questo paese di merda mi fa schifo».

Cigolò una porta. Si aprì. Santo si fermò. La porta tornò a cigolare, si chiuse. L'uomo proseguì verso l'alto, verso la fuga.

Intorno piotava le cevitte, i barbazuani pareva che qualcuno li strangolasse da tanto gridava. Un cane baiò tre, quattro volte, il vento di quella primavera preoccupata spingeva le punte degli alberi. Era come se il bosco camminasse.

Jacon fu sotterrato l'indomani.

16
In viaggio

La storia del carico nella schiena di Jacon saltò fuori quasi subito. Quando tornò a casa, i boscaioli contò la faccenda. Jacon l'avevano messo in chiesa nella cassa nuova. Era disfatto dal colpo, forato dalle lance e sfigurato. Lo seppellirono senza tante storie.

Santo era scomparso. Gli uomini non parlò per diversi giorni. Volevano si slontanasse il giusto, che non lo prendesse. Per salvarlo tacarono a dire che era stato un incidente, Santo aveva lanciato il carico senza sapere che Jacon era sul filo. Nissuno credeva. Quando una carrucola corre in teleferica, il cavo fa un rumore che rompe le orecchie. Un urlo che cresce andando avanti e si spegne solo quando il carico sbatte all'arrivo. Uno non può dire di non aver sentito fischiare il cavo.

Può essere che va giù un carico di legna, non un uomo, ma se non si è sicuri occorre sincerarsi. Nissuno credeva che Santo avesse mollato il carico senza sapere che in teleferica era un uomo a far fischiare il cavo.

Santo partì la notte stessa senza salutar nissuno. Prese lo stretto necessario. Il segone lo legò con lo spago a cerchio. Ficcò nello zaino due manére, una piccola e una grande, la pietra di Candia per affilare, una vecchia raspa, il cortello a serramanico, un paio di maglie di ricambio e due pantaloni. Da una cassetta sotto il larin[58] prese un po' di sol-

[58] Focolare in pietra.

di. Chiuse la porta con cinque giri di chiave, cavò il sasso dal muro, mise dentro la chiave, tornò a ficcare il sasso nel buco e partì.

All'inizio non sapeva da che parte andare, se verso Longarone o verso Maniago. Pensando a Maniago, ricordò il viaggio con suo nonno, quando aveva dodici anni. Allora decise di prendere la Valcellina, passare un'altra volta da quella parte gli avrebbe fatto bene.

Mentre pensava alle sue rogne, ricordò l'amico Agusto Peron e i suoi viaggi in Austria a fare il taglialegna. Allora decise di andare anche lui all'Esempòn, come si diceva, a cercare lavoro da boscaiolo.

Mano a mano che camminava per la valle, gli veniva in mente il viaggio con suo nonno e poi quello sul camion, uno dei primi camion che passava sulla nuova strada per portar legname a Maniago. Cammina cammina, a un certo punto albeggiava. Santo vide all'improvviso una lucina a sinistra che veniva fuori da una finestra con un balzo ad arco, come la volpe salta un fosso. Impiantato nei suoi pensieri come un chiodo nel legno, Santo si n'accorse solo allora che era davanti all'osteria della Valcellina. Si ricordò di Gildo, l'oste di quell'avamposto solitario, e decise di vedere se c'era ancora. Gildo era là. Aveva acceso la stufa e stava seduto davanti, su na panca a tre piedi. Se la fumava tranquillo, in mano un bicchiere di acquavite.

I due si salutò. Gildo disse: «Dove vai a queste ore?».

«A Tramonti di Sopra a tagliare piante. Su in paese ho mandato tutti in mona. Non andavo più d'accordo con nissuno. Quando non si va più d'accordo è meglio andare via, cambiar paese.»

Gildo disse: «È sempre difficile andare d'accordo. Anche a Tramonti sarà dura andar d'accordo. Non si va mai d'accordo con tutti. Se vuoi t'insegno il modo. Basta che cambi posto di continuo. Spostati da un paese all'altro, lungo il giro per il mondo e andrai d'accordo. Però ricorda: appena nel paese nuovo ti dicono "ciao", è ora di cambiare di nuovo. Solo così vai d'accordo sempre. E con tutti».

Santo chiese: «E tu perché sei rimasto qui?».

«Io sono vecchio, vado d'accordo con tutti perché taccio. Non m'interessa niente, do ragione a coglioni e furbi stando zitto. Per me è finito il tempo delle discussioni. Sto zitto e basta. Tacere è un altro buon sistema di andar d'accordo. Ma, per metterlo in pratica, bisogna tacere e, per tacere, occorre esser vecchi. Tu vecchio non sei, perciò non taci. Allora non puoi usare questo sistema, devi provare quello di cambiar paese. Lasciamo perdere ste monate e beviamoci qualcosa.»

«Bevo come te» disse Santo, «un po' di acquavite.»

I due tracannò un bicchiere a testa, e un altro. Santo voleva pagare, Gildo disse no.

«Qui non paghi niente» brontolò.

Santo, anche se giù di corda, tentò di provocarlo pigliandolo in giro.

«Gildo, io voglio pagare, e insisto, tu insisti che non vuoi. Andiamo avanti finché nasce la quistione. Vedi che non si può andar d'accordo?»

Ma Gildo era già inchiodato e non aprì più bocca. Nianche quando Santo mise sul tavolo un po' di soldi, il vecchio aprì bocca. Era tornato nel silenzio che gli permetteva di andar d'accordo. Lasciò i soldi dove stava e, senza dir niente, riempì la stufa di legna.

A quel punto Santo lo abbracciò. «Gildo, non so quando ci vedremo ma non sarà presto» disse.

«Perché?» rispose l'oste. «Cosa vuoi che sia da qui a Tramonti, un giorno vai e vieni. Che dici mai?»

Santo non rispose, lo abbracciò un'altra volta, uscì e riprese la strada. Si muoveva svelto, a strappi, come i camosci che scappa.

Intanto era venuto giorno. Dai monti Raut e Resettun scendeva sulla schiena dell'aria i canti dei galli forcelli, mentre gufi, cevitte e barbazuani aveva smesso di piotare e belare. Quelli era andati a dormire, gli altri si alzava.

Giù in basso, sulla sinistra, fonda nelle tenaglie di croda, stretta dalle ganasce bianche della montagna, cantava la Cellina con la sua acqua di tutti i colori. A seconda di dove passava nei pifferi di roccia, faceva un verso differente, come una gabbia di uccelli di ogni tipo che canta tutti insieme.

Sopra la testa di Santo s'alzava per centinaia di metri crode verticali, lisce e sporte in fuori da far paura. Ogni tanto sulla faccia di queste crode cresceva come una scarsa barba a ciuffi. Era carpini nani in forma cespugliata, che montava la guardia alla valle e sputava in testa ai rari camminanti che passava.

A primavera i carpini sputa fuori l'acqua della vita che hanno in più e questa sgocciola che sembra pianto. Se si arriva a bere ventisette di quelle gocce una dietro l'altra, dicono che si diventa forti come i carpini e nianche la scure può tagliarti senza rovinarsi il filo.

Agusto Peron le aveva bevute, Santo anche. Tutti lassù le beveva, ma non tutti era diventati forti e allora, ogni primavera, quando le trovava seguitava a berle per diventare forte.

A Santo gli arrivò due, tre gocce in testa e capì che era i carpini che gli sputava addosso (o che piangeva, come si vuol pensare). Ma non si fermò a bere le ventisette gocce. Ormai, gocce o non gocce, la vita era quello che era, se mai fusse cambiata, poteva essere solo in peggio. Lui, che sosteneva non esser capace di ammazzare un uomo, ne aveva copato uno il giorno prima, verso l'imbrunire.

Adesso doveva scappare. La sera avanti aveva sputato nel Vajont, per dirgli che non gl'interessava né lui né il paese maledetto. Ma adesso, mentre lasciava la valle, sentiva il dolore cadergli sul cuore. A gocce, come poco prima, i carpini gli piangeva addosso.

Ascoltava ogni rumore, ogni canto, ogni passo. Guardava ogni ombra, ogni colore, ogni gobba, ogni montagna. Mano a mano che andava avanti pensava: "Non li vedrò mai più". Adesso capiva cosa intendeva Agusto quando gli consigliava di non andare all'Esempòn, di stare a casa, che meglio di casa tua non è niente.

«Cosa ho fatto!» disse forte.

Continuò a camminare. Passò Maniago, Spilimbergo, traversò il ponte sul Tagliamento e arrivò a Dignano. Lì c'era un'osteria, proprio di fronte la chiesa, appena dopo la salita dietro la curva. Fuori era scritto: "Da Rico, vini tipici". Entrò in quell'osteria e domandò un vino tipico.

«Si sieda» gli disse una donna che era al banco.

«No, bevo in piedi» rispose.

«Rosso o bianco?»

«Rosso, ma che sia tipico.»

Santo bevé il suo vino tipico e poi un altro gotto.

Ciacolando con la donna, venì a sapere di un carro a cavalli che andava a Tolmezzo. Cercò dove gli aveva detto la donna. Era un contadino, e fu contento di dare un passaggio a Santo e avere compagnia lungo il viaggio. Ma Santo non era in vena di ciacole, e per tutta la strada disse fursi dieci parole. Rispondeva sì o no, a seconda delle domande, spesso non rispondeva nianche.

«Dove deve andare?» chiese il contadino.

«In Austria.»

«Vedo attrezzi da boscaiolo.»

«Sì.»

«Allora fa il boscaiolo.»

«Sì.»

«In che paese va?»

«Non so.»

«Come non sa? Va in Austria e non sa dove?»

«Non so dove.»

«Può passare da qui» disse il contadino. «Quando è a Paluzza piglia per Timau e poi fa il passo monte Croce Carnico, va giù a Mauthen ed è in Austria.»

«No» disse Santo, «vado dall'altra parte, per Tarvisio.»

Si ricordava di Agusto Peron, che gli contava di Tarvisio e di quei passaggi prima di metter piede in Austria. A Tarvisio Agusto aveva amici, Santo avrebbe chiesto se qualcuno lo ricordava. Nel giro dei boscaioli fursi qualcuno ricordava Agusto. Se no amen.

Quella notte dormì in una stalla appena fuori Tolmezzo. Un altro contadino (gente buona da quelle parti e non rara) gli aprì la porta perché dormisse al caldo delle vacche. Dormì poco e male. Troppe robe negli ultimi tempi gli forava la testa come la corona di Cristo. Quella troia di Paula Francesca, la morte di Agusto, il carico nella schiena di Jacon. Ma se lo meritava, quel bastardo. A uno gli salvi la ghirba e questo ti paga montando la tua donna. Anche se lei gli offriva la mona, lui doveva dirgli di no, rifiutarla.

Tutti bastardi, pensava Santo, e il più bastardo era Tomaso De Bartol. Ma quando tornava, se il farabutto era ancora vivo lo avrebbe sistemato. C'era una partita a morra da fare, con posta la vita.

A una certa ora, quando tacò a cantare i galli, rivò il contadino con un bricco di caffè e gli sporse una scodella. Poi gli die' pane e formaggio e un tocco di salame per il viaggio.

«Ti servirà forza, la strada è lunga» disse.

Santo guardò il vecchio contadino governare le mucche. Gli sembrò un uomo pacifico e sereno, come certe giornate di maggio. Un poco lo invidiò. Avrebbe voluto lui quella tranquillità, ma non poteva. Era quistione di carattere. Santo comandava i nervi come il domatore tiene giù i leoni, ma pacifico non era. E se non si è non si diventa.

Ringraziò il contadino con una stretta di mano, come aveva ringraziato quello del carro, e partì in direzione Tarvisio con gli attrezzi in spalla.

Mano a mano che incontrava i paesini della Carnia, gli pareva incontrare un amico. Molta gente era storta sui campi, l'aria di primavera beccava il naso e le orecchie, intorno cantava cuculi e altri uccelli. Pareva facesse le gare a chi cantava meglio.

Trovò un paese che era come lui: Amaro, dove si fermò a bere un gotto in un'osteria a bordo strada. Scoprì che il paese si chiamava Amaro ma la gente era dolce, buona e allegra. Allora di bicchieri ne bevé più di uno. Poi riprese il cammino.

Per strada trovò un altro passaggio su carro a cavalli. Un

carro di legna coperta da un telo. Il conducente lo fece montare sul telo in cima alla legna. Santo tornò a sentire i suoi profumi. Era carpini e faggi appena tagliati e anche qualche acero e maggiociondolo. Gli alberi ha la sua carta d'identità, come gli uomini. Le foglie sono i capelli, la scorza è il muso, quindi una pianta si riconosce subito. Ma solo il boscaiolo vero (non quelli da quattro palanche) conosce l'odore degli alberi appena tagliati. Il maggiociondolo ha il suo, l'acero anche, pini e larici poi non parliamo, quelli svapora di resina pura insieme a pini scuri e abeti bianchi.

Santo annusava gli odori che veniva da sotto il telo come un segugio sulla pesta. Veniva così a conoscere il carico intero. A un certo punto si sporse verso l'uomo che guidava i cavalli e disse forte: «Perché tagliate alberi a primavera?».

Il guidatore di cavalli gridò: «Caro mio! Quando non c'è niente, la primavera diventa inverno».

Andarono avanti senza più parlare. Santo continuò a respirar odor di legni e a guardarsi intorno per vedere i luoghi. Lontano, si levava cime di monti ancora bianchi di neve. Più a destra, colline che spremeva un verde da cavare gli occhi. A sinistra era ghiaie di fiumi e torrenti in secca che non si vedeva la fine e sassi calcinati come ossa di scheletri. E poi sempre quei paesi, belli e tranquilli, che spuntava ogni tanto dietro le curve come un cane buono che ti viene incontro. Era quella la Carnia, patria di gente buona e lavoratrice, gente tranquilla e saggia. Ma guai pestarle i piedi.

Che non era da pestarle i piedi Santo si n'accorse a Chiusaforte, dove arrivò sull'imbrunire. Fece un tocco di strada a piedi, il carrettiere s'era fermato prima. Per ringraziarlo, Santo l'aveva aiutato a scaricare la legna in un cortile. A Chiusaforte entrò in un'osteria per chiedere da bere e da dormire. Da bere ce n'era, da dormire no. Un uomo alto due metri disse che poteva trovare sonno più avanti, una locanda a cinquecento metri, sulla strada.

Santo mise giù gli attrezzi e ordinò un bicchiere di vino. Solo allora parve accorgersi che più in là, su un tavolo spesso quattro dita, sei uomini giocava a morra. La morra piaceva a Santo. Col gotto in mano, si avvicinò a quel tavolo per vedere. Quattro di loro giocava, due aspettava il turno di entrare al posto della coppia che usciva perdente.

Era gente che sapeva giocare, quella, Santo lo capì al volo. Batteva le dita anche un minuto di fila prima che uno o l'altro facesse punto. Ogni partita richiedeva un litro pagato da quelli che perdeva.

In una polsa di bevuta, Santo domandò se poteva giocare. Gli era venuta voglia di partita, anche per slontanare un poco i brutti pensieri.

«Ti manca il compagno» disse uno di quelli. «E poi chi sei, da dove spunti?»

«Sono un boscaiolo di un paese lontano, Erto nella Valcellina, vado in Austria a tagliar piante.»

I sei si guardò in faccia, nissuno aveva mai sentito quel paese.

Santo disse:

«C'è una ditta di queste parti che taglia boschi su da noi, si chiama De Artoni, nianche quella conoscete?»

«Quella sì» rispose uno. «È proprio delle nostre parti, ci ho lavorato due anni.»

Santo tagliò corto e disse: «Vi sfido tutti, ma uno alla volta. Undici punti. Ve ne do cinque di vantaggio, chi perde paga da bere».

Prima di fare questa proposta, aveva studiato i giocatori. Per esempio il più vecchio, uno sui sessanta, dopo tre battute veniva giù con l'uno. E così studiò gli altri, cercando di far memoria dei difetti.

I sei restò a bocca aperta di fronte a quella sfida e nelle loro teste entrò la curiosità. Voleva vedere se sto pagliaccio era davvero così bravo.

Santo disse: «Faccio di più, vi sfido due alla volta, o tutti insieme, però a ventun punti».

«No» rispose il vecchio, «io gioco da solo, muso a muso, senza vantaggio, undici punti.»

Cominciarono. Santo si n'accorse subito che quelli aveva coglioni. Però vinceva, le prime partite fu sue. Ma guai se gli avesse dato punti di vantaggio. Vinse con tutti i giocatori. Al pelo. Arrivava a undici punti e loro otto, nove, anche dieci. Alla fine uno vinse. Era il vecchio.

Quando capì che stava perdendo, Santo si mise a imbrogliare. Invece che dire "otto" in maniera chiara, diceva "uottro" che, a seconda del tornaconto, poteva essere otto o quattro. Gli altri capì che imbrogliava. Senza dir niente, fece un segno tra loro e lo circondò. Intorno diventò silenzio. Quelli che guardava si slontanò per non pigliar colpi scappati o sedie volanti.

«Ci prendi per il culo?» disse uno con voce che tagliava come il filo della scure.

«No» rispose Santo diventando serio. «Io non piglio per il culo nissuno.»

Quello sui sessanta, che aveva vinto, lo abbrancò per la giacca e gli soffiò sul muso queste parole: «Adesso t'insegniamo come si dice otto e come si dice quattro, qui siamo ignoranti: l'uottro non lo conosciamo».

Santo guardò l'angolo dove c'era il sacco con le manére. Troppo lontano per rivare prima che i sei lo abbrancasse.

«Stavo scherzando» brosigò. «Pago un litro e finiamola.»

Cominciarono a spintonarlo. Se lo passava uno con l'altro come un fagotto di stracci. Santo non aveva paura, lasciò fare. Erano in sei, più quelli attorno ai tavoli, più quello alto due metri. Guai se avesse tacato baruffa. In fondo se l'era cercata, aveva acceso la fiamma, adesso doveva spegnerla.

«Basta» disse Santo. «Pago tutto, vi torno i soldi, finiamola qui.»

«No» fischiò il vecchio. «Non basta; hai da chiedere scusa o prendi una carga di legnate che non ti muovi più.»

«Va bene, vi domando perdono, ho fatto il furbo ma non è il caso di rabbiarsi tanto.»

«Adesso» disse uno «metti sul tavolo i soldi bevuti, abbiamo pagato noi che si perdeva.»

Santo cavò dal taschino un po' di soldi e li mise sul banco.

«Bastano?» disse.

Si avvicinò quello più vecchio, che aveva vinto una partita.

«No» disse. «Metti via quei soldi e sparisci, non siamo morti di fame né ci serve carità. Vogliamo gente onesta, i disonesti han vita grama qui.»

Santo ficcò nel sacco la batosta, raccolse gli attrezzi, li mise in spalla, salutò e uscì. I soldi restò sul tavolo. Fuori ormai era scuro. Scornato, s'avviò per strada cercando il posto dove poteva dormire.

Una voce lo chiamò.

«Ferma, torna indietro.»

Era uno sulla porta dell'osteria. Santo andò verso di lui.

«Tieni» disse l'uomo. «Il viaggio è lungo, non mi sembri in buon arnese, i bez[59] ti può servire.»

Slungò la mano e gli sporse i soldi lasciati sul banco.

Santo disse: «No, teneteli, beveteli alla mia salute, nianch'io sono morto di fame, e nianche voglio carità».

Si voltò e camminò pian piano, verso la locanda.

Aveva fatto mezzo chilometro quando la trovò, entrò e andò a dormire. Ne aveva abbastanza per quel giorno.

Una vecchia, con gambe storte che con tre si faceva una ruota, prese un lume a petrolio e lo accompagnò per una scala scricchiolante, in una camera dove c'era un letto alla buona ma pulito, bianco come una falda di neve fresca.

Santo non volle nianche mangiare, si buttò sulla falda di neve vestito, con le scarpe ferrate ai piedi. La vecchia lasciò il fanale sul tavolo e tornò giù al buio. Conosceva così bene la sua tana che non fallò un passo.

Santo, con le mani dietro la testa, guardava il soffitto dove, mossi dalla fiamma del lume, ballava i fantasmi della sua vita. Pensava al paese, ai boschi, agli amici, al povero Agusto Peron, a Paula Francesca, a Jacon Dal Movi. Pensava anche a Tomaso De Bartol e al conto lasciato so-

[59] Soldi.

speso. Chissà quando sarebbe tornato al paese. O, se mai sarebbe tornato.

«Che vita!» disse soffiando fuori il fiato come un cavallo. Spense la lanterna e s'addormentò.

L'indomani si alzò presto, bevé mezzo gotto di acquavite, pagò e si mise vicino al fuoco. La vecchia gli disse di mangiare qualcosa: c'era pane scuro che pareva cuoio, lardo e uova fritte. Santo non mangiò. Intanto si alzava altra gente, quasi tutti uomini che faceva i carrettieri o commerciava o, più semplice, si era messa in viaggio per andare verso il freddo.

Santo provò a domandare un passaggio a qualche carrettiere. Uno disse che andava a Pontebba, dove era il confine e tacava l'impero. Se voleva poteva montare sul carretto, visto che era vuoto.

«Dove sei diretto?» domandò a Santo.

«In Austria.»

«A piedi?»

«A piedi.»

«C'è la ferrovia qui davanti, se vuoi sparagnar fatica.»

«No» rispose Santo. «Preferisco a piedi, mi piace camminare, non ho fretta, piedi e cavalli lascia tempo di guardare. Non ho mai visto questi posti, voglio andare piano per vederli bene.»

«Allora monta con me» disse il carrettiere. «Partiamo tra un'ora.»

L'uomo cavò pane e formaggio da un tascapane e mangiò. Altri uomini mangiava. Dietro la locanda, i cavalli dei carrettieri masticava fieno sotto una tettoia.

La vecchia fatta a ruota guidava l'osteria, i due figli badava ai cavalli dei passanti. Finito il pane, l'uomo traversò la strada e sparì. Stava venendo avanti una bella giornata, fresca, limpida, con profumi che saltava giù dai boschi sotto le montagne come cascate di neve.

Dopo un'ora il carrettiere tornò da dove era sparito, chiamò Santo e disse: «Andiamo».

A lato della tettoia era carri in fila, pronti a partire, coi cavalli già tacati. Santo montò su quello che segnò l'uomo.

Prima buttò la roba, poi saltò dentro lui. Partirono verso quelle montagne ancora bianche di neve che compariva lontane, sempre più lontane in fondo la valle. Il carro era vuoto, i due cavalli trottava, Santo taceva.

«Monta con me, qui davanti» disse l'uomo.

«No grazie, dietro sto bene, mi godo i posti.»

Uomini e cavalli passò il paese di Dogna. Santo si n'accorse che i nomi all'entrata dei villaggi cambiava, era scritti diversi: non era italiano. C'era anche italiano, ma le insegne parlava tedesco. Il carrettiere gli spiegò che lì era impero asburgico ma si parlava anche italiano.

I due ci mise tutto il giorno per arrivare a Pontebba. Sul cartello era scritto: "Pontafel". Il guidatore disse che doveva fare un viaggio di fieno per la locanda della vecchia con le gambe storte.

«Domani carico e torno» disse.

Santo lo chiamò: «Scolta, voglio sdebitarmi, cosa posso darti?».

«Niente» rispose l'uomo. «Siamo a posto così.»

«Non siamo a posto così. Lascia che ti aiuti a fare il carico, almeno.»

«Domani» disse l'uomo. «Si carica domani, adesso si mangia e si beve.»

Non passò un'ora che erano ciochi. Grazie alla cioca, si faceva confidenze uno con l'altro. Nel giro di una giornata si scoprì amici, ma era stata la birra a rompere la scorza delle loro anime. Santo contò a Stefan un po' della sua vita, senza dirgli che aveva fatto fuori uno. Il carrettiere gli contò la sua. Così, tra una ciacola e l'altra, girarono tutta Pontafel prima di tornare dondolando alla stalla, dove avevano lasciato il cavallo, e buttarsi a dormire.

Il giorno dopo, tutti e due si alzò presto e, brancate le forche, si mise a caricare fieno sul carretto. Arrivò il contadino a controllare portando una cuccuma di caffè. Alla fine, per tirarla corta, Santo e il nuovo amico si salutò con una stretta di mano e ognuno prese la sua strada.

Santo recuperò gli attrezzi che aveva messo sotto il carro

e s'inviò a piedi lungo la strada senza viandanti. Camminò spedito ma sempre guardando quel paesaggio nuovo e ordinato. Arrivò a San Leopoldo, che era scritto: "Leopolds". A San Leopoldo si bevé una birra, poi s'inviò verso Lusnitz, che in italiano è Bagni di Lusnizza.

Lungo la strada trovò boscaioli coi cavalli da tiro che, venne a sapere, andava a Bagni a tirar tronchi. Era cinque boscaioli con otto cavalli fermi in parte la strada. Aveva acceso un fuoco e stava abbrustolendo salsicce e polenta e tocchi di formaggio infilati in cima a bastoni con la punta. Santo si fermò e chiese informazioni. I tiralegna, oltre che dargli informazioni, gli die' anche mangiare e bere e poi gli spiegò che andava a Lusnitz a tirar tronchi coi cavalli. Saputo che puntava verso l'Austria, gli disse che fino a Lusnitz poteva montare uno di quei cavalli. Santo guardò gli animali allineati. Era scuri, grandi e larghi come colline, con zoccoli che pareva forme di formaggio. "Non monterò mai su quei bestioni" pensò. Invece montò.

Quando i boschers finì di mangiare gli sporsero la briglia di un cavallo e dissero: «Andiamo».

Prima avevano messo via la roba e spento il fuoco. Pisciò sulle fiamme tutti quanti, insieme, a cerchio, con gli uccelli spenzolanti, fiapi come salsicce troppo magre.

«Piscia anche tu» aveva detto uno a Santo.

Santo si vergognava a cavarlo insieme a loro, rispose che non gli scappava.

Partirono in fila. Per montare sulla schiena del cavallo, alta che non finiva più, Santo fu costretto a salire sul muro che compagnava la strada. Una volta in cima, aveva le gambe quasi di traverso tanto larga era la schiena di quella bestia.

Camminava uno dietro l'altro in silenzio. Si sentiva solo il clap clap degli zoccoli sulla strada. Uno dei boscaioli teneva per la corda i due cavalli rimasti vuoti. Ogni tanto gli uomini, sui quaranta, cinquant'anni, parlava tra loro una lingua che Santo non capiva. Se parlava con lui, parlava italiano. Così andò avanti sulla strada, cavalli da tiro e soldati di bosco, armati di zappini, catene e corde per tirare i tronchi vicino alle strade dove passava i carri.

Cammina cammina, rivarono a Lusnitz. Santo ringraziò i boscaioli, carezzò il cavallo sul muso e s'avviò a piedi lungo la strada. Loro entrò in un sentiero che menava ai boschi alti e sparì. Adesso Santo era solo, e camminava pensando alle sue disgrazie.

«Malideta la volta che ho visto Paula e Jacon uno sopra l'altra» diceva. Poteva lasciar stare, lasciar correr la faccenda come corre l'acqua del Vajont nella valle. In fondo donne ce n'era, una l'avrebbe trovata sempre, non occorreva copare Jacon.

A ogni passo sentiva il cuore slontanarsi dal paese, dalla vita, dai ricordi. E il cuore gli gemeva, scricchiolava come quando si lega un fascio di rami con la corda. Per legare un fascio di rami, occorre metterci sopra lo scarpone e tenerli fermi. Poi si tira a due mani. Santo sentiva lo scarpone del rimorso calpestargli cuore e anima. E quello del rimpianto per aver perduto tutto. Aveva perduto Paula, il paese, gli amici, Agusto, il lavoro. Aveva perduto la pace.

«Brutta troia!» seguitava a gridare pensando a Paula.

Eppure lo sapeva, quando si fa una roba è fatta, indietro non si torna. Il bosco gli aveva insegnato anche questo. Un albero che guarda il burrone, se lo tagli devi farlo cadere dalla parte contraria. Se no finisce nel burrone e quando è laggiù addio, l'hai perso. Puoi calarti e recuperarlo, se il burrone lo permette, ma impieghi un giorno intero. Non vale la pena. E poi c'è lo smacco. È già lì, pronto da portare a casa.

Una pianta che va storta ti fa sentire un fallito. Non la drizzi più.

Ma se un albero che va storto puoi mandarlo in mona e lasciarlo lì, un uomo che hai ucciso non puoi lasciarlo lì. Questo viene a cercarti nelle notti, senza sonno, ti tasta col bastone. Poi c'è la paura della galera. Come l'albero finito nel burrone, l'uomo che hai copato ti fa mordere le dita per non esserti fermato in tempo. Quella è la vera condanna, sapere che indietro non torni. Allora ti viene i ricordi dei bei tempi, quando tutto era a posto. Questi ricordi ti fa rabbia e dolore finché vivi.

Con passo deciso, Santo camminò fino a Santa Caterina. Qui voleva fermarsi, ma poi tirò dritto. Intendeva portarsi avanti, verso il paese successivo. Stava camminando a testa bassa quando all'improvviso si mise a bestemmiare.

Una vecchia, sulla porta di casa, lo sentì e lo sgridò come la mamma sgrida il figlio che ha fatto robe storte. Santo si scusò. La vecchia lo invitò dentro casa per dargli un gotto di vino e dirgli che non si deve bestemmiare. Santo era stracco e accettò di entrare. Si sentò su una sedia, davanti al tavolo della cucina. In parte ardeva un fuoco che poteva scaldare tre case. La vecchia parlava italiano da farsi intendere bene, ma ogni tanto brosigava parole che Santo non capiva. "Fursi è tedesco" pensò.

Bevé due gotti di vino e due ne bevé la vecchia. Santo le contò che camminava verso l'Austria in cerca di lavoro come boscaiolo. Disse che veniva da Erto ma la vecchia non sapeva esistesse un paese con quel nome. Però insegnò a Santo che doveva fermarsi a Valbruna e cercare un certo Moritz Bait. Questo Bait poteva dirgli dove trovar lavoro in Austria.

«È uno che procura lavori a pagamento. Trovar lavoro ai disperati è il suo lavoro, ma è onesto, ti puoi fidare.»

Santo le chiese di scrivere quel nome su un pezzo di carta ma la vecchia non sapeva scrivere. Allora prese dal camino un tizzone e scrisse: "Moritz Bait" sulla lama larga una spanna del segone. Salutò la vecchia e partì. Dài e dài, arrivò a Malborghetto, che era scritto: "Malborgeth". A Malborghetto trovò da dormire in un fienile mezzo vuoto ma con abbastanza fieno per star caldo. Domandò al padrone se lo lasciava dormire. Il padrone gli disse che poteva dormire nella cucina, vicino la stube. Santo rispose no, preferiva stare solo, abbracciato all'odore del fieno e ai pensieri tristi.

L'indomani il padrone gli offrì caffè caldo e pane secco

da bagnare nel caffè caldo. Santo studiò la cucina di quella grande casa. Pareva un rospo che sta fermo e gira solo gli occhi. Scoprì che, a differenza delle case ertane, quelle aveva finestre e porte doppie per tener fuori il freddo. Poi, oltre al fornello per far da mangiare, c'era una specie di catafalco foderato di piastrelle che buttava caldo come una forgia. Si fece spiegare come funzionava. Il contadino gli disse che era la stube, una stufa fatta per scaldare dappertutto col minimo consumo di legna.

«La stube non si spegne mai durante l'inverno» disse il contadino.

"Quanto siamo indietro nel mio paese" pensò Santo. "A Erto non c'è niente di quello che vedo qui, né porte doppie né doppie finestre né stube. Giuro che se un giorno torno a casa, una di queste stube me la faccio anch'io." Visto il calore che buttava quella forgia di piastrelle, domandò al contadino come costruirne una.

«È assai difficile» rispose l'uomo. «Occorre sassi apposta, che tiene il calore, non si sfredda e non si spacca. Poi un giro di cunicoli che corre dentro la stube per fermare il caldo che non vada per il camino. Quello è il segreto, tenere giù il caldo. Quando il fumo va in cielo deve esser freddo, allora il caldo è rimasto in casa.»

«Chi sa farle, qui?» domandò Santo.

«Tutti le sa fare. Come le donne fa calze, gli uomini fa stube.»

«Se torno, m'insegna a fare le stube?» chiese Santo.

«Certo che le insegno.»

Santo avrebbe imparato a fare le stube, ma non dal contadino di Malborghetto. Imparò in Austria, da uno molto bravo che le faceva per vivere. Quando tornò a casa, dopo trent'anni e passa d'Esempòn, la prima roba che fece fu costruire una stube in cucina. Ma sto filando troppo veloce, invece occorre andare piano e per ordine.

Trascorsa un'oretta a ciacolare, Santo ringraziò il contadino, lo salutò con una stretta di mano, raccolse la sua roba e se ne andò.

Dopo un po' che camminava, vide un carro con sopra dei bidoni. Lo tirava un cavallo che pareva una gobba di neve tanto era bianco e liscio. Sopra gli zoccoli il pelo era un po' giallino. Il guidatore, un tipo sui sessanta coi baffi spioventi a pennello, si fermò e disse a Santo se voleva montare.

«Magari» rispose.

Saltò sul carretto, poi cavallo e guidatore partì con Santo tra i bidoni.

«Dove va?» domandò Santo.

«A Ugovizza» rispose l'uomo.

Santo aveva immaginato cosa poteva essere nei bidoni ma, tanto per dir qualcosa, fece la domanda: «Cosa porta?».

«Latte. Latte a Ugovizza, lassù lo paga meglio che altrove e fa i formaggi più buoni della valle. La latteria di Ugovizza la tiene un austriaco di Mauthen, uno che parla bene italiano e fa bene formaggio, burro e ricotta. I striaci ci insegna a far tutto, i striaci fa tutto meglio di noi. E lei dove è diretto?»

«In Austria a fare il boscaiolo, l'unica roba che so fare è boscaiolo e credo di farlo bene come i striaci.»

«Spetti prima di parlare, spetti di vedere, io non so da dove viene lei, ma quando vedrà in azione i striaci nel bosco non parlerà più tanto.»

Questo qui che portava bidoni di latte, parlava meno tedesco di quelli che aveva incontrato i giorni passati, Santo si n'accorse subito.

«Ma lei è di qui?» domandò.

«No, son di Tolmezzo, ma vivo quassù.»

Il carro avanzava sulla strada saltando come un grillo, era strada piena di buche, tagli e fossi, i bidoni cantava. Mentre stava sul carretto, Santo udì il rumore del treno, che in quel punto faceva curva sulla destra. Andava nella sua stessa direzione e faticava a superare la rampa prima della piana verso Tarvisio. Per un attimo quel demonio di ferro gli passò vicino.

Santo si voltò, un viso di donna si sporgeva dal finestrino. La visione durò poco, ma Santo capì che quel volto gli sarebbe rimasto impiantato nel cuore come la scure sul ciocco. Aveva capelli lunghi e biondi che filava nel vento della corsa, e occhi che a Santo gli paré di quel verde che ha il muschio appena dopo il disgelo. Fursi non vide il colore ma voleva fusse verdi. Prima che il treno la portasse via, notò che aveva la pelle bianca e liscia come i sassi del Vajont.

Non era sicuro che lei lo avesse visto, ma lui l'aveva vista. Era rimasto incantato e seguì fino in ultima il treno che impiccioliva lontano sulle rotaie. Quando il rumore finì, Santo domandò al lattaio dove andava quel treno.

«A Tarvisio» disse. «Poi si ferma, lì arriva i treni dell'Austria.»

Andava tutti e tre verso Ugovizza, uomini e cavallo col latte che cantava e i bidoni che batteva uno con l'altro. Lattaio e boscaiolo a volte parlava e a volte stava zitti. Quando stava zitti si sentiva solo il batter degli zoccoli sulla strada, i bidoni che cantava tra loro e i cuculi che cantava tra i boschi. Era bidoni che pareva di zinco, con chiusura a leva da dove non sortiva una goccia. In breve, tra una ciacola e un silenzio, i tre rivò a Ugovizza.

Santo aiutò il guidatore a scaricare il latte, poi tutti e due andò in osteria. E tutti e due si bevé mezzo litro di vino diviso in quarti, un quarto alla volta.

«Io porto latte ma bevo vino» disse il lattaio mentre tracannava.

Bevuto il vino, Santo salutò il provvisorio amico e partì di nuovo verso il suo destino. Aveva fretta d'incontrare questo Bait, farsi dare le informazioni e puntare verso l'interno, dove nascondersi meglio. Non gli sarebbe dispiaciuto nianche restare lì, in quei luoghi pieni di boschi, dove c'era gente buona che lo aiutava nel viaggio e parlava una lingua che capiva e una che non capiva, ma si faceva intender l'istesso. Però non si sentiva sicuro, anche se era assai lontano dal paese aveva timore che qualcuno lo cercasse, lo trovasse e gli rompesse i coglioni con la storia di Jacon Dal Movi o, peggio ancora, lo mettesse in galera.

Camminando senza fretta, verso l'imbrunire rivò a Valbruna. In un'osteria domandò dove poteva trovare Moritz Bait. Era una vecchia bettola che sapeva di sigari fumati, masticati e sputati, con banco, tavoli e sedie scuri come corame tanto era invecchiati e doperati. Sulle pareti stava diversi ritratti sempre dello stesso uomo, un tipo con grossi baffi che gli faceva il giro del muso e si univa sopra le orecchie. L'oste gli disse che poteva trovare Bait al lavoro, nella segheria di Walter Weil, ma ormai era tardi, fursi non era più in segheria, meglio cercarlo a casa.

«Dov'è la casa?»

L'oste gli spiegò dove stava Bait, appena dietro la chiesa, su per la rampa a destra. «Ma spetti domani» precisò. «Quello quando smette sta con figlie e moglie, non vuole intorno rompicoglioni.»

Allora Santo pensò di cercarlo il giorno dopo, nella segheria di Weil, e intanto che pensava e beveva un gotto seguitava a guardare sui muri quello coi baffi a giromuso. Si ricordò che anche nelle altre osterie, da quando aveva passato Pontebba, vedeva almeno un ritratto o due di quell'uomo e allora domandò chi era.

«Il nostro imperatore» disse l'oste. «L'imperatore del mondo, il grande Francesco Giuseppe.»

«Ah!» disse Santo. «Capisco perché lo trovo dappertutto.»

Poi chiese dove poteva passare la notte. L'oste gli parlò di un certo Luciano Piussi. Aveva una taverna là vicino, tipo baita, dove si mangiava bene a pochi soldi e, dopo un paio di litri del suo vino, si dormiva ancora meglio.

Santo cercò la baita e la trovò. Era piena di gente che beveva e cantava dietro la spinta di una musica che un tipo coi baffi come quelli dell'imperatore cavava dalla fisarmonica quadrata, che si slungava e scurtava come un verme che cammina.

Piussi veniva dalla val Povera o val Raccolana, era una brava persona, Santo lo capì subito. L'uomo, sui sessanta, aveva già tutto pieno ma l'istesso gli trovò un posto da dormire e un cantone di tavolo dove mangiare due terrine di minestrone fatto con stinchi e cotiche di porco.

Sentire gli altri cantare metteva a Santo una buona allegria, anche se voglia di cantare non ne aveva più. Non capiva una parola di quel che si cantava, ma l'istesso stava a scoltare quella musica allegra e viva come un fuoco appena acceso. Se non fusse stato per i pensieri gelidi che lo forava come punte di ghiaccio, si sarebbe levato e messo a ballare insieme ai quattro o cinque che già ballava tra loro.

Allora bestemmiò tra sé. «Mi son rovinà la vita, non sarà mai più come na volta.»

Santo non andò a dormire finché il suonatore tirò la fisarmonica e gli altri cantava, ballava e beveva. Era tutti uomini, nianche una donna, quella era osteria da boscaioli, se si cavava la moglie di Piussi e la figlia, lì dentro donne niente. Almeno di sera. Via per il giorno, invece, entrava anche qualche donna a bere un gotto e ciacolare con Renata, la moglie di Luciano Piussi.

Era quasi le tre di notte quando il suonatore di fisa crollò sul tavolo, la faccia in avanti e lo strumento sflosciato sulle ginocchia come una giacca aperta. Uno per uno, cantanti e ballanti se ne andò, restò solo quelli che dormiva nella taverna. E anche quelli uno alla volta andò a cuccia, Santo compreso. Dormì in un tinello, dove c'era un paglione in mezzo a damigiane vuote e caratelli in sfascio.

17

Una sorpresa

Santo dormì bene e l'indomani, dopo aver pagato quel che era da pagare, poco o niente, si mise in cerca di questo Bait nella segheria di Walter Weil. Lo vide intorno alle nove, prima di quell'ora Bait non tacava a lavorare.

Quando spuntò sulla curva, un operaio gli disse: «Quello è Bait». E riprese a zappinar sui tronchi come zappasse la terra.

Santo salutò e si presentò. «Cerco lavoro in Austria, son boscaiolo, so che lei potrebbe mandarmi giusto» disse.

«Andiamo in segheria, nell'ufficio si parla meglio» rispose l'uomo.

Bait era uno sui cinquanta, fursi qualcosa in più, tirava sul biondo e fumava la pipa. Di mestiere faceva il giornalista. A tempo perso, rotondava la paga tenendo i conti alla segheria di Walter Weil, in più, dietro piccoli compensi, trovava lavoro ai disperati come Santo. Se i disperati era in bolletta, non chiedeva niente. Bait era un uomo onesto.

Santo entrò in segheria con lui. Là dentro, tra odor di resina e di alberi, lavorava almanco una decina di operai sotto l'occhio d'aquila di Walter Weil, uno alto due metri, magro scheletro, coi capelli rasati a zero e il naso a zappino.

Santo andò dietro a Bait in un tinello distante dalla sega almeno dieci metri, per sentir di meno il continuo su e giù dei denti che rasava tronchi senza mai fermarsi.

Bait ascoltò Santo attentamente, poi prese un foglio di carta e, con un lapis copiativo, scrisse l'indirizzo della birreria dell'Orso ad Arnoldstein, paese austriaco poco dopo Tarvisio. Aggiunse altre parole e lo consegnò a Santo.

«Presentati qui, verso sera» disse. «Chiedi di Franz Keil, un capotaglio che parla italiano anche se è di Valbruna. Suo fratello Thomas ha una trattoria qui, vicino alla segheria. Di' che ti mando io, ma puoi anche non dire niente. Ho scritto sul foglio quel che deve sapere.»

«Cosa devo dargli del suo disturbo?» domandò Santo.

Bait lo squadrò da cima a fondo, piedi compresi. Era sporco e impolverato, con la montura infifolata[60] nel dormire vestito. Le scarpe ferrate aveva ceduto sui bordi e le broche[61] era venute all'aperto come denti di cane che sta per mordere.

Bait guardò gli attrezzi di Santo poggiati sul pavimento dell'ufficio. Vide il segone piegato a cerchio col suo nome scritto a carbone sulla lama. Vide il sacco da dove spuntava due manici sicuramente di manéra, riempito da altre robe ma poche, perché era quasi floscio.

«Non voglio niente» disse Bait. «Va' a lavorare e fa' fortuna, quando l'avrai fatta torna qui che beviamo insieme.» E aggiunse: «Se sarò ancora vivo».

«Grazie» rispose Santo dando la mano all'uomo. «Non dimenticherò questo piacere.»

Poi guardò in giro. Traverso i vetri vide la sega che andava su e giù e uomini che, tirando tronchi con gli zappini, li portava sul mucchio come le formiche muove gli stecchi sul formicaio. Si ricordò delle segherie del suo paese, quelle che, insieme ai mulini, stava sulle rive del Vajont, mosse dalla forza dell'acqua. Ricordò la segheria di Gioanin de Scandol e lui, Gioanin, che segava solo il necessario per un pasto al giorno e un litro di vino. Allora gli pigliò il crepacuore e una lacrima s'infilò nella barba lunga di giorni.

«Posso domandarle l'ultima roba?» disse rivolto a Bait.

«Dimmi pure» rispose Bait.

[60] Stropicciata.
[61] Chiodi a capocchia larga, a cupola.

«Vorrei, se è permesso, visitare la segheria, mi è sempre piaciute le segherie, manda odor di resina e ti fa vedere il cuore degli alberi sfenduti.»

«Fai pure» rispose Bait. «Puoi star finché ti pare.»

Santo uscì dal tinello e si mise a girare fra i tronchi che spettava di essere ridotti in tavole, travi e rigoni[62], e altri legni da far quel che era da fare. Guardò la sega che andava su e giù come a dire sempre sì, mossa dall'acqua del torrente Lupo. A un certo punto sentì qualcosa. Ascoltò meglio e stentò a credere a quel che gli veniva in orecchio.

Era un parlare che conosceva, sacramento se lo conosceva! Le voci che gli rivava addosso come amichevoli pacche sulle spalle passando sopra il rumore della sega era voci del suo paese, voci ertane. Ascoltò più attento. Sì, quello che sentiva era dialetto ertano, non poteva sbagliare. Si voltò per capire da dove veniva il parlare conosciuto. Era due uomini con le barbe lunghe, uno alto come un larice, grosso e forte che alzava i tronchi da solo. L'altro era piccolo e magro, veloce a muoversi come il gatto. Allora Santo andò verso di loro per capire chi era e da dove veniva quei due dal parlare conosciuto.

«Da olà siéo?»[63] domandò.

Fu il Larice a rispondere per primo.

«Da Erto» disse, continuando a lavorare senza alzar la testa.

«Anch'io son da Erto» disse Santo.

Allora tutti e due si fermò e lo fissò.

«Chi sei?» domandò il Gatto.

«Sono Santo Corona, figlio di Giulian e Alba Carrara, e voi?»

Gli uomini, anche se mancava dal paese da tanto tempo, si ricordò di quel giovine, che quando loro partì da Erto aveva poco più di dieci anni.

«Non credo ti ricordi di noi» disse il Gatto.

[62] Travi sottili, di sette centimetri per sette.
[63] «Da dove venite?»

Saltò fuori il Larice, che di sicuro aveva già visto quaranta volte le stagioni, e disse: «Io sono Gosto, Nari Filippin, a Erto stavo alla fine della via alta, in una delle ultime case».

«Io sono Piero» disse il Gatto. «Piero Martinelli Caporal, di te mi ricordo perché battevi la manéra fin da piccolo.»

Santo cercò di far memoria di quei paesani ma non rivava a scontornarli.

I due capì. Il Larice disse: «È perché abbiamo le barbe che non ci conosci: prova a vederci senza barba, fursi ricordi i nostri brutti musi».

Santo li guardò negli occhi tralasciando la parte sotto delle facce. A quel punto, anche se in modo fusco, gli tornò in memoria due paesani che ormai mancava da Erto da vent'anni.

Voleva saper di più, ma il Larice e il Gatto aveva da lavorare. Poco in là, Walter Weil faceva segni di finirla.

«Aspettaci alla polsa di mezzogiorno» disse Piero Caporal. «Ci conteremo un po' di robe.»

L'aver trovato paesani, gente con addosso l'odore di Erto, aveva dato allegria all'anima morta del disperato Santo. Non vedeva l'ora arrivasse mezzodì per saperne di più di Piero e Gosto e ciacolar di Erto.

Così, mentre mangiava insieme a loro nell'osteria di Thomas Keil, dove per poco o niente, poteva trovare un boccone operai, gente di passo, gente di fuga e boscaioli cercanti lavoro, Santo venì a sapere tante cose.

I due era partiti dal paese per cercar fortuna nei boschi della Stiria e della Carinzia. Agusto Peron gli aveva detto che lassù si guadagnava bene, bastava avere coglioni da resistere il primo mese in una terra dove non si capiva una parola, dove ubbidire e lavorare era regola fissa. Se poi si aveva anche la forza di seccar le lacrime al ricordo della casa lontana, allora diventava più facile.

Avevano in tasca un biglietto di Agusto, dove era segnato luogo e nome per trovare impiazzo[64]. Gosto e Piero

[64] Impiego.

ci aveva messo undici giorni per rivare in Carinzia, zona del primo lavoro.

Dopo dieci anni si era spostati in Stiria e poi era tornati in Carinzia, senza mai scrivere una cartolina o un biglietto a parenti e amici rimasti a Erto. Ne aveva i coglioni pieni di quel paese malideto, dove si faceva guerre e fatiche da bestie, senza aver mai pace né un guadagno come si deve. E si ruscava[65] quindici ore al giorno.

Adesso, tutti e due aveva trovato lavoro stabile ad Arnoldstein, un paese appena dopo Tarvisio dove ancora si sentiva parole italiane. Lavorava in bosco, ma siccome il padrone teneva amicizia con Walter Weil, mandava i due a Valbruna con carri di tronchi da segare e vendere lì. A Valbruna costava molto meno far tavole e travi. Il segato non tornava in Austria ma lo vendeva nei dintorni di Tarvisio e paesi vicini.

Così Gosto e Piero Caporal lavorava in bosco ad Arnoldstein e ogni tanto faceva una settimana a Valbruna, nella segheria di Walter Weil. Si trovava bene perché variava il lavoro, il tempo passava di più e la fatica si distribuiva meglio. In più, le ore passate sul carro o sul treno legnami era beato riposo e pagate l'istesso.

Adesso Gosto e Piero aveva finito il turno in segheria, tra due giorni sarebbe tornati ad Arnoldstein, quel piccolo paese di boschi eterni e nevi da far spavento. Quando nevicava lì, era da star chiusi vicino alle stube per giorni, senza metter fuori il muso. Al massimo si andava per birrerie e osterie. Quando cessava il maltempo, si preparava le piste di neve per mandar giù tronchi grossi e legna fina con slitte enormi tirate da cavalli che pareva colline tanto era grandi e lunghi.

In Austria, i boscaioli aveva strade dappertutto, non scivolava i legni lungo i canali ghiacciati. In Austria era avanti di anni rispetto ai taglialegna della Valcellina. Santo lo

[65] Lavorava duro.

avrebbe capito in seguito e a sue spese. Ma anche lui, col tempo, avé modo di insegnare qualcosa a quei boscaioli lassù, tanto più avanti dei nostri nel mistiere.

Quando Santo venì a sapere che i due paesani sarebbe tornati in Austria dopo due giorni, e andava nel paese che doveva andare lui, domandò di fare il viaggio insieme.

«Come no!» disse Piero Caporal. «Ci facciamo compagnia. Intanto ci conti del paese, non siamo tornati a Erto per quistioni che ti dirò più avanti.»

«Se ci vedremo ancora» brontolò Gosto Nari dall'alto dei suoi due metri.

«Ci vedremo» disse Piero. «Questo va a lavorare dove siamo noi, Arnoldstein è a due passi, magari capita pure nella nostra squadra.»

«Magari» disse Gosto. «Avremo un po' di paese con noi.»

Durante i due giorni di polsa, Santo girò per Valbruna a vedere boschi e montagne e anche pascoli e stalle piene di vacche. Scoprì, ma l'aveva già capito a San Leopoldo, che in quei posti i taglialegna usava cavalli per tirar i tronchi dai boschi. Pensò a Erto e al fatto che anche là avrebbe potuto mettere cavalli. Poi si ricordò che da quelle parti era tutto ripido, un ripido che andava dritto verso le cime dei monti, con terreni da non stare in piedi nianche con scarpe ferrate. No, a Erto niente cavalli. Lassù cavalli da tiro era i boscaioli che piantava lo strozzo nella testa dei tronchi e tirava col muso rasoterra fino a spaccare corde e schiene. Lassù i cavalli da tiro era i canaloni ghiacciati, col boldo apristrada.

Santo capì che il suo paese era disgraziato, un paese storto anche nel nome, un nome di fatica, un nome che voleva dire ripido e nel ripido bisogna faticare a stare in equilibrio. Lassù c'era l'eterna condanna: per vivere occorreva piegarsi in due come vermi tagliati dal badile e ringraziare Dio che non fusse peggio. Canaloni e teleferiche aiutava un poco ma, diocristo, il resto fatica tre volte di più che in altri paesi.

Santo vide che lì, nella piana di Valbruna, la terra si arava coi cavalli che fondava l'aratro, e il ferro solcava la terra come fusse burro. Invece lassù, nel paese ripido, malideto da Dio e dagli uomini, bisognava vangare coi badili. Ma prima, con la gerla, portar su la terra franata in basso durante l'anno.

Vite da bestie: la terra dei campi andava sempre in giù, come le valanghe. E i tronchi occorreva muoverli con strozzo e corda segandosi le spalle.

Santo girò Valbruna fermandosi nelle osterie, oppure guardava i boscaioli catastare tronchi vicino la strada dopo averli cavati dai boschi coi cavalli. Tornava sempre da Luciano Piussi, dove dormiva e teneva gli attrezzi, fermandosi a ciacolare con lui davanti un litro di vino, vino nero, pastoso, fisso che pareva olio.

«Vino buono» diceva Santo.

«È quello che abbiamo, poi c'è bianco, ma va meno. Qui si beve scuro» rispondeva Luciano.

Finalmente, dopo due giorni a vagabondare per Valbruna, Santo montò sul carro dei paesani e puntò all'Austria vicina. Con tutto quel che gli era successo quei giorni, si dimenticò di chiedere se qualcuno conosceva Agusto Corona Peron. Lo chiese a Gosto e Piero e Gosto rispose che lì, a Valbruna, Agusto lo conosceva tutti, anche a Tarvisio e Arnoldstein era conosciuto.

«Un boscaiolo così lascia il segno» disse Piero Caporal. «Era un galantuomo, giusto e preciso come pochi.»

Santo contò ai paesani come era morto il vecchio amico Agusto, allora i tre viaggiò per un quarto d'ora senza più dire parola. Il carro, lungo e forte, era tirato da quattro cavalli color della ruggine, di quelli con gli zoccoli grandi come forme di formaggio.

A Tarvisio i tre fermò per far mangiare e riposare le bestie e per mangiare e bere anche loro. Piero Caporal disse: «Prima i cavalli, dopo noi».

Durante il viaggio a Tarvisio i due domandava a Santo notizie del paese che non vedeva da vent'anni. Santo aveva poca voglia di ciacole, ma non poteva tacere sotto quel temporale di domande. A un certo punto si stufò e disse:

«Adesso vi domando io qualcosa: perché non siete più tornati a casa? È vent'anni che non vedete il paese, non v'interessa tornare?»

Piero e Gosto restò in silenzio. Il carro camminava senza correre, i cavalli andava al passo, non c'era fretta di rivare a lavoro. Più si rimaneva in strada meno si faticava in bosco.

Spuntava le case di Camporosso quando Santo fece la domanda. Dopo un lungo tacere saltò fuori Gosto e disse: «Non c'interessa tornare al paese, ne abbiamo i coglioni pieni di quel posto malideto, se non scampi da lì, prima o dopo copi qualcuno».

Piero non era d'accordo. «Io tornerei anche domani» disse, «ma non posso. Prima ho da fare qualche soldo e poi deve passare il tempo giusto, anche se quello passato potrebbe bastare.»

Gosto e Piero non andò oltre, nissuno dei due voleva dire perché non tornava al paese. Non tornava perché aveva paura. Non tanto della legge ma degli amici dell'ucciso.

Nel 1891, Gosto e Piero aveva copato a colpi di scure Elano Martino M., un cugino di Piero, per quistioni di eredità. L'aveva aspettato di notte, poco sopra i Buchi di Stolf, quelle case cuniculate, storte e scure che fa paura solo a guardarle e, peggio ancora, a passare vicino. Quattro manerate per uno, nella testa di Elano, e addio Elano. Dopo andò da Agusto Peron a farsi dare traccia per scappare da qualche parte. Agusto conosceva l'Austria, li mandò al posto giusto e trovò lavoro. Non si può mica scappare a casaccio, dove si va occorre trovar lavoro. Agusto sapeva quel che i due aveva combinato, gliel'aveva detto loro. Andò a portargli un biglietto di notte e li salutò. Gli disse di partire subito, in modo che nissuno vedesse.

«E tu perché sei qui?» domandò Gosto Nari a Santo. Santo pensò a lungo, poi a testa bassa disse: «Io sono scappato, ho copà Jacon Dal Movi, malideta la volta che ho fatto na roba simile, adesso non ho più pace».

Così si era tolto il peso dalla coscienza, senza temere le conseguenze del palesare la colpa. A quel punto, vista l'onestà di Santo, Gosto Nari non resisté e saltò fuori sibilando:

«Noi siam venuti via per aver copato Elano Martino. Siamo gente che copa, noi. Quel bastardo aveva preso in disparte deda Mafalda e l'aveva ubriacata, poi l'aveva costretta a firmare, con la croce, un pezzo di carta che reditava tutto lui. Noi niente. Dico noi perché anche Piero doveva avere una parte. Invece zero. Dopo un po', siam venuti a sapere. Ci ha detto la deda che aveva firmato con la croce, allora la faccenda è saltata fuori. A quel punto abbiamo fatto in modo che Elano non ereditasse. Poi siam scappati verso l'Austria, Agusto sapeva e ci ha mandato giusto. Adesso siamo qui, è vent'anni che siamo qui e fursi creperemo qui.»

«Io no» disse Piero Caporal. «Non voglio terra striaca sulla pancia, voglio morire a casa mia, ancora qualche anno e torno al paese. Laggiù, ormai si è dimenticati di me e di Elano.»

Queste fu le ciacole che i tre brontolò fino a Tarvisio. Parlava del paese lontano e di quel che aveva combinato prima di scappare e del fatto che, fursi, sarebbe scappati per sempre.

A Tarvisio si fermò due giorni. Mangiava e dormiva tutti e tre in una trattoria dove si badava ai cavalli. Per andare in Austria non serviva fretta, di faticare era sempre tempo, di spaccarsi la schiena sui tronchi, anche. A Tarvisio, Gosto Nari e Piero Caporal portò Santo a trovare un paesano che era lì da quarant'anni. Si chiamava Antonio Corona, detto Toni Schenon per via del fisico e della schiena larga e lunga come un armadio.

Toni Schenon faceva i mercati, vendeva roba da vestire a tutti, boscaioli e gente normale, uomini e donne. Conosceva Tarvisio e l'Austria e anche la lingua parlata. A Santo gli sembrò per un attimo di essere a casa, nel suo paese, ormai era tre gli ertani ritrovati e si sentì di colpo meno solo.

"Male che vada" pensò, "di questi mi posso fidare."

Toni Schenon li portò in giro per Tarvisio, a mangiare e bere in trattorie e birrerie. Santo gli domandò se avesse per caso conosciuto Agusto Corona.

«Altroché» rispose Toni. «Nei suoi viaggi veniva a trovarmi. Spesso tornava dall'Austria a fare qualche giorno qui da noi, oppure andava in Valbruna a ubriacarsi. Parlava sempre del paese e dei suoi amici. Diceva che non vedeva l'ora di rivederli. L'ultima volta passò a salutarmi, tornava a casa. Per sempre. Mi contò di aver conosciuto un boscaiolo in un paesino della Carinzia. Era uno famoso, aveva fatto i soldi coi boschi. Il taglialegna ricco viveva nel piccolo paese di montagna contento di quel che era là. Agusto, dopo anni di Austria, parlava bene e si faceva intendere. Chiacchierò col boscaiolo diventato pieno di schei. Questo gli disse una roba che dopo due minuti Agusto decise di tornare a casa. Per sempre.

Il taglialegna pieno di schei aveva girato l'Europa a lavorare e fare soldi, per capire solo in ultima che stava bene nel suo paesello con un pasto al giorno e un litro di vino. Esiste individui che cerca di far soldi perché gli hanno detto che va bene così, che quello è lo scopo, la mira giusta della vita. Per poi scoprire che dei soldi non sa che farsene, perché a vivere serve poco. Sono rari questi uomini ma ce n'è. Il boscaiolo ricco era uno. Quattro parole con lui e Agusto capì che era di quelli. "Torna dove sei nato e cresciuto" disse, "sei ancora in tempo." Allora Agusto tornò a casa. Almeno così contò.»

Schenon si fermò un attimo a testa bassa, come a pensare qualcosa, poi domandò: «È ancora vivo?».

«No, è morto. È morto da poco e non era nianche malato. È morto all'improvviso, dentro la latrina.»

Mentre diceva questo, Santo pensò a Tomaso e le mani gli tremò. Ma la storia sentita da Toni gli fece venir le lacrime, e Santo dimenticò Tomaso De Bartol per ricordare il vecchio amico Agusto Peron. Gli tornò in mente le parole di lui, quando gli consigliava di stare a casa, non sognare l'Esempòn. L'Esempòn era dolore, malinconia, umiliazioni, patimenti.

Agusto era tornato perché un boscaiolo ricco gli aveva detto parole giuste al momento giusto. Adesso Santo le sapeva. "Torna dove sei nato e cresciuto, sei ancora in tempo." Santo non immaginava che dieci anni dopo un uomo molto importante, uno di Vienna, gli avrebbe detto parole impossibili da dimenticare. Santo aveva fatto una domanda a quell'uomo importante. Questo aveva risposto con poche parole, ma belle e precise. Parole che a Santo, quando ci pensava, facevano venire la voglia di tornare a casa.

Ma, ancora una volta, mi accorgo di anticipare le robe e questo non va bene. Devo tornare indietro, andare per ordine.

Dopo due giorni in compagnia di Toni Schenon in osterie e trattorie di Tarvisio, Gosto Nari, Piero Caporal e Santo tacò i cavalli al carro e puntò Arnoldstein, in Austria.

Toni disse: «Passate ogni tanto a trovarmi, tra paesani ci si aiuta, specie se si è lontani da casa. Quando si è lontani da casa si ha bisogno uno dell'altro, sempre. Solo quando si torna a casa si fa baruffa».

Prima di partire Piero Caporal comprò una cassa di birra e la mollò sul carro.

«Non si sa mai, può venirci sete» brontolò.

Durante il viaggio, Santo vedeva continue righe bianche che tagliava a zig zag i monti pieni di alberi e capì che le righe era strade. Strade da passar con carri e cavalli per tirar giù legna. "Qui la sanno lunga" pensò. "Altro che canaloni ghiacciati e teleferiche, qui apre strade dappertutto, fa meno fatica e guadagna tempo e soldi." A Erto c'era poco da fare strade. Però si poteva fare come De Artoni, impiantar teleferiche, unirsi in gruppo, avere qualche carro a motore che già circolava.

Per la prima volta passò nella testa di Santo l'idea di sfruttare i boschi per diventare ricco. A costo di rovinare e distruggere foreste intere, avrebbe fatto i soldi. Visto che il mondo era bastardo, e non ci si poteva fidare di nissuno, e amici e parenti t'impianta il cortello nella schiena e le morose ti tradisce dandola al primo che passa, e altre robe storte, meglio aver soldi e divertirsi, far lavorare gli altri. E quando viene voglia, andare a puttane. Coi soldi si poteva avere tutto, donne comprese.

Così pensava Santo e intanto s'accorgeva che i boschi dell'impero era come ragnatele, segnati da strade tagliate apposta per carri e cavalli che tirava la legna al porto. Poi alzò la testa e guardò più su. Vide che intorno, dove i boschi finiva, tacava montagne alte da piegar la testa indietro per veder la punta. Montagne di croda grigia come cenere, lucenti come lame d'argento. Colpite dal sole pareva incendiate di fuoco. "Qui è proprio bello" pensò. "Altro che giù da noi, dove tutto spinge indietro e ti butta a gambe all'aria."

Avanzavano sulla strada dell'impero, circondati da quel paesaggio incantato e da quei boschi scuri che portava sulle schiene le alte montagne d'argento. Ogni tanto, a destra o sinistra, compariva grandi case a tre piani, circondate da cortili e prati e insegne sul muro che dichiarava osterie e posti a dormire. I tre non ne saltava una e i cavalli pareva lo sapesse; quando passava davanti a queste "Gasthaus", come era scritto sulle insegne, si fermava senza bisogno di tirar le briglie. Santo, Gosto e Piero entrava a bere birra.

Al centro della sala era sempre una stube che scaldava l'ambiente. Il fuoco non moriva mai, ardeva giorno e notte, da settembre a maggio, però stava nascosto nella pancia di terracotta. Ogni volta che Santo vedeva quelle stufe, gli veniva voglia d'imparare a costruirle. Voleva farsene una a casa, se il destino l'avesse fatto tornare in paese. Ma di tornare dubitava assai. Da quando aveva passato Pontebba, il confine dove tacava l'impero, Santo si era accorto del cambiamento. Tutto diventava ordinato, preciso, funzionante meglio. Anche lavorare era diverso, si faceva con sistemi da faticare meno. Ma, occorre dire, la natura dava una mano a tutto questo, era meno aspra e ripida di Erto, meno cattiva e contraria all'uomo, di quel paese segnato da Dio.

"Su da noi" pensò l'ertano "pare che tutto si metta contro, che ti voglia spinger via, farti rotolare giù che non ti vuole."

Dopo qualche birra, i tre montava sul carro: Gosto e Piero a guidare i cavalli, Santo e la sua roba sul pianale, in mezzo a zappini, corde e catene. Proseguivano ciacolando fin alla prossima osteria, dove i cavalli pareva sentir l'odore e si fermava di nuovo.

In una di queste mangiò un boccone e bevé birra. Il mangiare era buono, minestrone con tocchi di maiale come faceva a Erto, ma l'altra roba era diversa. Anche il pane era diverso, più scuro, grande come forme di formaggio, e poi ce n'era uno sottile, sempre grande ma duro come pietra. Però a tenerlo in bocca si disfaceva anche se era duro e lasciava un gusto a uso fiori di spezie che Santo non aveva mai sentito. Poi mangiarono carne che Piero spiegò esser di cervo e Santo disse che era la prima volta che provava un cervo buono così.

A circa metà strada, verso sera, si fermò a mangiare e dormire. Anche le bestie aveva bisogno di mangiare e polsare. Piero e Gosto andò nella camera. Santo, tramite Piero, domandò di mettersi in stalla coi cavalli. L'oste lo contentò. A Santo gli piaceva dormire solo, massimo in compagnia di bestie nelle stalle. Dormiva alla buona, spesso vestito, senza cavare le scarpe. Non voleva nissuno intorno, a meno che non fusse animali. Anche quando stava con Paula Francesca, dopo aver fatto quel che era da fare, la mandava via o andava via lui, a seconda di dove stava.

Santo era uno che non sopportava gente intorno, nianche donne. Se era da montarle le montava, specie dopo il fatto di Paula e Jacon Dal Movi, ma dopo aria, fuori dei coglioni. Se poteva le montava tutte, ma dopo Raus!

Da una parte le donne gli piaceva, dall'altra le odiava. Aveva capito che era più forti degli uomini. Le donne ti gioca gli uomini come vuole. "Una fémena" pensava "può rovinarti, prenderti in giro, farti tribolare fino alla morte senza che le freghi un'unghia. Se l'improvviso gli piace un altro ti molla in mezzo la strada come un cane rognoso e la molla a quello nuovo. Con lui fa bagordi, e tu piangi e ti ubriachi per non pensare a lei. Ma lei non pensa a te, ti ha scancellato dalla testa e se la gode con l'altro, come quella troia e vacca e puttana di Paula Francesca."

«Farle fuori tutte» brontolò mentre spandeva una branca di paglia per dormire. Poi andò a mangiare con Piero e Gosto nella grande stanza. Anche lì, una stube mandava calore senza far vedere il fuoco.

«Domani siamo arrivati, Santo» disse Gosto. «Ancora una giornata e sei nei boschi, dove potrai sfogarti. Vedrai come taglia alberi quei striaci lì, con le loro Müller fa la barba alle piante come i barbieri col rasoio.»

«Se è per tagliare» rispose Santo «non mi fa paura né striaci né francesi, né nissuno al mondo.»

«Spetta a dirlo» brontolò Piero. «Spetta di vederli in azione prima di parlare, poi dirai la tua. Quella gente ricama con la manéra come le nostre donne ricama i scufons.»

«Non sono qui per far gare» disse Santo. «Sono qui perché ho dovuto, ma potrei essere da qualsiasi parte. Ormai per me ogni carta fa gioco e ogni vento fa vela. Ma una roba è sicura: non son venuto a far gare, non voglio rompermi i coglioni, né avere nemici.»

«Questa è buona regola» disse Piero. «Fare il lavoro che serve e non intrigarsi con niente, qui non rompe i coglioni nissuno, ma ricorda, per loro siam sempre foresti.»

«Anche loro per me» rispose Santo. «Il mondo è grande, se non mi trovo cambio posto, cambio di continuo, a costo di arrivare in Merica. Gildo, l'amico oste mi disse che bisogna cambiare paese appena in quello che sei comincia a dirti "ciao".»

Piero saltò fuori e disse: «Così non ti fai un amico nianche a morire, slontanare la gente fa antipatia, il suturno non ti giova».

«Io non ho bisogno di amici» rispose Santo, «non voglio gente intorno che non sia per lavoro. Quando stavo a Erto non ero così, ero più mestico[66]. Ma dopo quel che è successo ho poca voglia di ciacole. Specie coi foresti. La mia gente ancora la sopporto, voi vi sopporto, per me siete un fanale, avete odore ertano, ma gli altri, fuori dai coglioni.»

I tre mangiò e bevé come mai aveva mangiato e bevuto. Santo osservava quel parlare todesco che Gosto e Piero parlava con l'oste come niente. "Spero tra un anno di impararlo anch'io" pensava, "è na tortura sentir voci senza capirle." Intanto mangiava. Dopo una certa ora, su di giri tutti e tre, andò a dormire. Piero e Gosto nella camera, Santo nella stalla con una quindicina di cavalli che gli soffiava il fiato sul muso.

L'indomani mangiò loro e mangiò i cavalli, poi tutti montò sul carro e partì in direzione di Arnoldstein, verso l'ultima tappa.

Lungo la strada Santo vedeva l'ordine che regnava nell'impero. Di qua e di là, i prati pareva giardini. Case pulite, pitturate di colori buoni e allegri, pareva li guardasse con la simpatia del benvenuto. Le fattorie aveva animali fuori, che pascolava l'erba di primavera. Anche quelle, le fattorie, era pulite e belle come le case. Vacche e cavalli mangiava insieme, ogni tanto si toccava i musi sull'erba senza far baruffa, senza scalciare o darsi cornate.

I contadini parecchiava i campi per le semine. Pareva sentinelle nella piana o alti sui colli, come guardiani con le picche in mano. Santo si n'accorse che era tutto tranquillo, non si sentiva rumori forti o fastidiosi. Se si toglie le ruote del carro sulla strada, sembrava che tutta quella gente seminata qua e là fusse fatta di silenzio. Nianche gli attrezzi faceva rumore. "Fursi" pensò Santo "è perché sono lontani."

A vedere i contadini sui campi e sui prati, Santo pensò al suo paese, al sole che nasceva dal monte Cornetto e alla sua gente. Anche loro in quel periodo lavorava

[66] Morbido, accomodante.

nei campi, nei prati e nei boschi. E la sera, quando il sole moriva dietro il Borgà, andava a mangiare levando canti e ciacole. Allora gli venne un groppo che non gli lasciava inghiottire, nianche saliva, come un sasso incastrato in gola. Ancora una volta si ricordò del povero Agusto che gli diceva di stare a casa, di lasciar perdere l'Esempòn. «L'Esempòn ti fa crepare il cuore» diceva il povero Agusto. E aveva ragione. Adesso lo capiva, lo sentiva. Lo sentiva nel groppo in gola e nel cuore che si sbregava per la sua terra lontana. Se non fusse stata la storia di Jacon Dal Movi, sarebbe voltato e tornato a casa di corsa, a costo di farla a piedi.

Intanto il carro andava avanti, Gosto e Piero ciacolava a voce alta. Poi, come se si fusse accorto d'improvviso che Santo taceva, Gosto si voltò a veder quel che faceva. Si n'accorse che aveva sul muso lacrime grosse come pesigne[67]. «Non piangere, Santo» disse, «ormai devi rassegnarti.»

Si voltò anche Piero, che aveva sentito. «Lascia che pianga» brontolò, «piangere fa bene.» Poi, verso Santo: «Piangi, Santo, piangi: sfogati, piangere aiuta. Tra qualche tempo non piangerai più, e allora ti dispiacerà di non saper piangere».

Comparve un'osteria di quelle da uomini e cavalli. Piero e Gosto si dette gomito e fermò le bestie per sciugar le lacrime a Santo con un bicchiere di buona sgnapa. «Andiamo, Santo» disse Piero, «adesso si va a ridere, basta piangere.»

Entrò nell'osteria uno dietro l'altro. Dopo un'oretta, tornò fuori abbrancati insieme, che non stava quasi in piedi. Le sgnape era state più di una, adesso occorreva montare sul carro. Sul carro in quelle condizioni non era facile montare, e anche se fusse riusciti, bisognava farlo andare. I due che guidava provò a muovere le briglie ma i cavalli pareva avesse capito che non era il caso di andar via. I cavalli aveva più giudizio di quei tre ciucchi disfatti. L'oste guar-

[67] Lamponi.

dava dalla porta e rideva. Poi fece segno che tornasse dentro a riposarsi prima di viaggiare.

I tre tornò dentro e decise di dormire lì. Visto che aveva deciso così, riprese a bere di nuovo sgnapa per sciugare le lacrime di Santo. Fu l'oste a staccare i cavalli e tirarli in stalla. Loro bevé come mastelli, senza mangiare nianche una crosta di quel pane secco e sottile che l'oste gli sporgeva per imbrigliare la sgnapa nello stomaco.

Alla fine tutti andò a dormire: Santo come sempre si buttò sulla paglia della stalla, i due nella camera della taverna. C'era altra gente che mangiava e beveva, boscaioli e carrettieri. Anche questi aveva bevuto oltre quel che era da bere e non voleva andare a dormire. L'oste li pigliava per mano uno a uno, con pazienza, come si prende le capre testarde che non vuol andare in recinto, e li portava nel camerone dov'era letti da un posto solo. La notte rivò a metter pace e silenzio in quella taverna di uomini da fatica e cavalli da tiro, anche i cavalli stava zitti da un pezzo, che aveva bevuto solo acqua.

L'indomani, i tre pagò quel che era da pagare, tacò i cavalli al carro e partì verso Arnoldstein sperando, questa volta, che Santo non lacrimi più, c'era ancora molte osterie per strada da asciugare lacrime. Pian piano, senza sforzare i cavalli, non per pietà ma per non arrivare prima alla fatica, procedeva verso l'arrivo. Finalmente, senza più intoppi ma sempre con qualche fermata, i tre rivò ad Arnoldstein. Fermò i cavalli nel posto giusto, vicino un mulino ad acqua, con accanto una birreria così grande che dentro ci si perdeva.

Era la birreria dell'Orso, dove alla sera andava a bere il capotaglio Franz Keil. "Più fortuna di così si muore" pensò Santo mentre beveva la prima birra. Anche i due compari beveva birra. Intanto che beveva, Gosto si voltò verso di lui e disse: «Caro Santo, eccoci arrivati, il viaggio è finito».

Santo guardò il paesano e rispose: «Per me è appena cominciato. Solo quando tornerò al paese, e vedrò la curva del cimitero dove a primavera fiorisce le prime acacie posso dire che il viaggio è finito. Se arrivo dall'altra parte, vedrò la curva di San Martino, dove d'inverno passa le valanghe, solo allora il viaggio sarà finito. Prima non è finito niente, comincia tutto ogni dì».

Bevvero ancora birra, poi Gosto e Piero disse che andava al deposito del legname a mollare i cavalli e ungere il carro. «Se vuoi venire con noi» disse Piero, «non ci dispiace.»

«No» rispose Santo, «mi fermo qui, guardo il paese, intanto aspetto Franz Keil per farmi impiazzare. Se volete ci vediamo qui dentro.»

«Va bene» disse i paesani, «a stasera.»

I due se ne andò, Santo sentì le ruote del carro gramolare la strada finché il rumore si perse lontano. In quel momento era rimasto solo. Solo, in un paese foresto dove non capiva una parola, dove non sapeva ancora che fare né dove battere il muso. Allora pensò ai paesani appena lasciati e li vide come angeli custodi. Piero gli aveva dato qualche soldo, schei di quella patria sconosciuta per bere e mangiare. Intanto veniva sera, si sarebbe rivisti.

Mai come in quel momento Santo sentì vivo il dolore dell'anima indebolita. Il mondo gli cascò in testa, il suo cuore si agitò. Pensò al vecchio Agusto. Anche lui, fursi, aveva palpato le stesse paure quando aveva messo piede in Austria. Però aveva resistito, dopo qualche tempo si era abituato ed era passato tutto. Allora, porco diaul, doveva resistere anche lui. Nissuno lo ammazzava, un tocco di pane lo trovava, da dormire anche, perché agitarsi? Palpò nella tasca per sentire il biglietto di Moritz Bait. Trovatolo, si tranquillizzò. Non vedeva l'ora di darlo a Franz Keil e sistemarsi. Quando c'era il lavoro e un posto per dormire non lo spaventava più niente. Ma adesso, in quella grande osteria, circondato da foresti che rideva e parlava e beveva senza che capisse una virgola, si sentiva solo e disperso.

Gli venì in mente una canzone che cantava Agusto Peron, quando era ubriaco. La cantò a mente. "Povero fanciulin ribandonao come quell'ucelin soto il maltempo." Bevé ancora birra seduto a un tavolo, con un piede sul sacco degli attrezzi. Il segone piegato in cerchio portava segnato a carbone il nome di Bait. Lo aveva scritto in casa della vecchia quando traversava il Friuli verso il destino.

Era quasi ciucco. Uscì per girare il paese e vedere come era fatto. Gli attrezzi era rimasti in osteria, ma aveva fatto fatica a dire all'oste che sarebbe tornato e che lasciava gli attrezzi in un angolo. Alla fine c'era riuscito ma, ancora una volta, avé chiara l'idea che vivere in un paese foresto senza saper la lingua era roba da disperarsi, avvilirsi, imbestialirsi e tornare a casa.

Girando per Arnoldstein, scoprì che i tetti delle case era fatti a spiovere, per far cascar la neve senza badilare, come invece si doveva fare a Erto. Così era già due le robe che doveva fare, se mai fusse tornato: la stube e il tetto spiovente. Quei tetti gli piaceva, era belli, slanciati che pareva abeti bianchi e scaricava la neve senza badilare. A dir la verità, di quel paese gli piaceva molte robe, dai colori delle case ai tetti a punta, dalla birra e la sgnapa ai boschi scuri come fuliggine. E gli piaceva i monti e le cime che pareva cortelli con la lama in su.

In qualche momento, ma era tempo corto, la curiosità di vedere robe mai viste gli faceva dimenticare la malinconia per il paese, i suoi boschi, i suoi antenati e gli amici. Per qualche attimo, era contento di trovarsi in quella patria sconosciuta dove scopriva qualcosa di nuovo ogni minuto.

Girò il paese in lungo e in largo e anche di traverso, senza rifiutarsi qualche osteria, dove c'era sempre una stube che ardeva senza mostrare il fuoco. Finalmente rivò l'imbrunire e Santo si diresse alla birreria dell'Orso, dove sperava incontrare il capotaglio Franz Keil. Nella birreria l'uomo non c'era. C'era invece Piero Caporal e Gosto Nari che ciacolava aspettando lui. I tre bevé insieme contandosi quel che aveva fatto dopo che si era separati.

Passò due ore, i bevitori andava e veniva quando entrò un uomo sui trentacinque anni, non tanto alto ma con le spalle che a stento passava la porta. Gosto lo vide e gomitò a Santo. «Quello è Franz Keil» disse.

Santo partì di corsa, andò incontro al capotaglio, gli strinse la mano e si presentò, mentre con l'altra gli sporgeva il biglietto di Moritz Bait. Keil lesse il foglio senza batter ciglio, guardò Santo e disse:

«Domani mattina vieni qui, ti dirò cosa fare, poi andiamo al lavoro. Porta un documento, se l'hai, se no è lo stesso.» Andò al banco a bere e non disse più parola.

A Santo gli rompé i coglioni il fare maleducato dell'uomo. Poi pensò che, in fondo, quella gente lì, come Franz Keil, è meglio di quelli con buone maniere e, alla fine, risulta la più fidata, che non tradisce e ti aiuta in tutto.

Santo, rivolto a Piero e Gosto, disse: «Fatta, adesso pagate una birra, brutti avari, in fondo sono un vostro paesano».

«Dovresti pagarla tu» rispose Piero Caporal. «Se non trovavi noi eri nel letame fino alle orecchie.» Andarono avanti a bere e ciacolare finché rivò tardi. Anche Franz Keil andò avanti a bere per molto tempo ma ciacolò con nissuno, nianche coi boscaioli che lo salutava o gli chiedeva qualcosa. Quella notte Santo dormì con Gosto e Piero in una casupola in cima a un colle.

L'indomani lui tornò alla birreria dell'Orso e trovò Franz Keil che si fece dare nome, cognome e data di nascita. Li segnò su un quaderno poi disse: «Verso le dieci trovati qui, ti porto a lavorare, da questo momento hai la mia direzione».

Il viaggio di Santo era finito. O forse era appena cominciato.

18
Al lavoro

Santo recuperò i suoi attrezzi e alle dieci in punto entrò all'osteria dell'Orso. Prima era stato da un ferramenta, insieme a Gosto e Piero, a comprarsi una scure nuova. Si era accorto che tutti i boscaioli di lassù usava manére marca Müller. Allora decise di averne una anche lui. Gosto gli aveva detto che era le più buone al mondo. All'interno teneva una lamina d'argento per cavare le vibrazioni. Senza parlare della tempra. Quello era acciaio speciale, unico. Si otteneva temprando l'attrezzo con una certa acqua del paese dove si forgiava. Acqua speciale, color rosso, che correva da un rivolo uscente dalla croda pena fuori paese. Era quello il segreto delle Müller: l'acqua rugginata che faceva manére da tagliare marmo senza che si sbregasse.

Ma non era solo l'acqua, occorreva la mano e l'occhio dei tempratori, gente che si passava il segreto di nonno in padre e di padre in figlio.

Dopo un po' nell'osteria entrò Franz Keil. «Andiamo» disse a Santo.

Santo montò su un carro tirato da due cavalli guidati dal capotaglio Franz Keil. Salirono tra boschi scuri come tenebra per una strada erta che non finiva mai. Dopo un'ora rivarono davanti na gran baracca di tronchi e tavole. Sarà stata lunga trenta metri, con diverse porte. Sparse qua e là, c'era una decina di mole da affilare. «Questa è la casa» disse Keil, «qui si mangia e si dorme tutti insieme.»

Poco sopra la baracca Santo udì il canto delle manére che

batteva sui rami e il ronfare dei segoni che tagliava i grandi alberi. L'odore di resina girava intorno la radura come le capre gira intorno al sale. Lì vicino era cuculi avviliti che cantava e i beccalegno batteva sui tronchi malati con l'istesso ritmo dei boscaioli.

Santo pensò che i boschi e i rumori e i taglialegna e gli odori di resina e i canti di cuculi e le primavere è uguali dappertutto, così come le montagne ha una base e una punta in tutto il mondo.

Franz Keil gli disse di salire al bosco e mettersi a far qualcosa, giusto per capire un poco il lavoro e ambientarsi. «Il primo giorno non occorre fare niente» borbottò il capotaglio, «il primo giorno si prende confidenza col posto, ma dopo una settimana si deve partire a testa bassa.»

Santo andò e vide in una spessa abetaia circa trenta boscaioli che menava manére, ronche e segoni. Tra questi Gosto Nari e Piero Caporal. Sramava con le Müller abeti che pareva treni. Santo guardò in giro per capire dove dare il primo colpo di manéra nel bosco foresto. Intanto che guardava sentì i boscaioli guardare lui. Per un attimo, tutti fermò il da fare per vedere chi fusse quella nuova faccia.

Santo s'avvicinò a un grosso larice rovesciato e si mise a sramarlo. Voleva far vedere a quei coglioni chi era in merito a manéra. Per impressionarli, batté così forte e senza attenzione che dopo venti colpi il manico saltò. Si spaccò a metà e manéra e moncone finì quasi addosso a un altro boscaiolo.

Quelli che non si mise a ridere prese a porconare in todesco. Ma chi era quello appena rivato che rischiava di tagliar na gamba al boscaiolo di fronte o impiantargli la manéra in faccia o nel petto? Franz Keil era diventato scemo a impiazzare gente come quello?

Il capotaglio era salito e aveva visto tutto. Santo raccolse la manéra e andò vicino Gosto e Piero.

«Cominci male, caro mio» disse Gosto.

«Son tutti che ride» disse Piero, «dice che non sei buono a niente e pericoloso, che è meglio metterti a far cataste.»

Franz Keil si avvicinò a Santo e disse: «In baracca c'è manici nuovi, può succedere, va giù e mostra la manéra al cuoco, ti dirà dove sono i manici».

Ormai era mezzogiorno, non solo Santo s'avviò verso il basso con la mezza manéra in mano, ma tutti i boscaioli partì un dietro l'altro per andare a mangiare. Santo rivò per primo. Trovò i manici già sbozzati e, mentre gli altri si metteva a mangiare, lui si mise a infilare il manico alla Müller comprata la mattina. In meno di mezz'ora aveva messo il manico alla manéra, rifinito con la raspa e lisciato con la schiena del cortello. Gli attrezzi per fare il manico li aveva nello zaino, c'era raspa, manéra piccola, cortello a serramanico e pietra di Candia.

Intanto i boscaioli aveva mangiato e, uno, due o tre per volta, veniva fuori dalla baracca a sentarsi sulle panche là intorno. Era primavera, conveniva star fuori a scoltare i cuculi e farsi una fumata.

Nel frattempo, Santo aveva messo acqua nel laipo[68] e stava affilando la Müller. Con una mano girava la manovella, con l'altra teneva premuta la faccia della manéra sulla mola. Poi voltava l'altra faccia premendo anche quella. Quando finì, cavò dallo zaino la pietra di Candia, ci sputò sopra e si mise a passarla sul filo della Müller. La passò diverse volte. Ogni tanto ci sputava sopra.

Uno può domandarsi: "Perché non la bagnava con l'acqua invece che sputarci?". No, bisogna sputare. La saliva è molto meglio dell'acqua per togliere la bava d'acciaio che si forma molando gli attrezzi. Boscaioli e artigiani la chiama "filo morto". Non è niente come la saliva per togliere il filo morto. Ma torniamo a Santo che sputava sulla Candia. Intorno, i boscaioli guardava e rideva e borbottava tra loro. Piero Caporal gli disse che quelli stava ridendo di lui, diceva che con la manéra era buono a niente. E che era meglio slontanarlo prima che copasse qualcuno.

[68] Contenitore d'acqua dentro il quale gira la mola.

Santo finì di togliere il filo morto e rimise la pietra nello zaino. Provò la manéra sui peli del braccio, li rasava. Allora chiamò Gosto e Piero e gridò:

«Voi che sapete il todesco, dite a questi coglioni che stia un po' a guardare.»

Ma non servì dire niente, Santo aveva urlato così forte che tutti era voltati a vedere quel che faceva. S'avvicinò a loro quasi a sfiorarli col muso. Poi avvoltolò la gamba destra del pantalone sopra il ginocchio. L'arrotolò pian piano. A quel punto, mentre tutti era con gli occhi attenti, Santo alzò la manéra con la mano buona[69] più in alto che poteva. Poi la calò a tutta forza verso lo stinco. I boscaioli pensò che volesse tagliarsi la gamba, molti serrò gli occhi per non vedere. Ma quelli che non li chiuse, vide una roba che non aveva mai visto in vita sua, né mai pensava di vedere. Il filo della Müller sfiorò il polpaccio di Santo come un lampo d'acciaio rasando una fascia di peli lunga una spanna e larga tre dita.

L'ertano guardò i boscaioli con una faccia che pareva se li mangiasse. Poi rivolto ai due paesani abbaiò: «Dite a questi coglioni che provi loro a fare quel che ho fatto io, allora saprà usare la manéra come si deve! Mi basta uno che lo sappia fare e lavoro gratis tutta la vita!».

Tirò una bestemmia che rimbombò la baracca, poi entrò per mangiare qualcosa anche lui. I boscaioli restò di pietra, anche Gosto e Piero rimase di pietra. Nissuno aveva mai visto na roba simile, e sì che era esperti di manére e di bravure con le manére.

Santo si fe' sulla porta con un tocco di formaggio in mano e rivolto a Gosto e Piero, masticando, brontolò:

«Dite ai bravini che se vuole gli faccio vedere altro, gli faccio le barbe a manéra senza toccargli le brutte facce che si trova impiantate sul collo.» Tornò dentro.

Franz Keil capì che quello era un uomo da tener da con-

[69] Destra.

to. Non perché si rasava i peli con un colpo di scure ma perché era uno coi coglioni, aveva faccia onesta e buona e senza paura. E, più di tutto, non temeva gli uomini che fa i forti solo perché si unisce in gruppo, come le capre quando vede l'aquila, o le pecore quando piove.

Franz Keil lo prese in simpatia e non lo mollò più. Da quel giorno, i boscaioli guardò Santo in altro modo. Lo rispettò e gli volé bene a uso un fratello. Quanto a lui, fece vedere subito quanto valeva con la manéra producendo il doppio di un boscaiolo normale. Essersi tagliato i peli a quel modo gli procurò la stima di tutti. Allora ricordava ogni tanto le parole del vecchio maestro Agusto Peron, dette a suo nonno Domenico Sebastiano.

Domenico brontolava con Agusto perché insegnava a Santo a tagliarsi i peli del polpaccio con la manéra. Al vecchio, che aveva detto fusse un gioco da stupidi, Agusto aveva risposto così:

«Non è da stupidi, è per diventare uomini, per avere coraggio, per essere decisi, e precisi. Nella vita serve coraggio, decisione e precisione. Se li hai, la gente ti teme e ti rispetta. Un giorno gli servirà saper tagliarsi i peli, per non essere servo a nissuno e farsi rispettare.»

Santo ricordava le parole del vecchio. Quel giorno era arrivato. Agusto aveva ragione, con quel colpo Santo si era guadagnato la stima e il rispetto di tutti. Pensando al suo maestro, a Santo gli veniva il groppo. Sempre di più s'accorgeva che Agusto vedeva lontano.

Tutto quel che aveva previsto un po' alla volta gli capitava davanti. Pensava che la vita è più o meno uguale per tutti. Gli uomini ha diversi musi, altezza, occhi e mani, ma quel che gli capita vivendo, si somiglia molto.

Anche lì, all'Esempòn, vedeva robe che aveva già visto a Erto. Per esempio le facce sospettose dei boscaioli puntate come lance verso di lui, che era nuovo. L'istesse degli uomini di Tomaso De Bartol e di Tomaso, e di certe donne che non la dava mai e correva a messa mattina e sera. Fursi la dava al prete, chi lo sa! Comunque, musi da faine. Se tirava via le case coi tetti a punta, e i colori dei muri, tutti diversi, e qualche attrezzo da lavoro e l'ordine dei cortili e qualcos'altro, per il resto la vita era quella solita anche in Austria: fatica, patimenti e musi da faine. Se guardava le cime dei monti, scopriva che fursi anche le montagne lassù in Austria era più belle, ma non era tanto sicuro. Pensava che, alla fin fine, tutte le montagne della Terra ha una base e una punta e son fatte di sasso, e il dolore degli uomini è sempre l'istesso. Allora, vai dove cazzo ti pare, è tutto già visto, niente cambia o diventa nuovo.

Le prime settimane fu piuttosto dure per Santo. Non capiva una parola e, se non era per Piero e Gosto che gli spiegava cosa diceva gli striaci, sarebbe tornato a Wolfsbach, il paesino che dopo la guerra si chiamò Valbruna. Là almeno capiva qualcosa, era gente che parlava italiano.

Poi tacò a lavorare e, in meno di un mese, fece vedere a tutti quel che sapeva fare con la Müller. Intanto che gli altri tagliava una pianta lui ne tagliava due. Pareva avesse il mulino nelle braccia. Era svelto a catastare, a segare, a scorzare. Quando sramava era come se intorno grandinasse, saltava i rami dappertutto.

Franz Keil voleva pagarlo doppio perché rendeva il doppio di uno normale. Santo rifiutò. «Io devo prendere come gli altri» disse. Ma, dopo il primo mese, rallentò, si mise al passo con gli altri. Aveva dimostrato quel che era buono di fare a manéra, se andava avanti così danneggiava la squadra.

Franz Keil tacava a portarlo in esempio. «Lazzaroni» brontolava, «avete fatto quattro cubi di legname. Santo ne ha fatti sei!»

A quel punto Santo rallentò. Non perché produceva di più e prendeva uguale, per non avviare critiche, invidie e mali pensieri.

Anche Piero e Gosto si lamentò. «Ostia, Santo, va' pian, sei troppo veloce, ci fai fare figure di merda come fussimo buoni a niente. Il capo brontola. Dice che se Santo fa due cubi in più, allora li può fare tutti. Qualcuno ha provato, anche noi abbiam provato, ma starti dietro è impossibile. Rallenta, va' pian, fa' come noi, se no vien fuori nimicizie.»

Santo aveva già capito e rallentato. Gli era bastato dimostrare quanto valeva, con la scure non gli serviva umiliare gli altri, anche se in pratica lo aveva fatto. Ma se l'erano cercata, era stati loro i primi a pigliarlo per il culo quando aveva spaccato il manico alla manéra.

Da principio, a Santo gli premeva imparar qualcosa della lingua, per farlo ce la metteva tutta. Stava attento, ascoltava, segnava. Si faceva dire dai paesani il significato dei suoni appena sentiti e li scolpiva nella memoria. Santo aveva la memoria come i corvi imperiali, che se gli dai un boccone da piccoli, si ricorda di te finché vive e quando ti vede fa cra per ringraziarti. Con memoria di ferro, Santo imparava veloce quel parlare striaco fatto a colpi di manéra. In circa quattro mesi, già si faceva servire nelle osterie e diceva grazie.

Ma non bastava. Voleva fare qualche discorso, leggere qualcosa, per esempio un giornale, un manifesto sui muri, o ascoltare quel che diceva la gente per strada o i compagni di bosco. Allora tacò a mettere insieme le parole e poi frasi intiere, sempre aiutato da Piero e Gosto, che il todesco lo sapeva come il *Pater noster*. Pian pianino, giorno dopo giorno, riusciva a farsi intendere, a capire discorsi, farne lui, seppur assai corti. A quel punto la vita all'Esempòn gli paré manco malvagia.

Cominciava a bituarsi. Anche se il ricordo del suo paese, di Paula Francesca, degli amici lasciati, lo tormentava ogni dì, ormai tacava a piacergli anche lassù, tra gente e boschi foresti, case colorate, campanili a punta e cime d'oro.

Gli piacé ancora di più quando una sera, appena entrato alla birreria dell'Orso, notò al banco una donna bionda che gli pareva aver già visto. Era la prima volta che la vedeva dietro al bancone, ma Santo s'era messo in testa di averla già incontrata da qualche parte. Scoprì che parlava italiano e todesco, le parole le veniva fuori dalla bocca come acqua di fontana. Allora provò a ciacolare con lei.

Si chiamava Giovanna, ma voleva la si chiamasse Giovi. Era di Maniago, paese dove fanno cortelli e manére per tutto il mondo. Santo tacò bottone. Le contò di quella volta che suo nonno Domenico Sebastiano l'aveva portato a Maniago a piedi, per fargli fare la manéra su misura da un fabbro della val Colvera.

A quel nome Giovanna saltò su. Gli disse che lei veniva dalla val Colvera, ma per far capire meglio diceva Maniago. Avrà avuto ventinove anni, fursi trenta, e un culo che faceva girar la testa. Santo si n'accorse di quel valore quando si voltò di schiena per andare a spinare birra. "Però!" pensò.

Lei gli disse che aveva appena iniziato a lavorare all'Orso, ma era anni che lavorava in Austria in birrerie, osterie e alberghi. Era stata a Salisburgo e Vienna. Due volte all'anno tornava a vedere il suo paese, la sua casa, i genitori. Prendeva il treno andata e ritorno, l'ultima pochi mesi prima. Lavorava a Villach, in un albergo. Il proprietario, avendo saputo che l'amico, padrone dell'Orso, cercava gente, l'aveva mandata là. Era stata contenta di cambiare posto. Era una che, stufandosi presto dei luoghi e della gente, cercava sempre robe nuove.

Quando Santo la sentì parlar del treno, gli venì in mente dove l'aveva vista. Era quella coi capelli biondi e gli occhi color muschio che stava al finestrino del treno. Il treno che era spuntato a passo d'uomo da una curva, a due metri da lui, quando viaggiava sul carro tirato dal cavallo e guidato da un uomo che portava bidoni di latte a Ugovizza. Si ricordava del cavallo bianco come na gobba di neve e i baffi spioventi del carrettiere, e i capelli nel vento della bionda al finestrino. E quegli occhi verdi come muschio dopo il disgelo. Si ricordò che a Ugovizza lui e il carrettiere si era bevuti mezzo litro a testa, diviso in quarti. Il carrettiere aveva detto che trasportava latte ma gli piaceva il vino. Quante cose si ricordava adesso che aveva riconosciuto la bionda! Da quella sera, ogni volta che poteva Santo scendeva dal bosco finito il lavoro, entrava all'Orso e si metteva davanti al banco a ciacolare con Giovanna. Ma lei doveva correre qua e là, a servire clienti, le restava poco tempo per ciacolare. Finché una sera gli disse:

«Se hai pazienza di aspettarmi, aspettami, appena chiudono ti porto a casa mia, sto qui vicino.»

Santo non vedeva l'ora di sentire queste parole e aspettò volentieri bevendo birra. Quando Giovi finì la sciolta[70], insieme andò in casa di lei e lì successe quel che doveva succedere, perché tutti e due voleva succedesse.

La donna viveva al primo piano di una di quelle case che rideva di colori. Anche lì c'era la stube col fuoco invisibile, ma ormai era fuoco tepido, che fuori la stagione andava verso il caldo.

Da quel giorno la vita di Santo cambiò. Cambiò in meglio, laggiù ad Arnoldstein c'era qualcuno che lo aspettava. Santo mollava la manéra e correva dalla sua bella. Con lei dimenticò Erto e quasi del tutto Paula Francesca. Invece non dimenticava di aver copato Jacon Dal Movi. Quel pensiero rovinava tutto. "Malideta la volta che ho mollato quel carico" pensava.

D'estate i boscaioli lavorava legna e legname tagliato in autunno, prima della neve. Era mille e mille e ancora mille cubi di tronchi, che doveva essere sramati, segati, tirati a strada e catastati. D'inverno si spostava i tronchi, caricandoli su grandi slitte tirate da cavalli che fumava nel freddo come locomotive accese.

Ma adesso era estate e Santo vinceva il caldo lavorando a petto nudo. La sera si godeva la sua Giovanna, nella casa di Arnoldstein, nudo per intero. Dopo aver fatto quel che era da fare, quel che fa un uomo e una donna quando ha voglia, insomma dopo aver fatto l'amore, lei gli insegnava a parlare todesco doperando un quaderno e un lapis. Così, un po' parlando coi boscaioli, un po' nelle osterie, un po'

70 Turno.

con l'insegnamento di Giovi, pian pianino Santo imparava il todesco.

Ogni tanto si fermava a dormire da lei stanco morto. Non è facile, nianche per uno di trentadue anni forte come un toro, montare una donna che ha il fuoco nella pancia tre, quattro volte dopo dieci ore di bosco. Santo ci riusciva. Però a volte non riusciva, o riusciva poco e male. Allora si fermava a dormire dalla sua bella. L'indomani partiva presto a tornar in bosco. A piedi, era due ore buone, due ore di sonno perduto in cambio di due montate. "Ne vale la pena?" si chiedeva Santo. Qualche volta la valeva, qualche volta no.

Così passò il tempo e i mesi. Santo spiava le stagioni giorno dopo giorno, studiava quel che si faceva nell'Austria dell'impero. Gli piaceva le feste, dove era sempre gran baldoria. Lì era gente che sapeva divertirsi, inventava feste ogni fine settimana e aveva fisarmoniche, violini, balli nelle piazze e girotondi. E poi mangiare e bere, boccali di birra. E donne finché si voleva: Santo in quel periodo aveva Giovanna, non gli occorreva altre, ma i culi a quelle che ballava li guardava l'istesso.

Qualche volta la squadra cambiava posto, veniva mandata in altri boschi dove occorreva manére. Uno di questi posti era la Bärental, cioè valle degli Orsi, una valle che pareva il paradiso sulla Terra. Se mai c'è paradisi su questa Terra, la valle degli Orsi era uno di quelli. Negli spostamenti poteva darsi che Santo stesse via un paio di mesi. In quei periodi la sua Giovanna non la vedeva. Allora ripiegava su altre. Gli piaceva le donne e le cambiava, come alla sua bella piaceva cambiare posti e conoscere altra gente.

Una volta il capotaglio Franz Keil lo mandò ad Altaussee, paesino della Stiria, insieme a Gosto, Piero Caporal e altri cinque boscaioli. Lì era un altro di quei paradisi sulla Terra e Santo pensò che l'Austria era piena di paradisi caduti sulla Terra. In quel paese tornò ancora, negli anni a venire, diventò amico di gente importante che villeggiava ad Altaussee, ma devo andar per ordine, corro troppo.

La prima volta ad Altaussee, gli toccò vedere una roba che mai avrebbe immaginato. Anche lì, come dappertutto, nelle feste si faceva baldoria. Era sagre, canti, fiere, balli, mangiare e bere. In una di queste fiere, c'era un uomo con un orso maestrato dentro un recinto di legno. Quest'uomo, alto meno delle gambe dell'orso, sberegando[71] da sopra uno sgabello diceva che avrebbe dato un sacco di soldi a chi riusciva ad atterrare l'orso lottando con lui. L'orso era stato maestrato a quel lavoro e non faceva male a nissuno, anzi pareva quasi avvilito a stare lì su quella piazza, in mezzo a gente e rumore, invece che nei boschi. Quando il nano gli metteva di fronte uno sfidante, l'orso lo abbracciava e lo buttava in terra. Per terra era na spanna di sabbia fina da non farsi male. Uomini di ogni misura provava a buttar giù l'orso, ma appena lo sfiorava si trovava nella sabbia in due secondi. Dopo la mossa, l'animale si bloccava sull'attenti, come imbalsamato. Rigido e sospettoso, aspettava il prossimo sfidante. Intorno era processioni di gente che scommetteva e puntava sull'orso o sull'uomo che lo sfidava. La posta alla fine era na carriola di soldi. Gli ertani guardava.

Poi Santo disse a Gosto:

«Perché non provi tu?»

«Stavo pensando» rispose.

In un momento di stanca, Gosto vicinò il nano e chiese la sfida. Aveva osservato l'orso in lotta. S'era incorto che la bestia abbracciava e alzava l'uomo di botto in modo da levargli terreno sotto i piedi. A quel punto l'uomo non valeva più niente. "Devo fare in modo che non mi alzi" pensò. Gosto era alto due metri e grosso, ma l'orso era due spanne più in su.

Il nano gli disse: «Vai». Gosto guardò l'animale nelle palle degli occhi. L'orso non gli die' retta, era di cemento, pareva nianche lo vedesse. Gosto andò vicino. L'orso, maestrato

[71] Urlando.

apposta, fece per abbracciarlo e alzarlo. Ma Gosto si abbassò e lo prese per le gambe. L'orso calò le zampe di sopra e strinse Gosto nelle coste. L'uomo sentì le ossa scricchiolare come una gerla secca. Si salvò perché aveva forza da vendere. Puntò le gambe che pareva larici e spinse avanti un colpo come il toro alla monta. L'orso fece per andare indietro ma, avendo le zampe bloccate, cadde di schiena nella sabbia del recinto. Gosto aveva vinto. «Sacramento che sforzo!» disse. Era bianco come un lenzuolo.

La folla tacò a urlare, voleva portarlo in trionfo. Prima Gosto si fece dare i soldi delle scommesse e li mise in una banca lì vicino. «Non si sa mai» disse ai compari. Poi tacarono a bere e s'inciocò tutti e tre. Quando fu ciochi disfatti, invece che cantare e ballare come gli altri, si mise a parlare del loro paese e dei boschi ertani e dei torrenti e della gente. A Santo gli venì le lacrime. Gli altri due non pianse, troppi anni li separava da casa perché piangesse, ma comunque parlava del paese e quindi non l'aveva dimenticato del tutto.

Intanto rivò l'inverno, il primo inverno per Santo lontano dalla sua terra. Fu un inverno di scoperte e insegnamenti. Santo vide come i boscaioli portava il legname a valle caricandolo su slitte tirate da cavalli. Non c'era teleferiche ma strade, strade piene di neve che veniva battute e ghiacciate, dove le slitte filava come il vento. Spostava carichi con dieci quintali di tronchi e pareva che quei tronchi camminasse sull'acqua.

A dire la verità qualche teleferica c'era, in Austria, ma solo dove non si poteva far strade, che era crode dritte e burroni. Alcune di quelle teleferiche era mosse da mulini ad acqua con carrelli appesi che andava e veniva. In giù andava pieni, in su vuoti. Più avanti negli anni, fu motori a muovere quei carrelli. Ma comunque le teleferiche era rare, più di tutto si muoveva il legname con carri e cavalli d'estate, cavalli e slitte d'inverno.

L'inverno lassù era di quelli giusti, nevicava a cataste e

veniva un freddo che andava a far male sotto le unghie. Ma, dopo i primi colpi di manéra ci si scaldava e passava tutto. Allora Santo aveva modo di guardare quei boschi che lo faceva sognare a occhi aperti. Era belli e alti, fitti che non passava nianche l'aria. Larici, pini e abeti era alti il doppio di quelli che cresceva in Valcellina. Oppure a Erto, zone ripide e magre come ossi, dove le piante ci metteva anni a crescere e ingrassare. Occorre dire che alberi veniva belli anche lassù, nel ripido, basta pensare ai boldi che apriva i canaloni, ma in Austria era un'altra roba. Faggi, carpini, frassini era molto più ben fatti e anche più grossi e alti. Da una pianta di faggio, per esempio, veniva fuori più di venti tocchi da metro, quando a Erto si riusciva a cavarne dieci, massimo dodici. E solo dalle piante migliori.

Ma le quistioni ha sempre due facce. Lassù, nel paese magro e ripido, gli alberi stentava a crescere, ci metteva più tempo, e allora gli anelli degli anni era vicini uno all'altro che quasi si toccava. In questo modo il legno veniva duro e compatto come marmo. Invece in Austria la terra era più generosa, più grassa, più ricca, nelle piante gli anelli degli anni era più larghi. Siccome lo spazio da un cerchio all'altro è fatto di legno tenero, i tronchi da opera veniva meno resistenti. Dove c'è da star bene si diventa deboli, anche se belli e sani. Invece un larice da trave, se tagliato su costoni a solivo[72], costoni magri, fatti di croda e poca sostanza, quel trave dura secoli e non si spacca nianche a torturarlo con mille pesi. Dentro è rosso scuro, come il sangue del maiale. «Ross de lares» diceva Agusto Peron quando li tagliava legato alle corde sugli strapiombi di Cerenton. Quei larici si teneva conto per fare i tetti alle case. Una regola però era d'aver presente. Perché diventasse duri e forti come ghisa, occorreva tagliarli in luna calante di novembre, in altre lune veniva meno forti. Mai comunque tagliarli in primavera.

Ma lassù, nell'Austria dell'impero, costoni magri fatti con

[72] Esposti a sud.

ossi di croda non c'era proprio. I boschi era grassi e comodi anche se non a portata di mano. Quasi sempre all'inizio di questi boschi era qualche lago che bagnava i piedi agli alberi. Laghi con acqua limpida come vetro che si poteva bere, non più di due buffi alla volta perché ghiacciata da spaccare i denti. D'estate, alla fine del lavoro, i boscaioli si lavava in questi laghi ma non stava tanto a mollo, che l'acqua restava ghiacciata anche in luglio e agosto.

Durante l'inverno Santo si n'accorse che, oltre alle strade spianate per far passar le slitte, gli austriaci usava qualche canalone per mandar giù legname. Allora decise di far vedere a quella gente che usando i canaloni ghiacciati in certi luoghi si poteva guadagnar tempo. Con Gosto e Piero parecchiò una catasta di abeti bianchi in cima a uno di questi canaloni. Poi mandò giù due boldi, il primo fu costretti a tirarlo fino in fondo da tanta neve che c'era. Il secondo filò come il vento, lisciando il budello come una scodella di smalto. Aspettò che la notte lo ghiacciasse e il giorno dopo, insieme a Gosto e Piero, tacò con lo zappino a tirare i tronchi col muso sull'imbocco. Poi, tutti insieme, dava il via tirando con gli zappini il colpo finale e il tronco partiva. In mezza giornata aveva mandato tutto il legname a fondovalle. Con le slitte sarebbe voluti due giorni.

Santo si spettava complimenti, ma Franz Keil non gli fece complimenti. Disse: «Santo, siamo sotto padrone, un padrone ricco, non serve spremerci e farlo diventar più ricco. Qui le strade porta tronchi, slitte e cavalli anche: bisogna lavorare con quelli. So che sei in gamba, ma fare doppio lavoro per ugual paga mi pare stupido. Siamo pagati a ore, non a contratto, cerca di far passare queste ore senza ammazzarti. E non fare il doppio degli altri, sappiamo che sei migliore, non farlo vedere ancora».

Santo restò male e male rispose: «Io sono abituato a lavorare, non a perder tempo. Se perdo tempo me ne vado. Di' al padrone che mi metta a contratto, più faccio, più prendo. Formo una squadra di cottimisti, si lavora e si guadagna. Si fa quel che si vuole, quanto si vuole e veloci come si vuole». Già pensava a guadagnare e far soldi, e in seguito ci riuscì, diventando capotaglio e poi padrone, sfruttando i boschi in maniera vergognosa. Ma corro troppo.

Passò un anno. In un anno Santo parlava il todesco quasi come i todeschi. Ormai era di casa, si era impiantato in testa quel tipo di vita dimenticando quasi del tutto la tribolata vita ertana. Con Giovanna andava bene. Tanto bene che, sulla scorza di un faggio, appena sopra Arnoldstein, con la punta del cortello aveva intagliato una S e una G circondate dal cuore. Era l'inizio dei loro nomi. Ogni volta che passava sotto il faggio, alzava il naso per vedere quelle scritte. Era contento della vita, aveva dimenticato Paula Francesca, mai pensava che gli sarebbe tornata in mente, di colpo, una certa sera di Arnoldstein.

Stava calando appena l'imbrunire, Santo era sceso dai boschi un paio di ore prima per na legnata sul muso. Gli era venuta giù la punta di un pino riducendogli il naso sgionfo come na patata. Era primavera e il tepido scaldava la terra facendola fumare come na carbonaia. Le mattine nasceva allegre, nelle radure cantava i cuculi, i costoni brontolava sciogliendo la neve, i boschi fumava asciugandosi i vestiti. Intorno si sentiva galli forcelli e cedroni. L'aria fresca correva cantando a uso na bambina quando torna da scuola. Correndo faceva girare i galli di ferro in cima ai camini che fumava anche loro come i boschi, i costoni e la terra.

Dopo il colpo, Santo spaccò un tocco di slavina e se ne fracò una fetta sul naso per fermare il sangue e insieme la crescita del naso, che s'ingrossava. Calando passò davanti le baracche dove i boscaioli mangiava e dormiva nella stagione calda. Franz Keil voleva accompagnarlo, Santo disse no, andava giù da solo, lo avrebbe aspettato all'osteria dell'Orso. Passò sotto il faggio, si fermò e guardò sulla scorza la S e la G circondate dal cuore. "Stasera mi faccio rencurare da lei" pensò mentre si palpava il naso. La scorza stava guarendo, ormai era tanto che l'aveva ferita con la punta del cortello. L'acqua della vita, che corre dentro gli alberi per farli crescere, era passata come una medicina a guarire i bordi tagliati dal cortello. Per merito dell'acqua che tiene in vita le piante, i nomi incisi nella scorza aveva formato un bordo color ruggine alto un centimetro, le lettere si vedeva da lontano.

Santo pensò a Giovanna e partì deciso verso il paese. Rivò che ardeva i lampioni della sera, ormai era scuro, le vie accendeva lumi e lumini, la gente era tornata dai lavori e girava per le strade. Santo andò diretto all'osteria dell'Orso. Passò davanti le finestre e, come si fa d'istinto, buttò un'occhiata dentro. Non c'era quasi nissuno, solo due vecchi storti su un tavolo. Santo non guardò i vecchi, guardò dietro il banco, un uomo stava baciando una donna. Anzi, era la donna che stava baciando l'uomo. Pareva che lui volesse tirarsi via, ma lei lo teneva stretto con le braccia ingroppate dietro la sua testa. Santo guardò meglio ma non serviva. Aveva capito. Aveva visto i capelli e poi il profilo. Quella che stava baciando l'uomo era Giovanna.

Il naso gli fe' più male perché il cuore tacò a battere come il beccalegno sul tronco, e il sangue tacò a battergli nel naso spaccato. Santo sentì le gambe e le mani tremare e non era debolezza o paura. Palpò nella giacca a tastare il cortello a serramanico. Intanto che palpava era già dentro, ma il cortello restò in tasca.

«Troia!»

Giovanna mollò l'uomo e guardò Santo come si guarda un povero diavolo. «Che vuoi?» disse ridendo. «Ti hanno spaccato il naso? Troia sarà tua madre, e non urlare o chiamo il padrone, che te lo spacchi di più. Io non sono tua morosa, e nianche ho da sposarti. Io faccio quello che mi pare e mi piglio chi mi pare. Lo sapevi che mi piace cambiare uomini e paesi, te lo avevo anche detto.»

Fu in quel momento che Santo ricordò Paula Francesca. Tornò a vederla nella radura con Jacon Dal Movi. Giovanna gliel'aveva fatta dimenticare un poco, ma adesso, allo stesso modo, gliela faceva tornare in mente. Giovanna era un'altra Paula.

«Tutte troie» disse Santo.

Stavolta non urlò, sibilò un fil di voce, la voce del rasoio.

«Siete voi stupidi» rispose la donna, «uomini stupidi che s'innamora di donne intelligenti. Qui, se uno ha colpa sei tu. Io non sono roba tua e nianche tu roba mia. Mai lo vorrei. E nianche sono una manéra, che la doperi quando vuoi, la fili quando vuoi e gli metti il manico che vuoi. E na volta consumata la butti via. Se mi reputi una manéra, bene, ma sappi che i manici me li metto io, quelli che voglio.»

Santo guardava i due e vedeva il cortello. L'uomo che la baciava era giovine, fursi non rivava a vent'anni. Sulle prime gli era venuto l'istinto di coparli. Poi si calmò. Ragionò che stavolta non sarebbe successo come a Erto. No, stavolta non copava nissuno. Un morto basta e avanza. Già quello gli fracava l'anima col peso di una montagna, per il resto dei giorni.

Santo pensò un'altra roba. Copato uno, si rimane assassini per sempre, anche dopo morti. Non è che la morte levi la colpa. Assassino sei e assassino resti. Quelli che verrà sulla tua fossa con un fiore (un fiore non si nega nianche a un assassino) dirà: "Ha copato uno". E non: "Aveva copato uno". A quel punto, quando si ha fatto fuori uno, si può coparne due, dieci, venti, si rimane sempre assassini. Anzi, il fatto di aver ammazzato una persona e sentirsi perduto a vita può spingere a continuare su quella strada. Tanto, peggio di così non va.

Questo pensava Santo nei pochi attimi passati a decidere se coparli o andare via. Preferì la seconda, un morto bastava. Sempre meglio il rimorso di uno che tre. «Troie!» tornò a dire forte mentre infilava la porta per cambiare osteria.

Quella notte dormì nella grande casa, in paese. Il naso gli doleva a ogni colpo del cuore, il cuore gli doleva a ogni respiro. Sentiva che stava diventando cattivo, voleva vendicarsi, non solo delle donne ma di tutti. Uomini, donne, vecchi, bambini. L'umanità intera gli stava sui coglioni. E questi austriaci, chi era? Precisi, ordinati, puliti, perfetti, con boschi, laghi e paesi tutti a posto, e cime più belle di tutte, chi credeva di essere? «A cagare tutti quanti» gridava, «alla fine son bastardi. Come dappertutto.» Continuò a brontolare.

Nella grande casa era cinque boscaioli che aveva da dormire e brontolò a Santo di finirla. Santo la finì ma non dormì un minuto. Sentiva gli altri ronfare mentre pensava al destino. L'indomani, col naso ancora sgionfo ma meno dolore, tornò nei boschi a menar colpi di manéra per straviarsi[73].

Contò la faccenda a Gosto e Piero.

Piero disse: «Non mi è mai piaciuta, quella. Se la vuoi tutta, non mi garbava da principio. Dovevi montarla e basta. Quella è da monta, invece ti sei innamorato. Peggio per te».

Lavorò storto, Santo, quel giorno. Il naso gli faceva male, il cuore anche. Comunque, storta o dritta, riuscì a tirar fuori la giornata. Prima dell'imbrunire, prese la scure e disse a Gosto:

«Vado.»

«Dove?»

«In paese.»

«E a che ti serve la manéra?»

«Devo far na roba.»

«Lascia stare, non metterti nelle rogne, ne hai già abbastanza. Non fare stupidate, dimentica quei due, mandali in mona» disse Gosto.

«Ci vediam domani» rispose Santo. Partì.

Gosto chiamò Piero e disse:

«Andiamo giù anche noi, bisogna fermarlo, è capace di farli fuori.»

Partirono. Poco dopo Santo si n'accorse che i due era in traccia, ma finse di non vederli. Quando rivò sotto il faggio dove, sulla scorza, aveva inciso i nomi, si fermò. Si fer-

73 Distrarsi.

mò e guardò quei segni. S e G circondate dal cuore stava lì, ferme nell'eternità del tronco, i bordi alzati, guariti dall'acqua della vita. La pianta aveva da tempo sanato i tagli delle cortellate.

Santo cavò la manéra infilata nella cinghia dietro la schiena. Serrò le mani a morsa sul manico, guardò ancora quei nomi che adesso odiava, poi, con un colpo tremendo da sotto in su, scancellò di netto i miserabili segni. La manerata fu così precisa e forte che sul tronco pareva passata la pialla.

Gosto e Piero si guardò. Piero disse:

«Non voleva copare i due, voleva copare il ricordo.»

«Adesso l'ha copato» rispose Gosto.

«Sul faggio sì» disse Piero, «ma no dentro di lui.»

«Dentro di lui che si rangi» brontolò Gosto.

I due si fece vedere da Santo, insieme tornò in paese a bere. Scendendo, loro ciacolava, Santo taceva.

«Si pensava volessi coparli» disse Piero a Santo.

«No» rispose, «fusse così l'avrei già fatto. Non copo più nissuno, io, nianche le formiche. Sto attento dove metto i piedi, per non pestare le formiche. Io non copo più nissuno, ho copato abbastanza.»

In paese, Santo andò dritto all'osteria dell'Orso. Voleva vedere se Giovi era là. Ma lei non era là, e nianche il suo amante. Tornò l'indomani e altri indomani, ma Giovi non la vide più. Aveva da dirle quattro robe e darle quattro sberle, ma lei era sparita. E quando la rivide, diciotto anni dopo, non aveva più voglia di dirle niente né di darle quattro sberle.

Dal giorno che beccò Giovanna col giovine, Santo decise basta, non avrebbe più voluto donne in vita sua. Montarle sì, ma nissuna come morosa o, peggio, da sposare. Si era messo dentro una rabbia che peggio non poteva avere. "Basta puttane!" brontolava dentro la testa.

Si era accorto che ad Arnoldstein, ad Altaussee e nei posti dove era stato, vedeva sempre uomini circondati da belle donne. D'inverno queste donne vestiva pellicce che rivava fino ai piedi. E gli uomini, invece di camminare in carrozze e cavalli, compariva con macchine a quattro ruote, spinte a motore. Santo domandava chi era questi qui che andava in giro con quegli affari e tutte quelle donne. Ogni volta che domandava, qualcuno gli rispondeva che quelli era signori, gente piena di soldi.

Franz Keil gli disse che anche il loro padrone era uno di quelli pieni di soldi, carrozze a motore e belle donne. Quelle macchine era le prime, costava un occhio della testa, se non eri pieno di schei niente da fare, la macchina te la sognavi. E anche le belle donne costava, più delle macchine, costava mantenerle. Così gli spiegò un giorno Franz Keil.

Prima del tradimento di Giovanna a Santo non gl'interessava niente di carrozze a motore o donne in pelliccia, gli interessava lei. Adesso che era sprofondato la seconda volta, cominciò a pensare a belle donne e carrozze a motore. Per avere queste cose occorreva schei, tanti. Così Santo decise di farli a ogni costo. A costo di andare contro le regole. In mona tutti e via. Visto che la vita era un letamaio, tanto valeva goderla il più possibile. Se per farlo doveva andare contro la legge, meglio.

Il parlare lo sapeva, si sarebbe messo per conto suo. Non era difficile tirar su una squadra di boscaioli. Ma doveva essere i meglio. Una ventina bastava se di quelli giusti. Coi più bravi sottomano poteva farsi conoscere presto, avere i lotti migliori nelle zone più belle e comode. Se la gente sa che sei veloce, e gli porti legna subito, legna di prima scelta tagliata in cal di luna e a prezzo buono, quelli la compra da te. E così le segherie. Si passa la parola una con l'altra, le segherie. Quando sanno che il tuo legname è migliore di tutti lo compra da te. Certo, all'inizio bisogna lavorare e non sbagliare un colpo. Non deve esserci un legno fuori posto quando si vende le partite. Insomma, occorre farsi un credito e per farsi un credito di quel genere ci vuole due, tre anni di fatica e serietà.

Santo ragionava così mentre tastava e nasava il terreno per capire i punti da partire col progetto. Per primi ne parlò con Gosto e Piero. Era suoi paesani, doveva essere della partita per forza. Se era da fare soldi bisognava tirar dentro anche loro.

I due fu contenti dell'idea.

Gosto disse: «Era anni che pensavo na roba simile senza mai decidermi».

Mentre lavorava, giorno dopo giorno Santo avvicinò uno alla volta i più forti, veloci e bravi boscaioli. In un orecchio gli chiedeva se era disposti a far squadra con lui.

«È da far soldi, tanti» soffiava nell'orecchio ai boscaioli.

Qualcuno diceva sì, qualcuno in fursi diceva ni, la gran parte diceva no. Se si poteva pigliar soldi era d'accordo, ma quelli più fedeli aveva un certo timore a mollare un padrone che pagava ogni mese per un altro che chissà come andava a finire.

Comunque, il boscaiolo ertano continuava a seminare l'offerta tra gli uomini bravi di manéra, intanto s'informava dei lotti che poteva rendere meglio.

Questa faccenda rivò in orecchio al capotaglio Franz Keil, che chiamò Santo e disse:

«Ho sentito che vuoi raccogliere una squadra e fare impresa.»

«Che male c'è? Perché lavorare sempre per gli altri?»

«Nissun male» disse Franz, «il fatto è che voglio far parte anch'io della faccenda. Qui conosco tutto e tutti, so ottenere lotti dai comuni più contrari, dai padroni più resistenti. Sono stufo anch'io di lavorar sotto padrone.»

«Tu sei capo» rispose Santo, «prendi bei soldi.»

«Un conto è esser capo» disse Franz, «un conto padrone. È ora che diventi padrone anch'io.»

«A dir la verità» brontolò Santo, «il padrone vorrei essere io, tu puoi fare una squadra per conto tuo, esperienza ne hai da vendere.»

«Se imbastisco una squadra, tu, Gosto e Piero di sicuro non venite con me. Una squadra senza voi non sarà mai la più in gamba di tutte. A questo punto vengo io con voi, perché anche la tua squadra senza di me non sarà la più forte. Uniti, faremo soldi a carriole, ce ne sarà per tutti.»

Santo ragionò. Capì che Franz Keil era meglio averlo a favore che contra. Era uno di esperienza, bravo a tagliare, dirigere e trovare boschi. Era giusto e onesto, ma anche permaloso quel che basta per fartela pagare se te lo mettevi contra.

Santo ricordò la guerra dei boschi, a Erto, e quel bastardo di Tomaso De Bartol e i suoi bastardi. E Agusto Peron, con la pugnalata a U nel fegato e tante brutte robe. A quel punto, decise che fursi era meglio cercare accordi che far guerre. Così die' a Franz Keil la sua parola: nel caso avesse formato la squadra, lui era uno dei primi a essere chiamato.

Da quel momento i due lavorò nei boschi di Stiria e Carinzia come niente fusse. Lavorò in segreto anche nel bosco ingarbugliato degli accordi per formare la nuova impresa. Tutti e due lavorò facendo meno rumore possibile.

19

Due boscaioli speciali

Un giorno Santo decise di fare un viaggio a Valbruna con Gosto, Piero e un carro di legname per la segheria di Walter Weil. Ogni tanto gli piaceva tornare in quel paese, dove aveva conosciuto gente per bene e incontrato i paesani. E poi gli piaceva quel paese e quel viaggiare pacifico, sul carro tirato da cavalli con zoccoli come forme di formaggio. Gli piaceva le fermate nelle osterie scaldate dalle stube, la birra e le donne di quelle osterie, che gli rideva sempre anche se lui non rideva più. Ormai Santo vedeva le donne solo come bestie da montare. Spesso diceva a Gosto e Piero quel che pensava in merito alle femmine.

Gosto e Piero rispondeva che non tutte era carogne e puttane. Santo ascoltava. E non parlava. Solo ogni tanto, dopo un tempo che poteva essere ore, l'improvviso diceva: «Tutte».

A Valbruna, insieme a Gosto e Piero, andò a trovare Moritz Bait a casa sua. Poi Luciano Piussi alla locanda, Walter Weil nella segheria e Thomas Keil, fratello di Franz, nella sua stamberga trattoria. Con quella gente si sentiva debitore: quando era là, se non ci andava apposta, passava a ringraziarli un per uno.

Fu nell'osteria di Thomas Keil che Santo, Gosto e Piero sentì due tipi parlare italiano discutendo davanti a boccali di birra. Santo, Gosto e Piero andò vicini e si presentò. I due, sui trentacinque anni, era vestiti bene e pareva gente a posto. Però parlava difficile, se non proprio difficile, complicato. Cominciarono a contare della vita.

Uno si chiamava Stefano Soi, architetto, e veniva dalla Sardegna. Quell'altro si chiamava Raffaele Brogna, era medico e veniva da un paese chiamato Cento, vicino a Ferrara. Tutti e due era andati via da casa perché aveva i coglioni pieni della vita che faceva. Amici da anni, si era conosciuti a Padova, quando studiava nella città di sant'Antonio.

Raffaele era sposato e, fursi, fu per questo che dopo quindici anni di matrimonio era scappato in Austria. Stefano abitava a Padova e parlava bene il todesco, essendo stato qualche anno in Tirolo.

«Perché in Austria e non Francia o Svizzera?» domandò Santo.

«Perché l'Austria ci piace più della Francia e della Svizzera» rispose Raffaele.

Di sicuro era scappato per altri motivi, non solo per la stanca del matrimonio, ma Santo non andò oltre né domandò altri perché. I due cercava lavoro, ma non nel loro campo. Cercava un lavoro qualsiasi, anche lavar piatti o pulire cessi. Del lavoro che faceva prima non voleva sentir parlare, ne aveva i coglioni pieni, voleva fare altro. Santo gli disse che avrebbe potuto fare i boscaioli, se avesse saputo usare la manéra. Ma quei due non sapeva nianche da che verso si prendeva una manéra. Era gente, quei due, che aveva maneggiato lapis e siringhe e mangiato libri. Aveva mani bianche e fine che pareva di levatrici, ma Santo vedeva lontano. Intuì che i due, con mani da levatrice e teste piene di libri, aveva carattere e tempra da vendere.

Santo capì un'altra roba. Nella squadra che voleva mettere in piedi, un medico e un architetto poteva tornare buoni. C'era sempre qualche boscaiolo che si sbregava qualcosa, avere un medico sul posto contava molto. In quanto all'architetto, poteva andare altro che bene. Se c'era da aprir strade per portar giù la legna o tirar linee di teleferiche, quello era il tipo giusto. Anche se lì usava poco, Santo aveva intenzione di impiantare teleferiche, dove i siti era scomodi.

S'era incorto che i todeschi lasciava perdere i siti scomodi. Ma i siti scomodi lasciati stare è vergini e tiene in braccio legname di prima scelta. Tanto legname da non immaginare. Al di là di tutto questo, i due gli era simpatici.

Due che manda in mona la bella vita, lascia un lavoro pagato oro e scappa in Austria per lavar piatti o cessi è gente da rispettare. Così Santo disse ai due che, pena formava la squadra, li prendeva. Anche se né uno né l'altro aveva mai doperato un segone o una manéra, in tre mesi avrebbe imparato, intanto faceva altro.

«Domani venite ad Arnoldstein, all'osteria dell'Orso, ne parliamo» disse Santo.

I due rispose che l'indomani non poteva e nianche dopo. Per una settimana aveva intenzione di girare l'Austria. Voleva rivare a Vienna per vedere coi loro occhi il posto dove stava sepolti i vecchi imperatori.

«Questo posto» spiegò il medico «si chiama cripta dei Cappuccini e un uomo, prima di crepare, dovrebbe andare a vederla almanco una volta.»

A quelle parole, Gosto slungò le orecchie. Il nome cripta dei Cappuccini da quel momento gli intrigò il pensiero. Sapere che c'era un posto dove stava sepolti i grandi imperatori dell'impero lo tormentò per molto tempo, finché anche lui andò a vedere questa benedetta cripta. Ma, come al solito, corro troppo. Adesso torno indietro.

Santo, Gosto e Piero salutò i nuovi amici con la promessa di rivederli all'osteria dell'Orso. Poi ognuno andò per le sue faccende.

«Quei due non mi piace» disse Piero mentre con gli amici tornava alla taverna di Luciano Piussi.

«Nianche a me» disse Gosto. «Tutti e due sa troppe robe e ha mani bianche e fine.»

«No» saltò fuori Santo, «vi sbagliate, quelli ha coglioni da vendere, è studiati, è professori e ha le facce oneste. Fidatevi di me, se lo dico non mi sbaglio. Con quelli si va d'accordo, vi siete dimenticati che uno ha lasciato la moglie? Uno che lascia la moglie, un lavoro d'oro e se ne va per il mondo a casaccio vuol dire che ha coglioni da vendere. Se li prendiamo in squadra non ci pentiremo.»

Dieci giorni dopo, verso sera, architetto e medico si presentò all'osteria dell'Orso. Gosto, Santo e Piero era già lì da un po'. Santo fu contento di vedere i professori.

Gosto domandò subito: «Com'è sta cripta?».

Aveva in mente la cripta. Poi tutti insieme si mise a ciacolare e bere birra. Intanto rivò Franz Keil. Ciacolando, i boscaioli ertani gli propose di prendere in squadra Stefano e Raffaele.

Santo aggiunse: «Però in bosco non san fare niente».

«Ah» rispose il capotaglio. «E perché dovrei impiazzarli, allora?»

«Per farli imparare» disse Santo. «In tre mesi questi professori diventa boscaioli. Ma finché non sa lavorare come si deve niente paga, solo mangiare e bere. Tieni presente che uno è medico, l'altro architetto, mistieri che può tornarci comodi. Se qualcuno si fa male c'è il medico, se dobbiam fare na strada c'è l'architetto. Vedrai, quando avremo la nostra impresa, questi professori diventerà boscaioli restando professori. E non ci pentiremo di avere due boscaioli professori.»

Franz Keil dondolava la testa.

«Non vedete che mani hanno?» disse. «Gli uomini si giudica dalle mani, no dalla faccia o dal titolo di studio.»

Franz era un capotaglio severo, voleva gente in gamba e svelta, non buoni a niente. I buoni a niente con lui durava due minuti. Capiva al primo colpo di manéra se uno c'era o no. Se non valeva via, fuori dai coglioni. Coi professori non andò così. Li prese nella squadra. Anche perché i due non costava niente e qualcosa sarebbe riusciti a fare per pagarsi mangiare e dormire.

Così Stefano Soi, architetto, e Raffaele Brogna, medico, tacò a fare i boscaioli nell'Austria dell'impero. Pareva contenti, anche se al principio si muoveva da ridere. Non era buoni nianche di camminare in salita. I primi giorni, Keil li mise a catastare frasche. Pulendo le ramaglie, veniva fuori montagne di frasche che doveva essere impilate dietro i ciocchi. I veri boscaioli questo lavoro lo schivava. Era ingarbugliato e stufava. Allora lo faceva fare ai boce, quelli nuovi rivati.

I due "studiati" era come i boce, non sapeva fare niente. Però aveva passione, si impegnava. Era primavera, nei boschi si muoveva la vita, la terra scricchiolava, si svegliava dal dormire dell'inverno. Cuculi cantava dappertutto, le cime dei monti si cavava la giacca bianca della neve e i boschi si puntinava di occhi verdi. Era le bronze[74] che guardava fuori il mondo prima di aprirsi e diventare foglie. Liberati dalla neve, i formicai tacava a muovere la schiena, le formiche lavorava dentro e le gobbe dei formicai si alzava e abbassava, come se respirasse. Al mattino il sole li asciugava dalla vazza notturna e allora queste gobbe piene di formiche fumava come carbonaie. Il terreno era un tappeto di foglie cadute nell'ultimo autunno e pressate dalla neve dell'inverno. Adesso che la neve non c'era più, le foglie, scaldate dal sole, si gonfiava pian piano, a uso il pane col lievito, il tappeto diventava alto e spesso e pareva di camminare su un cuscino di piume.

I boscaioli lavorava il legname tagliato l'autunno, prima delle nevicate, e lasciato dormire sotto due metri di neve che gli faceva coperta. Il canto delle manére si confondeva con quello degli uccelli e l'abbaio dei caprioli. I venti di primavera, allegri e deboli come le bronze dei rami, faceva le gare a soffiare nei pifferi di croda. Le ultime slavine, scivolando dalle vette sui costoni puliti, non faceva più rumore ma sbuffava come un vecchio stanco quando si siede. Il loro soffiare veniva giù fin nei boschi a spargere polverio di cipria sulle teste dei boscaioli, che guardandosi l'un l'altro diceva: «Queste è le ultime, le montagne si sta nettando, ormai è primavera».

[74] Gemme.

Dall'alto, i boscaioli sentiva rivare suoni di campanili. Rintocchi di campane e orologi montava sui cavalli dell'aria e si faceva portare fin lassù, a sollevare l'anima avvilita degli uomini. Quei suoni parlava di paesi, gente, osterie, i taglialegna si rallegrava pensando che alla sera poteva tornar giù, in mezzo alle persone e al calore della vita. Non che sui boschi non fusse vita, lassù era vita di natura: alberi, ruscelli, vento, ma era anche fatica e tribolazioni, non villeggiatura. Allora gli uomini, ogni tanto, aveva voglia di vedere gente, stare seduti in qualche osteria, camminare per le vie dei paesi a fondovalle fumando un sigaro.

Tutti aveva quel desiderio fuorché il medico e l'architetto. Stefano e Raffaele ne aveva i coglioni pieni delle città e, dopo il lavoro, preferiva stare lassù, nella baracca dei boscaioli, a guardare la luna e ciacolarsela vicino alla stufa. La città li aveva stufati. Anzi, li aveva stufati tutto: clienti esigenti, finti malati che si lamentava per niente, amici, pranzi, cene e tutte le balle che perseguita chi vive nel bel mondo.

Stefano e Raffaele adesso stava bene. Finalmente aveva messo le mani nella terra, tra frasche, tronchi, rami, foglie. In poco tempo, quelle mani bianche e fine a uso levatrici si era spellate, sporcate, distorte, indurite, scurite, sgrinfate, gonfiate. Aveva spaccato anche le unghie, era diventate mani da sterpatore, non da levatrice. Giorno dopo giorno, i due si rendeva conto quanto si stava bene nell'aria fina dei monti, a faticare nei boschi come muli, invece che ammuffire in uffici pieni di carte o in ospedali pieni di malati e odor di medicine. Però feriti e malati occorreva aiutarli, pensava Raffaele. Allora si era procurato una borsa di ferri piena di attrezzi adatti a cucire sbreghi di ogni misura che i boscaioli ogni tanto si apriva nelle gambe con le manére. E procurava anche medicine, o le consigliava, per guarire raffreddamenti, bronchiti, tossi, che colpiva gli uomini specie d'inverno, quando il freddo faceva le mani viola.

Una volta mandò all'ospedale un uomo che aveva la febbre a quaranta. Raffaele capì che era polmonite e lo spedì subito in città, all'ospedale, salvandogli la vita. Così era ancora più contento: poteva stare all'aria aperta, fare il boscaiolo e, nell'istesso tempo, curare chi aveva bisogno. Spesso metteva a posto uomini che si era presi qualche magagna nelle parti basse andando con donne a pagamento. Era quasi sempre robe semplici ma rognose, se non curate. Due volte però non fu robe semplici ma serie, come la sifilide. I due che la prese dopo le prime cure se ne andò dai boschi e nissuno savé più dove fusse finiti.

Anche Stefano, oltre che boscaiolo, faceva apparire ogni tanto il suo lavoro di architetto. Quando c'era da aprire un tronco di strada per passare con carri o slitte, calcolava e in poco tempo la strada era fatta nel posto migliore, sparagnando ore di lavoro e con massima resa. Perché Stiefen (Santo lo chiamava così) studiava i percorsi di bosco e sceglieva quelli più corti e comodi. Aveva l'occhio allenato, non sbagliava tracciato come succedeva ai boscaioli che, senza studio, improvvisava aperture di strade.

Intanto, però, i due professori imparava le tecniche di taglio. Imparava a sramare, far cadere le piante dal verso giusto, a stimare con l'occhio i metri cubi di legna in catasta. Imparava pian piano anche a filare manére e ronche, compito non facile. Infatti fece fatica più di tutto a tirar le manére come rasoi, ma alla fine ci riuscì.

Il taglialegna deve rangiarsi da solo in tutto e non dipender da nissuno. Come si può esser boscaioli e farsi tirare il filo alla manéra da altre persone? Roba da ridere. Se non da piangere. Alla fine era diventati bravi sia Stefano che Raffaele. Tutti e due se la cavava con ronche, manére, segoni, zappini, cubature, cataste, slitte e carri. Non che si tagliasse i peli del polpaccio come Santo, bisogna ricordare che era due studiati, ma comunque le manére le sapeva usare come si deve.

Dopo qualche mese, i due che dapprima veniva presi in giro dai veri boscaioli adesso era guardati come fusse Dio. Perché, oltre che saper fare i boscaioli al pari degli altri, uno era medico e l'altro architetto. Stefano e Raffaele poteva sempre dire a quei bifolchi: «State zitti! Noi sappiam lavorare come voi, non di più ma nianche di meno. Voi invece non sapete cucire uno sbrego su una gamba, o curare la bronchite, o progettare una casa!». Ma Stefano e Raffaele era gente con creanza e prudenza, mai avrebbe detto robe simili a uomini senza studio, semplici e buoni, induriti dalla vita e dalle fatiche.

Ogni tanto Stefano scriveva lettere e ne riceveva dalla Svizzera. Era una donna, disse, una parente.

Nel frattempo Santo, che non era un coglione, aveva capito quanto fusse importante lo studio. Con un po' di pratica, anche un caprone poteva diventare boscaiolo, ma senza studi, seppur intelligente, uno non diventa né medico né architetto. E nianche altre robe tipo ingegnere, avvocato, notaio o quel che volete. Per la prima volta in vita sua si sentì piccolo come un coniglio. Capì che tagliarsi i peli della gamba con un colpo di manéra era bravura da poveri diavoli. Per non dire coglioni.

«Porco diaul» disse mentre sramava un faggio, «sono un ignorante.»

Santo non sapeva quel che pensava il medico e l'architetto. Se l'avesse saputo stava più tranquillo. Stefano, infatti, spesso diceva a Raffaele: «Quanti anni belli abbiam buttato via sui maledetti banchi di scuola, mentre questi uomini vivevano all'aria aperta. Se penso all'università mi vien da vomitare. Questa è vita».

«Hai ragione» diceva il medico. «Mai più in quelle città piene di nebbia e malati.»

«Io» diceva ogni tanto Stefano «ho intenzione di tornare a Nuragus, il mio paese in Sardegna, e mettermi a coltivare ulivi e vigne e fare olio e vino. Per compagnia un cane e qualche amico da bere un bicchiere insieme. Amici come Peppuccio, che lasciai laggiù molti anni fa e non so più che fine ha fatto.»

«Prima viviamo un po' di anni austriaci» aggiustava il medico, «poi decideremo ognuno per conto suo. Da parte mia non tornerò più a Ferrara, né a Cento, nianche si chiamasse Duecento o Trecento.»

Così medico e architetto, diventati boscaioli, quando serviva tirava fuori il sapere imparato mangiando libri e questo fu molto importante per la squadra che Santo e Keil avrebbe messo in piedi.

Stefano e Raffaele era gente in gamba, anche se restava sempre strani boscaioli. Non veniva dal mondo dei boschi ma da quello dei libri, e questo vuol dire molto come differenza di pensare. Per esempio, nelle polse del mangiare, gli studiati tirava fuori discorsi che gli altri non capiva. Parlava di libri e dei signori che aveva scritto i libri, che poteva essere russi, todeschi o gente al di là dei mari. Oppure discuteva del perché il mondo gira da un verso e non dall'altro e la gente fa delle robe e non delle altre. A Santo, questi gli pareva discorsi fatti debànt, cioè che non serve a niente. Come quando i due studiati discuteva perché gli uomini scala le montagne.

Si trovavano ad Altaussee, nella Stiria, dove c'era quei bei laghi e quei bei boschi. Lì viveva un giovane che scalava montagne. Si diceva che fusse matto e che prima o dopo sarebbe morto su quelle montagne che scalava. Si chiamava Paul Preuss e tutti ne parlava perché era bravo a rampicar le crode, e coraggioso. Un giorno, durante la polsa di mezzodì, anche Stefano e Raffaele discuteva di questo giovane. Si chiedeva, e cercava di spiegarsi con discorsi intorti e difficili, perché gli uomini scala le montagne. Campavano motivi di testa, di anima e altri motivi balordi.

A Santo, che scoltava, gli girò i coglioni nel sentir discorsi ingarbugliati per na roba che lui stimava più che semplice. Allora vicinò i due e li affrontò: «Volete che vi dica io perché gli uomini scala le montagne?».

«Sentiamo» rispose Raffaele.

«Perché sono là» brontolò Santo tirando na bestemmia. «Se le montagne non esistesse nissuno andrebbe a scalarle, come se non ci fusse alberi nissuno andrebbe a tagliarli.»

Stefano e Raffaele restò di marmo nel sentire la risposta dell'amico e non trovò altro che dirgli: «Hai ragione».

In quel momento, Santo si rese conto che le sue parole

gli aveva fatto venire curiosità di andare anche lui su qualche cima. Solo per guardare dall'altra parte. "Ecco un altro buon motivo" pensò. "Guardare dall'altra parte."

Da quel giorno Santo spiò le montagne con altro occhio e gli venì la voglia di poggiare le scarpe ferrate sulle loro punte.

Intanto, i due studiati andava avanti nel lavoro del bosco diventando sempre più bravi. Nell'istesso tempo che diventava bravi, si faceva furbi. Aveva capito, per esempio, che catastare frasche era na tortura. Le frasche va sempre tirate in giù, verso il basso, prendendole dalla parte del ramo grosso. Altrimenti fa resistenza e ci vuole tre volte più fatica. Dapprima tirava dove prendeva, poi capì che era da tirare in giù, verso il favor di scivolo, che le frasche son dei sacramenti, non si tiene con le mani dappertutto. Specie quelle di pini e abeti.

E poi aveva imparato a far cadere le piante a comodità di strada. Prima le buttava dove cadeva. Ma se cadeva in basso e la strada era in alto, gli toccava portare i tocchi sulla schiena. Fatica da bestie. Allora, un po' alla volta, guardando gli altri, imparò a battere i cunei nel taglio del segone per drizzare l'albero e farlo andare dove occorreva. Se era troppo piegato lo drizzava coi paranchi, oltre che spingerlo coi cunei.

Nei giorni di festa, invece che girar per osterie e birrerie come tutti gli altri, i due studiati andava nelle città, a veder monumenti o statue vecchie e quadri nei musei o nelle mostre. Oppure a scoltare musica nei teatri, che in Austria era pieno di teatri e sale per concerti.

Santo era curioso di veder ste robe, ma non aveva coraggio di chiedere ai due di portarlo nei musei o dove c'era musiche o quadri. Però faceva domande. I due capì che era curioso e, senza che lui chiedesse niente, un po' alla volta lo portò a vedere e scoltare le robe belle.

Così Santo scoprì un altro mondo, un mondo che non conosceva ma che gli piaceva. Non era manére, piante, boschi e calli sulle mani, ma robe che gli faceva tremare l'anima. Bisogna dire che anche un bel bosco e le montagne, la neve, i torrenti, i laghi fa tremare l'anima, ma quelle robe Santo le conosceva fin da piccolo. Le vedeva ogni giorno e l'anima gli tremava meno. Santo tentò di ingolosire anche Gosto e Piero, cercò di convincerli a vedere e scoltare quelle robe nuove che vedeva e scoltava lui, ma i due disse che non era interessati.

«L'unica roba che voglio vedere prima di crepare è la cripta dei Cappuccini» disse Gosto.

Poi, né uno né gli altri parlò più di queste faccende.

Il lavoro intanto andava avanti coi ritmi del bosco. Al canto delle manére si univa il ronfare dei segoni, al rombo delle cataste che rotolava dalle gobbe si compagnava gli "issa" che sputava i boscaioli quando spostava tronchi con gli zappini. Su tutto questo formicar lavorante vigilava Franz Keil, che guidava i suonatori di manére e segoni come quelli con la bacchetta dirigeva i suonatori nei teatri dell'Austria imperiale.

Passò la primavera e rivò l'estate. Poi passò l'estate e rivò l'autunno e l'inverno con la neve e le slitte che filava cariche di tronchi, e il freddo e le stube che ardeva giorno e notte nascondendo il fuoco. E le osterie e le birrerie e i casini dell'impero dove Santo andava a donne pagandole con soldi, perché del cuore non voleva più spendere una lira.

Finché tornò a cantare il cuculo e i boschi si puntinò ancora di occhi verdi e le bronze guardava il mondo prima di slargarsi e diventare foglie. Al mattino le valli fumava la pipa sciugandosi sotto il sole tepido che rotolava dai costoni come un tronco lanciato.

Sui tetti di rame si sentiva battere i lattonieri che drizzava le gronde e i colmi stortati dalla neve dell'inverno. Anche i lattonieri faceva i loro canti, canti di lamiera sui tetti, come i boscaioli canti di manéra nei boschi. Ma sui tetti il sole di maggio s'intrappolava nei fogli di rame, e allora da lontano pareva che partisse na vampa di fuoco che orbava gli occhi di chi guardava in su. I boscaioli radunava la legna che l'inverno aveva sepolto sotto metri di neve. Era legna sparpagliata e gli uomini cercava un tronco alla volta e lo metteva in catasta, come i pastori cerca la pecora dispersa nel folto e la porta nel gregge.

Da Arnoldstein le squadre si spostava dappertutto rivando fino a Villach o, dall'altra parte, a Spittal, Seeboden o a Millstatt, dove c'era boschi mai visti così belli, e un lago che pareva caduto diretto dal paradiso. Santo aveva fatto gruppo con Piero, Gosto e i due studiati formando con loro na piccola squadra. Quei cinque andava d'accordo come fratelli e un giorno Santo frontò Franz Keil e gli disse: «Noi siamo pronti, trova quindici uomini buoni e mettiamoci per conto nostro».

«Già fatto» rispose Keil. «Ho avvisato quelli giusti che si tenga pronti a fare il passo. Però da qui occorre andar via, o vien fuori rogne con gli altri. Ho stabilito la base ad Altaussee. Lì c'è boschi da consumare la vita tagliandoli. Poi ci sposteremo dove serve, ma la base resta là.»

Così, verso la fine di quella primavera che incendiava i tetti di rame, la squadra di Santo e Keil era pronta. Venticinque boscaioli uno meglio dell'altro. I meno buoni, se si può dire, era i due studiati, ma il mistiere ormai lo sapeva, in più era utili a cucire tagli e tracciare strade e quindi validi come gli altri.

Tutti quanti si spostò ad Altaussee e costruì le baracche per mangiare e dormire all'èrzine[75] di un bosco, poco sopra il paese. Poi, tutti fece tre giorni di bevute.

Keil disse: «Sfogatevi e divertitevi, poi toccherà piegar la schiena, baldoria sarà solo nelle feste. Chi vuole, io intendo lavorare anche le feste».

Così la squadra fu pronta. Ventitré esperti di bosco, come non ce n'era in circolazione, più due professori boscaioli, due strani boscaioli, come li chiamava Santo, partì per Altaussee.

[75] Margine.

20

Quei boschi sui laghi e quella strana gente

Ormai l'estate scaldava la terra quando la squadra tacò a far cantar le manére nei boschi della Stiria. Era zone tanto belle che pareva finte, belle che faceva battere il cuore. Dappertutto cresceva boschi cedui grandi come mari, occhi blu di laghi ti guardava e, più in alto, foreste di larici e abeti dondolava nel vento calante dalle cime. I paesi, uno più bello dell'altro, si chiamava Altaussee, Hallstatt, Bad Aussee, Grundlsee e poi, ancora più su, Mondsee, Sankt Wolfgang, Gmunden, Attersee, Sankt Gilgen e cento e cento paesi di bosco che si lascia in pace per non passare tutta la vita a nominarli.

Era luoghi talmente belli che Santo pensò fusse peccato rubare anche una sola pianta a posti così. Posti che stava in equilibrio delicatamente. Cielo, terra, boschi, laghi, montagne si teneva per mano come i grani del rosario, ed era così perfetti che sarebbe bastato tagliare un solo larice per cavare uno di quei grani e rovinare la corona intiera. Ma lui era lì per tagliare alberi, non per piangere il *Miserere*, e allora in mona laghi e boschi e via con le manére.

Santo ormai aveva denti di vipera, denti pieni di veleno contro il mondo, le donne, i falsi amici. A quel punto voleva far soldi e godersi la vita, quindi niente pentimenti o rimpianti. Però, da uomo di bosco, sapeva vedere dove stava il bello, e calar le manére tra quelle fronde era sul serio un peccato mortale.

Con questo non voleva dire che c'è boschi brutti da rasare al suolo senza pentimenti. Sapeva che non esiste boschi brutti e anche i più magri e miseri è sempre belli e va rispettati tagliando giusto. Però un conto è metter la manéra dentro un bosco disgraziato, un altro è metterla in paradisi come quelli dov'era capitato. Faceva questi pensieri, Santo, mentre guardava i boschi di Altaussee. Poi gli veniva in mente che, se non era la sua squadra a tagliarli, sarebbe stata un'altra. A quel punto meglio la sua, soldi a carriole sputando su boschi e laghi e sul rispetto che occorre avere per le robe fatte da Dio.

Così, Santo e compagni tacò una nuova vita in quelle terre d'Austria vestite a festa e abbracciate dalla fortuna. Quella fortuna che Dio, come un contadino di campo, aveva sparpagliato qua e là, quando aveva seminato il verde del mondo. Col giro del braccio, in qualche posto aveva buttato più sementi, in altri meno, in altri meno ancora e in qualcuno quasi niente. Oppure, come a Erto, le sementi le aveva buttate, e buone, ma prima aveva fatto campi ripidi che non stavi in piedi, e posti che se partiva un sasso da una cima finiva nel Vajont senza trovare un metro di piano per fermarsi. E allora lì, in quegli erti maledetti da girar la testa, anche raccogliere un fiore richiedeva sforzo e attenzione, e un equilibrio da falco per non rotolare in fondo come il sasso.

Negli anni che passò ad Altaussee, Santo imparò e fece molte robe. Robe che mai avrebbe pensato di imparare e fare. Anche se era incrudito col mondo, conoscé gente che gli fece tornare la curiosità di vivere e un po' di voglia di fare bene.

Si n'accorse, Santo, che d'estate ad Altaussee veniva strana gente e si fermava mesi negli alberghi o in case private. Tutti li salutava togliendosi il cappello, dicendo "bongiorno dottore" o "bongiorno professore" o "maestro", o altri titoli che li segnava come gente famosa e studiata, che stava sopra gli altri la misura che le cime delle montagne sta sopra i boschi. Ma non era bulli o superbi, che tiene lontani i normali o, peggio, che li scruta da su a giù come disgraziati. E nianche schivava i poveri o gli operai come le scarpe schiva lo sputo sulla via o la merda dei cani.

Quel gruppo di famosi, che col tempo Santo conoscé un per uno, era uomini di buon carattere, per non dire alla mano. Gente famosa che però scambiava volentieri due parole e una birra coi boscaioli. Soprattutto li salutava con rispetto quando questi rientrava in paese stanchi morti e passava davanti ai caffè dove d'estate i famosi stava seduti fuori, ciacolando fino a notte, quando il padrone accendeva i lampioni per illuminare i tavoli.

Questi qui era capaci di tirar ciacola fumando pipe e sigari fino le tre di notte. Ma non sempre ciacolava o discuteva. Spesso si ritirava uno o due per tavolo e si metteva con la testa bassa a scrivere su quaderni, impinendo pagine e pagine di robe che Santo avrebbe voluto sapere cosa fusse.

Poi c'era altri, famosi anche quelli. Scriveva pure loro ma su quaderni differenti, più larghi e più lunghi, con boschi di righe fine formate da cinque linee e messe una sotto l'altra. Questi qui non scriveva parole, faceva segni e strisci e puntini e ghirigori che Santo non capiva ma intuiva fusse le parole della musica.

Franz Keil gli confermò che quei segni era proprio musica, e di quella buona. Gli disse che i tipi che la scriveva era musicisti famosi in tutta Europa, se non proprio in tutto il mondo. Keil li conosceva. Chiaramente solo di nome e di gloria, anche se, qualche volta, aveva bevuto e scambiato parole con loro.

Un giorno Keil disse a Santo che uno di quei musici era morto da poco, fursi nel 1911, ed era tra i più famosi. Si chiamava Mahler di cognome e Gustav di nome. Questo Gustav proprio ad Altaussee, nel 1902, aveva scritto sulla carta a strisce la sua *Quinta sinfonia*.

Quelli invece che scriveva parole normali su quaderni normali era scrittori, famosi anche loro come i musici. Tutti gli anni, d'estate, scrittori e musici lasciava la gloria a Vienna e veniva a nascondersi lassù, ad Altaussee, per stare in pace, scrivere e ciacolar con gli altri.

Santo era curioso, e ogni tanto domandava a Keil chi fusse e come si chiamasse quei famosi che veniva lassù a godersi l'estate mentre loro si spaccava la schiena a spostare tronchi. Allora Keil, alla buona più che poteva visto che Santo non era studiato, gli disse i nomi segnando col dito uno alla volta i famosi che stava seduti all'aperto nei caffè o nelle birrerie. Ogni volta che li vedeva toccava il gomito a Santo e diceva: «Quello è il tal dei tali, quello è il talaltro».

Così Santo, senza impressionarsi troppo, che quelli che segnava Keil gli pareva tutti poveri diavoli avviliti e deboli, venì a sapere i nomi dei famosi che villeggiava d'estate ad Altaussee.

Quello coi baffetti, il fisico tondo e i capelli lisci tirati in parte, era Hofmannsthal.

«Hugo von Hofmannsthal» disse Keil. «Un grande scrittore.»

E poi c'era un altro, uno con pochi capelli ma lunghi, che gli volava in su ogni volta che veniva il vento. Aveva baffi anche lui, e grossi. Questo qui, scrittore anche lui, si chiamava Wassermann, Jakob. E poi c'era un tipo che capelli non ne aveva nianche uno e il suo cranio luceva riflettendo la luce del cielo. Anche lui era scrittore e aveva i baffi. Si chiamava Auernheimer.

«Raoul Auernheimer» disse Keil.

Un giorno ne segnò un altro che aveva barba lunga e capelli lisciati da una parte, a uso il primo, e occhi che pungeva come spine.

«Quello è Arthur Schnitzler» precisò Keil. «Scrittore anche lui.»

«Prima di loro, molti anni prima, era stati altri scrittori, per esempio Franz Grillparzer, Nikolaus Lenau oppure Adalbert Stifter» seguitò. «Ma quelli sarà morti ormai.»

Poi tacò coi musici. Quando li vedeva li indicava a Santo. Nel giro dell'estate ne segnò una decina, cominciando da uno che si chiamava Richard Strauss, uno che spesso veniva a trovare lo scrittore Hofmannsthal. Insieme a lui beveva e ciacolava e a volte baruffava, ma sempre senza alzar la voce.

Sera dopo sera, il dito di Keil segnò ancora scrittori e musicisti. Uno si chiamava Goldmark, e poi Heuberger, Kienzl e altri ancora, ma era così tanti che Franz Keil non ricordava più chi era scrittore, musico o qualcosa di diverso. Gli fece vedere anche uno scrittore sulla trentina, fursi più, di nome Stefan Zweig, uno che, oltre a mettere il naso nelle osterie sul lago di Altaussee, faceva anche lunghe camminate nei boschi o sulle rive. Santo, tornando dal lavoro, spesso lo incontrava e lo salutava, e questo rispondeva al saluto con educazione e sorrisi.

«Vengono qui per stare in pace» diceva Keil a Santo. «Per stare in pace, respirare aria buona e scrivere.»

«Ma cosa scrive tutta quella gente?» domandava Santo.

«Libri» diceva Keil. «Libri e musica. Anche solo parole per la musica, come Hofmannsthal, che ogni tanto scrive storie per Strauss. Poi Strauss gli mette sopra la musica, come il contadino mette la paglia sopra le patate in cantina perché d'inverno non si ghiacci.»

«Ah!» diceva Santo, sempre più attirato da quella gente balorda, che faceva strani mistieri, era famosa, parlava bene e aveva soldi senza spaccarsi la schiena sui tronchi o batter di manéra tutto il giorno.

A Santo quella gente interessava. Avrebbe voluto conoscerla da vicino, far quattro parole, chiedere di quel che faceva, ma si vergognava. Per la prima volta nella vita, sentiva la differenza tra il suo mistiere, che credeva il più nobile del mondo, e quello di poeti, scrittori e musici che villeggiava ad Altaussee.

"Loro sì è bravi" pensava. "Altro che tagliar legne con la manéra!"

Pensava anche a Erto, disgraziato paese. Là non c'era poeti, né scrittori, né musici, né gente studiata che sporcava carta. E nianche architetti o medici, come Stefano e Raffaele. E nianche era bello il suo paese. Era ripido, salvatico, scorticato da crode affilate come manére. Era storto, gobbo, tribolato, muloso[76] e pieno di fatiche. In un posto così, anche la gente viene così. Cresce salvatica come il paese, col carattere chiuso, serrato dentro le cucine come il caprone in calore nella stalla, che batte i corni qua e là sui muri e spacca tutto, e da fuori nissuno si accorge di niente.

In certi posti non può venire scrittori o poeti, musici, architetti o medici, ma solo boscaioli e contadini, gente che parla poco e palpa in tasca il cortello per finire subito le quistioni senza tante storie o perder tempo.

Altaussee, invece, era un pezzo di paradiso caduto sulla Terra. Solo in posti così poteva crescere le belle robe e radunarsi uomini che sentiva qualcosa sotto la pelle e lo tirava fuori per metterlo sulla carta o nella musica.

"Ci vuole il posto bello per le robe belle" pensava Santo. Non si rendeva conto che il posto bello stava piegando un po' anche lui. Lo faceva diventar curioso, lo interessava alla vita e al mondo di quegli uomini che passava l'estate a impire quaderni di parole e segni. Avrebbe voluto imparare anche lui qualcosa, almeno leggere quel che scriveva gli scrittori famosi. Ma per adesso era impossibile.

Anche se Santo sapeva parlare il todesco, leggerlo era un'altra roba. Si n'accorse che non riusciva a capire nianche una riga di giornale. Allora domandò a Keil se nel tempo libero gl'insegnava a leggere il todesco. Keil gli rispose che l'avrebbe fatto volentieri, leggere sapeva leggere, ma non aveva la minima idea di come insegnarlo agli altri.

«Però possiamo domandare a uno di quegli scrittori se ti fa qualche ora di scuola» disse Keil a Santo.

«Magari» rispose Santo.

Il boscaiolo aveva capito che saper leggere il todesco poteva servirgli. Non solo per aprire qualche libro, ma, più di tutto, per il progetto di far soldi col taglio dei boschi.

Saper leggere voleva dire controllare i contratti, apprendere

[76] Ostinato come un mulo.

novità dai giornali, conoscere occasioni di vendite o compere sugli stessi giornali. Leggere era buona cosa. Se no, occorreva sempre dipendere da qualcuno, da Franz Keil, per esempio, o Gosto Nari, o Piero. Ma Santo, che a dirla tutta non si fidava di nissuno, voleva imparare lui e vedersela da solo con le robe scritte, controllarle e verificarle. E poi c'era sempre l'idea di leggere qualcosa di quei tipi che impiva quaderni.

Santo stentava a crederci del tutto ma, sotto sotto, gli era venuta voglia di diventare studiato anche lui. Era na roba di orgoglio, oltre che curiosità di sapere qualcosa di nuovo.

"Sacramento!" pensava. "La testa l'ho anche io, come loro. Non dico di fare libri, quello no, ma almanco imparare a leggerne qualcuno in todesco sì."

Intanto, però, Santo e la sua squadra faceva i boscaioli tagliando e vendendo piante da legna e da lavoro. A volte la squadra si spostava da Altaussee anche di due, trecento chilometri. Stava via un mese o più per sfruttare qualche occasione di taglio che rendeva bei soldi. Ma la base restava sempre là, nel paradiso caduto in Terra di Altaussee.

D'estate a Santo dispiaceva andare lontano da quel posto magico. Voleva stare vicino a scrittori e musici e poeti. Ormai li conosceva un per uno e, se ancora non sapeva leggere il todesco, li ascoltava parlar di libri, di teatro, di poesie e di tutto quel che a lui pareva venisse dalla luna.

Quel posto gli aveva fatto dimenticare tante robe, robe brutte della vita. Ma ogni tanto, puntuale come torna la pioggia, gli tornava Jacon Dal Movi e la morte che gli aveva mandato dietro sulla teleferica. A quel punto, il mondo gli cadeva addosso come na montagna sulla schiena e non aveva più voglia di far niente, né di imparare a leggere il todesco, né di leggere libri quando avesse imparato. In quei momenti, gli restava solo la voglia di far soldi per andare a puttane e divertirsi, mangiare e bere finché sul sentiero non spuntava l'ultima curva e la morte veniva a liberarlo dai tormenti.

Un giorno limpido e caldo d'estate, Franz Keil frontò Santo sul lavoro. Gli disse: «Scolta, Santo, ho parlato con uno di quegli scrittori, o chiamali come vuoi. Gli ho chiesto se può cavar qualche ora dal suo tempo e insegnarti a leggere il todesco. Mi ha detto di sì, che un'ora verso sera la trova per insegnarti, ma prima vuole vederti e mettersi d'accordo. Mi sembra un buon uomo, anche se parla difficile».

Santo rispose di sì. Poi pensò a quanto stramba fusse la vita. Col passar del tempo, la maledetta vita rovescia il modo di pensare della gente come si rovescia le calze bagnate per sciugarle. Santo ricordò che da piccolo non gli piaceva andare a scuola, preferiva seguire suo nonno a far legna nei boschi. Invece adesso, che andava per i trentaquattro, che aveva stortato la vita, che gli era cadute montagne sulla schiena, adesso che la voglia di fare l'uomo onesto e farsi una famiglia era da tempo andate in mona, voleva studiare.

Alla sera, Franz Keil lo portò di fronte al maestro. Santo si n'accorse che quello era il tipo che più di tutti stava col naso tra i quaderni, a scrivere per ore sulla terrazza dell'albergo che si bagnava i piedi nel lago. Ma non solo lui stava a scrivere in riva al lago. Tutti quei famosi che villeggiava lassù, musici, contastorie, teatranti e quelli che faceva poesie, lavorava seduti intorno al lago. Tanto è vero che Santo un giorno disse a Keil: «Ho l'impressione che il lago sia un grande calamaio dove tutti quegli scrittori, seduti in cerchio, tocia[77] la penna per scrivere boschi di parole».

Franz presentò Santo allo scrittore che doveva insegnargli a leggere. Avrà avuto intorno ai quarant'anni e, fursi, era quello più bravo o, almanco, quello che tutti diceva fusse più bravo. Si chiamava Hugo von Hofmannsthal e pareva un uomo buono e tranquillo, con gli occhi intelligenti. Però da dentro quegli occhi e da quella faccia veniva fuori un certo dolore e na gran tribolazione.

Così, quasi ogni sera, Santo mollava la manéra, calava dai boschi e per un'ora, a volte anche più, andava a scuo-

[77] Intinge.

la di leggere dal famoso scrittore sulla terrazza dell'albergo al lago. Solo leggere, intendiamoci, ormai sapeva parlare bene.

In quel posto, ogni tanto, compariva il giovane Paul Preuss, che tutti diceva fusse il più bravo scalatore di montagne e di crode. Santo fece amicizia anche con lui. Questo giovane seguitava a parlargli di montagne e di quanto fusse bello scalarle per sedersi sulla cima. Ogni volta che Santo lasciava il professore, Paul Preuss lo aspettava per contargli le ultime scalate. Ascolta oggi, ascolta domani, un giorno Santo domandò all'amico di portarlo in cima. Paul lo guidò su na montagna là intorno, roba facile, dove scalare era poco più che salir la scala di casa. Solo che quella scala era alta mille metri.

Il giovane Preuss andava veloce come un gatto con una corda stretta in vita, e poi, con quella corda, faceva sicura a Santo, che non cadesse. Così, il boscaiolo ertano, mentre imparava a leggere il todesco, imparò quanto fusse bello scalare le montagne e sedersi sulle cime.

Insieme con Paul, tutte le volte che aveva tempo, Santo andava a scalar montagne. Ma capitava di rado, Preuss non era sempre ad Altaussee, girava dappertutto a rampicare i monti. Anche in Italia.

Un giorno Santo disse a Paul che al suo paese era monti di croda alti e fini, spizi[78] come lapis, che nissuno aveva ancora scalato perché non sapeva nianche dove fussero. Solo su uno di quei lapis era saliti due striaci intorno a metà settembre del 1902. Quella pietra si chiamava Campanile di val Montanaja, ma degli striaci che montò sulla cima Santo non conosceva i nomi. Paul però li ricordava, sapeva chi era i due e lo disse a Santo. Si chiamava Victor Wolf von Glanvell e Karl Günther von Saar. A sentire i nomi Santo ricordò. Ricordò che uno di loro, Glanvell, era passato da Erto con altri due per andare in val Mesazzo a

[78] Appuntiti.

scalare le cime di Pino, due coti di pietra grigia, spize anche quelle come lapis.

Era, se non si sbagliava, intorno metà settembre del 1904. Santo aveva venticinque anni e si ricordava bene: in paese tutti ne parlava. Nel sentire quelle storie, Paul diventò serio. Disse a Santo che quello era stato l'ultimo anno di Glanvell. Il grande scalatore era morto a trentatré anni il 7 maggio 1905 insieme ad altri due, cadendo dalla montagna.

Così disse Paul a Santo. Il povero giovane non immaginava che anche lui sarebbe morto pochi mesi dopo, coi suoi ventisette anni compiuti da un mese e mezzo. Ma come al solito corro troppo e qui occorre andar piano più di sempre.

Il giovane Paul rampicava quasi sempre da solo. Raro che compagnasse altri, o legasse la sua corda a scalatori differenti. Andava solo con le mani e i piedi, non impiantava mai un chiodo nella croda per non forarla e farle male. Nella sua vita di scalate, la più grande che sia mai stata, fursi avrà impiantato dieci di quei ferri che feriva la montagna. Andava su e tornava giù, tenendosi con le unghie come l'uccello tacacrode[79]. E se portava la corda a tracolla, era solo per la buona regola del non si sa mai. Non per altro.

L'anno 1913 aveva cominciato a scalare in gennaio, anche con la neve, mentre Santo e compagni menava a valle cataste di legname con slitte tirate da cavalli. La sua squadra ormai era famosa, pigliava lotti dappertutto perché faceva i meglio prezzi e lavorava veloci. Il rocciatore di Altaussee seguitò a rampicare anche a febbraio e marzo, sempre nelle sue montagne. In aprile, il giovane si spostò a scalare in Italia e Francia, verso il Gran Paradiso, monte Bianco e monte Rosa.

«Che bei nomi aveva quei monti!» disse a Santo quando tornò.

Tornò a giugno, nel periodo in cui conobbe Santo, e rampicò anche con lui. I due era diventati amici. Una volta, su

[79] Picchio crodaiolo.

un ghiacciaio, Santo lo aveva visto che calava in velocità da una rampa di neve con gli sci attaccati agli scarponi. Andava giù come un fulmine. Il giovane Paul con quelle tavole a punta storta era un campione.

«Se vuoi t'insegno a scendere con gli sci» aveva detto a Santo.

«No, grazie» aveva risposto lui. «Mi contento di salire sulle cime.»

Poi a luglio sparì di nuovo. Era andato in zona monte Bianco. Anche agosto lo passò da quelle parti. Santo lo rivide a settembre e andò con lui a fare una scalata. Ormai la squadra funzionava bene, lavoro ce n'era, soldi si prendeva. A questo punto Santo, che insieme a Keil dell'impresa era il fondatore, poteva permettersi di perder qualche giorno e andar sui monti con l'amico. Lassù e nei boschi trovava un po' di pace, i cani del rimorso rosicava meno.

Intanto era ottobre, l'ottobre del 1913. Santo era sceso dai boschi e girava per le osterie di Altaussee. I famosi scrittori era andati via, tornati in città. Anche Hofmannsthal, il maestro di lettura, era di nuovo a Vienna a impire quaderni. Lassù tacava il freddo e quelli scappava verso i tinelli di città, come le rondini d'autunno.

Alla prima ruggine sulle foglie, le loro anime delicate s'intristiva, si frantumava come fiori di brina sotto il colpo di scarponi ferrati. Col vento d'autunno i grandi uomini spariva, come certi fiori che gli soffi e sparisce di colpo. Invece i boscaioli restava lì, sul posto, a veder le foglie ricciarsi, e i boschi vestirsi di colori. E infine spogliarsi e restare come ombrelli senza tela a frontare i venti e il freddo dell'inverno.

Ma il brutto cane del gelo ancora non mordeva forte le caviglie agli uomini di bosco. Era solo i primi di ottobre, doveva ancora filare i denti. Il tre ottobre di quell'anno 1913, Santo girava le osterie di Altaussee insieme a Gosto, Piero e i due studiati. Era ora tarda quando circolò voce che Paul Preuss non era tornato da una scalata. Ormai faceva scuro, il giovane avrebbe dovuto essere già a casa. Invece niente, ancora non spuntava. E nianche quella notte arrivò. Allora tutti tacò a pensar il peggio e preoccuparsi. Amici, parenti e scalatori si mise a cercarlo di notte, coi fanali a petrolio. Nissuno lo trovò.

I giorni passava e Paul non tornava. Lo trovò una squadra dopo undici giorni che lo cercava. Era il quattordici ottobre. Stava ai piedi di una montagna molto spiza e liscia, e il suo corpo era coperto dalle prime nevicate dell'autunno. Più in su, quasi taco[80] la croda, era il rusacco[81] del giovane. Allora fu certi fusse caduto da quella lama affilata come una cote chiamata Mandlkogel. Aveva provato a scalarla ma era volato via. Paul non scivolava e tanto meno cadeva. Era troppo in gamba per mollar le mani o perdere i piedi dell'appoggio. Solo una roba poteva farlo volar via e venir giù. Questa roba si chiama bufera. Bufera compagnata da colpi di vento come urtoni. Colpi da spazzare il rocciatore dalla croda come briciole dalla tovaglia. Solo così poteva morire Paul Preuss, giovane biondo, sottile e piccolo, con mani a tenaglie e l'equilibrio dell'uccello tacacrode.

Santo perdeva l'amico prima ancora del maestro che gl'insegnava i passi sulle strade a piombo dei monti. Ma ormai la passione di andare a cime gli era entrata nel sangue e, dopo un po' di mesi, Santo scalò di nuovo. Mesi di pensieri scuri. La morte di Paul, la fine del Movi, le morose puttane. Pensieri feroci, che gli correva dietro e gli saltava sulle spalle a mordergli il collo. L'unica roba che lo straviava era il lavoro, lavoro per far soldi e godersi la vita.

Dopo la morte di Preuss, Santo si buttò nell'inverno venuto avanti. Lavorava con la squadra come un mulo. Lui e Keil prendeva lotti uno dietro l'altro e li tagliava più che poteva, anche troppo. Poi vendeva la legna a privati o a ditte che la rivendeva a privati. Il legname da lavoro an-

[80] Vicino.
[81] *Rucksack*, zaino.

dava alle segherie. I soldi una parte li spendeva, una parte in banca. Anche Gosto e Piero prendeva soldi e li metteva via. A Stefano e Raffaele, invece, i soldi non interessava. Li spendeva pagando cene, o feste, o andava fino a Vienna a scoltare le musiche delle orchestre o storie che gli attori contava nei teatri.

Una volta Santo tornò ad Arnoldstein e da lì, con Gosto e Piero, andò a Valbruna. Era passato l'inverno, ormai cantava i cuculi e le bronze strizzava gli occhi sui rami degli alberi. Quando poteva, per festa o lavoro, Santo tornava a Valbruna insieme ai due compari.

Quella primavera che tornò a Valbruna, andò subito a trovare Moritz Bait e gli contò un po' come andava. Gli disse che aveva cominciato a scalar montagne insieme a un giovane di Altaussee poi morto. Bait gli disse che anche lì, a Valbruna, era gente che scalava le montagne e uno le scalava più di tutti. Si chiamava Julius Kugy, avrà avuto cinquanta, cinquantacinque anni, ed era famoso perché andava a palpare le montagne mai salite da nissuno.

Santo chiese a Bait di fargli conoscere questo scalatore, che voleva fare qualche scarpinata con lui. Bait gli presentò Kugy, uomo stagno, con spalle larghe e barba lunga, che fumava sigari e parlava con creanza e prudenza. Abitava in una bella casetta imprestatagli da Luciano Piussi, quello della locanda.

Santo e Bait andò a trovare l'alpinista nella casetta, che ancora si può vedere, visitare e dormirci, se uno vuole fermarsi a Valbruna. Kugy stava scrivendo qualcosa. Santo pensò fossero lettere per qualcuno, invece Bait gli disse che stava scrivendo uno dei suoi libri. Anche lui era scrittore.

Bait presentò Kugy a Santo. Santo gli contò di Paul, il giovane che lo portava sulle montagne, morto ai piedi del Mandlkogel. Kugy sapeva della morte. Tra gli alpinisti le voci le porta il vento delle cime. Nel caso di Preuss, lo venì a sapere tutta l'Austria, che era caduto. Santo fece capire a Kugy che avrebbe voluto scalare qualche montagna, ma da solo non si fidava.

«Scaliamo quella» disse Kugy segnando dalla finestra una montagna che si alzava alle spalle di Valbruna. «Si chiama Gran Nabois.»

«C'è ancora neve» rispose Santo con maraviglia, «non si può farla se ha la neve.»

«Si può fare» disse Kugy. «Le montagne sono là, non si muovono, se uno vuol andare in cima ci va in ogni stagione.»

Poi accese un sigaro marca Maria Mancini e aggiuntò: «Chiaramente deve essere capace».

Così l'indomani, a ora buona, Santo e Kugy vestiti da inverno s'inviò verso il Gran Nabois, montagna bianca e bella alle spalle di Valbruna.

I due camminò per ore, scricchiolando neve che pareva marmo tanto era ghiacciata e dura. Anche se aprile faceva sperare, la valle verso le crode stava a pusterno, quindi era piena di neve. Ma se anche c'era neve, bestie e uccelli sentiva il fiato della primavera e si muoveva, cantava e faceva rumori.

Santo e Kugy, camminando nella scarsa luce dell'alba, udiva il grugulo dei forcelli e, più in basso, lo spaccar di stecchi del cedrone, il suo verso quando canta. E poi tordi, merli, cince, ciuffolotti. Beccalegni che forava tronchi, cornacchie che faceva cra nel cielo e spiava quel che succedeva in basso, visto che la luce schiariva.

Kugy spiegava a Santo quanto fusse amiche quelle voci, ma non occorreva. Santo le conosceva. Sapeva quanto era belle quelle voci, più di tutto sapeva quanto lo aveva aiutato a tener duro nei momenti difficili. Specie dopo la morte di Jacon Dal Movi e i tradimenti delle morose. Quelle voci era gli unici amici che teneva compagnia e dava coraggio.

Lassù, dove finiva i larici, era un antro con resti di fuoco e tizzoni vecchi. In quella caverna, dopo aver camminato ore, Santo e Kugy si preparò a dormire. Accese il fuoco e mangiò quel che aveva portato nei rusacchi. Intanto dalla valle, come na vecchia stanca, avanzava l'ombra della sera e poi la notte. I due ciacolò attorno al fuoco. Kugy domandava a Santo da dove veniva e cosa faceva da quelle parti e altre robe.

Quando venì a sapere che Santo era di Erto, Kugy fermò di parlare. Poi contò a Santo che a Erto era stato passa vent'anni prima, nel 1891 o '92, non ricordava bene. Era compagnato dalla guida Andrej Komac. Insieme doveva scalare il Duranno, la misteriosa montagna in fondo la val Zemola. Ma mentre lui e Komac girava le ripide vie di Erto, scivolò tutti e due sui ciottoli bagnati da una pioggia che pareva polvere, e finì col culo per terra.

Allora Orazio, l'oste dell'osteria Pilin, li obbligò a prendere una guida del posto, tal Giacomo Maruf, detto il Moro, che non si fidava dei due. Infatti, nel canalone del Duranno, un budello che va dritto come un fuso e scalarlo è un sacramento, il Moro si slegò dalla corda che lo univa ai due. Voleva salire da solo. Aveva paura che quelli cadesse e tirasse giù anche lui. Se era caduti sulla strada, chissà lassù. Kugy si arrabbiò come na bestia. Sgridò il Moro dicendo che una vera guida non toglie la corda al cliente. Allora il Moro si legò di nuovo ma brontolò robe in dialetto che i due non capì e fu meglio non avesse capito.

Julius Kugy quella sera non parlò bene della guida ertana, uno alto due metri, magro come un lapis, e Santo ci rimase male. In fondo era suo paesano, e sulle crode valeva. Un giorno d'autunno il Moro, per correr dietro ai camosci, aveva scalato il Duranno da solo su per il canalone, senza né corda né niente. Ed era tornato giù. Fu il primo.

Chi era sto qua, che parlava male del Moro? Santo stava per dirgliene quattro ma si frenò. Non voleva rovinare tutto, e magari perdere la cima. Allora si stropò[82] la bocca ma decise di vendicarsi.

I due dormì a strappi come i colpi di tosse, tenendo il fuoco acceso. Quando forcelli, cedroni e tutti gli uccelli del bosco tacò a cantare, partì per la punta del Gran Nabois.

C'era ancora neve, tanta e dura, e Kugy dové incava-

[82] Tappò.

re delle tappe[83] con la piccozza. A un certo punto non si fidò più, cavò la corda dal rusacco, si legò e disse a Santo di tenerlo.

Passato il punto tristo[84], Santo disse a Kugy: «Qui il Moro sarebbe passato scalzo e senza corda». Kugy non rispose, capì che Santo aveva vendicato il paesano.

Intorno alle due rivò in cima al Nabois e Kugy, che era un galantuomo, lasciò che gli ultimi metri li facesse Santo, come a essere il primo.

Tornò a Valbruna che scuriva. Stracchi morti tutti e due, per far passare la stracchezza andò a mangiare un boccone da Luciano Piussi.

Intanto che mangiava, Kugy contò a Santo degli uomini che gli aveva fatto da guida nella vita dei monti. Era tutti cacciatori e montanari, gente che conosceva valli e montagne come le martore conosce la tana, tipi giusti per compagnarlo in giro. Perché bisogna dire che dal basso si vede le cime, ma il difficile è anche rivare sotto, dove nasce la croda e va in su. Se uno non conosce i posti e i sentieri, le curte e le vie comode e sicure per poggiar le mani alla montagna, è rischio di perdersi o farsi male, o non rivare nianche a toccare la pietra. Per questo Kugy si circondava di gente esperta, pratica dei luoghi, gente che camminava a occhi chiusi e non faceva perder tempo al famoso alpinista. E, più di tutto, lo portava a casa senza uno striscio sulla pelle.

Lì da Piussi, quella sera, mentre mangiavano un boccone e bevevano vino, Kugy contò a Santo le vite di uomini forti e pieni di coraggio, fedeli e semplici, a volte innocenti come bambini.

Ce n'era uno che aveva lottato con l'orso. Si chiamava Anton Tozbar. Con l'orso aveva combattuto per salvarsi. E si era salvato. Ma l'orso con una zampata gli aveva staccato la mandibola. Tozbar era guarito ma non poteva più man-

83 Tacche.
84 Difficile.

giare, e allora mandava giù roba liquida tramite una piria[85] che si infilava nella gola. Pestava la roba fina fina con una piccola scure, giuntava acqua e mandava nella piria.

Poi c'era Komac, quello del Duranno, e Anton Oitzinger, di Valbruna, e Osvaldo Pesamosca che veniva dalla val Raccolana e in ultima si era dato al bere. Suo nonno era chiamato il Louf, "lupo", perché restò fuori un inverno intiero su per i monti pieni di neve, dormendo nelle grotte vicino al fuoco e cacciando camosci indeboliti dalle fatiche di quell'inverno da castigo.

Santo ascoltava, intanto tracannava bicchieri un dopo l'altro, Kugy beveva poco, solo qualche gotto a pasto. Quando fu le tre di notte, Luciano Piussi li mandò via, si era rotto i coglioni, aveva sonno e voleva dormire. Li mandò via con le buone, s'intende, ma li mandò.

Santo disse: «Dove vado a quest'ora? Fammi dormire qui».

Allora Luciano gli trovò un buco nel deposito dove era fieno del settembre passato e Santo dormì come un tasso in letargo, perché era stracco e perché era ciucco.

L'indomani, trovò i suoi amici Gosto e Piero Caporal e con loro, tramite carri e carrozze, tornò ad Altaussee a fare i boscaioli, che quello era il loro mistiere.

[85] Imbuto.

21

Matrimonio senza fortuna

La squadra di Altaussee era formata da boscaioli esperti ma anche da cinque giovini bravi e veloci, che aveva voglia d'imparare a far bene. Era gente, quei giovini, piena di forza, non tirava il culo indietro e faceva volentieri anche i lavori più rognosi, come cumular frasche o andare a piedi in paese a comprar robe che mancava.

Uno di questi si chiamava Eduard Hinden, aveva ventotto anni e una bella morosa, Lara Toberg, di ventisei, che ogni tanto andava a trovarlo sul lavoro con un bricco di caffè. Questi due giovini decise di sposarsi a fine maggio, nella primavera che veniva avanti a inverdire i boschi, far cantar gli uccelli, piangere i cuculi, e i beccalegni a forare tronchi malati. Per l'occasione Eduard invitò tutta la squadra, più di venti uomini, e parenti e amici di lui e lei.

Santo e Keil gli regalò due manére Müller nuove di zecca, una larga da taglio, una piccola da sramo. Tutta la squadra gli comprò qualcosa, stando attenti di non trovarsi con robe doppie. Chi regalò gli scarponi, chi la giacca, chi un costume della Stiria, chi una brìtola, un segone, insomma: robe che serviva al lavoro e alla vita. Quella era gente che pensava al necessario, comprava robe utili, non stupidate come mazzi di fiori o cagate che non serviva al vivere dei giorni.

Eduard era un giovine alto uno e ottanta, spalle larghe e braccia forti, muscolose come carpini contorti. E capelli biondi. Bionda era anche Lara, così che Santo, quando voleva prendere in giro Eduard, gli diceva:

«Se ti nasce un figlio moro, ti ha fatto i corni con me.»

Il giovine non se la prendeva, si limitava a dire:

«Se mi nasce un figlio moro so come inaugurare la manéra che mi hai regalato.»

Così andava avanti la vita: lavoro di bosco e canto di manére, e visite ai paesi sui laghi con cioche di birra che durava il doppio di quelle fatte a vino.

Un giorno Gosto Nari si presentò al lavoro vestito a festa. Nella baracca del mangiare, quando fu tutti uniti, disse:

«Vado via per quattro, cinque giorni, fursi anche meno, ma devo andare.»

Nel sentir quelle parole i compagni gli chiese dove.

«Ho d'andare a Vienna a vedere la cripta dei Cappuccini, dove sta seppelliti gli imperatori d'Austria.»

Keil disse:

«Non puoi andar più avanti, quando c'è meno lavoro? Qui è da tirar giù legname, sono ottomila quintali.»

Gosto non sentì ragione e rispose:

«Nianche se mi fate milionario, ho da cavarmi la spina di vedere la cripta. Mi son messo in testa questa roba e voglio tirarmela via. Se non avessi sentito il medico» e segnò Raffaele Brogna, «non mi sarei messo in testa niente. Ma lui, quando rivò qui, disse che un uomo, prima di crepare, deve veder la cripta almanco na volta. Adesso è il mio turno.»

Santo disse: «Vai quest'autunno, non si sposta mica, la cripta non si muove, qui invece serve braccia per muovere legname».

«E se in autunno son morto?» disse Gosto. «Chi la vede la cripta? Sei sicuro tu, di esser vivo doman di sera? Le robe va fatte quando è ora, io ho già spettà anche troppo. Tiratemi via una settimana di paga, e una ve la faccio gratis, ma adesso vado a Vienna e non rompetemi i coglioni.»

Prima di uscire dalla baracca, si voltò verso Eduard Hinden e gli disse:

«E tu non sposarti prima che torni, voglio essere alla festa.»

«Mi sposo il trenta maggio» rispose, «oggi è il venti, hai dieci giorni di tempo per guardare nella cripta, ti aspetteremo. Se per caso crepi prima, ti faremo mettere nella cripta, coi tuoi imperatori, così la finisci una volta per tutte.»

Gosto diventò ancora più serio e, prima di uscire, brontolò: «Ignoranti, stupidi, ignoranti che non siete altro!».

«Vai a vedere i casini a Vienna» gli disse l'architetto Soi, «quelli è meglio della cripta, e fatti qualche montata, ne hai bisogno.»

«Ignoranti che non siete altro!» brontolò ancora Gosto tirandosi dietro la porta.

Restò via una settimana. Quando tornò, non finiva più di esaltare Vienna e la cripta dei Cappuccini e altre robe che aveva visto. Il ventotto maggio rivò in bosco Lara, la morosa di Eduard, col bricco del caffè. Mancava due giorni al matrimonio. Gosto la fermò e le disse:

«Aspettami, ho una roba da darti, vado in baracca a prenderla.»

Lara diede il caffè ai boscaioli e aspettava in braccio al suo Eduard. Siccome nissuno era sotto padrone ma tutti era padroni, che la squadra era formata da tutti e i guadagni si divideva fra tutti, uno o l'altro poteva polsare anche ore, o assentarsi dal lavoro, bastava che recuperasse il tempo perduto.

Gosto tornò dopo più di mezz'ora con un qualcosa di tondo, a uso un piatto, fatto su in carta blu e legato con un nastro. Lo consegnò a Lara dicendo che era il regalo di matrimonio, lo aveva preso a Vienna. Lara diventò rossa e tacò a dire che non serviva, ma intanto tirava via la carta. Quando aprì la scatola tonda, saltò fuori una collana di oro puro, fatta di piccoli fiori uniti l'un l'altro da anelli. Lara restò di stucco e disse:

«Mamma, che bella! Costerà un occhio della testa.»

Gosto, orgoglioso, a petto in fuori brontolò:

«Non interessa quanto costa, è affari miei, importante è che ti piaccia e che siate contenti e fortunati.»

Gosto tornò a Vienna altre due volte e la seconda vide

in una vetrina un libro che comprò subito. Fu l'unico libro che comprò in vita e che lesse fino in fondo. Lo portò al suo paese quando vi tornò. Fu incuriosito dal titolo, per quello lo comprò. Era *Die Kapuzinergruft*, cioè *La cripta dei Cappuccini*, scritto da un certo Joseph Roth. Si informò chi fusse questo Roth. Quello dei libri gli disse che era stato ufficiale dell'esercito austriaco nella Grande Guerra e che beveva, ma era proprio bravo a scrivere. Allora Gosto gli domandò dove fusse adesso questo Roth. Il libraio rispose che non sapeva, fursi era in Francia, a Parigi, o in qualche altro posto. Poi giuntò che se non mollava il bere l'avrebbe tirata corta ed era peccato, uno così bravo a scrivere storie. Ma ancora una volta corro troppo, devo tornare al matrimonio di Lara e Eduard che si faceva il trenta maggio.

I due, dopo aver parecchiato carte e vestiti e tutto quel che occorreva, decise di sposarsi in un paesino vicino ad Altaussee. Lì c'era una chiesetta in cima a una roccia alta cento metri, con un boschetto dietro, circondata da steccati che non cadesse la gente mentre guardava giù. Alla chiesa si rivava lungo gradini tagliati nella croda, poco più larghi di un sentiero, che saliva a tornanti corti e ripidi, anche quelli protetti da steccati.

Amici di Eduard e boscaioli aveva comprato e portato su ogni ben di Dio, da mangiare e da bere, che poteva festeggiare tutto il paese. Aveva portato anche tavoli, panche, sedie di paglia e sgabelli da sedersi, casomai fusse ciochi e stanchi. Il piano era bastanza largo da fare anche qualche ballo dopo aver festeggiato gli sposi.

La notte prima delle nozze, Santo e Gosto dormì lassù, sotto il portico della chiesa, per far la guardia che nissuno andasse a rubar il mangiare o bersi il vino, la birra e la sgnapa. Dormì poco e niente. Guardava il cielo pieno di stelle che pareva prati di mirtilli e scoltava il lamento di uccelli notturni che belava come agnelli che ha perso la mamma. Dall'alto rotolava l'aria fina dei monti. Passando per i boschi tagliati l'autunno prima prendeva per mano l'odore delle resine colate, portandolo al naso dei due che stava sulla roccia. Ogni tanto veniva un gufo a trovarli, si poggiava sullo steccato e guardava qua e là girando la testa con l'avanti per dietro, come avesse un perno.

A un tratto spuntò la luna, piena, tonda come una forma di formaggio. Prima di alzarsi nei prati di mirtilli, andò a grattarsi la pancia sulle punte delle montagne. Poi si mise a camminare nel cielo spingendo le montagne sempre più in là. Ogni tanto la notte tossiva, faceva puf, e dopo ancora puf. Era suoni lontani, colpi di fiato che appena si sentiva. Santo disse: «È la neve delle cime a pusterno che cade a fette, la primavera sta rivando anche lassù, a pulire le montagne e sciogliere la neve per riempire i catini delle valli».

Gosto parlò degli sposi: «Sono fortunati, maggio è un bel mese per sposarsi» disse.

«Maggio è un bel mese per far tutto» sospirò Santo, «anche morire.»

«No» rispose Gosto, «se stai crepando maggio diventa brutto, e anche aprile.»

Così ciacolava, spettando che passasse la notte, venisse chiaro e rivasse gli sposi e il prete e tutta la combriccola di seguito. Ma le ore stentava a passare. Allora i due fece fuori una bottiglia di vino seduti sulla panca. Intorno alla chiesa, la notte palesava i suoi misteri mandando avanti spiriti che brontolava, spiava, accendeva occhi, soffiava, fischiava.

«Chissà perché han fatto una chiesa quassù» disse Gosto, «con tutti i posti comodi che c'era.»

«Fursi per esser più verso il cielo» rispose Santo.

Da lassù, sfiorando con gli occhi gli steccati, si vedeva in fondo le luci del paese e, più lontano, lucine piccole che ogni tanto brillava di più, come se qualcuno gli desse forza giuntando corrente o petrolio.

A una certa ora Santo si stufò. Aveva le ossa umide e indolorite. Si levò, girò nel boschetto, tornò con una branca di frasche e accese il fuoco in mezzo al piccolo slargo piantonato da tavoli e panche. Poi cercò legna più grossa e la buttò su. Le fiamme prese forza, cominciò a soffiare e levarsi con scatti e colpi di coda che mandava vampe fino al muso di Gosto. Il piazzale si illuminò come fusse giorno e gli spiriti della notte, spaventati dal fuoco, sparì.

Gosto si levò anche lui, cavò da un cesto na bottiglia di vino e andò a sedersi con Santo. E lì, intorno al fuoco, ciacolando del più, del meno e del diviso, visto che divideva il vino passandosi la boccia, aspettò rivasse il giorno.

Questo rivò coi primi canti di uccelli, che aprì il becco nel bosco dietro la chiesa. Poi passò la voce agli altri, che tacò a cantare nei boschi alti e le montagne intorno. La luna se n'era andata da un pezzo quando il bordo dei monti diventò viola, poi rosso, e tutti quei mirtilli nel cielo chiuse gli occhi e sparì. Dall'alto, dove prima la notte tossiva e faceva puf, adesso rivava in chiesa il grugulo dei galli forcelli in amore e dei cedroni. Un po' alla volta, il rosso diventò chiaro e le montagne, apparse come per incanto, pareva scontornate dal lapis copiativo tanto era nette e precise. A quel punto ormai fu giorno e tutto sembrò più freddo.

Verso le nove, mentre il sole del primo mattino incendiava lo spiazzo, indorava la chiesa, faceva luccicare le bottiglie nei cesti e chiudere le ciglia all'ultimo fuoco, tacò a spuntare le persone. All'inizio rivò i boscaioli della squadra, Piero, Stefano e Raffaele in testa. Poi, man mano, amici di lei e amici di lui, e ancora parenti di lei e parenti di lui.

Tutti portava qualcosa da bere e da mangiare, e le scorte lassù aumentava. Verso le dieci rivò il prete e gli sposi seguiti da altra gente, coi genitori di Eduard e Lara. Ormai quasi non stava più tutti sul piazzale in cima la croda, allora il prete disse che si doveva cominciare. I boscaioli aveva portato fasci di mughe per bandierare la chiesa, che alla fine pareva un bosco. Intanto che il prete parecchiava il matrimonio, la gente beveva e mangiava e due uomini suonava le fisarmoniche.

Finalmente, quasi a mezzogiorno, Eduard e Lara disse quel "sì" che tutti aspettava. Gli sposi vestiva costumi della Stiria, proprio belli da vedere. Non solo i costumi, era belli loro due. Na volta detto sì, gli sposi lasciò perdere la chiesa e andò sul piazzale a far festa insieme agli altri. Anche il prete tacò a bere qualche gotto, e non solo qualche. Si capiva dal naso, che era uno che beveva. L'aveva grosso e rosso a uso pomidoro, carolato[86] e smangiato come da un esercito di tarli. Nelle messe doperava un calice da litro per aver più vino. Intanto l'allegria e la festa prendeva piede, tutti mangiava e beveva. Più che altro beveva. Anche lo sposo beveva, la sposa invece quasi niente.

Il gruppo aveva intenzione di tirare avanti fin tardi e dopo scendere al paesino a finire la festa per le vie. Ma, tra il dire e il fare, stava in mezzo bottiglie di vino, birra e acquavite, che si svuotava a velocità di slavina. Verso le due era tanti i ciochi che ballava alla voce delle fisarmoniche sullo spiazzo.

Era cioco anche Eduard quando domandò un ballo alla sposa. Lara non voleva, s'era incorta che il marito non stava quasi in piedi, ma lui insisté, la prese per un braccio e tacò a farla girare. Gira e gira, ogni tanto Lara lo teneva su, se no andava per terra, e tutti e due rideva e cantava e intanto girava e si baciava. A un certo punto girando a trottola era rivati vicino lo steccato, quando Eduard si sbilanciò e sfuggì dalle braccia di Lara. Lei cercò di riprenderlo ma lui era già lontano e stava per cadere. Per non cadere si mise a scarpedare[87] tentando di drizzarsi, aumentando la velocità. Non s'accorse il giovine di essersi lanciato verso lo steccato. Lo colpì col petto come quando il boldo colpiva l'intaso, disfacendolo. La stangata[88] si spaccò aprendosi come una porta e da quella porta passò il povero Eduard, che finì ai piedi della roccia, cento metri sotto. Chi lo vide fece urli, chi non si era accorto continuava a ballare, le fisarmoniche suonava.

Anche Lara fece un urlo. Solo uno. Poi, prima che qualcuno rivasse a fermarla, si lanciò di corsa verso il buco nello steccato e sparì di sotto. Allora sì che sul piazzale diventò silenzio.

Ormai si era accorti tutti di quel che era successo e a tut-

[86] Bucherellato.
[87] Correre disordinatamente.
[88] Staccionata.

ti passò di colpo la cioca. Cominciò a piangere e disperarsi e i parenti a urlare e cavarsi i capelli. I più calmi prese la discesa di corsa, per andare a vedere, ma senza la minima speranza di trovarli vivi. Un salto così non lascia vivo nissuno, nianche un gatto. I genitori dei disgraziati giovini fu compagnati in basso tenendoli a braccia, perché non stava in piedi. Tanto era il dolore e la disperazione che tremavano, piangevano e ogni tanto belavano come agnelli quando gl'impianti il cortello nel collo a coparli.

Laggiù, sul piano di erba verde e sassi, i giovini sposi era una sopra l'altro, come a star uniti anche nella morte. La gente, amici, compagni, parenti e boscaioli, non parlava più. Non parlava più nissuno, piangeva soltanto. La disgrazia era grande, le parole non occorreva, l'unica roba era tacere. Eduard e Lara fu portati nella chiesa del paese, lavati in viso ma lasciati vestiti com'era quel giorno. Nissuno voleva toccarli e, con l'accordo dei genitori, fu seppelliti così, col vestito da sposi.

Quella storia fece il giro delle valli e lasciò tutti muti e fiacchi di dolore, come quando morì il giovine Paul cadendo dalla montagna. La squadra di boscaioli tornò al lavoro, ma le manére cantava fiacche. La mancanza di Eduard e di Lara, che compariva col caffè nel bosco, aveva lasciato gli uomini senza forza né voglia di far niente. Solo dopo una settimana forza e decisione tornò. Ma l'allegria e la voglia di ridere ci mise molti giorni prima di pennellare ancora il viso di quegli uomini forti, con le mani di pietra, conastri[89] nel corpo come carpini ma teneri e freschi nell'anima come la prima neve d'autunno.

E così la vita ricominciò e il canto delle manére suonò ancora per le valli da mattina a sera, rivando fino alle punte dei monti a far aprir le orecchie alle zurle[90], che scoltava girando la testa.

[89] Tenaci, contorti, resistenti.
[90] Gracchi.

22
La fuga

La squadra di Santo diventava ogni mese più potente, come la valanga, che parte piano e poi si gonfia, si slarga e corre sempre più forte, raspando via tutto quel che trova finché non sbatte il muso a fondovalle. Ma, se la valanga corre pochi minuti, la squadra di Santo durò anni prima di fermarsi. E dove passava non lasciava quasi niente, proprio come na grande slavina, che strappa il bosco e lo raspa fino a sbiancar le crode. Quei due aveva puntato ai soldi e voleva farne tanti. Tutto questo a scapito del bosco, era diventati boscaioli da rapina. Se avesse fatto i pescatori, Santo e Franz avrebbe disfatto il mare.

Nei mesi che seguì la morte degli sposi, la squadra fece piazza pulita di boschi. Tagliava e vendeva, vendeva e tagliava. Cercava lotti in tutte le zone dove comandava il verde e cresceva piante cedue e pini, abeti, larici e perfino alberi da frutto.

Ma la cuccagna, nell'Austria dell'impero, non doveva durare più. Nel 1914 un matto copò a pistolate il principe che doveva reditare il posto dell'imperatore e copò anche sua moglie. Da quel fatto partì una guerra che copò mezza Europa.

Santo e la squadra, quando capì che la brace diventava fuoco e l'aria si scaldava, lasciò l'Austria e si rifugiò in Svizzera a tagliar boschi anche là. Ma occorre andar per ordine.

Allora, questo principe fu copato intorno fine giugno del 1914 e l'Austria disse che voleva tacar guerra alla Serbia. A luglio Hofmannsthal disse a Santo che se veniva la guerra non sarebbe più tornato ad Altaussee. Santo e Keil capì che le robe andava storte e, prima di esser presi a spalle nude sotto la grandine di piombo, decise di scappare in Svizzera. I due radunò la squadra e disse che chi voleva andare con loro alzasse la mano. La alzò quasi tutti, compresi Piero Caporal, Gosto, Stefano e Raffaele. Si decise di dividersi in gruppi da due-tre e trovarsi dopo na settimana ad Arbon, sul lago di Costanza, in Svizzera. Dopo dieci giorni, chi rivava rivava, chi non rivava voleva dire che si era perso, aveva rinunciato o era morto. Allora, prima che qualcuno si perdesse o morisse, Santo e Keil liquidò la squadra dei soldi che gli doveva, fino all'ultima palanca, a dirla in ertano.

Prima di dividersi, l'architetto aveva studiato la via per rivare in Svizzera. Col lapis, aveva scritto la strada da fare su fogli di carta distribuiti a ognuno. Doveva trovarsi tutti ad Arbon, da lì andare a Biel, dove Soi aveva una parente. Da quel momento in poi tutti doveva rangiarsi a fare il viaggio, passare il confine dove gli pareva e per conto suo. Dopo dieci giorni, chi prima chi dopo, arrivò un po' di uomini sul lago di Costanza ad Arbon, dove Stefano aveva scelto l'albergo da radunarsi. Di tutta la squadra rivò otto boscaioli, gli altri alla fine aveva scelto di stare in Austria a difendere la patria.

Quelli scappati era Santo, Keil, Gosto, Piero, Stefano e Raffaele, più due bravi giovini che non aveva voglia di crepare per nissuno, tanto meno per la patria. Non era tanti, ma era giusti. Prima di partire, aveva ritirato i soldi dalle banche e messi nello zaino. Aveva zaini pieni di schei.

Dal lago di Costanza si spostò tutti a Biel, dove Stefano aveva una parente che lavorava all'albergo Zum blauen Kreuz. Da lì si poteva riordinare la squadra con un punto d'appoggio.

Quando fu a Biel, la squadra finalmente rivò a conoscere questo parente di Stefano che lavorava all'albergo Kreuz. Era una donna bionda, bella da far voltar la testa. Si chiamava Evi e altro non era se non l'amante di Stefano. Se non fusse stato il casino della guerra imminente, lei lo avrebbe raggiunto ad Altaussee. Adesso si capiva perché Stiefen scriveva e riceveva lettere dalla Svizzera. E perché era scappato da casa. Ma non poteva andare diretto da lei a Biel? No, lei era sposata, prima doveva slontanare il marito o slontanarsi da lui. Infatti Evi si slontanò. Da Brixen era scappata a Biel in attesa di unirsi a Stiefen.

Evi fu di gran aiuto nei primi giorni di Biel. Trovò posto per tutti nell'albergo Kreuz e indicò le persone adatte per avere boschi da tagliare. Lì non c'era tanti ma più in su, verso Albbruck, era foreste da far spavento. Ci volle diversi mesi prima che la squadra riprendesse il fiato di un tempo. Il progetto era spostarsi verso Davos man mano che il lavoro chiedeva boschi, ma ormai era l'inverno, conveniva stare là.

In Svizzera era diverso che in Austria. Pareva più bella ed era più semplice avere lotti da tagliare e c'era meno regole da rispettare. Ma c'è da dire che la squadra di Santo regole ne rispettava poche. Se vuoi far soldi, regola prima è non rispettar regole, altrimenti soldi niente. Soprattutto se sei onesto palanche non ne vedi.

Nell'albergo Blauen Kreuz c'era un tipo sui trentacinque che abitava all'ultimo piano, in una camera sotto il tetto. Era uno strano, che taceva e camminava. Spesso i taglialegna lo incontrava su per i boschi o anche per strada. Sempre solo, camminava giorno e notte e ogni tanto si fermava a segnare con un lapis robe su un quaderno. Parlava poco o niente, era fatica cavargli una parola. Però salutava e rispondeva ai saluti con creanza e rispetto.

Nel tempo che si fermò a Biel, Santo e gli altri avé modo di conoscere quell'uomo solitario, sempre intento a passeggiare o a scrivere quaderni. Perché di notte, se non camminava, scriveva nella sua camera sotto il tetto dell'albergo. Ma scriveva così piccolo che nianche con la lente si riusciva a leggere. Evi disse che era lì da diversi anni e passava i giorni a scrivere e camminare. E tacere. Mangiava poco, più che altro beccava, come un fringuello. Se qualcuno gli faceva domande, dava risposte a tocchi come i boscaioli fa tocchi delle piante.

Si chiamava Robert Walser. Era uno scrittore, uno conosciuto e bravo, ma guai a dirgli che era bravo e conosciuto. Si arrabbiava rispondendo che lui era zero, niente di niente. Dopo i tempi di Altaussee, dove d'estate si radunava gente che scriveva parole da leggere e da musica, a Santo piaceva parlare con gli scrittori e provò anche con Walser. Ma Walser era un albero diverso, non era come gli altri. Questo qui non tacava spago con nissuno. Però camminava, allora Santo, quando aveva tempo, lo seguiva. Lui si lasciava seguire, bastava che chi seguiva non parlasse.

Così, un po' alla volta, Santo diventò amico di quell'uomo e scoprì che aveva un anno meno di lui, essendo nato nel 1878 e Santo nel '79. Era un anno di differenza, ma Walser pareva più vecchio di Santo. Santo pensò che era i pensieri a invecchiarlo in anticipo. O la vita solitaria che faceva, quel suo riempire sempre quaderni, scrivere libri e mangiare poco.

Tra Biel, Davos e tanti altri posti e paesi dove la squadra si spostava, Santo restò in Svizzera a fare il boscaiolo fino alla primavera del 1919, mentre tutto intorno l'Europa si copava nella guerra.

Durante quel periodo il camminatore Robert Walser aveva scritto vari libri di racconti. Santo li lesse un po' alla volta, ma fece fatica. Sotto la guida di Hofmannsthal aveva imparato a leggere bene, ma quel che scriveva Walser era difficile da capire. Walser non scriveva difficile, era Santo non abituato a leggere, e allora perdeva i sentieri e non capiva. Doveva ripigliar pagina dopo pagina anche due, tre volte, ma alla fine ne usciva fuori. Riuscì a leggere *Der Spaziergang*, *Prosastücke*, *Poetenleben*, *Seeland*, tutte storie di Walser. E non fu poco per un salvatico come Santo. Che però aveva la buona intenzione di rendersi migliore, anche se la sua vita ormai non la calcolava nel tempo a venire. Quello che gli era successo gli teneva la testa sott'acqua come una mano che la spinge nella fontana.

«Va' in mona pensieri e morti» brontolava ogni tanto, «si vive na volta sola, e una si crepa. Non mi farò mancare niente, dalle puttane al legger libri.»

Intanto la guerra continuava a tagliare uomini come i boscaioli tagliava alberi, o meglio, come la squadra di Santo tagliava alberi, che faceva piazza pulita anche di quelli piccoli o vecchi, o di quelli da lasciare a semenza.

Da quando era scappato da Erto, Santo non aveva più saputo niente del paese, né della gente, né della deda troia che quando era bambino gli diceva "brutto". Aveva tagliato i ponti con tutti, non aveva mai scritto lettera o cartolina. Non sapeva niente di niente, né chi era nato, né chi era vivo né chi era morto. Né chi era malato.

Sapeva però che la guerra era passata lì come altrove, immaginava avesse tagliato e rovesciato gente come si rovescia alberi, e questo gli dispiaceva. Quando pensava a Erto, gli veniva voglia di fare un salto a vedere, ma poi soffocava la voglia, come quando Agusto Peron soffocava il gallo vecchio per far brodo.

Intanto la guerra finì e rivò la primavera del 1919, quando Santo decise di tornare in Austria.

23

Di nuovo in Austria

Non occorre dire qui cosa aveva combinato la guerra in quegli anni. Questo lo sa tutti e non serve ripetere quello che tutti sa. Invece è da tornare a Santo, e alla squadra di tagliaboschi.

A Biel si stava bene, lavoro ce n'era e anche da divertirsi per chi voleva. Ma passata la tempesta di piombo, a Santo arrivò la nostalgia di Altaussee, dei boschi della Stiria e della Carinzia, degli amici scrittori e musici, e anche di Valbruna e delle montagne d'Austria. In Svizzera, durante quegli anni, era riuscito a montare su qualche cima, ma non era la stessa roba. Lui voleva tornare ad Altaussee e da lì muoversi per l'Austria, come un tempo. E poi voleva sapere cosa era successo nel cuore dell'impero, chi era vivo e chi era morto, chi era rimasto e chi andato via.

Santo radunò la squadra e disse chiaro e tondo che lui tornava ad Altaussee. Chi voleva seguirlo lo seguiva, chi voleva restare era libero di restare. Tutti decise di tornare in Stiria fuorché i due striaci che, per non fare guerre, era scappati dall'Austria con la squadra di Santo. Invece gli altri tornò e Stiefen si portò anche Evi.

Gli uomini viaggiava per conto suo con l'accordo di trovarsi ad Altaussee entro dieci giorni. Se qualcuno tardava, pazienza, si aspettava. Così, in meno di una settimana, i boscaioli di Santo e Keil rivò ad Altaussee.

Durante il viaggio poté accorgersi di quanto male aveva fatto la guerra, e danni e distruzioni. Tutto era sottosopra. Non fu facile riprendere il filo del lavoro e avere lotti da tagliare. Ma la squadra era in gamba e occorreva legname. Era da ricostruire tutto: case, palazzi, rimettere in piedi quel che la guerra aveva rovesciato.

Fu proprio in quel periodo che Santo e gli altri fece più soldi. La squadra girò l'Austria boschiva da cima a fondo per tagliare e vendere legname, tenendo sempre base ad Altaussee. Mentre tagliava, gli uomini si n'accorse che la guerra aveva colpito anche le piante. La grandine d'acciaio, sventagliando boschi e foreste, aveva triturato e inciso ogni albero. Non era raro che le manére trovasse nei tronchi schegge, pallottole o ferri, che lasciava il filo sgrafiato come na raspa. Dapprima, appena finita la guerra, si poteva capire dove stava la scheggia perché c'era il buco nella pianta. Se era pini, abeti e larici, buttava resina dagli sbreghi come sangue. Ma dopo un po' di anni l'albero fasciava la ferita fino a sciugarla e guarirla e non si capiva più se dentro era schegge o pallottole, e allora addio al filo delle manére. Più di un boscaiolo dové cambiarla e comprarsi la Müller nuova di zecca. Capitò pure a Santo e Franz Keil. Keil diceva sempre: «La guerra non ha disfatto solo case e uomini, ma anche selve e boschi».

Poi, pian piano, come la resina guarisce l'albero, la natura guariva le ferite della terra, e gli uomini anche si guariva. Un po' alla volta, tornava a rifar le case e riprendere la vita di un tempo, di quando non era ancora passata la grandine d'acciaio.

Santo aveva deciso di trovarsi una casetta ad Altaussee e la trovò. Una specie di baita sul lago, mezza di sassi e mezza di legno. Era stufo di baracche e alberghi e delle ciacole di gente intorno.

D'estate ad Altaussee tornò gli scrittori e anche i musici, ma stava seri e avviliti. Qualcuno era morto. La guerra li aveva bastonati, il loro cuore piangeva. Giorno dopo giorno, aveva visto l'impero disfarsi e la patria morire e uccidere uomini, donne e bambini, vecchi e vecchie.

Santo un giorno vide Hofmannsthal davanti l'albergo dove andava sempre a scrivere. Era seduto in una specie di cesta che dondolava su stanghe piegate a U. Andò lì e gli disse: «Vedo che è tornato. Aveva detto che non sarebbe più tornato se veniva la guerra. Perché è qui?»

Non si rese conto, Santo, della domanda screanzata. Hofmannsthal si levò dalla cesta, andò a sedersi a un tavolo e invitò Santo con lui. Santo obbedì. Quando gli fu di fronte, lo scrittore disse:

«Sono tornato perché amo immensamente questa terra, e più passano gli anni, più mi sembra ricca. Quando sarò vecchio, dai suoi torrenti, dai suoi laghi e dai suoi boschi mi verranno incontro i ricordi dell'infanzia, e il cerchio si chiuderà.»

Quelle parole spaccò il petto di Santo come il cuneo spacca il tronco. Si ricordò del suo paese e dell'infanzia nei boschi e nelle valli ertane, dei vecchi maestri, in testa Agusto Peron, che gl'insegnava a tagliar piante doperando meno colpi possibile. E gl'insegnava a rasarsi i peli con la scure, a conoscere alberi, lune calanti e crescenti per tagliare meglio. E gl'insegnava che ogni albero serve a far qualcosa. E gl'insegnava a bere il vino e come si fa a montar sulle donne.

«Il vino va masticato, canaj» gli diceva Peron, intendendo che il gotto va bevuto piano, non tutto d'un fiato. «E anche le donne va masticate» gli diceva, intendendo l'istessa regola del vino.

Insomma, le parole di Hofmannsthal aveva portato davanti agli occhi di Santo la terra dove era nato, la sua gente, e più di tutto infanzia e gioventù. Un groppo come un sasso incastrato gli bloccò la gola. Santo non rivava a respirare e nianche a piangere, seppur sentiva che di piangere gli veniva voglia.

Santo non dimenticò mai le parole di Hofmannsthal, per non dimenticarle se le fece scrivere su un triangolo di carta che mise nel taschino interno della giacca. Ogni tanto le leggeva.

Sotto la guida del maestro scrittore, e poi negli anni svizzeri, ormai Santo leggeva bene e non perdeva occasione di aprire un giornale o qualche libro.

Un giorno, verso la fine del 1921, Hofmannsthal gli regalò un libro suo, con tanto di firma nella seconda pagina. S'intitolava *Der Schwierige* e Santo si mise a leggerlo. Un po' alla volta rivò in fondo ma non capì quasi niente. "Altro che Walser" pensò, "questo qui sì che scrive intricato!" Ma anche se si perdeva nell'intrigo, Santo leggeva l'istesso, perché gli piaceva l'andamento delle righe: era come sentire una musica o il cantare di un ruscello, e quindi era rivato a dire che si poteva esser contenti di un libro senza aver capito niente, o quasi.

«Non capisco molto» disse un giorno a Franz Keil che lo aveva trovato a leggere *Der Schwierige*, «ma sento il suono delle parole come na musica. La musica non ha parole eppure piace l'istesso. Così io leggo con le orecchie, anche se vedo le parole con gli occhi.»

In questo modo la vita di Santo andava avanti. I mesi passava un dopo l'altro, e lui e la squadra si trovava sempre al taglio dei boschi. Poi, da solo, nei bagordi, nelle feste e con le puttane e, ogni volta che poteva, nei rari momenti di pace, anche con un libro in mano. Di tanto in tanto gli veniva in mente le parole di Hofmannsthal. Allora tirava fuori il pezzo di carta e leggeva, pur sapendole a memoria. Ogni volta che le leggeva, gli veniva voglia di tornare a Erto e farsi venire incontro dai suoi boschi e dai suoi torrenti e finalmente chiudere il cerchio.

Santo aveva adattato la testa alla vita lontano da casa, ma non era contento. La storia di Jacon Dal Movi e di Paula Francesca lo tormentava, e anche Giovanna lo tormentava. Lo tormentava tutto e tutti e, se adesso aveva fatto i soldi, contento non era. Quando ci si mette contra la vita, si decide che le donne son tutte vigliacche e di conseguenza si va solo con le puttane, si distrugge boschi per far soldi e si copa un amico, non si può esser contenti. Così pensava Santo, che il rimorso lo conosceva e lo sentiva. Lo sentiva mordergli le caviglie come un cane rabbiato, per questo contento non era mai. Fursi era addirittura stufo di vivere, ma non voleva dirselo.

Tornato ad Altaussee con la squadra e uno zaino pieno di ricordi svizzeri, s'era incorto che il suo maestro di lettura Hofmannsthal era sempre avvilito. Un giorno trovò coraggio di domandargli perché era sempre avvilito, mentre una volta si allegrava e rideva di gusto. Lo scrittore lo fece sentare ancora al tavolo d'albergo dove scriveva e disse:

«Durante quella maledetta guerra, che non doveva mai nascere, sono stato ufficiale della riserva in Istria fino al 1916. Poi ho lavorato all'archivio di guerra e nel servizio stampa del quartier generale. Dal '16 in poi, ho svolto missioni politiche in Scandinavia e Svizzera, intanto seguivo col più gran dolore dell'anima la caduta del mio amato impero asburgico. Non mi rassegnerò mai a questa perdita, caro amico, questa tragedia me la porterò alla tomba. La caduta dell'impero asburgico è per me una sventura personale e le sventure personali non fanno venir voglia di ridere.»

Santo non rispose. In quel momento nissuno immaginava che una disgrazia fursi peggiore avrebbe colpito Hofmannsthal da lì a qualche anno, sbregandolo come la saetta sbrega e scarnifica il larice.

Per dieci anni si lavorò a rifare quello che la guerra aveva disfatto e raspato via. La squadra di Santo fu una delle più scaltre a fornir legname. Non aveva pietà di niente e di nissuno, né di alberi né di uomini. Ma non era la sola squadra, altri boscaioli aveva fatto gruppo per guadagnare soldi a spese dei boschi. Solo rasando a terra i boschi si può far soldi a badilate col mistiere di taglialegna. Santo non digeriva rivali e, quando perdeva un lotto o un contratto, andava di notte a incendiare il bosco che non era toccato a lui. In dieci anni ne bruciò più di trenta.

Keil aveva immaginato fusse Santo a dar fuoco, ma non era sicuro. Però ogni volta che perdevano un lotto, quel lotto diventava cenere. Allora lo affrontò e gli disse: «Santo, non va bene bruciare i boschi». L'aveva buttata lì, per vedere se l'altro si tradiva. Visto che non era sicuro fusse lui o altri della squadra, l'aveva provocato apposta. Santo si tradì. O meglio, palesò. «A noi o a nissuno» rispose. «I lotti deve venire a noi, se no fuoco. Se non sei d'accordo dividiamo soldi e attrezzi, e te ne vai.»

Keil non se ne andò, restò con Santo. Con lui era da far soldi a palate e i soldi, quando viene a palate, fan gola a tutti e storcono i sani comandamenti anche a gente onesta come Franz Keil. La rabbia di Santo aveva acceso le micce di nuove guerre dei boschi, come quella che molti anni prima aveva ucciso Agusto Peron. Ma stavolta morti niente, bastava distruggere boschi, con la manéra o col fuoco.

Ormai non era più nianche quistione di soldi, ma orgoglio. Santo non sopportava che qualcuno gli passasse avanti. Ma qualcuno gli passava, non era pensabile che tutti i boschi dell'Austria li tagliasse lui. Però c'è da dire che dove poteva mettersi in mezzo a fermare i contratti lo faceva e ci riusciva. Dove non riusciva incendiava.

Santo stava diventando na porcheria di uomo, e anche cattivo, se occorreva. Mano a mano che perdeva fiducia negli uomini, l'onestà in lui si spegneva, come soffiar sulla candela. Al suo posto prendeva forza l'impulso malvagio che aveva mentre copava Jacon Dal Movi. O quando tramava far fuori Tomaso De Bartol per vendicare Agusto Peron. Negli ultimi tempi aveva ricominciato a far girare pensieri di vendetta e l'idea di far fuori De Bartol gli furiava in testa, come un'ape arrabbiata. Se mai fusse tornato a Erto, la prima roba era frontarlo, accenderlo per farlo reagire e quando reagiva un colpo di manéra in testa e buon arrivederci.

Il pensiero della vendetta lo teneva sulle braci vive. Se uno dei due non fusse morto prima dell'altro, era sicuro che un giorno avrebbe incontrato De Bartol. Si ricordava di aver detto ai paesani che non toccasse il bastardo, toccarlo era compito suo.

Però Santo aveva giurato a se stesso di non copare più nissuno per nissun motivo. Il rimorso e il pentimento per Jacon Dal Movi lo aveva rosicato giorno dopo giorno, come un tarlo che si è messo in testa di lavorare con pazienza e a lungo.

Ma il chiodo della vendetta non lo poteva cavare, anzi: invece di guarire come succede agli alberi quando gli si sbrega la corteccia, lo sbrego di Santo era andato in cancrena. Prima era morto l'amore per le donne, adesso il rispetto per la natura, che gli era stato insegnato quando era canaj. Così, appena gli veniva in mente Tomaso De Bartol, i buoni pensieri andava a farsi benedire. A Santo gli montava l'odio. Gli veniva voglia di tagliarlo a tocchi con la sega piccola, che il dolore durasse di più.

Un giorno Gosto Nari, dopo anni che stava zitto sulla cripta dei Cappuccini, tornò ancora su quella solfa. Quasi ogni giorno brontolava della cripta. Voleva tornare a Vienna a fare un'altra visita a quel posto, e c'era un motivo. Il 21 novembre del 1916, intanto che loro stava in Svizzera, e la guerra dava manerate a destra e sinistra, era morto l'imperatore Francesco Giuseppe.

Gosto, come tutti, era venuto a saperlo dai giornali. Non aveva detto niente, ma l'idea di andare a vedere dove era sepolto l'imperatore gli girava nella testa. Così andò ancora a Vienna e sté via quindici giorni. Poi tornò e raccontò che al posto del vecchio imperatore avevan messo un nipote che si chiamava Carlo. In pratica disse robe che tutti sapeva ma lui era fatto così, diceva robe che sapeva tutti. Per esempio pioveva, tutti stava in baracca, rivava Gosto e diceva: «Piove».

Ma a sto punto occorre andare avanti, far passare un po' di anni, altrimenti non si finisce più con la storia di Santo della Val. Storia che fursi non interessa a nissuno; in fondo, chi è che vuol sapere la vita del boscaiolo Santo Corona della Val Martin? Ma siccome le ciacole della gente ha detto di tutto sulla figura di quest'uomo, quasi sempre robe fuori posto e non vere, era ora di contarla giusta per la giustizia e la verità.

Torniamo ad Altaussee. Nel 1929 successe due robe che lasciò Santo avvilito e stanco, senza spirito di far niente per molti mesi. In primavera Santo si n'accorse che Stiefen, l'architetto boscaiolo che ormai viveva con la sua Evi in una casa di Altaussee, era sempre pensieroso. Pareva non aver più voglia di menar la manéra, né di stare con la squadra, né di fare altri lavori. Una sera Santo e Piero andò a trovarlo e lo scoprì con un pezzo di carta in mano. Era una carta piegata in quattro, fursi in otto. Stefano l'aprì e fissò a lungo quel foglio slargato a tovaglia. Era una carta geografica dell'Italia, ma Stiefen non guardava l'Italia. Stefano Soi guardava quel pezzo di Italia che sta a sinistra. A tirarla corta, guardava la Sardegna, dove era nato, cresciuto e vissuto fino all'imbarco per Padova. Quando vide gli amici, tirò fuori una bottiglia di acquavite e riempì tre bicchieri.

«Troppa» disse Piero.

«Bevetela, vi occorre» rispose Stiefen, «quel che sto per dirvi vuole grappa a tenere il colpo.»

Prese un lapis che era sul tavolo, segnò un cerchio in una zona della Sardegna, poi puntò il dito e disse:

«Torno a casa, a Nuragus, il mio paese. Ne ho abbastanza di fare il vagabondo e ho abbastanza soldi per vivere. Laggiù a Nuragus voglio impiantare ulivi e vigne, fare olio e vino, e stare in pace. Uno di questi giorni l'avrei detto ma, visto che siete qui, a voi lo dico subito.»

Santo e Piero svuotò i bicchieri di acquavite senza parlare. Sempre tacendo, li empì di nuovo e li bevé.

«Sei sicuro?» chiese Santo.

«Sicuro» rispose Stiefen, «è mesi che penso al mio paese, voglio tornare laggiù. Evi è d'accordo, partiremo prima dell'estate. Un poco mi dispiace, dopo tutti questi anni insieme è fatica andare via, ma la terra sta chiamando, e chiama a gran voce.» Santo non poté fare a meno di pensare a Hofmannsthal e alle parole scritte su un pezzo di carta. «So perché torni» disse a Stefano, «torni per questo.» Cavò dal taschino interno della giacca il triangolo di carta e glielo sporse, che leggesse.

Stiefen lo lesse e rispose: «Proprio per questo».

Ancora una volta, Santo sentì la voce del suo paese e delle valli, dei boschi e dei torrenti di casa. Ancora una volta gli venì voglia di tornare e un poco invidiò Stefano.

Così, intorno alla fine di maggio, Stefano e la sua bella Evi salutò il gruppo e se ne andò. La sera prima la squadra fece festa ad Altaussee, tutti s'inciocò come pecore storne e dopo, ciochi, provò a cantare, ma canti non veniva. Veniva lacrime.

Stiefen lasciò tutti i suoi attrezzi alla squadra, e anche i suoi averi, come vestiti e altro. Non portò via niente, solo una caraffa da birra per ricordo. E, naturalmente, i soldi che aveva messo da parte. Tutta la squadra li accompagnò a Salisburgo a montare sul treno, e tutti gli uomini cavò un po' di soldi dalle tasche per darli come regalo. Tornando da Salisburgo, la squadra si inciocò di nuovo, per dimenticare la perdita di Stiefen e di Evi. Era un colpo troppo forte per rassegnarsi senza stordire la testa con l'acquavite. Santo sospettò che quella partenza fusse l'inizio del disfacimento della squadra, invece la squadra non si spaccò.

L'altro fatto che avvilì Santo in quell'estate del 1929 fu questo. Il tredici di luglio uno dei tre figli di Hofmannsthal, Franz, di ventisei anni, si tirò un colpo di rivoltella e morì. I giornali ne parlò e Santo venì a saperlo. Hofmannsthal viveva a Rodaun, vicino a Vienna, e lì per lì Santo pensò di andare al funerale. Ma poi lasciò perdere. In fondo chi era lui per andare al funerale del figlio di quell'uomo famoso? Nissuno. E poi, fursi, lo scrittore voleva star solo. Solo col suo dolore.

Santo pensò di aspettare, che passasse il peggio, e stringere la mano a Hofmannsthal quando tornava ad Altaussee. Allora riprese il lavoro in attesa che lo scrittore comparisse lassù, a piangere il figlio passeggiando intorno al lago coi boschi infioriti dall'estate. Ma Santo quella mano non l'avrebbe più stretta.

Due giorni dopo, il quindici luglio, intanto che andava al funerale del figlio, Hofmannsthal sentì na punta di falce entrargli nella testa. L'uomo andò giù come va giù l'albero all'ultimo colpo di manéra. Andò giù e fu morto. Era morto di crepacuore, anche se i giornali parlò di una vena rotta nella testa.

Può essere stata la vena, è vero, anzi, di sicuro fu lei, ma quella vena si rompé causa il crepacuore che Hofmannsthal sentì per la morte del figlio. Era una roba che non poteva sopportare. Il suo corpo, come un albero debole spinto dal vento, da qualche parte dové cedere. E cedé nella testa, dove stava pensieri che piangeva. Hugo von Hofmannsthal non tornò più a scrivere le sue pagine nella pace del piccolo albergo, né a camminare intorno al lago di Altaussee. Da quel momento, tutti lassù restò avviliti e le estati non fu mai più come prima.

Santo tirava fuori ogni giorno il pezzo di carta e leggeva le parole dello scrittore. "... Quando sarò vecchio, dai suoi torrenti, dai suoi laghi e dai suoi boschi mi verranno incontro i ricordi dell'infanzia, e il cerchio si chiuderà." Invece vecchio non fece in tempo a diventare. Morì che aveva cinquantacinque anni, di colpo, come falciato dalla saetta. Non fece in tempo a vedere i ricordi dell'infanzia che gli veniva incontro dai boschi, dai laghi e dai torrenti.

"Povero Hofmannsthal" pensava Santo mettendo via il biglietto.

Non andò nianche al suo funerale. Due giorni dopo che fu seppellito Hofmannsthal, il padrone dell'albergo vide Santo che beveva una birra proprio in quel tavolo dove lo scrittore scriveva e gl'insegnava a leggere. Stava con la testa bassa, beveva piano. Il padrone andò vicino e gli consegnò una busta dicendo che era arrivata per lui. Santo l'aprì e dentro era un biglietto che diceva questo: "La causa sta in una profondità infinita, negli abissi del carattere e del destino. Tutto dobbiamo capire". La firma era: Hugo von Hofmannsthal.

Santo non capì quelle parole. Solo più avanti, leggendo e rileggendo il biglietto, intuì che l'amico voleva dirgli i motivi perché suo figlio si era tirato con la rivoltella. Mise anche quel biglietto insieme al triangolo di carta nel taschino interno della giacca. Quando morì, a sessantasei anni, gli trovarono quei biglietti consumati nel taschino.

24
Il cuore batte ancora

Un giorno Santo decise di farsi un giro fino ad Arnoldstein, e da lì in Valbruna a trovare Bait e Luciano Piussi. E anche il vecchio Kugy. Era stufo di lavorare e stufo di Altaussee. Non c'era più il suo amico scrittore. È vero, ce n'era altri, musici e poeti, ma lassù senza Hofmannsthal la vita non era più come un tempo. Pareva che fusse lui a tirare il gruppo. Come quei camosci che si mette in testa al branco e va avanti, e il branco gli va dietro e dove volta lui volta tutti, e quando si ferma si ferma tutti. Santo percepiva questa mancanza. Allora sempre più spesso prendeva qualche settimana di tempo e andava in giro per l'Austria che era quasi guarita, perché dalla guerra era passati dodici anni.

Si era ormai nel '30, Santo aveva visto cinquantun volte le stagioni e la vita lo aveva fiaccato e avvilito. Spesso pensava al secondo biglietto di Hofmannsthal: "... negli abissi del carattere e del destino. Tutto dobbiamo capire". Ma lui non capiva perché la vita gli era andata di traverso e nianche intuiva da lontano che fursi era colpa del suo carattere. Ma, anche se avesse capito, le donne lo aveva maltrattato e quella non era colpa del suo carattere, ma di loro che era troie. Così pensava Santo, che credeva di aver sempre ragione anche quando aveva torto.

Prendendo torpedoni che tossiva stracchi e si fermava nei borghi più piccoli, Santo rivò ad Arnoldstein. Prima cosa andò a bere na roba alla birreria dell'Orso. Dentro non era cambiato niente, né un tavolo né una sedia. Anche se era passati tanti anni, là tutto era fermo come un tempo. Solo la gente aveva facce diverse.

Stava per ordinare acquavite quando il cuore gli accelerò e si mise a battere il triplo. Dietro il banco c'era Giovanna, invecchiata ma sempre con gli occhi belli e la figura che faceva voglia. Anche lei aveva conosciuto Santo e subito saltò fuori di corsa per abbracciarlo. Ma Santo non si lasciò abbracciare, la tenne a distanza. Poi si sentò e chiese acquavite. Dietro il banco c'era altre due donne, giovini, che si mise a spiare. Scorgendo Giovanna, Santo vide la scena di tanti anni prima, quando dietro quel banco la sua Giovanna sbaciucchiava l'altro. Per questo la tenne a distanza, gli era tornata la rabbia di quel giorno. Lei si sentò vicino e disse:

«Almeno parliamo un poco.»

«Solo un poco» rispose Santo.

Invece parlò ore. Uno contava all'altra la sua vita, quel che gli era successo e come era andata nel tempo. Santo non vedeva Giovanna da anni, ma da anni la pensava. Adesso l'aveva davanti e sentiva il cuore battere come il battiferro della val Colvera. Questo lo faceva ingrugnire. Non sopportava che il cuore battesse per lei dopo che lo aveva tradito con l'altro. Anche Paula Francesca lo aveva tradito col Movi.

Tutte tradiva, quindi fuori dai coglioni.

Ma doveva farsi forza per esser duro. Se avesse seguito l'istinto, le sarebbe saltato addosso, l'avrebbe abbracciata e stretta più che poteva. Invece restò ghiacciato come un tocco di slavina, come se di lei non gl'importasse niente. Le risposte di Santo tagliava come il filo della scure. Questo modo di fare palesava la rabbia per il vecchio tradimento e la voglia di stringerla al petto. Voglia che gli faceva ancora più rabbia. Non avrebbe voluto avere quella voglia.

Lei contò che si era sposata con l'uomo di allora, quello che la baciava dietro il banco. Con lui aveva avuto due figli, uno per sorte[91]. Dopo diversi anni si era separata, la vita insieme non funzionava più.

«Con me avrebbe funzionato» disse Santo con voce di ra-

[91] Un maschio e una femmina.

soio, «ma non mi hai voluto. Siete tutte uguali, delle troie, appena passa uno meglio ve lo prendete senza pensare che l'altro può morir di crepacuore.»

Giovanna taceva. Santo la guardava. S'incorgeva che dopo tanti anni era ancora bella, anzi, col tempo addosso e qualche filo grigio pareva ancora più fonda e misteriosa, come certe lame d'acqua nascoste nelle radure. A quel punto avrebbe voluto stringerla, ma ricordava che lo aveva bandonato per un altro e allora gli montava quella rabbia che fu la rovina della sua vita. Se fusse stato un uomo normale, uno che obbediva all'istinto del perdono, l'avrebbe presa sottobraccio e portata sul lago di Altaussee, nella baita di pietra e legno. Ma Santo non era uno normale, non era come tutti. Anche se l'istinto gli diceva di farlo, non riusciva a perdonare un torto, un'offesa, un affronto. Le offese se le portava nella tomba. Soprattutto i torti ricevuti dalle donne.

Comunque, quando se ne andò dall'osteria dell'Orso, lasciò a Giovanna l'indirizzo di Altaussee. Lei gli disse che se voleva scrivere spedisse all'osteria dell'Orso. Ma Santo scrivé poco a Giovanna, fursi sette, otto cartoline. Invece lei lo informava per lettera anche tre volte a settimana. Voleva di nuovo prenderlo e tenerlo stretto. Anche lei aveva capito qualcosa. Aveva capito che Santo era l'uomo giusto. Ne aveva cambiati tanti di uomini. Da sposata ne aveva montato più di uno. Era fatta così Giovanna, un'ape che cercava fiori anche d'inverno. Ma tutti l'aveva delusa. Giovanna voleva domare uomini coi coglioni. Invece pescava uomini che non valeva niente, trapoli[92] senza coglioni. Quattro colpi e via, a volte nianche quelli.

Santo era differente, dopo anni di lontananza Giovanna l'aveva capito. Era lui l'uomo giusto. Fursi gli voleva ancora bene, di preciso non sapeva, sta di fatto che voleva tornare tra le braccia del boscaiolo. E provava a farlo con tre lettere a settimana.

[92] Inetti.

Santo era contento di riceverle e curioso di leggerle. Appena lette, avrebbe voluto correre ad Arnoldstein nell'osteria dell'Orso. Ma lo frenava quell'orgoglio che rovina la vita degli uomini. I diavoli della gelosia per l'offesa ricevuta entrava col piccone nella testa di Santo, e tacava a devastargli il cervello. A quel punto diceva: «No, non ci vado, non voglio più vederla quella troia!».

Però non la mandava in mona una volta per tutte, non riusciva a dirle in faccia che non voleva più vederla, né che non mandasse più lettere. La teneva sulle spine, la teneva legata con qualche cartolina e apparizioni all'osteria dell'Orso. O qualche parola giusta, di quelle che dà speranza a chi vuole sperare. Insomma, a Santo gli piaceva che Giovanna lo cercasse, sentiva di avere il cortello per il manico e godeva a farla star male. Era un modo per fargliela pagare: sentirla vicina, con la soddisfazione di essere cercato. Ma dentro Santo non stava bene. L'istinto prepotente di abbracciarla era la vera natura della sua anima. E tener quest'anima sott'acqua per soffocarla lo avviliva. Ma non cedeva, non cedé mai. Adesso però occorre fare un passo indietro.

Quando lasciò Giovanna nell'osteria dell'Orso, Santo andò fino a Valbruna a trovare gli amici. Si fermò a mangiare e bere da Luciano Piussi, più bere che mangiare. Poi andò con Moritz Bait a bere ancora nella trattoria di Thomas Keil, fratello di Franz. La locanda stava vicino la segheria di Walter Weil, dove molti anni prima aveva incontrato Bait e i paesani Piero Caporal e Gosto Nari.

Ciacolando e bevendo birra, Santo chiese a Bait di Walter Weil. Bait diventò serio. Spiegò che Walter Weil era morto da tre anni.

«Non volevo dirtelo» brontolò. «Fu na brutta faccenda.»

«Conta» disse Santo.

Bait cominciò dicendo che Weil, col suo carattere da comando e da padrone, non dava respiro né pace agli operai. In quel modo, si era fatto nemici in numero di formiche nel formicaio. In segheria, chi non rigava dritto lo licenziava dopo tre secondi. Spesso, anche chi rigava dritto veniva licenziato. Bastava avere la faccia che non andava bene a Weil e via: «Fuori dai coglioni, cercati un altro lavoro». Era sempre lì, a spiare chi lavorava e chi non lavorava. Ogni notte, verso mezzanotte, faceva un giro in segheria a controllare i macchinari. Agli operai aveva proibito di fumare sul lavoro.

Una sera nella trattoria di Thomas i segantini di Weil faceva festa. I segantini è operai che lavora nelle segherie. A un certo punto uno della val Raccolana, un orso di due metri, sparì e tornò dopo un'ora. L'indomani, passata la ciucca, i segantini andò a lavorare e trovò Walter Weil segato in due tocchi. Si sapeva che Weil andava di notte in segheria a controllare se tutto era in ordine.

«A volte faceva andare la sega per finire qualche taglio lasciato a metà» precisò Bait.

«Forse s'è ingambarlato[93] cadendo sulla lama» rispose Santo.

Bait lo guardò e disse: «È difficile che sia così, era segato per lungo, come i tronchi da far tavole. Impossibile segarsi per lungo cadendo sulla lama. Qualcuno l'aveva steso sul carrello e spinto con le gambe aperte verso la sega».

«Può essere un caso» disse Santo, «raro finché vuoi ma caso.»

«Non fu caso» disse Bait. «Due cose diceva che caso non fu. Walter Weil aveva le gambe legate da corde. E il gigante di val Raccolana sparì per un'ora. L'Orso della val Raccolana aveva fatto fuori Weil. L'Orso fu l'unico a mancare un'ora la sera che i segantini beveva da Thomas. Aveva visto la luce nella segheria ed era partito a far fuori il bastardo. Affinché il bastardo vedesse la morte un centimetro alla volta, l'aveva legato sul carrello a gambe aperte, la testa bloccata tra le ganasce proprio come un tronco. Poi aveva fatto partire il carrello. Il rumore della sega copriva le urla di Walter Weil, nissuno poteva sentirlo. Ma, se an-

[93] È inciampato.

che qualcuno l'avesse sentito, quando scopriva che era lui non avrebbe di certo fermato la lama.»

A Santo fe' molta impressione quella morte sotto l'andar su e giù della sega. Per un poco non parlò. Poi disse: «Se era bastardo han fatto bene a segarlo».

Intanto che diceva così, pensò a un altro bastardo di sua conoscenza, Tomaso De Bartol. Anche lui meritava morte uguale, sbocconato e diviso per lungo dai denti della sega di una delle segherie ertane. Chissà se il destino li avrebbe fatti incontrare, prima o dopo. Chissà se sarebbe tornato al paese, chissà se il bastardo nel frattempo era vivo o se invece non era morto sotto qualche tronco o qualche cortellata.

Santo si fermò a Valbruna due giorni dormendo da Luciano Piussi, nel fienile. In quei giorni cercò il vecchio Kugy, ma non lo trovò. A Valbruna l'alpinista non c'era, fursi stava su qualche montagna, chissà. Santo tornò ad Altaussee fermandosi una sera all'osteria dell'Orso per vederla. Giovanna era lì, che dava fuori birre.

I due si parlò e bevé qualcosa insieme. Giovanna si sentò vicino a lui, Santo le guardava le gambe. Era ancora belle, e lunghe come sempre. Anche il culo era quello. Avesse seguito l'istinto, l'avrebbe montata lì, sulla sedia. Ma doveva fare muso duro, allora mugugnava e rispondeva male. Giovanna lo guardava come si guarda un povero diavolo. Ricevuta un'altra risposta tagliente, gli diceva: «Va' là, Santo, non fare il cattivo. Tu non sei così, io ti conosco».

Sotto le punte di quella voce, il boscaiolo s'arrabbiava di più. Giovanna lo toccava giusto, lo scopriva. Si sentiva un pagliaccio, capiva di far la figura del bambino e reagiva a male parole. La discussione continuò un'ora, fursi una e mezza. Alla fine Santo la mandò in mona e se ne andò.

Il giorno dopo tornò ad Altaussee giurando che mai più l'avrebbe cercata. Ma la pensava. Saperla laggiù, dietro il bancone, a servire uomini di ogni tipo, circondata da boscaioli, lattonieri, vagabondi e signori, lo faceva star male. Era geloso, e questo gli procurava un fastidio senza pace.

Anche se faceva il cattivo, anche se gli anni l'aveva indurito come un tronco di carpino secco, anche se comandava alla testa di non avere pietà, una parte di lui era rimasta quella di un tempo. L'uomo positivo, di indole sincera e onesta, sopravviveva anche se aveva più volte tentato di coparlo. L'aveva ferito e scorticato, ma era ancora vivo.

Rendersi conto di questo, invece che pacificarlo, lo faceva infuriare. Lui doveva essere malvagio, non buono! Per non tradire questa scelta ne combinava di ogni colore, passando con le scarpe ferrate sulla faccia di tutti.

Un giorno ad Altaussee gli capitò una sorpresa. Stava seduto davanti l'albergo dove Hofmannsthal scriveva. Ormai in quel posto era di casa, ci andava spesso, passava ore bevendo in silenzio nel ricordo dell'amico che gli aveva insegnato a leggere. Il giorno della sorpresa era autunno, l'aria stava diventando fina, le foglie cadeva ognuna facendo un rumore diverso in base all'albero da cui partiva. Scrittori e musici se n'era andati da tempo, migrati come le rondini. Il lago era più scuro, le ombre si slungava, il paese chiudeva la bocca nella malinconia dell'autunno. La maggior parte degli alberghi aveva chiuso, la gente sbadigliava il sonno dell'inverno, tutto rientrava nell'ordine e pareva muoversi meno. Gli unici che in quel periodo si muoveva più del solito era i boscaioli.

L'autunno è tempo giusto per tagli di piante. Quando viene le lune calanti di ottobre e novembre, i taglialegna si dà da fare come formiche nel formicaio. Bisogna tagliare alberi più possibile per avere legna buona e legname ancor più buono, forgiato dalle lune e dal freddo che avanza. Soprattutto, avere lavoro di catasta per l'inverno.

Santo era lì, davanti l'albergo, che beveva birra, seduto su na sedia di paglia, dopo mezzodì. Intanto che pensava alla sua vita disperata, sentì voci di bambini, e queste voci si dirigeva verso di lui. Alzò la testa e vide Giovanna venire avanti seguita da due bambini, un maschio e una femmina di circa undici e dodici anni.

Lo salutò.

Lui si alzò di colpo e disse: «Che fai qui?».

«Sono venuta a trovarti, avevo giorni liberi, volevo farti vedere i miei figli, ti dispiace?»

Stava per dire "sì, mi dispiace", ma si frenò per non far male ai piccoli. Tornò a sedersi.

Giovanna si sentò vicino a lui e segnando i figli col dito disse: «Questo è Berto, dieci anni, e questa è Anna, dodici».

Santo li guardò per bene, li salutò e poggiò a tutti e due una mano sulla testa. Era bei bambini, sani e vispi, coi capelli scuri, bianchi e rossi in faccia come le mele salvatiche. Santo pensava di non sopportarli perché figli di un altro, uno che si era preso Giovanna e l'aveva ingravidata.

Quando nell'osteria dell'Orso gli aveva detto di avere due figli, a Santo era montato il sangue in testa. Non avrebbe mai voluto vedere i figli di un altro fatti con la sua donna. Ma l'altro non gli aveva rubato niente, era stata lei a prenderselo e fare due figli.

"È le donne che decide, non gli uomini" pensò Santo. Guardò quei bambini dalla testa ai piedi. Mentre li studiava per trovare somiglianze con la madre, sentì che verso di loro non aveva nissun odio o rabbia come pensava. Chiuse gli occhi per un attimo e immaginò di essere lui il padre, e per poco non gli veniva da piangere.

Poi i bambini si slontanò a curiosare qua e là. Profittando del loro andar via, Santo disse a Giovanna: «Quei bambini poteva essere miei, ma anche se non è miei, è come se lo fusse perché li hai fatti tu. Non importa chi è il padre, importa che li hai partoriti tu. E allora è come fusse miei. Io stavo con te, quindi avrei potuto benissimo farti fare quei figli».

Giovanna non sapeva rispondere. Dalla curva del muso, si capiva che quelle parole l'aveva disorientata. Adesso stava seria. Non si aspettava da Santo tale risposta, ma nianche Santo pensava di averla. Fu il primo a maravigliarsi nello scoprire che voleva bene ai figli di Giovanna pur non suoi.

Questa fu una delle cose belle, fursi l'unica, che la vita gli regalò negli anni che ancora aveva davanti. Pensare ai figli di Giovanna come fusse suoi lo aiutò a campare. Ma Santo non tornò con Giovanna. Anche se il cuore batteva per lei, gli diceva "vai, prendila, stai insieme", il suo carattere, testardo come pietra, gli diceva di non farlo. E non lo fece.

Aveva giurato basta e basta fu per sempre. Non voleva più rischiare. Metti che tornasse con lei, e se dopo qualche anno la storia si ripeteva? Una che tradisce la prima volta può farlo mille altre. O no? Così pensava Santo. Basta, meglio stare soli, e quando si ha voglia di donna andare a puttane. In quanto al calore di una famiglia, si può vivere anche senza. Almeno si schiva il rischio di stufarsi e mandare tutto in mona. Come aveva fatto il marito di Giovanna. O la stessa Giovanna. Che fursi era colpa sua, non solo di lui, se aveva disfatto la famiglia.

Questi era i ragionamenti di Santo mentre guardava i figli di Giovanna giocare nel cortile dell'albergo dove Hofmannsthal aveva passato estati scrivendo.

Quella sera, madre e figli dormì lì. Santo andò nella sua casa. Quando l'indomani la donna andò a cercarlo non lo trovò. Era tornato tra i boschi, per non vederla, per non farsi battere il cuore, per non far vincere il bene sulla testarda scelta del male.

25

Il tempo passa

La squadra andava avanti a tagliar boschi. Qualcuno si licenziava, altri lo rimpiazzava, ma doveva essere taglialegna di prim'ordine. Santo li provava un paio di giorni, anche se gli bastava un'ora per capire. Se non era all'altezza li mandava a casa. Lì c'era da guadagnare bene ma occorreva ruscare come cavalli da tiro.

Da Arnoldstein, ogni tanto Giovanna gli scriveva. Santo leggeva, poi buttava nella stufa. Nel segreto del cuore gli dispiaceva bruciare quelle parole di carta, ma lo faceva per tenerla lontana. Se leggeva tre volte di seguito l'istessa lettera, gli veniva voglia di mollare la manéra e filare ad abbracciarla. Ma non voleva cedere. L'aveva mollato una volta, poteva farlo un'altra.

Un giorno, di domenica, Santo era nella baita di Altaussee che se la fumava sulla panca pensando alla vita. Era stufo dell'Austria e tramava di bandonarla. Un boscaiolo di Bad Ischl gli parlava spesso di certi posti in Francia, per esempio Digne, Saint-André, Castellane, Annot. Oppure Colmars e Allos, dove lui era stato prima della guerra, e dove a tagliar piante si guadagnava fursi meno che in Austria ma i casini era i meglio forniti e le donne le più belle del mondo. Bastava avere soldi e in poche ore si era sul mare a Saint-Raphaël o Saint-Tropez o Cavalaire dove notte e giorno, specie d'estate, era vita da signori. Santo pensava a quei posti, a quelle donne e a quel mare, quando sentì battere alla porta. Disse: «Avanti!».

La porta si aprì e sul volto della luce comparve la sagoma di Giovanna. Santo non la vedeva dall'autunno passato, quando si era presentata coi figli all'albergo degli scrittori.

Entrò, lo salutò e si sentò vicino.

Il primo impulso di Santo fu di mandarla via, spingerla fuori, ma tenne fermo il gesto. Voleva capire le mosse di lei, vedere come andava a finire.

Giovanna tacò a ciacolare del più e del meno, e anche del diviso, visto che intendeva dividere il letto con lui. Santo l'aveva così vicina che toccava con le ginocchia quelle di lei e sentiva il suo odore, l'annusava come il camoscio annusa la femmina prima di saltarle sopra. Ma si teneva buono, lei, invece, lei non si teneva buona. Lo limava, lo sfregava spingendosi contro, gli palpava la schiena. Era tanti anni che Santo non l'aveva così vicina e gli tacò a bollire il sangue. Ma gli bolliva anche la rabbia.

Questa qui, come niente fusse, tornava a sfregarsi dopo na gerla di anni che non si faceva viva, dopo che l'aveva bandonato per un altro, dopo che con quest'altro aveva fatto due figli. E adesso, con una faccia senza memoria come non fusse passati tanti anni, con una faccia senza vergogna come nianche l'avesse offeso, tornava da lui da bella innocente per stare insieme! A Santo gli veniva di prender la manéra e darla giù per quella testa carogna invece che nella testa degli alberi.

Questo era il primo istinto. Il secondo stava nell'odore di camoscina, quell'odore che non sentiva da anni ma non aveva dimenticato, e che, in quel momento, gli diceva "saltale addosso". Infatti le saltò. Senza dire né tre né quattro, la rovesciò sulla panca e fece quel che era da fare, quel che avrebbe voluto fare già sul bancone, quando l'aveva rivista all'osteria dell'Orso.

Le saltò addosso con rabbia e furia, da farle male. Quello che stava facendo non era roba dolcita di miele amoroso, na monta a uso vendetta, un modo per ripagarsi di tutti i torti e gli anni perduti. E del tradimento e l'abbandono.

La prese anche a male parole. Così, quando avé finito, credeva di essere soddisfatto, di essersi placato, vendicato. Adesso pensava di cacciarla via e tornare alla sua vita. Ma si sbagliava.

Intanto che sistemava la cotola ancora alzata, Giovanna lo guardava ridendo, senza aprir la bocca. Gli occhi, girati nell'angolo del viso, aveva preso na luce furba che più non si poteva.

Santo capì che lo aveva imprigionato di nuovo. Sentì come na voce dirgli che la voleva ancora, se non subito, il giorno dopo o la sera. Ormai era tornata nella sua vita. La faccenda non gli sarebbe dispiaciuta se non fusse quell'orgoglio di bestia che gli diceva "mandala via, non fidarti, quella non cambia, se l'ha fatto na volta, lo fa un'altra". Allora la mandò via.

Lei disse che voleva parlare. Lui tirò su le braghe e rispose che voleva stare zitto. E solo. Aveva altro da fare, che prendesse la porta e andasse via.

Giovanna, che era una coi coglioni, se ne andò senza aprir bocca. Prima di sparire, col sorriso di striscio e gli occhi obliqui, lo fissò a lungo. Ormai era sicura di averlo di nuovo scaldato con la fiamma del suo corpo, sciogliendo ancora una volta il cuore indurito di Santo Corona della Val Martin.

Ma anche Santo aveva coglioni. Appena capì che c'era dentro di nuovo, reagì all'incontrario. La sera, infatti, Giovanna tornò, ma lui non aprì la porta. Lei provò più volte, ma Santo la mandò via bestemmiando.

«Non pensare» gridò «che sia tutto come prima, niente è come prima, il tempo spacca la vita e na montata non vuol dire niente. Ti son saltato su per voglia, eri lì, sottomano, ma tu o un'altra era l'istesso. Adesso levati dai coglioni.»

Giovanna andò via, non batté più alla porta, fuori diventò silenzio.

Appena Santo si n'accorse che fuori era silenzio, si pentì di averla cacciata. Accese un sigaro e decise che se tornava stavolta avrebbe aperto. L'aveva castigata mostrando la sua parte di osso, poteva bastare. Era quasi sicuro che Giovanna sarebbe tornata. Invece non tornò e lui si sentì un povero diavolo.

Da quel giorno, tacò per Santo un tiramolla senza fine. Lei gli scriveva lettere per tenerlo acceso, lui con quelle accendeva la stufa. Prima però le leggeva. Quando era duro di animo quelle lettere lo faceva ridere. Non cedeva un millimetro al cuore. Ma quando capitava giornate triste, pioveva e tirava vento, la malinconia gli colava addosso come miele amaro e tutta la vita gli pareva na letamaia, allora ricordava le parole di carta bruciate nella stufa. E si sfaldava come le ultime slavine di maggio.

In quei momenti avrebbe voluto correre da lei. Mandare in mona orgoglio e testardaggine, montare sul torpedone e filare ad Arnoldstein. Qualche volta lo fece. Ma spesso, quando se la vedeva davanti, lo prendeva le vecchie rabbie di un tempo e i vecchi odi. Allora era capace di girare i tacchi e tornare a casa senza nianche un "ciao".

Questo era Santo, un uomo intrappolato tra l'istinto e il ragionamento, il bene e il male, la spinta del cuore e l'orgoglio. Quando riusciva a scacciare le rabbie e i demoni dalla testa si fermava con lei, a casa sua, dopo il lavoro in birreria. Prima che i figli di Giovanna andasse a dormire, Santo gli contava storie del taglio dei boschi e degli spiriti delle piante e della notte, delle grandi nevicate e dei canaloni ghiacciati dove correva i boldi come treni in fuga. Gli contava di un boscaiolo che veniva da una valle lontana, uno così bravo che riusciva a tagliarsi i peli del polpaccio con un colpo di manéra senza tagliarsi la gamba. E andava avanti a parlare di quest'uomo che voleva bene a una donna, ma lei lo aveva lasciato per un altro. Con quest'altro aveva fatto due figli.

«Bambini come voi» diceva Santo, «bambini che ha l'istessa età vostra, più o manco. Anche loro è un maschio e una femmina.»

Giovanna scoltava. Scoltava e taceva. Solo ogni tanto saltava fuori a dire: «Fursi fu colpa di lui se quella donna lo lasciò».

Santo la guardava e rispondeva: «No, no, fu colpa di lei».

I bambini domandava quali era queste colpe. Allora Santo inventava robe da farli ridere. Come, per esempio, che quella donna aveva na malattia che doveva correre sempre. Correva per chilometri, giorni e notti, fino a che si slontanava e non sapeva più tornare a casa. Quando Berto e Anna, i due bambini, tacava a sbadigliare e chiudere gli occhi, Santo finiva di contare storie e Giovanna li compagnava a dormire. Poi stava con lui fin la mattina, a ciacolare e fare quel che un uomo e una donna fa quando si piace.

Ma fu raro che Santo avesse giorni così, giorni dove era buono e si lasciava guidar dall'anima. Negli anni che durò quella storia, si fermò da Giovanna una ventina di volte, poche per un amore che torna a cercar rimedio.

Lei gli scrivé sempre due, tre lettere a settimana. Che lui bruciava. Non smise mai di scrivergli finché Santo non scappò in Francia e le lettere tornava indietro da Altaussee.

Il lavoro nei boschi dell'Austria andava bene, ce n'era tanto da dover ingrandire la squadra cercando boscaioli. Era ormai il 1935, e sempre più prendeva piede certi camion che andava da Dio a portare i tronchi fuori dai boschi. Questi carri a motore era guidati da autisti che Santo e Keil impiazzava nei periodi di trasporto. Qualcuno di quei temerari lasciò la pelle nei burroni scendendo coi camion dalle strade fuori piombo delle montagne. Si rompeva i freni, cedeva il terreno sotto le ruote, o altre maledizioni. Sta di fatto che negli anni dei camion, tre fu gli uomini cavati a tocchi dalle gabine sbregando con gli zappini le lamiere intorcolate.

Anche tra i boscaioli della squadra ci fu disgrazie e tagli di manéra. L'ultimo fu un giovine morto schiacciato dalla pianta che cadeva. Se era robe semplici, Raffaele Brogna, medico boscaiolo, apriva la cassetta dei ferri e cuciva. Per robe più serie era l'ospedale. Per quelle senza speranza, era il cimitero.

Quando morì quello sotto la pianta, un giovine di Ebensee di nome Wolfgang che non rivava a trent'anni, Santo ci restò male. L'aveva impiazzato proprio lui. Era un giovine disattento, Santo l'aveva capito il primo giorno. Allora aveva cercato d'insegnargli a mettere occhi e testa su quel che faceva, non guardare in giro mentre la pianta cadeva.

«Specie se è grossa» aggiungeva Santo.

Gli aveva spiegato che non c'è niente al mondo più buono e pacifico di un albero in piedi. Ma quando gli togli la sua natura, che è quella di stare in piedi, può diventare pericolo di morte. Non si deve mai togliere la natura alle robe. Quando lo si fa, occorre stare attenti e accettare i rischi.

Franz Keil, che ascoltava, aveva detto: «A me non mi prenderà mai un albero che cade. Ho studiato come cammina gli alberi tagliati, impossibile che uno mi salti addosso ad ammazzarmi».

«Nianche io mi farò prendere sotto un albero, su questo posso mettere la mano sul fuoco» aveva concluso Santo.

Anno dopo anno, taglio dopo taglio, bosco dopo bosco passava il tempo. Santo, Keil e la squadra cumulava soldi che metteva nelle banche.

Un giorno Santo andò nella banca a Salisburgo e si fece cambiare un po' di soldi in barre d'oro puro. Le mise nello zaino e partì con quello zaino, che portava come niente fusse. Andò a Frantschach, in Carinzia, dove c'era la fucina Leonhard Müller, che forgiava le meglio manére al mondo. Il padrone si chiamava Müller. Manére, zappini, strozzi, asce da squadro e attrezzi da bosco che usciva da lì si chiamava Müller come lui.

Santo disse che voleva parlare col padrone.

Venne fuori uno alto e grosso e disse: «Il padrone sono io».

Nel suo ufficio Santo gli mostrò lo zaino con l'oro. Il padrone restò di sasso. Santo gli spiegò che voleva una manéra fatta con quell'oro, però brunita, in modo da sembrare una manéra normale. Il padrone, dopo la maraviglia, disse che una manéra d'oro non taglia.

«Non ha da tagliare» rispose Santo, «è per nascondere un po' di soldi.»

«Allora lasci qui e torni domani» disse. «Avrà la manéra.»

«No» brontolò Santo, «resto qui a vederla nascere. Non mi fido di nissuno. Non per lei, che il mio oro fursi nianche lo tocca, non mi fido di operai, forgiatori, fonditori e battiferro. Voglio controllare.»

Intanto che diceva così, palpò la rivoltella sotto la giacca, rivoltella che si era fatto imprestare da Franz Keil per quella santa regola del "non si sa mai". Era pronto a far fuori chiunque cercasse di rubargli l'oro, compresi gli uomini della fucina Müller.

«D'accordo» disse il padrone, «può fermarsi a controllare, i miei operai sono gente onesta, garantisco io, ma se non si fida resti pure.»

«Quando si tratta di oro a portata di mano, nissuno si mantiene onesto. Se lo metta bene in testa, signor Müller» disse Santo.

Così Santo poté vedere coi suoi occhi come si costruiva le meglio manére del mondo. Dopo aver fuso l'oro ricavando una piastra spessa due dita, gli operai la fuse di nuovo e la rovesciò nello stampo fatto apposta per quella manéra. Era uno stampo il doppio dei normali. Il padrone controllava. Quando la manéra d'oro fu sfreddata, l'operaio fece un foro col trapano a mano lungo l'asse di taglio. In quel foro spinse una lamina d'argento, poi tappò l'entrata colandovi i riccioli d'oro sputati dal trapano.

Santo brontolò col padrone. Disse che in quella manéra, nata per non tagliare, la lamina d'argento che toglie le vibrazioni era inutile.

Il padrone lo guardò di traverso: «Caro signore, qui le asce si fanno così, è regola di secoli e la regola vale anche per lei».

Una volta pronta, misero la manéra in un forno che dava fumo color piombo e, dopo nianche mezz'ora, la manéra d'oro pareva di semplice ferro.

Santo pagò il lavoro, salutò e se ne tornò alla casa di Altaussee. Fasciò la scure con un pezzo di tela e la nascose sotto una tavola del solaio, tra l'intercapedine e il trave. Col temperino incise una croce su quella tavola per conoscerla subito e la inchiodò di nuovo al suo posto. Poi si sentò sulla panca, accese un sigaro e si mise a pensare alla fucina Müller di Frantschach, in Carinzia.

"Altro che la fucina di Mano Del Conte, il fabbro ertano che faceva tutto!" rifletteva. "Quella sì che è una fucina come si deve!"

Il padrone, mentre la scure d'oro prendeva forma, aveva spiegato a Santo che la fucina era stata impiantata da un suo antenato nel 1675.

«Sono più di duecentosessant'anni che facciamo asce e attrezzi da legno» aveva detto con orgoglio.

Santo, dopo aver messo la manéra nello zaino, insieme al padrone aveva fatto un giro per la fucina. Prima di andarsene voleva spiare quel regno misterioso dove, come per magia, saltava fuori le manére più buone del mondo.

«Le farò vedere qualcosa, ma non tutto» aveva detto il padrone. «C'è segreti che non si possono metter sotto il naso della gente.»

Così Santo aveva potuto vedere grandi mole che affilava le manére appena forgiate. Era mole col diametro di due metri, fatte di una pietra che non era quella delle mole italiane, color verde pallido, ma sasso chiaro, pieno di puntolini luccicanti come schegge di vetro. Quando girava pareva stelle brillanti. Poi vide quattro magli battiferro grandi il doppio del normale. Mossi dall'acqua, faceva non so quanti colpi al minuto.

Santo pensò al battiferro della val Colvera, nel Friuli, e al vecchio fabbro che gli aveva fatto la scure apposita, misurandogli l'altezza e pesandolo come quando si vende un capretto.

Quanti anni era passati! Ma la figura del vecchio fabbro l'aveva limpida davanti agli occhi, e ricordava passo per passo il viaggio con suo nonno lungo la Valcellina, fino a Maniago.

Santo aveva guardato le forge, dove fette d'acciaio diventava rosse come braci prima di essere battute. Si era fermato davanti ai finitori, ed ebbe modo di scoprire tutta la loro bravura. Era gente che col martello "sapeva fare le ali alle mosche", come si diceva a Erto di Mano Del Conte.

Quando Santo aveva domandato al padrone di vedere la tempratura, questo aveva dondolato la testa.

«Là non si entra» aveva detto, «quello è un segreto da non metter sotto il naso a tutti. Però le posso far vedere dove si fanno i manici, quelli non sono segreti, i manici li può copiare chiunque. Ma la tempra no, la tempra è un'altra cosa. La tempra non si può copiare. Sa perché le nostre asce son le migliori al mondo? Per la tempra, caro amico, quello è il segreto. Il filo delle Müller non si rovina nianche a tagliare tutto il giorno rami di abete bianco. E lei sa che i rami di abete bianco sono la morte degli attrezzi da taglio. Tutte le asce si rovinano su quei rami, fuorché le nostre. I tempratori ce li teniamo da conto come la salute. Loro insegnano il segreto ai figli, se lo passano uno con l'altro, come i coppi si passano l'acqua. Appunto, l'acqua. Qui abbiamo un'acqua color ruggine che sgorga dalla croda qui vicino. È quella che fa la tempra.»

Terminato il discorso, il padrone aveva portato Santo in un locale a uso falegnameria, dove si faceva i famosi manici delle Müller. Manici in legno di frassino vecchio. Era manici perfetti, a linea curva, non dritti come quelli ertani. La curva dava più forza al colpo e rompeva meno i polsi.

Finito il sigaro, Santo finì anche di pensare alla fucina Leonhard Müller e figli. Sfregò la cicca, si slungò sulla panca e si addormentò.

L'indomani tornò ai cantieri alti, ritrovando Franz Keil e quelli della squadra.

Santo sporse la rivoltella a Franz: «Te la torno, non mi è servita» disse.

Keil rispose: «Tienila, te la regalo, non so che farmene».

Santo la infilò nella cinghia e ringraziò.

I tagli era lontani, per rivare su, quella mattina, aveva fittato un carrettiere. Lassù, al cantiere, c'era le baracche per mangiare e dormire, un cuoco che cucinava e vino quanto bastava. Non mancava niente.

Andando su, Santo pensava a Giovanna. Gli era venuta in mente nella fucina di Müller, che gli aveva ricordato la piccola fucina di val Colvera. Giovanna veniva da lì, dalla valle dei fabbri forgiatori. Per questo aveva tempra e non si piegava battendo un ramo di abete bianco come lui. La sua terra era famosa per i cortelli. A Maniago, più di tutto, si forgiava cortelli, lame di ogni forma e misura.

"Vivendo tra i cortelli si impara a tagliare" pensava Santo, "lei taglia come i cortelli della sua terra. Devo liberarmi da quella donna o sarà troppo tardi. Prima o dopo mi farà a fette."

Intanto il carro saliva verso i boschi.

Santo pensò di andarsene dall'Austria per non veder più Giovanna. O meglio, per non averla in testa, perché vederla la vedeva poco. Ma l'aveva in testa, e questo gli dava fastidio. Era stato offeso e il suo orgoglio non perdonava. Però il suo cuore perdonava, chiamava Giovanna. Appena la chiamava, l'orgoglio diceva: "Taci", e Santo faceva tacere il cuore. Stava vivendo una vita a fisarmonica.

Allora sempre di più desiderava slontanarsi da lei. Cambiare posto, cambiare Stato, cambiare mondo. Scancellarla via per sempre. Ma non si decideva. Non era facile mollare la squadra, gli amici, i luoghi dove viveva da passa venticinque anni. Nianche era facile bandonare l'Austria che aveva girato in lungo e in largo, rasandone i boschi come quando suo nonno lo rapava a zero con la macchinetta contro i pidocchi. Ogni capello rapato, un albero tagliato, fursi molti di più.

"Gli alberi" pensava Santo "torna a crescere, come i capelli."

In questo modo chiudeva la bocca al rimorso che ogni tanto lo chiamava a rapporto.

Mese dopo mese, stagione dopo stagione, tirava avanti la vita, tagliando boschi, facendo soldi e calando ogni tanto nelle città per andare a puttane nei casini. Stava invecchiando. Ogni giorno, ogni mese e ogni anno che passava, sempre di più pensava di lasciare l'Austria, la squadra, gli amici, Altaussee e cambiare vita.

Così, pian piano, arrivò il 1938. Nell'autunno di quel '38, capitò la cosa ultima che decise il disfacimento della squadra, disperdendo i boscaioli qua e là, come un ciocco quando scoppia sul fuoco e lancia faville dappertutto.

26
Cambiamenti

Quell'autunno il vento fino di novembre veniva giù dai monti ogni mattina a far girotondo con le foglie cadenti e a trovare i boscaioli. Si fermava con loro fin verso le tre dopo mangiato, poi tornava su a far suonare i pifferi di roccia e rimbombare le caverne dove andava a rotolarsi sollevando la polvere.

Il vento dell'autunno è come il gatto che gioca con un torsolo di pannocchia. Non sta mai fermo, butta lontano il torsolo per aver la scusa di corrergli dietro a prenderlo rovesciando quel che incontra e sbattendo il muso dappertutto. Quello d'autunno è vento che vive nei boschi. Vento fino, che gira intorno e ride portando per aria imbuti di foglie appena cadute. Spesso non le lascia nianche cadere, le fa ballare in cerchio, un metro sopra terra, e loro s'arrabbia, scricchiola e parla e dice: "Mettici giù, lasciaci in pace". Ai taglialegna piace quel vento. Chi vive nei boschi diventa amico di chi vive nei boschi. Specie con gli animali.

Santo, per esempio, nei tagli a nord, si era amicata una siratta dandogli da mangiare gli avanzi dei pasti. Ma anche altri taglialegna aveva qualche bestia o uccello per amico. Perfino marmotte. C'era uno che aveva mesticato una marmotta e questa gli correva dietro fin quando non veniva il freddo e la neve e si ritirava a dormire nella tana. E poi c'era anche pioane[94] o ghiri o corvi che girava per la baracca del mangiare a rubare croste di pane e formaggio.

Piero Caporal buttava resti di mangiare su un formicaio

[94] Salamandre.

alto un metro. Le formiche, in meno di un minuto, faceva sparire tutto. Ormai lo conosceva e pareva lo aspettasse con gli scarti. Appena si avvicinava al formicaio, era tutto un bollire di formiche che s'ingrumava. Poi, na volta tirato dentro il mangiare, spariva anche loro, restava fuori solo quelle messe a far la guardia.

Quando i taglialegna cambiava posto, bandonava gli amici animali al loro destino ma, se per caso tornava in zona, questi saltava fuori a fargli festa.

Quell'autunno pareva più bello del solito. Pareva, fursi era come quelli passati, solo che Santo era stufo. Lo sfiorava la voglia di cambiare, sentiva il peso degli anni, ormai era cinquantanove compiuti il ventun settembre. Ogni tanto leggeva il biglietto di Hofmannsthal e pensava alla sua casa lontana, al paese, agli amici. Non aveva più saputo niente di niente e di nissuno. Adesso, sulle porte della vecchiaia, voleva tornare a vedere quel che era successo, quel che era cambiato, chi era vivo e chi morto e conoscere i nuovi venuti al mondo a tribolare.

E poi c'era Giovanna, la sua presenza lo faceva vivere a fisarmonica.

Ogni tanto il boscaiolo si sentava su un ciocco. Il ciocco appena tagliato mandava odor di resina. Fiutando quel profumo Santo fiutava il destino.

L'autunno avanzava, il vento suonava musica di malinconie, i colori cambiava, la terra e i boschi metteva vestiti a festa. Alle dieci, i taglialegna faceva polsa per un tocco di pane e tirar dalla bottiglia sorsi di vino. In quei momenti il bosco si metteva a parlare. Nel silenzio dell'autunno, quando smetteva di cantare le manére, i segoni non ronfava e le bocche degli uomini taceva impegnate a masticare pane e formaggio, le foglie si metteva a parlare. Staccandosi dai rami, ognuna faceva il suo rumore in base a quanto era grande, quanto era secca e dove cadeva.

Gli aghi dei larici, sotto la spinta del vento dispettoso, mollava le mani e cadeva a ondate, tutti insieme, con rumore di pioggia fina. Le foglie degli aceri, larghe e spesse, faceva croc come quando si sfoglia pannocchie d'inverno, vicino le stufe.

Le foglie dei faggi na volta cadute si arriccia fino a toccarsi i bordi, ma prima vien giù leggere, con un tic tic, come gocce sulle frasche.

Invece le foglie dei carpini, suturne e schive come il padre, cadendo non fa quasi suono, solo na specie di sussurro come a dire: "Finalmente!".

Era la caduta delle foglie, foglie di ogni tipo, ognuna con la sua voce e la sua morte. Tante veniva giù girando come eliche e andava lontano senza bisogno del vento. Tutte insieme, le foglie cadenti, faceva quei rumori. Era la parlata del bosco d'autunno che Santo scoltava nella polsa delle dieci. In quei momenti si avviliva e gli veniva voglia di mollare tutto, scappare, cambiare posto, cambiare vita, cambiare aria. Fursi crepare.

"Questi" pensava "è segni di vecchiaia."

Guardava indietro e vedeva il sentiero storto e pieno di buche della sua vita. Vita tribolata, coi passi sempre inciampati da qualcosa, e sempre per colpa sua, per il suo carattere cocciuto, testardo, bastian contrario.

"Ho sbagliato tutto" diceva tra sé, "ho sbagliato vita, ho sbagliato a vivere."

Ma questo era niente, ogni persona sbaglia prima di venir vecchia. Il problema era che Santo non aveva nissuna intenzione di cambiare e raddrizzarsi. Lui si voleva così. Anche se così non si piaceva, faceva di tutto per rimanere storto. Era il suo metodo per vendicarsi del mondo, che secondo lui gli aveva fatto torti. Era anche il sistema di difendersi, proteggersi dai sentimenti buoni che, se voleva, sapeva tirar fuori. Ma tirarli fuori lo indeboliva, allora li teneva dentro. Insomma, con tutto il suo coraggio, Santo aveva paura di fare la cosa più naturale: vivere secondo il cuore.

Per questo non lasciava vedere i sentimenti. Se avesse lasciato andare quei pochi che ancora conservava nel cuore indurito, fursi avrebbe vissuto meglio. Ma Santo non voleva vivere meglio, voleva vivere storto e così fece fino alla fine dei suoi giorni. In vita sua non fu mai contento di nulla. Quando le robe andava bene, la squadra prendeva soldi a carriole, i lotti era comodi e tutto funzionava come si deve, Franz Keil chiedeva a Santo:

«Che dici, compare, sei contento?»

«No» rispondeva Santo, «non ho motivi da essere contento.»

Un giorno, verso metà novembre, durante la polsa delle dieci, Franz Keil fumava una cicca poggiato di schiena a un piccolo acero, non più grosso del suo braccio. Di fronte a lui un pino secco in piedi, senza scorza, alto, con la punta sottile come na lancia lo guardava. Essendo scorzato, aveva preso un colore grigio chiaro che pareva argento.

Gli uomini, finito di mangiare un po' di pane e formaggio, stava seduti qua e là a ciacolare, o poggiati a un tronco fumando la sigaretta.

A un giovine boscaiolo venne l'idea balzana di rovesciare con una spinta l'albero d'argento secco in piedi. Voleva spaventare i colleghi e farli saltar via. Solo a uno senza esperienza poteva venirgli quell'idea. Infatti era uno impiazzato da poco. Essendo bravo di zappino, Keil l'aveva voluto in squadra con l'impegno di sgrezzarlo e cavarne un boscaiolo completo, «che non resti zappinista» aveva detto.

Quel giorno il giovine, saltando come un camoscio, si avvicinò al pino e cominciò a spintonarlo con le braccia perché si spaccasse e venisse giù. Gli alberi secchi in piedi basta poche spinte per farli cadere. Keil stava a due metri e, vedendo la scena, urlò: «Fermati! No così!».

Da vecchio boscaiolo, sapeva che spintonare un albero secco in piedi è pericoloso. Le spinte lo fa oscillare dalla base alla punta. Ma se la base si muove pochi centimetri, la cima si sposta mezzo metro e fa crac. Si spacca, si piega e cade a piombo come na spada. Di solito si spacca gli ultimi due metri, e guai allo spintonante di sotto!

Keil si preoccupò del giovine. Sapendolo in pericolo cercò di fermarlo ma non rivò in tempo. La punta del pino si tranciò agli ultimi tre metri. Voltò verso il basso la punta affilata e partì. Arrivò che Franz Keil stava ancora gridando: «Fermati!». Fu le sue ultime parole.

Si era vicinato al giovine per bloccarlo e il gesto gli costò caro. La lancia d'argento, con la punta secca e dura tipo osso, gli arrivò in testa e lo forò come forare una zucca con un piccone. Gli passò il collo e si fermò a livello del petto. Il collo di Keil si ingrossò di colpo, la lancia lo gonfiò. La testa si era aperta. L'uomo cadde in avanti senza dire "ah". Solo un soffio, a uso rantolo di gufo, uscì dalla sua bocca.

Di colpo ci fu movimento, i boscaioli si radunò intorno a Keil, infilzato dalla lancia. Santo voleva copare il giovine disgraziato, ma questo piangeva disperato come un agnello che ha perso la mamma. Santo lasciò stare, si contentò di rovesciargli addosso na carriola di parole che tremò le montagne. Dopo i primi momenti di subbuglio, anche i boscaioli tacò a piangere come il giovine. Ma lui piangeva di rimorso, loro piangeva la morte dell'amico.

In quel momento Santo capì che la squadra era finita. La morte di Keil faceva morire la squadra, era solo quistione di tempo.

L'uomo infilzato stava diventando freddo. Santo disse che bisognava cavargli la lancia, non si poteva lasciarlo così. Allora, tre lo teneva fermo e tre, tirando a più non posso, gli sfilò la punta del pino dalla testa e dal corpo. A vedere quella scena lo zappinista si rovesciò come un fiore tagliato dalla falce. Restò come morto per cinque minuti. Piero Caporal gli sfregò sul naso la mano bagnata di acquavite, questo si svegliò e si rimise a piangere. Il medico boscaiolo Raffaele Brogna non poté fare altro che fasciare di stracci la testa del povero Keil. Dal buco gli veniva fuori tocchi di cervello.

Intanto che si preparava il morto per tirarlo sulla strada, Santo pensava alla morte. Si ricordò del giovine Wolfgang schiacciato da una pianta. Pensando a lui, gli sovvenì i discorsi fatti con Franz Keil, morto ai suoi piedi.

«A me non mi prenderà mai un albero che cade» aveva detto Franz. «Ho studiato come cammina gli alberi, impossibile che uno mi salti addosso ad ammazzarmi.»

Povero Franz! Mai avrebbe pensato che l'avrebbe ucciso un albero.

«Mai essere sicuri» disse forte Santo.

Poi gli venì in mente che anche lui aveva detto a Keil che nissun albero l'avrebbe fatto fuori. Adesso, con l'amico morto vicino ai piedi, non era più tanto sicuro. Mentalmente passò in rassegna tutti i possibili incidenti che il lavoro di bosco poteva mandare agli uomini. Li conosceva, poteva schivarli. Allora gli tornò la fiducia, con la fiducia, la sicurezza. Con rabbia, guardò la faccia color vino di Franz Keil e disse:

«A me no! Mai! Nissun albero mi farà fuori!»

Tutti insieme, strascinò il povero Franz su na slitta all'inizio della strada. Da lì si andò a chiamare un camion e sul cassone il morto rivò in paese. Ad Altaussee gli amici lo sistemò in una chiesetta spettando di portarlo ad Arnoldstein per metterlo nella terra. Un boscaiolo montò sul primo treno e andò a Valbruna per dire a Thomas Keil che suo fratello era morto.

Al funerale andò tutti, e tutti dopo la funzione soffocò il dispiacere alla birreria dell'Orso dove, tanti anni prima, Santo aveva incontrato Franz. Quella sera si ubriacò dal primo all'ultimo boscaiolo, anche chi non aveva mai bevuto, compreso il giovine che aveva copato Franz per mancanza di esperienza.

Il ragazzo, dopo che fu cioco, tacò a piangere il triplo di quando aveva fatto cadere la lancia sulla testa di Keil. Santo, cioco disfatto, dopo aver urlato al giovine di finirla con le lacrime si mise a begare e dire male parole a Giovanna, che serviva dietro il banco con altre due donne.

Lei sopportò finché sopportò, poi lo mandò a cagare. Lui la chiamò "puttana" e "troia" venti volte. Poi voleva darle schiaffi. Gli amici lo tenne fermo finché non si calmò. Alla fine si calmò. Ma Giovanna non si calmò. Anzi, in un impeto di rabbia si voltò verso Santo augurandogli la fine di Franz Keil.

«Più presto ti capita meglio è per tutti, brutto bastardo» urlò.

A quelle parole Santo sembrò tornare sinziero[95].

«Ah» rispose fissandola con occhi stracchi, «finalmente so quel che pensi, vedrò di contentarti presto.»

Prese e se ne andò a bere da un'altra parte, seguito dai paesani Piero Caporal e Gosto Nari. Più due boscaioli tanto amici di Santo che, se gli diceva di copare qualcuno, questi lo copava senza batter ciglio.

Giovanna aveva detto quelle parole in un colpo di rabbia, mai avrebbe voluto capitasse qualcosa a Santo. Lui invece quelle parole le prese sul serio e giurò a se stesso di non vederla più in vita sua. Era ora, l'augurio di Giovanna gli dava la spinta a partire, la forza di andarsene finalmente da quel posto, slontanarsi dalle sue cotole maledette. L'idea di andarsene gli procurava un tremar di gambe che doveva sedersi da qualche parte, ma stavolta indietro non tornava.

Gli dispiaceva. Dopo anni di battaglie stava per bandonare il suo mondo. Ma quel mondo ormai era caduto in malinconia: giorno dopo giorno la malinconia si posava silenziosa come una neve grigia sulle anime dei boscaioli. Niente era più come un tempo. La mancanza di Keil aveva aperto un buco nella squadra e più di uno annusava intorno quel buco con l'intenzione di uscire e andarsene per sempre. Soprattutto gli amici di Keil, rimasti orfani del capo buono e pieno d'esperienza.

Santo e Franz rasava i boschi per soldi, ma con gli uomini della squadra era buoni, gentili e giusti, seppur esigenti sul lavoro. Adesso però la morte di Keil aveva aperto il buco nella siepe, i cani annusava intorno per uscire e andare a vedere posti nuovi. Solo la forza di carattere di Santo

[95] Sobrio.

Corona della Val Martin riuscì per un anno a tenere unito il gruppo. Ma ormai nasceva lamentele e incomprensioni, e i boscaioli sempre più pensava a disunirsi.

Un giorno si presentò al cantiere dei boschi alti Thomas Keil. Era venuto a prendere la roba di suo fratello Franz per avere almeno dei ricordi. C'era manére, mazze, cunei, zappini, asce, ronche e segoni. E roba da vestire. Gli fu ingrumato tutto su un tavolo della baracca. Quando Thomas cercò di mettere nel sacco la Müller di suo fratello, Santo saltò su e disse:

«No, quella no, per piacere, quella vorrei tenerla io. Te la pago quel che vuoi, ma la manéra di Franz deve stare nelle mie mani.»

Thomas lo guardò, prese la manéra e la sporse a Santo. Allora anche gli altri, tutti quelli che aveva voluto bene a Franz, domandò qualcosa a ricordo di lui. Piero Caporal voleva lo zappino, Gosto Nari la mazza, Raffaele Brogna il segone, e via così. Alla fine, degli attrezzi di Franz Keil al fratello non restò più niente, solo la roba da vestire.

Santo si prese anche il cortello, un affare con lama di venti centimetri. «Se fusse stato qui il nostro Stiefen Soi, questo cortello lo prendeva lui» disse palpando il filo con la punta del dito.

«Sicuro» disse Piero, «a Stiefen gli piace i cortelli, non dimenticate che viene dalla Sardegna.»

Anche quella spartizione era segno che qualcosa stava finendo. La squadra ormai faticava a stare unita, si preparava a disfarsi un po' alla volta, come la neve quando si sfalda sotto il sole. Il colpo di grazia lo tirò, se c'era bisogno, Piero Caporal, e per Santo fu una mazzata.

Un giorno ad Altaussee, nell'osteria vicino l'albergo dove scriveva Hofmannsthal, i boscaioli di Santo faceva ciacole e beveva. Era giorno di festa. Intorno la primavera alzava la voce. Grilli, rondini e cuculi cantava, foglie nuove spuntava sugli alberi che slungava le braccia, scricchiolando e gemendo. Santo taceva. Era avvilito dalla morte di Keil. E dal non ricevere più parole di carta da Giovanna. Taceva bevendo birra e malinconia. A un certo punto saltò fuori Piero Caporal e disse:

«Visto che siamo qui ho da dirvi na roba, più che altro a Santo e Gosto.»

«Che roba?» domandò Gosto.

Santo restò zitto, però alzò la testa. La voce di Piero era diversa. Na voce dura, dal peso di pietra. Lenta come se l'uomo sentisse male, come se le parole gli tagliasse la bocca. Na voce così era pericolo. Con quella voce lì Piero non palesava cose buone. E poi c'era gli occhi: fermi, puntati verso Santo, fissi, avviliti. Avviliti da quello che stava per dire. Gli occhi è i testimoni della bocca. Se la bocca dice robe da spavento, gli occhi si spaventa. E si vede. Se dice robe allegre e belle, gli occhi diventa allegri e belli. Quelli di Piero Caporal in quel momento era seri e avviliti, ma fermi e decisi.

«Cari amici» cominciò, «caro Santo, caro Gosto.» Parlava con la lentezza che muove l'albero appena tagliato prima di cadere a terra e sfracassare tutto. «Io torno a casa.»

Intorno diventò silenzio, nissuno rispose. Per un po' si sentì battere i cuori dei boscaioli. Visto che nissuno apriva bocca, fu Piero a riprendere.

«Torno al paese, a vivere gli anni che mi resta. Sono stufo dell'Austria e di tutto, voglio tornare a morire dove son nato. Soldi ne ho che basta. La mia baita al passo Sant'Osvaldo è anni che spetta la messa a punto. Sistemo quella casetta e m'intano lassù, fuori dal mondo, e guardo le stagioni. Ecco cosa farò.»

Santo accese un sigaro, abbassò la testa e domandò:

«Quanto è che trami di andartene?»

«Da quando è partito Stefano» rispose Piero. «Il fatto che tornava a casa, a fare olio e vino, mi ha lasciato il segno. Laggiù aveva le radici, laggiù è tornato. Scolta, Santo, cerca di capire. Le radici sta dove siamo nati e cresciuti. Quelle radici non le tagli. Quelle radici sono elastici con un capo legato al campanile e l'altro intorno la nostra vita. Più ti slontani più gli elastici si tira, finché diventa fini come corde di violino. Ma non si rompe. Quando è tirati al massimo passa il vento della memoria, e questi elastici manda suoni di ricordi. A sentirli pensi al paese e diventi debole. Molla le mani da dove ti tenevi ingrapato e gli elastici, con uno strappo, ti trascina a casa.»

«Perché non ti ha mosso prima i tuoi elastici?» domandò Santo ingrugnito.

«Non era tirati abbastanza, non suonava il vento della memoria. Adesso è tirati al massimo, passa quel vento e suona. Suona musica di casa. E io torno a casa.»

Gosto Nari non si aspettava tale decisione, l'amico non gli aveva mai detto niente, nianche una parola di voler partire. Allora s'inrabbiò.

«Fai quel che ti pare e piace» gridò, «viviamo anche senza di te, torna pure nella miseria dove sei nato. Non serviva nianche dirlo, potevi andare tacendo, non interessa a nissuno quello che fai!»

Gosto era iroso dal dispiacere, non sopportava che Piero bandonasse il campo dopo tutti gli anni insieme. Santo stava in silenzio, anche lui per dispiacere. Gli altri brontolava e faceva domande a Piero sul perché e per come voleva andare via. Piero allora spiegava meglio che poteva quel che aveva appena detto, cioè gli elastici che lo tirava verso casa. Ma gli altri non sentiva ragione, per loro era tradimento come era stato quello di Stiefen. I boscaioli amici di Piero sentiva quell'andar via come un dolore, un dolore nell'anima, e siccome dolori e fatiche ne aveva abbastanza, non perdonava a Piero di dargliene uno in più.

Ma Piero non cambiò idea. Regolò i conti coi boschi ritirandosi per sempre. Divise quel che non serviva, o gl'intrigava nel viaggio, distribuendolo ai compagni di lavoro. Si liberò di manére, segoni, zappini e attrezzi vari, regalandoli ai boscaioli giovini. Nel giro di una settimana fu pronto a partire. Prima di andarsene, combinò una cena di saluto nell'albergo di Hofmannsthal ad Altaussee. Era tutta la squadra e tutti si inciocò.

Santo non toccò boccone, restò quasi sempre a testa bassa, bevendo gotti su gotti. Per lui non era una festa di allegria.

Nianche per gli altri era festa di allegria, ma dopo qualche litro diventò come lo fusse. Quando fu cioco, Gosto Nari tacò di nuovo Piero a male parole chiamandolo traditore e uomo di poca riconoscenza. Gli voleva bene, era amici fin da piccoli, maltrattarlo fu l'unico modo che trovò per dirgli quel bene che gli voleva. Gosto era fatto così, per dirti "ciao" ti diceva "va' in mona".

Piero non rispondeva. Allora Santo si voltò verso Gosto e disse: «Lascialo stare, spiace anche a lui andar via, ma ha sentito le musiche. Stare al mondo è dispiacere. Chi parte ha dispiacere, chi resta ha dispiacere. Morti e vivi ha dispiacere. La vita è un dispiacere unico».

Santo invidiava Piero che tornava a Erto. Se non fusse che era testardo e cocciuto gli sarebbe corso dietro, anche lui a vedere la sua terra e il suo paese. Era quasi trent'anni che mancava da casa, e da tempo sentiva nel cuore una vocina che gli diceva: "Vai finché sei a ora". Ma non andava. Sotto la scorza dura, nascondeva il timore di rivedere quei posti di miseria, quella gente chiusa come tombe, e di sentire sulla schiena l'artiglio di Jacon Dal Movi. In aggiunta, aveva il sospetto che il suo paese non gli piacesse più. Aver girato in lungo e in largo Austria e Svizzera, aver conosciuto scrittori e musici, aver visto città splendenti e robe che a Erto nianche sapeva esistesse, gli faceva pensare che il paese fursi gli stava stretto come na maglia impanita[96]. Allora, quando gli veniva sti pensieri, decideva di aspettare, non prendere decisioni. Sapeva che, prima o dopo, il tempo e i fatti gli avrebbe detto cosa fare.

Uno dei pensieri che lo premeva a tornare era la curiosità di sapere come andava la vita di Tomaso De Bartol, se era vivo o morto, se stava con De Artoni o l'aveva rovinato a furia di tradimenti. Non dimenticava, Santo, il conto aperto con Tomaso, conto scritto col sangue di Agusto Peron. Anche questo era motivo per tornare a Erto. In

[96] Infeltrita.

più era una partita a morra da giocare col bastardo, partita che Santo aveva sempre schivato per aspettare il momento buono. La morra costringe a guardarsi negli occhi, da lì non si scappa.

Ma al di là di motivi buoni o meno buoni, a premere Santo verso il paese era le radici elastiche che diceva Piero. Radici slungate al massimo, dove sfregava il vento della memoria facendo musica di casa. Ormai aveva quasi sessant'anni, li compiva il ventun settembre e adesso era maggio. I primi di maggio. Giorni adatti a pensare e tener la testa bassa. Maggio è mese di malinconie per chi sta lontano da casa. Maggio e aprile è mesi che ti mostra i tempi di quando si era bambini e si correva per prati e boschi. Santo le sue primavere le ricordava tutte anche se era state tribolate. Questi pensieri non gli era venuti di colpo, in pochi giorni. Era anni che pensava al suo paese. Mano a mano che diventava vecchio, sempre di più vedeva la sua casa davanti agli occhi. Adesso che Piero Caporal tornava al paese, quella visione compariva forte e viva nella memoria di Santo. Per questo si era puntato all'idea che il paesano tornasse a casa. Avrebbe voluto andare con lui, ma sentiva che non era l'ora giusta. Però quell'ora era vicina.

Piero partì dieci giorni dopo. Salutò tutti, uno alla volta, qualcuno solo guardandolo. Lasciò la roba da taglio e sparì.

Dopo quaranta giorni, a Santo gli rivò una lettera. Veniva da Erto. Era Piero. L'amico gli spiegava quel che era successo lungo gli anni della dimenticanza in quel paese bandonato da Dio e dagli uomini. Era sempre la solita storia, da quella non si scappava, chi viveva e chi era morto. Più qualche novità senza importanza. Ma proprio perché senza importanza, a Piero gli pareva novità. In ultima contava che in paese faceva bullerie Tomaso De Bartol, spadroneggiando a destra e sinistra. Anche lui aveva fatto soldi distruggendo boschi. "Come noi" giuntava Piero.

A quella notizia Santo si allegrò come quando beveva sette gotti di vino un dietro l'altro. Sapere che il bastardo era in salute gli die' speranza e voglia di trovarselo davanti. L'istinto di vendicare Agusto si stava risvegliando, l'odio era brace sotto la cenere nel cuore di Santo. La lettera di Piero aveva soffiato su quelle braci. Invece di limarsi con gli anni, l'odio si era cumulato giorno dopo giorno diventando alto come na montagna. A quella novità, Santo voleva partir subito. Poi si calmò. Se era destino incontrare Tomaso, non serviva premura. Piero Caporal finiva la lettera così:

> Per il resto, qui tutto come na volta. La gente è sempre ignorante e sospettosa anzi, mi pare peggiorati. Se torni te ne accorgerai. Per noi, che si è girato il mondo, in città e paesi pieni di vita e robe nuove, tornare qua è quasi na disgrazia. Ti accorgi di botto quanto sono indietro questi paesi. La gente è rimasta chiusa e muta come dentro na botte, senza nissuna voglia di diventare meglio. Per fortuna sto mettendo a posto la baita al passo Sant'Osvaldo, dove starò lontano da questi qua, altrimenti scapperei già domani. Dopo nianche un mese, mi chiamano "il sapiente", ho l'impressione di stargli sui coglioni a tutti. Qui, caro Santo, nissuno ti perdona di aver fatto un po' di strada e qualche soldo. Fursi, se tornavo morto di fame o morto del tutto sarebbe stati più mestichi, ma, non essendo così, me la fan pagare. Bisogna andar via e tornare dopo anni per capire davvero com'è la tua gente e vedergli il vero muso. Ho provato a dirgli di far certe robe per vantaggiarsi, migliorarsi, far meno fatica, comprare qualche giornale per sapere come va il mondo, insomma istruirli un poco. Quelli mi ha mandà a cagare. «A noi» ha risposto «ci piace stare così. E non credere, perché sei stato in Austria, di venir qui a insegnarci a vivere.» Ogni tanto, caro amico, mi viene nostalgia dell'Austria e di voi tutti, e voria tornare là, ma quando guardo le nostre montagne e calo i occhi fino al Vajont e lo vedo correre, mi passa tutto. Vi auguro ogni buona grazia e attenti a non farvi male.
>
> Il vostro Piero Caporal

Santo piegò la lettera, la tornò nella busta e la mise in un cassetto. Quelle di Giovanna le bruciava, quella di Piero la tenne da conto. Giovanna, dopo la sera della baruffa, non gli aveva più scritto una riga, né si era più fatta vedere, Santo non bruciò più lettere di lei e questo gli dispiaceva. Non di non poterle più leggere, ma di non poterle bruciare.

Santo passò nel tempo triste quella primavera di cambiamenti. A maggio i giornali disse che a Parigi era morto Joseph Roth, per via del bere. Santo aspettava. Aspettava che venisse cose nuove e l'autunno coi venti dispettosi e le foglie morte. In quanto a morte, da tempo si sentiva voci di una nuova guerra che da lì a poco avrebbe fatto vittime a cataste, come le cataste di tronchi che i boscaioli cumulava dappertutto. Anche questo fu un motivo per partire. Pensava che questa volta, se veniva la guerra, non andava in Svizzera ma in Francia, dove era i boschi comodi e, in tre ore di treno, le donne più belle del mondo che si lavava nel mare.

La faccenda di un'altra guerra imminente fu l'urtone per far muovere Santo da quell'Austria amata e odiata. Come amata e odiata era Giovanna, gli amici, il suo lavoro e se stesso. Santo era fatto così, amava e odiava nell'istesso tempo. Non era mai stato capace di voler bene del tutto. Era la sua condanna. In ugual misura che da una parte voleva bene, dall'altra voleva male. Anche a se stesso. Per questo maltrattava Giovanna pur avendola nel cuore: per star male lui, per farsi male. Era un revèrs[97], come si dice a Erto, e coi revèrs non c'è niente da fare, quelli muore così.

Santo preparò la partenza in silenzio, senza dir niente a nissuno. Aveva deciso in segreto: niente feste, baci o abbracci. Via di notte, scappare come le martore, come aveva fatto trent'anni prima fuggendo dal paese. Ma stavolta non era per paura della galera che spariva di notte, era per non dover guardare in faccia i suoi compagni mentre li salutava.

[97] Fatto a rovescio.

Prima di partire passò ancora un paio di mesi, durante i quali Santo andò da uno di Lauffen che faceva stube. Lauffen è un paese vicino ad Altaussee. Voleva imparare a fare quelle stufe da miracolo e imparò. Restava con l'artigiano tutto il tempo che gli lasciava gli impegni. Quest'uomo, vecchio e storto, che diceva dieci parole al giorno, con la barba intorno al muso come quei larici circondati di licheni, gli insegnò a trovare i sassi giusti, quelli che il fuoco non riduce in calce. Pietre speciali che rimane tonde e intatte e tiene da conto il caldo per spanderlo nelle stanze a scaldare le ossa e il cuore della gente. Gl'insegnò a fare i cunicoli nella pancia delle stube, budelle contorte per far girare il calore come un vagabondo, prima che prenda il camino e vada a passeggiare nel cielo. Il segreto delle stube è questo: far muovere nelle pance di pietra il calore più tempo possibile in modo che, quando il fumo esce dal camino, sia quasi freddo.

Un giorno Santo si fece dire dall'amico di squadra come arrivare ai boschi della Francia. Quest'uomo, intanto che beveva una birra dopo l'altra, gli spiegò le robe per filo e per segno. Santo segnò su un quaderno quel che l'uomo diceva, poi si mise a bere birra con lui. Non c'era tanto da segnare, solo i nomi dei paesi dove si muoveva le imprese di tagliaboschi. L'uomo domandò a Santo perché gl'interessava quei posti.

«Non avrai mica intenzione di andare laggiù?» disse.

«No» rispose Santo, «solo curiosità, dove si taglia piante m'interessa sempre.»

Così andò avanti nel lavoro, intanto sistemava le faccende per approntarsi la partenza. Da poco lontano spuntava settembre, i venti tacava a levar polvere dalle strade, le foglie sentiva brividi e ricciava i bordi prima di voltar colore. Santo nel frattempo pagava i materiali ricevuti dai ferramenta, pagava conti di alberghi lasciati in sospeso, conti di osterie dove lo conosceva e si faceva segnare il bere sul quaderno. Liquidò l'affitto della casa di Altaussee pagando in anticipo fino a dicembre. Sapeva che non sarebbe rimasto fino a dicembre, pagò per non dar sospetti. Così, intorno metà settembre, Santo era pronto per il grande passo.

Ma non si decideva. Rimandava all'indomani. L'indomani arrivava e Santo non partiva. Era difficile, dopo quasi trent'anni, piantare tutto e sparire senza dir niente a nissuno. Un conto è partire per tornare, un altro è partire e non tornare più. Era questo pensiero a tenerlo inchiodato. Ma Santo sapeva quando partire. Finché non cavava dalle assi la scure d'oro che aveva nascosto, non si muoveva da Altaussee. Quella manéra, fusa a Frantschach nella fucina di Müller, era la sveglia per farlo partire. Una volta cavata dal solaio, non poteva lasciarla in giro come manéra normale. Doveva portarla a casa.

Durante quei giorni indecisi, Santo fu tentato di andare da Giovanna, ma si frenò. Mise la catena al cuore, come quando a Erto frenava le slitte di legna sul ghiaccio torcigliando una catena sotto i pattini. Era meglio non veder Giovanna per non rischiare di svegliar le braci sotto la cenere. Braci che, giorno dopo giorno, si spegneva un poco. Ma non moriva, nissuna brace di quel tipo muore del tutto, dura finché dura la vita di uno e dell'altro amante.

Adesso che stava per partire, Santo sentiva rimorso per aver incenerito le parole di Giovanna. Non che fusse pentito del tutto, gli dispiaceva non aver tenuto almeno una lettera per ricordo. Una volta a casa, leggere qualche riga fursi lo aiutava a far pesare meno la vita. Mentre pensava alle lettere, s'accorgeva che stava pensando a Giovanna e questo lo faceva saltare come latte sul fuoco.

«Va' in mona!» diceva. «Niente parole di carta! Niente batticuori! Via! Senza rimorsi, né pensieri, né ricordi!»

Così Santo spianava a badilate la strada del ritorno. Si slontanava in silenzio da tutti. Doveva schivare amici e nemici, scappare di notte per non spiegare, per non rischiare, vedendoli, di non partire più. Sarebbe stata la memoria a fare i saluti dell'addio. La memoria resiste al tempo, come quei larici contorti sui costoni che resiste alle bufere. La memoria sta dentro di noi, e saluta le persone giorno dopo giorno nella forma del ricordo.

E così, una mattina di ottobre, precisamente il nove, Santo Corona della Val Martin alzò l'asse dal pavimento nella casa di Altaussee e cavò la manéra d'oro. Era il segnale di partenza, il biglietto per montare sul treno e lasciare per sempre l'amata e odiata Austria.

27

In Francia

Anche Santo passò in banca a Salisburgo per farsi dare i risparmi. Era tanti soldi che fracò in una valigia stracolma, chiusa con due lucchetti. Altri soldi li lasciò lì, con l'accordo di passarli in una banca di Udine. Sotto la giacca aveva la rivoltella di Keil, nello zaino tre manére Müller, due da lavoro e una d'oro. Tutto il resto lo aveva lasciato nella casa di Altaussee.

Prima o dopo quelli della squadra, accorgendosi che non tornava, avrebbe capito e preso tutto. Lasciò anche il segone. Il segone che lo seguiva da anni, il segone che aveva portato da Erto, fuggendo dopo aver copato Jacon Dal Movi. Del segone gli dispiaceva ma era troppo ingombrante, Santo voleva viaggiare libero da ingombri. Dove andava c'era segoni da vendere. Invece portò il cortello a serramanico, quel cortello che aveva messo nello zaino insieme alla pietra di Candia la notte della fuga.

La pietra di Candia non l'aveva più, era finita, consumata filando manére e ronche. Ma anche manére e ronche si consuma. Tutti gli attrezzi si consuma. Della falce resta solo la costa magra della schiena, le manére si scorcia, diventa pionche[98], i cortelli si sfina. Mole e pietre si consuma filando attrezzi, finché di loro non rimane niente, nianche la polvere.

Così la vita di Santo. Una vita affilata di continuo che

[98] Tozze.

aveva raso al suolo boschi, donne, uomini e amici. Una vita che aveva consumato gli altri consumando se stessa. È la regola del mondo: facendo disfi, vivendo muori, affilando consumi.

Santo decise di non passare da Arnoldstein, Tarvisio e Valbruna. Anche per quei posti valeva la regola di schivare amici per non doverli guardar negli occhi. Così andò dall'altra parte, dove non conosceva persone né strade. Dormiva in alberghi, mangiava in trattorie, senza mai mollare la valigia dei soldi, né il rusacco con la manéra d'oro. Né la rivoltella carica di Franz Keil, che teneva sotto la giacca.

Viaggiava piano, si fermava spesso per vedere posti nuovi e città. Era capace di montar giù dal treno appena si fermava in un paese e stare lì, a curiosare quel paese come una casa da passare stanza per stanza. Così, invece che impiegare tre o quattro giorni per rivare in Francia, ne mise venti. Alla fine del viaggio arrivò a Digne.

Trovò ad aspettarlo un mondo nuovo, gente sconosciuta e un parlare anche quello non conosciuto. L'Austria stava lontana, ma nella sua testa era vicina. Santo l'aveva messo in conto. Non si può pretendere di scancellare trent'anni di vita solo perché si cambia posto. Nianche sperarlo si può. Santo lo sapeva, ma era convinto di esser più forte di rimorsi e malinconie. Credeva che quelle robe lì fusse robe da donne, che nianche lo sfiorasse. E, se lo toccava, corresse via come l'acqua del torrente sui sassi del fondo. Invece non era così. Santo piangeva il distacco da Altaussee come i piccoli di capriolo piange la mamma quando si perde nei boschi. I piccoli chiama di continuo per farsi trovare. Santo stava in silenzio ma chiamava l'Austria col pensiero. Intanto la squadra non sapeva che fine avesse fatto Santo. Ma aspettava. Aspettava si facesse vivo.

Dopo qualche giorno dalla fuga, Gosto Nari andò a bere nell'albergo di Hofmannsthal insieme ai boscaioli. Il padrone lo conoscé e gli consegnò le chiavi della casa di Santo ad Altaussee più una lettera sempre sua. Disse che Santo gli aveva raccomandato di dare tutto a lui appena lo vedeva. Gosto mise le chiavi in tasca, aprì la lettera e lesse. Era scritte robe che non capiva. In pratica Santo aveva ricopiato le parole di Hofmannsthal.

"La causa sta in una profondità infinita, negli abissi del carattere e del destino. Tutto dobbiamo capire."

Non una virgola in più, né un ciao né niente, solo il nome: Santo.

Gosto comprese che il suo amico e paesano se n'era andato e un poco si pacificò. In quei giorni che nissuno l'aveva più visto, tutti pensava che gli fusse successo qualcosa.

"Meglio così" pensò Gosto mentre vertiva tutti che Santo era vivo ma lontano da lì.

Il giorno dopo, insieme a diversi boscaioli, andò nella casa di Santo ad Altaussee. Era tutto in ordine, solo una brega[99] nel pavimento di legno stava col naso alzato come se qualcuno l'avesse tirata di forza. In centro al tavolo era na lettera chiusa. Gosto l'aprì e lesse. Diceva così:

> Caro Gosto, cari amici compagni di manéra. Quando leggete questa carta, io sono già in Francia. E se non sono, sto andando. Vi lascio la roba da taglio, anche il segone che mi portavo dietro da una vita. Anche il vestire vi lascio, dividete quel che c'è tra di voi. Il segone però voria lo tenesse Gosto, che viene da Erto come il segone. La casa è pagata tutto dicembre, doperatela poi date le chiavi al padrone. Non sto qui a dirvi perché me ne vado e perché non ho salutà nissuno. Quelli è affari miei. Vi auguro però gran bene. Ma, più che altro, fortuna, che senza fortuna, bene non esiste.
>
> Santo

Provvisoriamente Gosto Nari prese in mano le briglie della squadra ma, anche se grande e grosso, non era fatto per comandare, e si capì subito.

La squadra andava a ramengo giorno dopo giorno fin-

[99] Asse, tavola.

ché, alle porte dell'inverno, tutti faceva un po' quel che voleva. Si era formati gruppi di tre, quattro boscaioli che prendeva lotti, li tagliava e se li vendeva per conto suo. A quel punto Gosto mollò il comando, mandò in mona tutti e andò a lavorare da un altro padrone, uno di quelli in concorrenza con Santo e Keil, che perdeva sempre le aste dei lotti. Aveva più di settant'anni ma era ancora forte e bravo di manéra.

Così la squadra si disfece un po' alla volta, come si disfa la neve a primavera.

Dopo la morte di Franz Keil, la partenza di Piero Caporal e poi quella di Santo, anche a Gosto gli era venuta l'idea di andare via. Poi gli era tornata in mente la cripta dei Cappuccini e aveva deciso di restare. Tornò a leggere pagine del libro di Roth, *La cripta dei Cappuccini*, e i giornali di maggio, quelli che contava la fine dello scrittore, morto a Parigi a quarantaquattro anni per via del bere. Gosto aveva messo via quei giornali e ogni tanto li leggeva. Gli dispiaceva di Roth, per questo seguitava a leggere pagine del suo libro. Era come portare un fiore all'unico scrittore che aveva letto. Gosto pensò che quel maledetto '39 fosse un anno di sfortune. Era scappato Santo, era morto Roth, si era disfatta la squadra, era venuta un'altra guerra. Insomma, robe brutte, segnali che occorreva tenere d'occhio.

Leggendo i giornali che contava la morte dello scrittore, il 27 maggio 1939, a Gosto gli era rimasta in testa una roba che lo impressionò fino alla fine dei suoi giorni. Roth prima di spirare aveva chiesto la sua penna stilografica. Gosto non si capacitava che un uomo, alle porte dell'altro mondo, non avesse altro da fare che pensare all'attrezzo di lavoro. Era come se lui, in punto di morte, domandasse della manéra. Poi ragionò e fu sicuro che Roth voleva portarsi dietro la penna per non lasciarla in mano a sconosciuti. Gente che non avrebbe mai capito la fatica di scrivere libri e riempire pagine di giornali per un pasto al giorno e un litro di vino. Per lui, che nella vita non aveva avuto nissun affetto, che viveva, disperato bevitore, in camere d'alberghi alla buona, bandonato da tutti, l'unica compagnia era stata la sua penna. Con quella gruccia era rimasto in piedi, scrivere lo aiutava a non pensare, a tener duro, a uscire dall'inferno. E guadagnarsi un tocco di pane. Era una cara amica la sua penna, per questo la voleva vicino prima del salto all'altro mondo.

Gosto vedeva Roth come fusse Dio. Per questo decise di fermarsi ancora in Austria. Aveva in testa la cripta dei Cappuccini, sia quella di Vienna, sia quella descritta da Roth nel romanzo che tanto lo aveva impressionato.

Anche il medico boscaiolo Raffaele Brogna decise di restare in Austria. A lui mai era passato per la testa di tornare a casa. Della sua terra non voleva più sentire nianche il nome. Ne aveva avuto abbastanza. Lui le radici elastiche le aveva tagliate da tempo. Con la manéra.

Durante gli anni di squadra, tutti, chi più chi meno, aveva parlato della terra natia dove era cresciuti. Stefano nominava la Sardegna, Piero e Gosto parlava di Erto. Succedeva. Ogni tanto i boscaioli ricordava i luoghi dove era stati bambini. Il medico no. Raffaele Brogna non aprì mai bocca sulla terra che lo aveva visto nascere. Se qualcuno gli domandava, rispondeva che da qualche parte era nato, non importava dove.

Dopo il disfacimento della squadra, Raffaele Brogna sparì da Altaussee senza salutar nissuno, anche lui come Santo. Si nascose a Grünberg, paesino che si sporgeva sul bordo di un lago come il naso di un bambino sull'orlo della scodella. Qui si mise a fare il medico gratis. Aiutava la gente bisognosa senza fare domande. Il massimo che accettava come paga era roba da mangiare. Ma non chiedeva, aspettava fusse loro a offrire. Costruì con le sue mani una piccola casa di legno col tetto in scandole di larice a una spanna dalla riva del lago. Ora che aveva smesso di fare il boscaiolo, voleva una tana di tronchi per non perdere il contatto con le piante né giorno né notte. Nel metterla insieme non doperò nissun chiodo o vite o gancio di ferro, solo legno. Faceva lunghi chiodi di maggiociondolo che poi batteva nei legnami forati con la trivella. Dopo aver tagliato per anni alberi di ogni tipo usando manére e segoni, sapeva che l'acciaio non va d'accordo col legno. È come miscugliare acqua e fuoco. Il più debole cede e muore. L'acqua copa il fuoco, il ferro copa le piante. Così, per non creare disaccordi mettendo insieme due robe contrarie, costruì la casa tutta di legno, anche la canna del camino.

Aveva imparato da vecchi artigiani striaci a tagliar le piante nel momento giusto, con la luna giusta e in base a quello che si doveva fare. Sapeva che un albero tagliato il primo marzo non piglia fuoco nianche a lasciarlo giorno e notte in mezzo alle fiamme. Gli striaci faceva le canne fumarie con il legno tagliato il primo marzo. E anche le pale dei fornai.

Così, il medico boscaiolo passò gli anni che gli restava nella baita di legno in riva al lago, aiutando i malati e cercando di guarirli. Cuciva tagli nei corpi dei boscaioli o dei falegnami o dei contadini che si faceva male. Ma di sera, quando il sole andava a dormire, i ricordi dei tempi passati con Santo e Keil, l'amico Stefano Soi e gli altri taglialegna correvano a cercarlo un dopo l'altro. Era ricordi che faceva male come na grandinata in testa. Con la squadra stava bene, mai avrebbe voluto né pensato che si sarebbe disfatta. Invece capitò proprio questo. Raffaele non digerì la fine del periodo d'oro, dove era stato bene, dove aveva capito chi era e cosa voleva dalla vita.

Schiacciato dai ricordi e dalla solitudine, alla fine lasciò crescere la barba e si dette al bere.

Durante le notti senza sonno, il vino gli portava in camera fantasmi di boschi e amici scomparsi. Allora prendeva carta e penna e tentava di scrivere su un grosso quaderno le sue memorie, ma ogni volta che principiava na riga, spuntava la commozione a rovesciarlo sul tavolo come la valanga piega l'albero e lo stronca. A quel punto poggiava la testa sulle pagine e piangeva. Intorno c'era il silenzio del bosco e l'acqua del lago che muoveva le labbra. E basta.

A sessantasette anni, delle sue memorie Raffaele aveva

scritto poco o niente, il quaderno era bombato dall'inchiostro bianco delle lacrime, le pagine mezze disfatte.

Un giorno di primavera, precisamente il ventun maggio, due amici andò a trovarlo alla baita del lago. Sulle spalle dei monti, i boschi si teneva per mano e cantava.

Il venti maggio, a mezzanotte, i boschi della Terra si mette a cantare tutti insieme e canta fino a mezzanotte del giorno dopo. Chi non crede vada a scoltare i boschi, nella notte tra il venti e il ventun maggio, vedrà che dopo ci crede.

Ma tornando a quel giorno verso sera, quando cantava gli alberi tenendosi per mano e i gracchi volava intorno al lago, gli amici di Raffaele batté alla porta della baita. Batté più volte ma non rispondeva nissuno. Allora spinse la porta: era aperta, bastò premere. I due trovò Raffaele Brogna morto sulla sedia, la testa e la barba sul quaderno aperto, dove tentava di scrivere le sue memorie senza riuscirci.

I due lo toccò e sentì che era freddo.

«Povero Raffaele» disse quasi insieme.

Il medico boscaiolo fu seppellito a Grünberg, sulle rive del lago, senza tagliargli la barba. Siccome non aveva lasciato nomi di parenti o amici, né indirizzi o lettere che dicesse le sue volontà, i soldi se li tené la banca. Le robe da lavoro, la baita e i ferri da medico se li tené quelli del paese.

L'unica roba scritta che si trovò di Raffaele fu quel quaderno bombato dal piangere, dove per anni aveva tentato di scrivere le sue memorie e dove aveva poggiato la testa morendo. Ma quelle poche pagine scarabociate e slavate non conteneva testamenti o raccomandazioni precise, solo frasi che non si capiva. Frasi che non combinava nianche tra loro. Solo l'ultima roba scritta prima di buttar giù la testa si capiva bene. Diceva così:

> Da quando mi son messo a faticare con braccia e gambe, son diventato un uomo. Solo la fatica rende l'uomo pacifico e in pace e lo fa dormire di notte. Da giovine avevo in mano il mondo ma non facevo fatica e non ero content

Le parole finiva lì, con quel "contento" non finito, e la vita di Raffaele Brogna finiva con la testa sul quaderno.

In Francia Santo restò più di tre anni. Si era già rivati nel 1940, quell'anno aveva portato nella gerla un'altra guerra e questa guerra tacava a sbregare i giorni come le saette sbrega i larici e incendia i boschi. Solo che era boschi di uomini a diventare cenere e sparire. Quasi tutti alberi giovini, alti e belli con le mamme a casa a pregare che tornasse, le morose che aspettava che tornasse, i paesi pieni di vecchi che sperava che tornasse. Ma di quegli alberi tornò pochi, e quelli che tornò restò persi e straniti come vitelli ubriachi. Girava per le strade senza dormire e non fe' niente per anni. Ma quel che combinò il secondo temporale di piombo e acciaio, venti di fuoco e rasoi di vendette e tradimenti lo sa tutto il mondo e non vale sforzo dirlo ancora. Quel che non si sa, invece, è come finì Santo Corona della Val Martin, boscaiolo ertano che faceva cantare la manéra come il suo cuore faceva cantare la disperazione.

A Digne, nelle basse Alpi francesi, Santo cercò subito di entrare nei segreti di quel posto che non conosceva. Trovò lavoro pochi giorni dopo l'arrivo ma questa volta, per farsi impiazzare, non dové tagliarsi i peli del polpaccio con la manéra: dopo una vita di lavoro nei boschi non era più necessario. Quelle robe si fa da giovini, quando si è stupidi e poco sicuri e si vuole impressionare chi ti guarda.

Con quel che aveva guadagnato e messo via, Santo poteva viver come un principe, non serviva che tagliasse piante per campare. Ma quel mistiere lì lo teneva marcato sotto la pelle come un tatuaggio e più ancora nel sangue, reditato dagli antenati.

Santo fece presto a farsi strada. Nianche un anno, e già comandava una squadra di sessanta boscaioli che mangiava boschi come quando passa milioni di saiuppi sulle campagne e mangia tutto. Il titolare lo prese come socio e, alla fine, anche in Francia come in Austria, Santo diventò padrone.

Appena avé un po' di tempo e si fu ambientato come occorreva, prese una corriera e andò giù, verso il mare, dove il suo amico boscaiolo gli aveva spiegato vi fusse le puttane più belle del mondo. Infatti le puttane c'era, ma c'era anche la guerra e tutto diventava difficile. Comunque, guerra o non guerra, a Saint-Tropez, Saint-Raphaël, Cavalaire, Toulon e altri posti sul mare, puttane ne trovò quante voleva nei giri che fece in quegli anni. Andava più per rabbia e vizio che per voglia.

Ormai Santo aveva passà i sessanta e anche se era rimasto forte come un manzo, sano e ancora uomo, la vita agra degli anni passati lo aveva stufato. Lo aveva stufato anche le puttane ma le cercava perché, nelle loro gambe aperte, vedeva la donna vinta, umiliata, che per vivere doveva vendere corpo e anima. E di questo era contento. Però gli faceva anche rabbia quelle donne spavalde, roganti e sicure che spesso gli diceva: «Sbrigati, o ti sei addormentato?».

Sapeva da anni che le donne è più forti degli uomini. L'aveva capito ancor giovine, quando si era trovato di fronte la prima volta quella roba che gli piaceva tanto. Quella roba scura, mezza nascosta mezza no, piena di pelo, liscia come il velluto della talpa. Quella roba lì la prima volta gli aveva fatto paura e, anche adesso che era esperto e sicuro, quando andava con le puttane aveva sempre un certo timore. Trovarsele di fronte, con quei culi grandi e tondi, le gambe bianche, grosse, slargate come a volerselo mangiare. E, in mezzo, quel nido di pelo scuro che non si capiva dove cominciava né dove finiva. E loro, le puttane, con sti musi feroci che ogni volta gli diceva: «Muoviti!». Lo impauriva e umiliava. In quei momenti le avrebbe pugnalate volentieri. In quei momenti gli veniva in mente Paula Francesca, Giovanna, oppure la deda troia che gli diceva "brutto", e poi tutte le donne, puttane o no, che aveva conosciuto nella vita.

Insomma, a Santo le donne piaceva, ma le voleva domate e vinte, che s'inginocchiasse ai suoi piedi o, meglio, sotto i piedi come tappeti, ubbidienti e mute a uso agnellini. E questo poteva anche averlo. Volendo le poteva schiacciare. Ma quando era da fare quelle robe e loro slargava le gambe, e gli presentava la talpa di velluto, Santo capiva quanta forza in più aveva la donna rispetto all'uomo.

Una sera, Santo entrò per la prima volta nella baracca di un nuovo cantiere al Col d'Allos. Non appena fu dentro sentì suonare la parlata dei suoi avi. Come na musica primitiva fatta di lame, quel suono gli forò orecchie e cuore.

"Quelli è gente mia" pensò mentre andava verso il tavolo dei giovini che parlava la lingua conosciuta. Si presentò.

In pochi minuti di ciacole rivò a sapere chi era quei giovini. Era otto e veniva proprio da Erto. Santo ricordava i loro padri e le loro madri. I giovini disse i nomi e il casato e Santo li vide un per uno davanti gli occhi.

Quei ragazzi era venuti in Francia a guadagnarsi il pane, qualcuno aveva appena diciotto anni, il resto venti o giù di lì. Il gruppo era formato dai fratelli Nani e Fat de Pinza, dai fratelli Guerrino e Giuli Mamanin; poi Titi Nara e Bepino Fagot, Geni Pedana e Adolfo Zan.[100]

Era in Francia da pochi mesi e ricordava il paese con nostalgia. Nel sacco da lavoro gli ertani portava novità e notizie fresche e Santo era curioso. I giovini di Erto aveva sentito parlare di Santo dai genitori, adesso lo aveva davanti e gli faceva domande: «È vero che ti tagli i peli della gamba con la scure?».

Lui contò a quei ragazzi un po' della sua vita, ma solo un poco. Quando era partito dal paese, loro non era ancora nati. Molte persone che Santo nominò ai giovini, questi non le aveva conosciute perché morte da tempo. Santo venì a sapere dai paesani di una bambina che faceva miracoli, una che si chiamava Neve. Allora s'incuriosì e domandò chi fusse questa Neve. Così, ciacolando, conoscé robe nuove del paese e

[100] Questi uomini, allora giovani, lavorarono per davvero come boscaioli nei cantieri di Digne e Allos.

della gente. La memoria gli tornò correndo veloce e portava ricordi uno sull'altro, come il Vajont quando è in piena e strascina alberi.

Quella sera si fece festa e Santo inciocò tutti e otto i giovini ertani e poi li costrinse a cantare, perché loro voleva tacar baruffa coi boscaioli francesi.

Da quel giorno, Santo prese sotto la sua ala i giovini ertani. Gli insegnò i trucchi del mistiere e gli die' consigli di ogni tipo. Per esempio, quello di farsi una squadra per conto suo. Visto che era in otto, poteva unirsi e prendere i tagli a contratto. Così, in pochi anni avrebbe fatto soldi.

I giovini scoltava Santo parola per parola, e in manco di due anni diventò na squadra di prim'ordine, uomini senza paura di concorrenza, sicuri che sul mercato non era nissuno capace di fargli la festa. Santo era contento. Vedeva in quei ragazzi la continuazione della vita, nel mistiere e nella convinzione che anche un povero boscaiolo, se era in gamba, poteva fare soldi a catasta.

Era rivato il 1944 e con lui rivò qualcosa che levò il sonno dagli occhi di Santo e dalle sue notti. Era una lettera a Geni Pedana, uno dei giovini taglialegna ertani.

Nella lettera un parente lo informava che in paese era rivà i todeschi e questi faceva il bello e il brutto tempo, copava gente, rubava e bruciava case seppellendo il paese sotto una valanga di paura e umiliazioni. Nella lettera, il parente di Geni elencava una per una le case arrostite dai todeschi. Tra queste quella di Santo. Ecco perché il boscaiolo non riusciva più a dormire. Sapere che la casa dove era nato e cresciuto, dove aveva passato la vita i suoi antenati, dove suo padre e sua madre si era voluti bene, era bruciata, non lo lasciava chiudere occhio.

Finché era rimasto in Austria e in Svizzera, non aveva mai avuto notizie della sua valle. Adesso però che era in Francia con otto ertani, le notizie rivava a questi giovini sotto forma di lettere.

Così, anche se non voleva, Santo era costretto a sapere robe del suo paese e questo gli procurava curiosità e voglia di andare a vedere. Quelle lettere gli aveva portato davanti al naso l'odore della sua terra.

Passò un mese con la testa fra le mani, nelle notti senza sonno sulla panca della baracca. Finché una mattina si presentò al lavoro e disse ai paesani: «Canajs, iù tor a Nert».[101] Lo disse con una voce che non conosceva, na voce foresta, non sua. Gli venne in mente delle robe improvvise e fu come se le montagne gli fusse cadute addosso.

Santo teneva sempre con sé i biglietti di Hofmannsthal e ogni tanto ricordava le parole di Piero Caporal: «Abbiamo radici elastiche, più vai lontano più si slunga, ma appena molli le mani ti riporta dove sei nato».

Adesso lui le mani le aveva mollate, era stato l'incendio della sua casa a farle aprire e fargli perdere la presa. Ma non solo l'incendio. Altre robe gli aveva aperto le dita per mollare. Per esempio gli anni. Tacava a esser tanti, anche se ancora non pesava. Non pesava ma era più di sessanta e quel numero gli faceva pensare alla morte. Non che avesse paura della morte. Santo non aveva paura della morte, aveva paura di morire l'improvviso senza rivedere il suo paese. Quella era l'unica cosa che lo tormentava.

Dal momento che decise di tornare, gli pareva che i giorni lo fermasse come a tenerlo in prigione e non lasciarlo andare. Come se il tempo non volesse dargli la soddisfazione di rivedere il suo paese. L'aveva preso la fretta di partenza, una fretta tremolante che non dava requie. Temeva che capitasse qualcosa a fermarlo, a bloccargli il viaggio, magari per sempre. Questo lo indiavolava.

Per paura di non fare in tempo, sbrigò tutto in pochi giorni. Fece quel che era da fare con soldi, banche, amici, non amici, padroni e conoscenti, salutò i giovini ertani bracciandoli un per uno e sparì. Disse a Geni che poteva tenersi gli attrezzi.

Portò via solo il rusacco pieno di soldi, la rivoltella di Keil,

[101] «Ragazzi, io torno a Erto.»

il suo cortello e tre manére Müller. Una era quella d'oro. E un sacco con roba da vestire.

«Vi scriverò» disse ai paesani sapendo da subito che non avrebbe scritto.

Con mezzi di fortuna andò alla stazione più vicina.

Intorno era una bella giornata, il sole scaldava la terra e le rotaie, in giro era poca gente. Qualche cane baiava nel silenzio dei cortili. Tra i boschi uccelli di ogni tipo cantava e rideva e ciacolava. Per loro era tutto come sempre, faceva nidi e allevava i piccoli senza pensieri. Non sapeva che gli uomini si stava copando nel cuore dell'Europa, mentre Santo Corona della Val Martin, dopo trentatré anni di fuga senza pace, tornava finalmente al suo paese.

28
Aria di casa

Santo viaggiò per quarantun giorni con ogni cosa che si muoveva. Montò su ruote, camminò sui piedi, su schiene di cavalli e muli. In giro era casini che non finiva più e rabaltoni di ogni tipo, paesi bruciati o disfatti. Viaggiare a volte diventava difficile. Ma Santo non aveva premura, si guardava intorno e studiava ogni chilometro che faceva. Ormai partito era partito, la paura di non rivare gli era passata.

Si era lasciato crescere la barba, da sembrare vecchio e malmesso più di quel che era, in modo che nissuno lo tacasse o gli rompesse i coglioni. Un vecchio con la barba che va alla carità si lascia in pace. Infatti Santo domandava la carità per storcere i sospetti, guai se qualcuno veniva a sapere che aveva uno zaino carico fracato di soldi, e sul fondo una manéra di oro puro. Questo qualcuno gli avrebbe di sicuro tagliato il collo, ma farlo non era facile. Santo dormiva con un occhio chiuso e uno aperto, la rivoltella carica e il cortello pronto.

Pian piano, giorno dopo giorno si vicinava a casa. In una banca di Ventimiglia cambiò i soldi dello zaino in attesa di nasconderli a Erto. E poi andare a Udine, dove di sicuro era arrivati i soldi dell'Austria. Ma quei pensieri stava ancora lontani, adesso importante era tornare a baita. Quando fu in Italia, passando il confine per vie traverse e inciampi di ogni genere come camminare in un bosco di alberi rovesciati, Santo sentì parlare italiano, vide osterie italiane e nomi italiani e tutto quel che era scritto in italiano. A quel punto si sentò su na panca e scoltò in silenzio quei suoni, guardò quelle scritte sulle insegne, sui cantoni delle vie, udì la gente chiamarsi per nome. Restò a scoltare diverso tempo, fursi due ore. Era come sentir correre l'acqua del Vajont, e Santo, va e no va,[102] si sciugava gli occhi con la manica della giacca. Da trenta e passa anni non sentiva quella parlata in bocca a tanta gente.

Mano a mano che si vicinava alla sua terra il cuore gli batteva più forte. L'uomo guardava dappertutto, spiava le città, i paesi, le strade confrontando quel che vedeva con quel che aveva visto in Austria, Svizzera e Francia. A ogni passo si accorgeva che l'Italia, la vecchia Italia che non aveva mai visto se non in scheggia traversando il Friuli, era bella quanto e più di tutte le patrie che aveva visitato. Per la prima volta sentì di voler bene alla sua terra, di parteggiare per lei come quando parteggiava per Giovanni Palanca nelle partite a morra con Tomaso De Bartol. L'Italia in quei giorni era mezza disfatta, ma quel che restava era tanto più bello di Austria, Svizzera e Francia messe insieme.

Santo sentiva che a render bella la sua terra non era palazzi, monti, mari, boschi o chiese, ma il cuore. È il cuore che vuol bene alla patria e te la fa vedere più bella di tutte. Col cuore diventa belli boschi, mari e chiese.

Intanto che viaggiava pensava a Erto, provando a immaginare come fusse cambiato il paese, che gente avrebbe trovato, chi era nato, chi era morto. Chissà se qualcuno lo conosceva al primo entro o avrebbe dovuto dire chi era. Non vedeva l'ora di rivedere Piero Caporal, sentire come gli andava.

Pensava di essere forte, il vecchio Santo, invece gli tremava le gambe nel vicinarsi alle sue montagne erte e disperate. Ogni tanto gli veniva in mente Paula Francesca. Chissà se era ancora viva o se era morta. Se era viva, il tempo l'aveva invecchiata di sicuro, l'aveva fatta brutta. Se era morta amen, pace alla sua anima. Pensare a Paula Francesca, intanto che

[102] Ogni tanto.

tornava a casa, gli procurò un groppo di nostalgia. Quando era all'estero non la pensava più o, se la pensava, era per dirle "troia". Ma adesso che tornava al paese dopo tanto tempo, Paula Francesca gli veniva incontro come na figura lontana che avanza pian piano, si vicina e prende forma. Lui la vedeva come trentatré anni prima, bella e senza padroni, libera come l'acqua del Vajont che corre e nissuno la ferma. Per quello gli piaceva, per quello l'aveva persa.

Ogni chilometro che faceva verso casa, gli saltava dentro la testa memorie e pentimenti, rimorsi e rimpianti. Santo capiva di aver sbagliato vita per il suo carattere testardo, duro, storto, ingroppato come un carpino nero. Ma ormai indietro non poteva tornare. L'unico tornare possibile era quello verso casa, l'unico pensiero morire nella sua terra. Santo pensava anche a Jacon Dal Movi, Tomaso De Bartol e Agusto Peron, il suo maestro, copato malamente da Tomaso. Allora gli saliva fiamme di rabbia dalle budella fino in bocca. In quei momenti, agiva il Santo che si era costruito addosso anno dopo anno: un Santo che non dimenticava, non perdonava né aveva pietà. Covava la vendetta come la chioccia le uova, fino l'ultimo giorno di vita.

"Ai bastardi non si perdona" pensava, sapendo che Tomaso era vivo e spadroneggiava più di prima, come gli aveva scritto Piero. Tutti sti pensieri gli girava nella testa facendo confusione, e allora lui cercava di fermarli dicendo: «Ostia! Basta! Finché non rivo là è inutile pensare. Devo essere a casa mia prima di far progetti. Magari lassù è tutto diverso da quel che penso, magari nissuno si accorge che son rivato, e nianche mi saluta la gente che incontro».

Ma anche se cercava di mandar via quei pensieri a forconate, quelli rimaneva e lo tormentava accendendogli sotto il culo fuochi di preoccupazione e poca sicurezza. In pratica si sentiva un foresto. Anche se tornava a casa sua, gli pareva fusse un togno[103] che rivava in paese. La gente, las-

[103] Uno che non è del posto.

sù, i togni non li sopporta, li manda via a fucilate. Prima sopra la testa; dopo un po' più basse.

Così viaggiava il vecchio Santo, incerto come un bambino che fa la prima volta un sentiero nel bosco. O un giovine taglialegna che taca a lavorare con una squadra di boscaioli esperti. Un giorno dopo l'altro, metteva dietro la schiena sempre più strada e sempre meno era quella che lo separava dal paese.

Intanto seguitava a guardarsi in giro, a scoprire quell'Italia che non aveva mai visto e quelle tante robe che non conosceva, anche se non era momento buono per vedere la patria. In giro la guerra menava la manéra, città disfatte si presentava agli occhi di Santo, strade piene d'inciampi e garbugli, soldati che andava qua e là come vitelli ciochi che ha perso l'orientamento. Ogni tanto, sui platani delle vie, era qualcuno impiccato a una corda, che dondolava come na campana senza batacchio, e nissuno nianche più li guardava, quei fagotti, e tanto meno li tirava giù.

Spesso Santo faceva tocchi di strada a piedi. Una volta si sentò a polsare sul muro basso di una strada pena fuori Padova. Ormai sentiva aria di casa ed era agitato come i bambini il primo giorno di scuola. Intanto che stava lì, si vicinò un gruppo di cinque marcantoni che pareva cani scappati. Fursi era ladri, morti di fame o banditi, non si sa chi fusse, ma comunque malmessi era malmessi. Santo sospettò qualcosa, allora, intanto che i cinque si vicinava, tacò a grattarsi e a far finta di curarsi i pidocchi e schiacciarli uno alla volta tra le unghie. Questi qui quando si n'accorse che schiacciava pidocchi si fermò a distanza di sicurezza. Uno tirò fuori un cortello e disse a Santo:

«Cos'hai nei sacchi?»

«Roba da vestire» rispose lui.

«Fa' vedere» disse l'altro.

Santo, senza levarsi in piedi, svuotò il sacco di tela sulla strada. Saltò fuori quel po' di braghe e camicie e calze che s'era portato dietro. Poi prese il rusacco e disse:

«Adesso svuoto anche questo così vi convincete.»

«No, non occorre» disse quello del cortello, «basta così.» Poi girato ai suoi compari brontolò: «Questo qua è peggio di noi».

Santo riprese a curarsi i pidocchi, e si grattava e si voltolava e non stava fermo per far finta che ne aveva tanti.

Allora uno dei cinque, prendendolo per il culo gli disse:

«Sono grossi, barba?»

Santo, senza alzare gli occhi, grattando tra le gambe, rispose: «Sono grandi e grossi, e crede di farmela a me, ma son io che la faccio a loro».

I cinque si mise a ridere, non aveva capito che Santo intendeva loro quando diceva "sono grandi e grossi". Alla fine questi qua si voltò e tirò dritto verso Padova. Santo li salutò con la mano mentre con l'altra metteva di nuovo il vestire nel sacco.

Quella fu l'unica volta che gli successe di rischiare qualcosa, per il resto, durante i quaranta e passa giorni di viaggio, nissuno gli die' fastidio. Di notte dormiva dove capitava, stalle di contadini, case bandonate, portici e cortili. Se pioveva, si tirava al coperto di qualcosa, senza mai mollare lo zaino sotto la testa, né la rivoltella sotto la camicia. Anche quando i marcantoni l'aveva sfidato era pronto a scattare. Aveva già fatto i conti. Loro era cinque, lui solo. Ma la rivoltella non era sola. Aveva sei pallottole di compagnia e la mano di Santo. Alla fine era otto contro cinque. Per fortuna non fu da sparare, altrimenti Santo li copava tutti e cinque. La guerra copava chi voleva, cinque più, cinque meno a quei tempi non contava.

Avanti. Santo andava avanti ogni giorno un po' di più verso la sua terra. Una mattina si svegliò in un granaio e guardò fuori dalla finestra senza vetri. Era levato il sole, che lustrava il cielo e dava fuoco alla terra come fiamme di rame. Vicino la fattoria, una vena d'acqua borbottava per i fatti suoi, a voce bassa. Sopra di lei, tra alberi gialli, cantava uccelli di ogni tipo. Cantava piano anche loro, come per non disturbare la gente della casa. Nella casa era na famiglia di contadini, otto persone tra sposi, nonni e bambini. Aveva dato da dormire a Santo rivato nella notte. E da mangiare. Gente povera da far spavento, la guerra gli aveva rubato tutto.

Il contadino di buon cuore si chiamava Da Dalt Angelo, la moglie Paola Scapinello e il figlio di sedici anni Niccolò. Altri tre bambini li aveva raccolti bandonati per strada, orfani di guerra. Poi era i due vecchi genitori di Angelo. In tutto otto persone. Santo era rivato alle undici di notte. Vedendo na lucina dalla finestra, aveva battuto alla porta. Gli aprì proprio Angelo con in testa un basco francese. Santo conoscé quel berretto perché a Digne li doperava anche lui. Domandò se poteva dormire.

«Finché vuoi» rispose l'altro. Dentro era tutti intorno al fuoco, vecchi, bambini e la moglie. Santo mangiò e bevé quel poco che la famiglia poteva offrire. Ciacolando, contò un po' della sua vita. Disse che era diretto a Erto, dopo trenta e passa anni di estero.

A sentire Erto Angelo disse: «Ah!». Poi contò a Santo che un suo parente era andato lassù con una figlia di sei anni malata di non si sa cosa. Aveva sentito che in quel paese una giovine donna chiamata Neve faceva miracoli, e poteva guarire i malati. Non sempre, ma qualche volta li guariva. Invece quella volta non guarì, miracolo non fu e la bambina del parente morì.

Santo si ricordò che i paesani incontrati in Francia gli avevano parlato di questa Neve. Non poté fare a manco di pensare alle stramberie del destino: dopo tutti quegli anni di estero tornava in Italia, batteva alla porta della prima casa che trovava e il padrone gli parlava del suo paese, dove c'era una santa che faceva miracoli.

«Son curioso di veder sta giovine» disse Santo. Poi andò a dormire nel granaio.

La mattina dopo si levò di bonora, voleva andare prima che si alzasse i padroni. Dalla finestra senza vetri guardò lontano. Lassù, dove la piana si drizzava e faceva gobbe, appena un po' più in alto, luceva montagne. Era vicino, ormai. Vicino a casa. Pensò: "Se è montagne è casa". Andò giù, in cucina non c'era nissuno. Cavò dalla tasca un po' di soldi e li mise sotto il tagliere. Era un bel po' di soldi. Il tagliere non portava niente, vuoto come na lastra di vetro. Né polenta né formaggio. Santo prese uno stecco di carbone e ci scrivé sopra "grazie". Poi riprese il cammino con zaino e sacco in spalla.

Partì col sole che dava fuoco a quelle montagne lassù, che vedeva alte e lontane ma sapeva vicine a casa. Era a Vittorio Veneto, detta anche Serravalle. Santo dapprima voleva montare su qualche camion, corriera o treno, poi gli prese paura di rivare troppo presto senza esser pronto a frontare l'entrata in paese. Allora decise di andare un po' a piedi e un po' con mezzi di fortuna, in modo da preparare la testa a quel colpo che era il ritorno a casa.

Cammina cammina, le montagne lassù veniva più vicine. Certe volte passava un camion di soldati che tirava Santo sul cassone per qualche chilometro. Gli faceva pena quel vecchio a bordo strada, con due sacchi sulla schiena.

Santo rivò a Scè de Pont, che sarebbe Ponte nelle Alpi, paesino prima di Longarone. E qui davvero le gambe tacò a tremargli. Guardava in su e conosceva i posti, vedeva le sue montagne, il Borgà, la Palazza, i prati di Carmelìa e un cielo di nuvole cagliate sopra il monte Buscada. Queste nuvole spingeva fuori i profili delle crode segnando col lapis copiativo nasi, becchi, gobbe e ganasce che Santo ricordava una per una. Le conosceva come fusse partito ieri e tornato oggi.

"Da qui solo a piedi" pensò, "voglio godermi ogni metro di strada."

Infatti andò così, da lì in avanti camminò piano, guardandosi in giro e alzando gli occhi ogni tanto verso quelle montagne che man mano s'ingrandiva. Rivò a Longarone. Per strada, di qua e di là dei bordi, era rovesciato di tutto. Tocchi di guerra stava sul terreno: fucili, pistole, lamiere di macchine e di camion e perfino qualche mitraglia con le gambe per aria. Santo tirò su un moschetto e lo portò per qualche chilometro, poi pensò che un fucile senza cartucce è come una manéra senza manico. Allora lo buttò da na scarpata per non avere peso inutile. La rivoltella di Franz Keil pesava meno, era carica e c'era un sacchetto di pallottole in fondo allo zaino. A Longarone si fermò e lo passò per lungo e largo. In giro era qualche todesco armato dalla testa ai piedi, con cani da guardia che pareva diavoli.

Santo si sentò davanti l'osteria Italia mettendo zaino e sacco tra le gambe. Ordinò mezzo litro e si mise a guardare in su, verso la bocca stretta della valle che sputava un'acqua piena di spume per i salti che faceva. Era la valle del Vajont, la sua valle, e quello che saltava facendo schiume era il Vajont. Intanto che guardava in su, rivò due canajs che ordinò un litro e parlò tra loro una lingua che Santo riconobbe a volo: era ertani. Ma se conosceva la parlata, non conosceva i due che parlava. Era giovini, freschi, di fursi quindici anni, Santo era via da trentatré.

"Chissà di chi son figli" pensò, "magari conosco i genitori."

Voleva andare lì, presentarsi, domandare di chi era figli, ma lasciò stare. Intanto rivò due uomini, questi sui sessanta, che domandò ai ragazzi se aveva ordinato il litro.

«Sì» rispose uno. Stavolta Santo li conoscé. Era Zoliano Chebol e Carle Mauria, boscaioli che lavorava con lui ai tempi della squadra, quando si combatteva Tomaso De Bartol a suon di alberi tagliati. A Santo gli venì voglia di correre a bracciarli, ma tenne duro. O meglio, non trovò coraggio. Si trovava davanti, a due metri, gente del suo paese, gente con cui aveva lavorato insieme, fursi quei canajs era i nipoti. A quel punto gli venì le lacrime.

I giovini ertani che era vicino si n'accorse, uno si voltò verso gli altri e disse:

«Ci che l'èba chel vece cal pianth?»[104]

«Boh» rispose uno degli anziani, «sarà cioco.»

[104] «Che avrà quel vecchio che piange?»

Santo sentì e, dopo il piangere, si mise a ridere. Allora uno dei giovini disse:

«Piange e ride, è proprio cioco.»

Dopo aver finito il litro, i quattro se ne andò. Santo pensò di esser cambiato forte se due vecchi amici come Zoliano e Carle non l'aveva conosciuto. Poi si convinse che era la barba a cambiarlo in vecchio e non farlo conoscere.

"Devo calmarmi" pensò, "entrare in paese e fare come non fussi mai andato via. In fondo, quando son partito ero uno che contava e tale son rimasto."

Ma Santo non era sicuro di quello che pensava. Capiva e sapeva che gli anni di lontananza smagrisce e sfina ogni potere, toglie ogni comando. La lontananza di un uomo per tanti anni fa posto ad altri, diventa loro i padroni del luogo. E quando questo dovesse tornare, anche se prima era potente e rispettato, dopo tanto tempo non è più niente, deve partir da zero. E se crede di dire la sua alzando la voce, gli dicono: "Zitto, tu, non stavi qui quando c'era bisogno, per noi puoi tornare dov'eri prima".

Così Santo decise di vivere nel paese in sordina, come fusse un foresto e non dire niente a nissuno né tacar confidenza con nissuno. Almanco i primi giorni.

Intanto era mezzodì, Santo si fe' portare dall'oste na pagnocca di pane e luganiga e un altro mezzo litro. Mangiò pian piano e bevé il vino. Poi, di colpo, come se tutto il coraggio del mondo gli fusse entrato in corpo, bandonò timori, stentamenti e paure, e levandosi dritto disse:

«Adesso vado a casa mia.»

Pagò e partì. Traversando Longarone, incontrò di nuovo Zoliano e Carle più i due canajs, che lo guardò come si guarda un povero diavolo.

"Quando mi vedrà a Erto e saprà chi sono, son curioso di sentire cosa dice tutti e due" pensò Santo guardandoli di sbieco.

Camminò sotto il sole che arrostiva. Santo non sentiva niente. Faceva caldo, dal cielo cadeva pioggia di braci vive, ma Santo sentiva il suo paese vicinarsi, questo sleggeriva ogni magagna. Traversò il ponte sul Piave e guardò l'acqua correre sotto. Si ricordò di suo nonno. Da bambino lo portava a vedere gli zattieri di Codissago che partiva verso Venezia con zattere lunghe dodici metri, cariche di legname da non credere. Era come veder passare boschi sull'acqua, boschi distesi, che dormiva mentre filava verso Venezia.

Traversato il Piave, Santo rivò a Codissago e da qui prese la salita che menava alle gallerie. Il cuore gli batteva. Guardava la valle sopra la testa, stretta e alta, strizzata tra ganasce di crode a strapiombo. Più in su, una falce lucente di cielo storto pareva dirgli: "Perché sei tornato? Che sei venuto a fare nei regni della miseria e della morte?".

Santo si guardava intorno. Guardava per vedere cosa era cambiato, meravigliandosi a ogni passo che niente era cambiato. Tutto stava fermo, uguale come tanti anni fa. Solo gli alberi era ingrossati e cresciuti, ma questo lo immaginava soltanto, perché non li vedeva. I boschi era coperti da montagne di foglie che nascondeva. Tra loro solo il vento passava a controllare quanto era cresciuti gli alberi. Il vento passa ogni giorno, tutti i giorni, giorno e notte per anni, per secoli. Per quanto dura il mondo il vento va a controllare gli alberi e a muovergli i capelli.

Santo rivò alle gallerie di Sant'Antonio e polsò. Guardò il buco che si apriva nella croda, mise giù i sacchi e si sentò su na pietra. Di fronte la prima galleria ricordò gli anni lontani, quando era bambino e suo nonno lo portava al mercato di Longarone. Andava a piedi per mano al vecchio. All'entrata dei budelli, scuri come miniere di carbone, suo nonno tagliava un bastone lungo un metro. Avanzando, strisciava la punta del bastone sulle pareti delle gallerie in modo da tenersi lontano dalla croda e non sbatterci il muso. Quei cunicoli lunghi e storti era neri come notti senza luna, trapassarli senza bastone era impossibile. Dopo qualche minuto si perdeva l'orientamento finendo a battere il naso sulla croda. Invece il bastone manteneva distanza giusta e si procedeva veloci. Mentre pensava a quei tempi, Santo si alzò, cavò il cortello di tasca e tagliò un bastone di nocciolo lungo un metro. Le gallerie era sempre l'istesse, il bastone serviva ancora.

Accese un sigaro e andò a fumarselo dentro la prima galleria per stare al fresco. Si portò dietro il rusacco coi soldi. Fuori era l'estate, il sole a piombo faceva cadere fiamme sui boschi e sui prati, intorno non si muoveva foglia. Giù in basso, verso Longarone, fischiò un treno. Intanto, a cavallo dell'aria, veniva su i rumori dei paesi intenti a trafficare. Su tutto, diceva la sua il Vajont che usciva dalla valle brontolando, sbavando schiuma e perdendosi nel Piave, che se lo mangiava subito per esser bello solo lui.

Finito di fumare, Santo ripartì, traversò le gallerie col cuore che gli batteva forte. Sapeva che fuori dai budelli di Sant'Antonio finiva la terra normale e cominciava il suo mondo. Appena di là tutto cambiava, diventava ripido e tristo e difficile da domare. A destra si spalancava burroni di crode a lama che non si vedeva il fondo. Dall'altra parte andava su terreni verticali che finiva sulle creste del Borgà, ricamate di campanili, scaglie e lapis di pietra grigia alti e fini che pareva cadere da un momento all'altro. Più avanti, di qua e di là della valle, di lungo per chilometri, era gobbe piene di boschi che faceva mancare il respiro tanto era grandi, belli e fitti.

Anche se i boscaioli li tagliava da secoli, quei boschi cresceva sempre belli, perché li sapeva tagliare. Quando toccava a uno, lasciava in pace gli altri, e prima di aver fatto il giro delle valli Mesazzo, Zemola, Vajont e da Diach, la valle di Santo, passava anni e i boschi tornava a crescere più fitti di prima. I boschi era gente di famiglia, occorreva trattarli bene.

Ma Santo, dopo che era diventato bestia causa sfortune e vita sbagliata, non li aveva trattati bene. Né i suoi né quelli dell'Austria, della Svizzera e della Francia. Li aveva tagliati a zero come quando suo nonno lo rapava per i pidocchi. E sfruttati al massimo. Ma non era rivato a distruggerli. I boschi è duri a morire. È buoni, non se la prende, torna a partire da zero, ogni volta, e cresce ancora sani e belli. Solo il fuoco li può far fuori e coparli del tutto. Santo non li aveva rispettati, adesso lo sentiva.

Adesso che dopo anni tornava a vedere i boschi dell'infanzia, della gioventù, dei vecchi taglialegna che gl'insegnava il mistiere da bambino, capiva tante robe. I suoi boschi gli stava presentando il conto. "Vergognati, Santo" gli diceva. "Vergognati di quello che hai fatto, hai tagliato le nostre vite senza rispetto, solo per far soldi. Poteva bastare un quarto a farti vivere, invece hai voluto il doppio, il triplo e anche di più. Hai voluto tutto ma contento non sei, contento non sarai mai, qualcheduno ti ha maledetto." Si sentiva dire questo, Santo, dai boschi dell'infanzia, mentre camminava verso il suo paese.

Arrivò alla curva della frazione Spesse, chiamata anche "i Mulini" perché in basso girava mulini con la forza dell'acqua. Uno muoveva la lama della segheria, uno alzava su e giù il martello del battiferro e uno macinava sorgo. Santo si fermò a scoltare se ancora sentiva quei rumori, come un tempo, quando andava con suo nonno alla frazione per segare tavole o macinare. Si fermò e tirò l'orecchio. Li sentiva! Dalle rive del Vajont veniva i colpi sordi del battiferro come un vecchio che tossisce dentro casa. Insieme alla tosse del maglio, cigolava la lama della sega, che sfendeva i tronchi riducendoli in tavole di ogni misura. Più piano, ma ben udibile quando s'alzava l'aria della valle, gramolava il suo ron ron la pietra della macina, che faceva polvere di tutto quel che il padrone gli metteva sotto.

Santo scoltò per un bel poco e intanto pensava che lassù non era cambiato niente. Ma non era ancora in paese. Chissà, fursi là qualcosa era cambiato. Intanto che scoltava, passò na vecchia col fazzoletto in testa e na gerla sulle spalle. Gli sembrò di conoscere in lei Maddalena dal Mantil, anche se ormai succhiata dal tempo e molto stanca. Questa donna disse: «Bondì», e poi gli domandò da dove veniva.

«Da lontano» rispose Santo, convinto che gli conoscesse la voce.

Ma la donna, che era proprio Maddalena dal Mantil, non conoscé niente e tirò dritto.

Lì per lì voleva dirle che quello che aveva di fronte era Santo Corona, ma preferì star zitto e aspettare. Voleva vedere come si comportava i paesani con quel foresto, vedere chi, prima o dopo, l'avrebbe conosciuto. Così traversò la frazione Spesse con la gente che gli diceva "bondì" a testa bassa, senza alzarla per vedere il muso dell'uomo che passava con due sacchi in spalla e rispondeva "bondì".

A Santo gli veniva da piangere a ogni passo che faceva. Non perché nissuno lo conosceva, ma perché dopo trenta e passa anni stava tornando alla sua casa, ai suoi monti, alla sua terra. Tutto questo gli franava addosso, lo frastornava, gli toccava il vecchio cuore indurito rendendolo debole come un fiore sotto gli zoccoli delle mandrie.

Alla fontana sulla curva, dopo la frazione, si fermò a bere l'acqua fresca che usciva dalle budella dei monti. Non la beveva da tanto tempo.

Intanto veniva giù per il sentiero un vecchio con una lunga barba bianca, il cappello fracato in testa e na secchia in mano. Era il famoso bracconiere Francesco Filippin, detto Checo de Costantina perché sua madre si chiamava Costantina. L'uomo lasciò che Santo bevesse e si bagnasse il muso, poi disse "bongiorno" e mise il secchio sui ferri per impirlo d'acqua. Intanto che l'acqua cresceva, Checo guardò il foresto negli occhi. Lo fissò per un bel po', ma i conti non tornava.

Quel foresto gli pareva qualcuno conosciuto. Gli occhi somigliava a quelli di uno sparito dal paese tanto tempo prima e mai più tornato, ma non era sicuro. Allora, siccome non era sicuro, restò in silenzio finché l'acqua andò per sopra. Poi prese il secchio e andò verso la casa da dove era partito. Santo, invece, aveva conosciuto il vecchio bracconiere. Checo si conosceva dagli occhi, due sfessure grigie che pareva teste di vipera uscenti dai buchi. Incontrare gli occhi di Checo faceva spavento, proprio come quando s'incontra all'improvviso vipere sul sentiero.

Santo si caricò i sacchi e puntò verso il paese. Dalla fontana al campanile ormai mancava nianche un chilometro. Sui prati di tavela[105] la gente faceva fieno, per strada incontrò cinque soldati todeschi. Quando vide Santo in quelle condizioni lo fermò coi fucili spianati, pensava fusse un partigiano. Ma Santo parlava il todesco come loro e spiegò che non era partigiano, ma che tornava a casa dopo trenta e passa anni di estero. Allora lo lasciò andare. Mentre andava, Santo pensò che quei todeschi era gli stessi che gli aveva bruciato la casa e con la mente disse: "Malideti bastardi".

Finalmente rivò alla curva del cimitero, pochi metri dopo tacava il paese con le case a destra e sinistra e la strada di terra che passava in mezzo. Santo si n'accorse che, attaccato al muro del camposanto, stava un monte di pietre grigie di un metro cubo l'una, alto cinque o sei metri. Quando era partito, quel monte non c'era. Si vicinò e guardò. Su quei sassi catastati alla buona era scarpellati i nomi dei suoi paesani, soldati morti nella guerra 1915-18. Era tutti giovini, il più vecchio aveva meno di trent'anni. Per ricordarli, la gente aveva tirato su quel monte di sassi scarpellandoci sopra i nomi. Santo non avrebbe mai saputo che dopo un paio di anni quella lista si sarebbe slungata di altri nomi.

Camminò ancora cinquecento metri e si trovò sulla piazza larga un fazzoletto da naso, di fronte all'osteria Pilin. Si sentò sulla panca di pietra rossa e aspettò che succedesse qualcosa. Intanto pensava. Pensando veniva ricordi e ricordi, che gli faceva cadere dagli occhi lacrime come mirtilli. Santo ricordò che proprio lì, dietro l'osteria Pilin, il suo angelo custode Agusto Peron un giorno lontano lo aveva portato a spaccar legna a sei anni. E l'aveva spaccata, sacramento! Agusto non ci credeva. Dopo aver spaccato legna, l'angelo custode l'aveva fatto entrare da Pilin a mangiare minestrone. Là dentro, volto ai boscaioli che beveva, aveva detto:

[105] Territorio all'esterno del paese, entro il raggio di un chilometro.

«Questo viene bravo di manéra. Sto bocia, fra qualche anno, vi batte tutti quanti.»

Intanto che ricordava, venì fuori il vecchio Orazio e domandò se voleva qualcosa da bere.

«Mezzo litro di vino» rispose.

L'oste lo portò. Intanto rivò Zoliano e Carle e i canajs trovati a Longarone nell'osteria Italia. I due canajs non fece caso, ma Carle e Zoliano si maravigliò di avere ancora davanti l'istesso uomo che piangeva a Longarone.

«Piange anche qui» disse Zoliano. «Ostia! Questo piange sempre.»

«Chissà cosa è venuto a fare quassù» disse Carle.

«Sarà un mercante di patate» rispose Zoliano.

I due ordinò un litro e si sentò fuori a studiare il vecchio lagrimante. Santo li spiava con la coda dell'occhio, voleva vedere quanto ci metteva a conoscerlo, se mai l'avesse conosciuto. Ma a conoscerlo non fu loro. A immaginare che l'uomo con la barba grigia seduto davanti all'osteria Pilin poteva esser Santo della Val fu qualcuno che non aveva dimenticato gli occhi del boscaiolo. Gli amici dimentica gli amici, quando questi sono lontani da tempo. Ma i nemici no. I nemici non dimentica i nemici nianche dopo secoli. Basta la sagoma da lontano o la luce degli occhi a farli riconoscere. Anche da vecchi.

Dopo un'ora che era lì, Santo vide spuntare dalla via Soprafuoco un uomo. Avrà avuto sui settanta, fursi qualcosa in più, un po' grosso, vestito di tela bianca come i signori e un cappello in testa, bianco anche quello. Santo guardò il tipo stravagante avanzare verso Pilin, con in mano un bastone di lusso che, a ogni passo, alzava fino alla punta del naso. Questo tipo si sentò fuori, salutando Carle e Zoliano. I due canajs era andati via. Ordinò da bere, poi guardò il foresto.

Il foresto era pacifico. Ma quando il tipo cavò il cappello e lo poggiò sul ginocchio, mostrando una testa tonda e lustra, il foresto serrò le mani sul bordo del tavolo e guardò per terra come colpito da un dolore improvviso.

Il bianco domandò a Zoliano: «Chi è quello?».

«Non sappiamo, stamattina era a Longarone, adesso è qui, ma non parla.»

Il vestito di bianco era un tipo rogante, se non fusse stato rogante non vestiva così. Fu la sua roganza da padrone a farlo alzare e vicinarsi al foresto per chiedergli chi fusse. Santo teneva la testa bassa e le mani sul bordo del tavolo, come uno che pensa.

«Chi sei e cosa fai qui?» domandò il rogante dando un calcio alla gamba del tavolo e puntandogli il bastone al petto. Santo alzò la testa e lo guardò nelle palle degli occhi. L'altro restò di sasso. Ritirò il bastone di colpo e disse:

«Santo! Sei Santo della Val?»

A quel nome, Carle e Zoliano saltò di scatto come il latte sul fuoco.

«Santo!» disse tutti e due insieme. «Impossibile!»

Andò vicino all'uomo e lo guardò tutti e due, gli girò intorno per sicurarsi fusse lui. Ma non servì, Santo li chiamò per nome, un dopo l'altro.

«Zoliano, Carle, non mi avete conosciuto. Io sì. Vi ho visti a Longarone e conosciuti.»

Intanto che diceva questo, si alzò e bracciò i vecchi amici. «A Longarone vi ho conosciuto subito» ripeté, «per questo mi veniva le lacrime.»

I due non aveva parole, bracciava anche loro Santo e lo guardava, lo palpava, gli domandava robe di ogni tipo. Tomaso De Bartol, quello vestito di bianco, non bracciò nissuno, tornò a sentarsi e guardò la scena. Nianche Santo lo bracciò, si limitò a guardarlo.

La novità che Santo era tornato fe' il giro del paese come il vento di primavera. Saltò nei cortili, entrò nelle case aperte al caldo, salì nelle stanze, nelle soffitte, e poi tornò fuori, cambiò strada e andò nei campi, nei prati e intorno alla tavela a dire che in paese era tornato il boscaiolo Santo Corona della Val Martin.

Intanto da Pilin si tacò a far festa. Con Zoliano e Carle si cubiò altri boscaioli, uomini amici di Santo, che aveva più o manco la stessa età, ma anche più vecchi, gente che un tempo lavorava con lui. Giovini non rivò nissuno, era tutti in guerra, e comunque non avrebbe riconosciuto Santo, perché nati dopo che era partito. Tra un gotto e l'altro Santo faceva domande, quelle di cui gl'interessava avere risposte.

Paula Francesca era morta. L'aveva trovata Maddalena dal Mantil sul sentiero del Baert, sotto la chiesa di San Rocco. Stava morta in terra a pancia per aria. Era diventata blu in faccia e in corpo, come un fiore di genziana. E tanti che conosceva era morti, e tanti che non conosceva era nati e morti. In guerra o per altre disgrazie. Era sparita anche gente che non si sapeva come. Si sospettava Felice Corona Menin, uno che aveva fatto soldi a carriole sfruttando la figlia Neve che faceva miracoli.

Qualcuno disse a Santo che i todeschi gli aveva bruciato la casa, ma lo sapeva già. Per questo era tornato, per metterla a posto. I muri era buoni, il fuoco non brucia i muri, bastava fare il resto. Santo voleva chiedere tante robe ma, in quel momento, lì da Pilin era da far festa e bere a canna, perché era tornato a casa uno del paese dopo trenta e passa anni che non si sapeva niente di lui.

29
Tramonto

Prima di mettersi a bere, Santo sistemò sacco e rusacco in una camera di Pilin e la chiuse a chiave. Aveva chiesto al vecchio oste di tenerlo a dormire per qualche giorno intanto che trovava sistemazione. Poi si fe' festa sul serio, tutta la notte. E, roba da non credere, si presentò a bere anche i cinque soldati todeschi che aveva fermato Santo a fucili spianati.

Tomaso De Bartol beveva in disparte. Voleva controllare, vedere come andava la faccenda. I cinque todeschi lo invitò più volte a bere. Tomaso, con loro, bevé, ridé e scherzò come fusse amici da sempre.

Un vecchio boscaiolo, vedendo Tomaso col nemico, soffiò nell'orecchio di Santo queste parole: «Non fidarti di lui, è in combutta coi todeschi. Fa la spia, ha mandato un camion dei nostri in Germania».

«Non mi sono mai fidato di Tomaso» gli disse Santo nell'orecchio, «nianche prima, quando stavo qui, mi fidavo. Pensavo fusse morto, ma ho saputo che era vivo e fa il prepotente.»

«L'ha sempre fatto» rispose il vecchio.

Santo disse: «Son tornato anche per lui, ho un conto aperto con quello, un conto che voglio mettere a posto prima possibile».

Il vecchio si spaventò: «Lascialo perdere, va' là, non sporcarti le mani con la merda, no merita».

«Ma no» disse Santo, «che ti viene in mente? Non è quello che pensi, si tratta di una partita a morra.»

Si andò avanti a bere e cantare fino l'alba. Al primo chiaro, Santo partì. Voleva girare il paese, vedere le contrade, le vie, capire cosa era cambiato, maravigliarsi di quel che era di nuovo e farsi battere il cuore con quel che conosceva di vecchio. Prima roba andò a vedere la sua casa, dove era nato e cresciuto. Non la vedeva da trentatré anni, dalla notte che impì lo zaino di roba e scappò.

Camminò svelto, finché rivò davanti.

Della casa restava solo i muri fumicati. Più in giù, altre case era arrostite e stalle e fienili bruciati coi muri neri e tocchi di travi per aria, scuri e smangiati dal fuoco come tizzoni spenti. Tutte quelle case aveva porte e finestre vuote come teschi forati, che lasciava vedere fuori per fuori.

Davanti una di queste rovine stava un uomo con la testa bassa. Avrà avuto ottantacinque anni. Anche lui guardava i muri fumicati. Quando questo vecchio si n'accorse che c'era un foresto davanti la casa di Santo, si spostò vicino a lui e tacò a parlare.

«Le ha bruciate i tedeschi» disse in italiano, «ma è stato uno di qui a farle bruciare. È uno che fa la spia, se la intende con loro, manda i paesani in Germania. Un farabutto, che Dio lo maledica.»

«Dio lo ha già malideto» rispose Santo in ertano, «è solo quistione di tempo.»

Il vecchio si voltò di scatto e lo guardò negli occhi. Aveva conosciuto la voce.

«Dio benedetto! Santo! Questo qui è Santo, sei Santo della Val?»

«Sì, Carlin, sono Santo, e tu sei il messo comunale. L'istessa spia che fa bruciar le case dai todeschi molti anni fa dava legnate ai messi comunali. Come con te. Mi ricordo ancora, certe robe non si dimentica.»

Santo aveva conosciuto Carlin dalla sagoma, sempre fina come na volta, e il muso, buono e innocente come quello dei capretti. Carlin si era agitato, faceva domande a mitraglia. Voleva sapere dove era stato Santo e perché s'era tenuto lontano tutto quel tempo.

Lui guardava la casa e taceva. Poi, con le mani in tasca, fece il giro dei muri e tornò davanti. Tacò a studiare le pietre una per una. A un certo punto si vicinò fin quasi a toccarle col muso. Ne palpò due, tre, poi prese la quarta con la mano e tirò. La pietra venì via con fatica. Santo infilò la mano nel buco e cavò una vecchia chiave inrugginita. Era la chiave che aveva nascosto la notte della fuga. La guardò per un bel po' e ricordò quella lontana notte.

«Questa non serve più» disse a Carlin, «ma la tengo per ricordo.» La mise in tasca e disse: «Non avvilirti, Carlin, case ne faremo ancora. Te ne farò una nuova. Dentro i vecchi muri metto legni nuovi. Solai di zecca, soffitti, porte di larice e finestre doppie, come fa in Austria. E poi ti faccio la stube, una stufa che tiene caldo come un forno e mangia appena una gerla di legna al dì».

Santo parlava e guardava il vecchio. Carlin pareva una paglia: magro, scavato, stanco. A Santo gli venì in mente i discorsi fatti con Agusto Peron, dopo che il segretario Dorizzi, una mattina di gennaio del 1909, aveva trovato il messo in municipio, nudo crudo, bastonato a sangue e imbavagliato. Era stati Tomaso e compari a ridurlo così.

Recuperata la chiave, Santo passò la giornata vagabondo nel paese insieme al vecchio Carlin, che lo seguiva passo passo, come il cane segue il padrone. Ormai non faceva più il messo comunale. Beveva, ma gli era rimasta memoria di ferro e, a ogni roba che Santo chiedeva, Carlin rispondeva preciso e svelto come il fulmine. Del resto, le robe le sapeva più di tutti. Aveva fatto cinquant'anni il messo comunale e, si sa, nei comuni entra e si ferma la storia dei paesi.

Santo venì a sapere qualche novità, chi era morto e chi era vivo e chi era venuto al mondo a prendere il posto del morto. Venì a sapere che Paula Francesca si faceva montare da tutti gli uomini del paese, specie se era giovini. Ma quando si fece montare dall'uomo di Fulvia dal Mir, detta la Siratta, questa si n'accorse e Paula finì per sempre di mettersi sopra la pancia uomini di altre. La Siratta aveva imparato l'uso delle erbe dalla sua vecchia maestra Gelinda, che si era impiccata dopo aver copato quelli che l'aveva montata con la forza.

Anche Paula Francesca era diventata blu, come i cinque uomini copati da Gelinda. Tomaso De Bartol sapeva come era stati fatti fuori. Gelinda era la sua donna, gli aveva contato tutto. Li copava tramite un chiodino invelenato di erbe forandoli dietro l'orecchio. Ungeva lo spillo con aglio in modo che non venisse fuori sangue. Così Tomaso fu certo che a copare Paula era stata la Siratta. Ma non disse niente, né aprì bocca. Del resto, lassù tutti sapeva tutto, ma non apriva bocca né s'intrigava. Si faceva gli affari suoi, e niente gendarmi o carabinieri.

Santo e Carlin girò il paese fino a notte, fermandosi casa per casa a vedere e ricordare. Alcune case Santo non le aveva mai viste, era fatte nuove, tirate su dopo la sua partenza. Era confuso. Dopo trenta e passa anni di lontananza, rivedendo il suo paese non sapeva più dove e cosa guardare. Avrebbe voluto beverlo a gocce, tutto quanto, un poco alla volta. A ogni fontana si bagnava le mani e la testa, non per il caldo, ma come a battezzarsi di nuovo.

Passò tutte le osterie. Giù da Santon si fermò quasi un'ora. Fu lì, nella vecchia bettola interrata come un buco di solvéra[106], che capì un po' di robe.

La sera prima, per la novità dell'arrivo, i paesani aveva fatto festa da Pilin, ma il giorno dopo lo guardava con sospetto, molti nianche salutava. Era come se volesse fargli capire che adesso era un foresto e dirgli: "Cosa vuole sto qua? Che è venuto a fare qui?".

Santo sentì sulla pelle il sole del silenzio, che scotta. Si n'accorse che nissuno gli faceva domande sul dove era stato o cosa aveva fatto in quegli anni.

Solo i vecchi ciacolava con lui quando l'aveva ricono-

[106] Talpa.

sciuto. Ma era stanchi e rimbambiti e non gli fregava niente cosa aveva fatto il paesano lontano da lì. Na certa età è sempre un'età incerta, si diventa indifferenti, si guarda il cielo e non si è curiosi. Santo non tribolava per ste robe, era lì per aggiustare la casa e passare gli ultimi anni nel suo mondo, non per la gente. La gente non gl'importava, non gli era mai importata. Gl'importava vedere i posti dove era stato bambino e poi giovine e poi assassino.

Un vecchio amico un giorno gli ricordò la faccenda di Jacon Dal Movi, ma Santo di questo non voleva sentir parlare. Il vecchio amico lo avvisava di stare tranquillo, nissuno aveva aperto bocca, e poi era passati tanti anni, la morte di Jacon si era persa nella polvere del tempo. Senza contare, disse l'amico, che adesso c'era la guerra con morti dappertutto, uno più uno meno, chi pensava a Jacon Dal Movi?

«Io» rispose Santo, «io ci penso, giorno e notte.»

Intanto muové la mano come a mandar via na mosca dal naso.

Per tre giorni Santo girò il paese e la tavela a vedere i posti dove era cresciuto. Per ultima visitò la frazione Bondi, patria di Paula Francesca, la portatrice che gli aveva storto la vita. Laggiù si fermò a guardare la casa della vecchia morosa. Era chiusa, non stava dentro nissuno.

«Tutti morti» gli disse la donna dell'osteria Bondi senza guardarlo in faccia.

"Devo tagliarmi la barba" pensò Santo. "Fursi i paesani mi saluta più volentieri."

A farsi la barba andò da Carlin, che viveva in una stanza del municipio in attesa di giustare la casa arrostita dai todeschi. Poteva averla già fatta, la gente l'aiutava, ma Carlin diceva: «Finché no sparisce i todeschi non la metto a posto che no me la bruci di nuovo».

Il quarto giorno Santo, che mangiava e dormiva da Pilin, s'inviò verso il passo Sant'Osvaldo. Voleva rivedere la val da Diach, dove andava da bambino a fare legna con suo nonno Domenico Sebastiano. Procedendo verso il passo, si ricordò che da quelle parti si era stabilito Piero Caporal, così decise di cercarlo.

Alla curva di San Martino si fermò nell'osteria Megeghin. Dentro era fresco, Santo si sentò e Sabina, l'ostessa di animo gentile, lo conoscé a colpo. Un tempo, quando tornava dalla val da Diach, si fermava ogni volta a bere qualcosa.

Sabina era invecchiata, più di trent'anni nella gerla, ma ancora limpida e precisa. Guardò l'uomo e disse: «Susto torné, Santin? L'era ora». E basta, non disse altro. Fursi lo conoscé perché si era tagliato la barba, fursi per quegli occhi, non si sa, sta di fatto che lo chiamò Santino.

Santo bevé un quarto di vino fresco e partì verso il passo. Lassù trovò Piero Caporal. La sua casa a uso baita era ben visibile sulla sinistra, in cima al prato, sotto la cascata del Pissandol. Santo tagliò dritto senza fare il sentiero più in là.

La porta era aperta, dentro nissun rumore. Santo chiamò. Da dietro casa saltò fuori un uomo con la barba lunga fino alla cintura e un cappello in testa. Era Piero Caporal.

«Santo!» disse Piero. Buttò il cappello in terra e bracciò l'amico per non so quanto. Intanto che lo stringeva diceva: «Sapevo che saresti tornato. Te lo dicevo in Austria. Le radici di un uomo sono elastici. Più ti slontani più si tira. E quando è al massimo basta mollare le mani e quelli ti strascina a casa di botto».

«I miei m'ha strascinato piano, ma son qua l'istesso» disse Santo.

Intorno era un'estate di sole a piombo. Le erbe falciate mandava odore di fieno secco. E il vento, quel solito vento che calava dai monti passando per la val da Diach, frascava e batteva nei rami come un boscaiolo che srama faggi. A causa del secco, il Pissandol, ridotto un filo trasparente, cadeva dai cento metri del salto facendosi fumo. Un fumo che il sole incendiava come polvere d'oro.

Contadini di Cimolais restellava il fieno falciato giorni prima e lo metteva a cumuli, che di notte non lo bagnasse la vazza.

Santo si sentò davanti la casa dell'amico, su na erta[107] rovesciata in terra. Piero palpava dentro na scafa[108] ghiacciata per tirar fuori qualche bottiglia di vino.

«Adesso si fa festa» diceva mentre palpava la sfenditura.

Santo guardava verso Cimolais. Gli venì in mente il giorno che scappò ancora di notte, scavalcando il passo sotto la luna. Era partito camminando per la Valcellina. Dopo trentatré anni era tornato dall'altra parte, dalla parte di Longarone. Aveva chiuso un lungo anello di strada e di vita. Aveva unito i due capi, come quando da bambino faceva cerchi col tizzone spento cercando di arrivare a unire il segno con gli occhi chiusi.

Piero stappò due bottiglie di vino. Rosso come sangue di porco. Si sentò vicino l'amico e disse: «Contami, Santo, che son curioso».

I due ciacolò fino quando le crode del Pissandol si fece argento e poi prese fuoco e diventò rosse e intorno tacò a cantare gufi, civette e barbazuani. In quel momento dalla val di Tuora veniva su la sera.

Santo decise di fermarsi lì, con Piero, a ciacolare. Aveva tutti e due tante robe da dirsi e non aveva voglia di smettere né l'un né l'altro.

Santo pensò allo zaino di soldi e alla manéra d'oro chiusi nella camera dell'osteria Pilin e si preoccupò un poco. Poi ragionò che lì era sicuri: Orazio, il vecchio oste, non avrebbe mai sfiorato quella porta chiusa a chiave.

Piero accese il fuoco nel camino solo per compagnia, era già calda la notte d'estate. Santo disse che gli avrebbe costruito una stube, così sparagnava legna e stava più caldo. Piero rispose di no. Lo ringraziava ma preferiva il camino. Nel camino poteva vedere ballare le fiamme, le fiamme sono una bella compagnia per uno che vive solo.

«Dovresti saperlo, Santo, cosa conta il fuoco per un uomo

[107] Stipite di pietra.

[108] Crepe nei prati da cui soffia aria gelida. Se ne trovano al passo Sant'Osvaldo.

solo» disse. «E io non sono todesco né striaco, sono ertano, e gli ertani usa guardare il fuoco negli occhi. Comunque ti ringrazio del pensiero.»

«Era per sparagnare legna» rispose Santo, «avere caldo notte e dì, l'inverni è lunghi e freddi qui da noi.»

«Cosa vuoi sparagnare» disse Piero, «siamo vecchi, ormai, io più di te. Non sappiamo quanto ci resta. La vita è andata dall'alto verso il basso senza sparagnarci niente, né dolori né fatiche, e tu vorresti che mi metta a sparagnare legna? No, caro Santo, grazie, preferisco vedere le fiamme.»

I due andò avanti a ciacolare, intanto finì le bottiglie. Piero accese un lume a petrolio e andò a palpare di nuovo nella scafa, cavando altre due bottiglie. Bevute anche quelle, tutti e due si buttò sulle paledane[109] e dormì finché spuntò il sole dal monte Cornetto.

Santo restò con Piero anche l'indomani seguitando a ciacolare.

Piero contava a Santo quel che non sapeva di Erto. Santo contava a Piero quel che era successo dopo che se n'era andato.

«Gosto Nari è restato lassù» disse Santo, «quello non ha elastici, i suoi elastici è la cripta dei Cappuccini.»

«Tornerà» rispose Piero, «tutti abbiamo elastici che tira, tornerà anche Gosto, prima o dopo.»

Quella sera Santo andò da Pilin. Prima roba aprì la camera con la chiave e controllò il rusacco dei soldi. Era tutto a posto.

Il vecchio Orazio gli disse: «Ero in pensiero, non ti vedevo da quasi due giorni».

«Non preoccuparti per me, Orazio, io torno sempre» rispose. Intanto che si sentava davanti al banco.

Lì c'era uomini non più giovini ma ancora in gamba. Alcuni si fece avanti per farsi conoscere. Era compagni di squa-

[109] Panche.

dra, amici di Santo ai tempi che tagliava boschi in Valcellina. Santo non li conosceva. Se non era loro a dirgli i nomi, stentava a inquadrarli. Uno aveva perso i capelli, l'altro i denti, qualcuno i capelli e i denti, un altro la memoria, uno era storto. Fursi l'aveva urtato un tronco.

Santo pagò da bere a tutti e disse: «Canajs, ho bisogno di voi, devo giustar la casa che mi ha bruciato, datemi una mano e vi pagherò bene».

«D'accordo» disse il falegname Canipoli Innocente, «io farò porte e finestre, Lilan de Mela i solai. Ti iuteremo, tutti farà qualcosa, ma devi tirar fuori schei, qui nianche i cani muove la coda per niente.»

Santo capì ancora di più che quelli non era gli amici di un tempo ma solo conoscenti. Non tutti, qualcuno gli era rimasto fedele. Ma si contava sulla mano monca di Bia dei Govoi, alla quale Bastiano Fujan aveva tagliato quattro dita con la manéra perché imbrogliava a morra.

«Vi pagherò il triplo» rispose Santo, «non ho costume a sfruttare la gente. Della gente ho bisogno ma la pago. Finita la casa non vi romperò più i coglioni, potete star sicuri.»

L'indomani Santo prese il rusacco dei soldi e andò da Piero Caporal, al passo Sant'Osvaldo.

«Tienimi questo» gli disse. «È dentro soldi e una manéra: se ti serve prendi pure, ma nascondilo bene. Io vado a vedere la val da Diach, è troppi anni che non la vedo.»

Piero disse: «Prima vieni, guarda dove lo metto, non voglio storie, poi vai dove ti pare. Guarda qui». Prese il rusacco pieno di soldi, andò nel camerino, tirò su un coperchio di legno e lo buttò di sotto dove c'era una tana di legno per tenere al caldo le patate d'inverno, che non si ghiacci. «Adesso sai dove sono, quando vuoi te li prendi, io monterò la guardia, non mi muovo da qui. Al massimo vado in paese a prender da mangiare, per il resto sto sempre in casa o davanti casa.»

Santò abbracciò Piero e partì per il sentiero del Pissandol, la strada più corta che menava ai boschi della val da Diach. Alle case Zanolina incontrò il contadino che abitava lì. Questo contadino non conoscé Santo e lo salutò con un "bondì" falciando a testa bassa, come si saluta un foresto. Santo non si palesò e tirò dritto.

Ma quando passò davanti la casa di Saldan il bracconiere, questo l'aveva visto rivare e lo fermò. Dopo averlo guardato da capo a piedi disse: «To su Santo?».

«Sì, sono Santo, come hai fatto a conoscermi?»

Saldan lo abbracciò e rispose: «Dal camminare, ho conosciuto il passo, non l'hai cambiato. La faccia è cambiata ma il passo no. Vieni dentro che beviamo un bicchiere. Il passo l'ho visto subito, è quello che vedevo ogni dì, quando venivi a fare legna qui, nella val da Diach».

Santo si n'accorse che Saldan aveva na rivoltella nella cinghia delle braghe.

«Cosa fai di quella?» domandò.

«In paese è i todeschi» rispose. «Un po' di noi abbiamo fatto na squadra di partigiani per fargli fronte. Quando sono solo la tengo pronta, non si sa mai. Se li vedo spuntare sul sentiero, che vengono a cercarmi, garantito che gli costo caro.»

«Ne ho una anch'io» disse Santo. «L'ho portata dall'Austria, era di un amico. Se vuoi te la do, una in più non va male.»

«Portamela» rispose Saldan, «ma adesso vieni dentro a bere un gotto.»

«Dopo» disse Santo, «quando torno mi fermo, prima lasciami vedere i posti degli anni buoni, la val da Diach mi aspetta.»

Detto questo, partì sul sentiero che tagliava il prato in lungo come na striscia scura e sparì di sopra, dove c'era alberi fitti e alti che pareva impossibile passar in mezzo. A ogni metro che faceva, un ricordo usciva dal bosco e si metteva traverso al sentiero che Santo vi sbattesse dentro. Santo vi sbatteva. E quando vi sbatteva si fermava a guardare quel ricordo che l'aveva inciampato. Là era il ciocco di larice dove polsava suo nonno Domenico Sebastiano. Faceva la fumata mentre Santo bambino cercava nidi. Adesso il ciocco era disfatto, pieno di funghi e muffa, il tempo lo aveva consumato, la terra se lo stava mangiando. Più su era il muro basso dove Santo poggiava la gerla col mangiare per prender fiato. I faggi era cresciuti, ingrossati, i larici pareva lance impiantate nei fianchi dei costoni, a segnare la via verso la baita del Ghiro. I carpini neri aveva fatto gobbe alte il triplo, le storture era tanto più storte e tribolate di trentatré anni prima.

Li ricordava un per uno, Santo, quegli alberi. Era quelli chiamati "da semenza", vecchi alberi forti e sani che sorveglia il bosco, lo protegge e lo salva da venti e tempeste e nevicate. Quegli alberi lì, detti cheurdebósch[110], guai tagliarli. Deve restare sul posto, a far la guardia a tutti gli altri. Se qualcuno taglia un cheurdebósch viene segnato a vita come abbia copato na donna, o na femmina di camoscio, che quassù è l'istessa roba. Chi taglia un cheurdebósch, come uomo è finito.

Santo guardava i ricordi in quegli alberi antichi che l'aveva visto bambino e poi crescere, e dare i primi colpi di manéra. E sentire il canto delle altre cento e cento manére dei boscaioli, che cantava tutto l'anno.

Adesso la val da Diach era bandonata e triste. Stava in piedi come sempre, è vero, ma parlava solo con la voce della memoria e le visioni dei ricordi. Non era più come un tempo. Niente era più come un tempo. Niente era più come un sogno.

A Santo gli venì da piangere. Aveva capito che la sua valle non era la mamma di una volta, che lo rencurava e lo faceva ridere. Gli pareva perfino più piccola. Eppure era sempre l'istessa, coi suoi sentieri e i suoi boschi, e l'acqua della Saledunga[111], che saltava dalla croda in fondo la strettoia. Nel tempo di gioventù vedeva una valle grande, lunga e larga che non finiva mai. Allora era così. Poi Santo aveva in-

110 Cuore di bosco.
111 Salice o Salicone.

contrato robe grandi in Austria, Svizzera e Francia e la sua valle era diventata piccola. La vide piccola, debole, bandonata e silenziosa. Era una madre che aspettava il figlio da anni, senza aprir bocca, ammalandosi di vecchiaia e malinconia. Ma le voleva bene.

Santo notò che i boschi era sempre belli e fitti, verdi da cavare gli occhi. E sempre quel vento di frasche, calante dalle cime Lodina e Centenere, che muoveva i ventagli dei rami, rendendo la calura fresca come un'ombra.

Sul sentiero che menava alla fonte Saledunga, Santo si sentò per sentir l'acqua. Intanto accese un sigaro. Sigari comprati da Pilin, di suoi non ne aveva più. Da poco fumava anche la pipa. Intanto che fumava scoltava le voci del bosco. Uccelli cantava intorno a lui, indaffarati nella seconda covata. Il vento frascoso calante da Lodina e Centenere era sempre lì, a rinfrescare la valle. In mezzo a questi suoni e canti, quando l'aria veniva contro, Santo udiva la voce della Saledunga che saltava dalla croda giù nella pozza.

«Devo andare a vederla» disse. E camminò sul sentiero. Mano a mano che proseguiva, alla sua destra il terreno diventava ripido finché, dopo la curva della Martora, si aprì il burrone che saltava a piombo nella val da Diach.

Fu a quel punto che lo vide. Preso com'era dal canto dell'acqua, non ricordava più il grande albero. Se lo trovò davanti all'improvviso, sul bordo del burrone. Era un faggio che pareva una torre, alto come una torre, grosso da non bracciarlo in due. I cerchi dei suoi anni di sicuro era più di trecento e nissuno aveva ancora avuto coraggio di tagliarlo. Non perché fusse incapaci, ma perché il patriarca con la barba di licheni stava sul bordo dello strapiombo e poteva darsi che tagliandolo finisse nel burrone. Poteva darsi al 90 per cento. Nissun boscaiolo voleva quindi rischiare la brutta figura di farsi fregare dal faggio.

Santo si vicinò all'albero e lo guardò. Stavolta accese la pipa. Poi si sentò di fronte. Quante volte aveva visto quel faggio! Da bambino, suo nonno lo mandava a prender acqua con la baril mentre lavorava nel bosco, e ogni volta ci passava vicino. E da grande, quando aveva lavorato da solo in val da Diach, anche allora passava ogni giorno vicino il faggio per andare a prender l'acqua Saledunga. Poi, per trentatré anni non aveva più visto il faggio.

Adesso se lo trovava davanti e lo guardava. Lo guardò dal basso fino in punta. Sul piede di base gli era cresciuta una lunga barba di licheni grigi come cenere. Più in su, prima di dove tacava i rami, aveva un buco grosso quanto un pugno. Era stato il beccalegno a forarlo.

"Brutta roba" pensò Santo, "quando il beccalegno fora un albero vuol dire che dentro l'albero è malato. Il midollo sta morendo, diventa molle. A quel punto il beccalegno fora la pianta per rivare al midollo, scavarlo e farsi il nido."

Poggiò na mano sul tronco e disse: «Avrai sì e no un anno di vita, caro vecchio».

Poi camminò verso l'acqua Saledunga. Quando rivò alla pozza, la guardò per cinque minuti buoni. Poi si cavò nudo e si buttò dentro, come a lavarsi via la vita passata e riprender quella nuova. Si vestì e tornò indietro. Prima di montare sul sentiero, con le mani a scodella bevé quattro, cinque volte l'acqua Saledunga. Poi se ne buttò una manata sulla testa, come a battezzarsi di nuovo. Aveva ormai i capelli bianchi, Santo, ma ancora tutti impiantati al loro posto, spinosi come chiodi. Li teneva corti un centimetro, per questo pareva chiodi.

Tornò davanti al faggio, si buttò sul bordo del sentiero e tacò a pensare. Vide la vita passargli davanti veloce come la valanga che corre a fondovalle. Alla fine, dopo tanti anni passati per il mondo, e storie, battaglie, disgrazie, amici, donne, boschi tagliati, cambio di case, patrie, paesi e città, stava seduto di nuovo sul sentiero della val da Diach.

In quel momento il tempo si scurtò, a Santo gli sembrò di non esser mai partito. Che tutto quel che aveva visto e passato all'estero fusse soltanto un sogno. Ora, da quel sogno si svegliava e vedeva le robe e i posti che aveva visto prima di partire. Molte cose era cambiate, in paese stava più case, più gente. Gente nuova, venuta al mondo dopo la sua partenza.

Anche la val da Diach era cambiata. Cambiata in peggio, malata di silenzio e vecchiaia, ma l'aria era sempre quella. La conosceva bene, l'aria. Un posto non è le case, la gente, i costoni, i boschi, i torrenti e le montagne, ma l'aria. L'aria che vive in quel posto. L'aria di un posto è il suo carattere, è quello che rimane sempre.

L'aria di un posto è i modi di fare della gente, compagnati da suoni, usi, costumi, tradizioni, misteri e mistieri. L'aria di un posto è l'odore che circola intorno. Sempre quello, anche se passa secoli.

Santo ci restò male. Pensava di agitarsi di più nel ritorno a casa, invece, tirati via i primi due giorni che gli batté il cuore, tutto tornava come prima. Sul momento pensò di voltare i tacchi e sparire di nuovo, tornare in Austria o in Francia, dove stava otto giovini paesani. O in Svizzera, dove c'era quello scrittore matto di nome Walser. Poi ricordò le parole di Hofmannsthal: "Amo immensamente questa terra, e più passano gli anni, più mi sembra ricca. Quando sarò vecchio, dai suoi torrenti, dai suoi laghi e dai suoi boschi mi verranno incontro i ricordi dell'infanzia, e il cerchio si chiuderà".

Allora capì. Capì che là, nella terra dei suoi avi, quel giorno gli stava venendo incontro i ricordi dell'infanzia. Quei ricordi giungeva da boschi e torrenti, sentieri e case, vie e facce. Santo sentì quel giorno come uno degli ultimi, il cerchio stava per chiudersi. Guardò il grande faggio ancora un poco, poi prese il sentiero e tornò in paese senza nianche passare da Saldan a bere il gotto del ritorno.

Da quel momento, Santo diventò più silenzioso del solito. Già parlava poco di carattere, adesso diceva giusto le parole per comprar da bere e fumare. Viveva a testa bassa, sprofondava nella melma del suo tacere, che altro non era se non il parlare di un uomo con la morte.

Nel periodo che vivé all'osteria, Santo conoscé un giovine sui trent'anni, sposato a Kate, figlia di Pilin. Era un medico molto bravo di nome Paolo Gallo. Questo medico, che tanto bene faceva al paese con aiuti e curando i malati gratis quando i malati non aveva soldi, era anche alpinista e pittore e più di tutto grande lettore di libri e giornali. Santo si trovò bene con lui. Il medico Paolo Gallo gl'imprestò libri e giornali da passare il tempo. Santo si era portato dietro solo il volume che gli aveva regalato Hofmannsthal, ormai disfatto dall'uso.

Era *Der Schwierige*, libro che non aveva mai capito bene, perché troppo intricato, secondo lui. L'aveva messo in fondo allo zaino solo perché nella seconda pagina c'era il nome di Hofmannsthal scritto da lui stesso. Insomma, aveva portato un ricordo dello scrittore. Santo non aveva mai dimenticato l'uomo che gli aveva insegnato a stare al mondo. Il mondo non era solo manére e boschi, ma anche libri, giornali, musica e musicanti. E il pacifico ciacolar di sera tra gli amici, compagnando le ciacole a un gotto di vino.

In agosto Santo si mise d'accordo coi paesani che lo aiutasse a giustare la casa. Questi lo aiutò. Verso la fine dell'estate, la casa era a posto e Santo pagò quelli che l'aveva aiutato. Non voleva storie né debiti per aria. Questi aveva fatto anche il caminetto. Ma Santo voleva la stube. Allora si mise a far la stube in mezzo la cucina. Ci volle venti giorni a finirla. Andava giù sul Vajont, con la gerla, a trovare i sassi apposta, quelli che col fuoco non si spacca né diventa calce. Pietre piccole e scure, che si scalda fino a diventar rosse e tiene il caldo da conto, dandolo via un poco per volta, come la nonna distribuisce le caramelle ai nipotini.

Na volta finita la stube, andò dal fabbro Bastianin Corona fratello di Zino, uscito di galera sei anni prima. Ne aveva fatti sedici per aver tagliato la testa con la manéra a uno di Valdapont che gli montava la morosa. Bastianin aveva imparato a domare il ferro da bambino, dal fabbro Mano Del Conte. Dopo la galera impiantò fucina sulle rive del Vajont, dove l'acqua del mulino gli alzava il maglio. Quando Santo andò a trovarlo, Bastianin aveva cinquantacinque anni e poca voglia di parlare. Santo disse: «Puoi farmi una serratura per questa chiave?».

Poggiò sul tavolo la chiave rimasta nel buco del muro trentatré anni. Nell'incendio, la serratura originale si era rovinata, Santo ne voleva una che somigliasse. Bastianin guardò la chiave senza prenderla in mano. «Roba di Mano Del Conte» disse.

«Arrivi a fargli la serratura?» domandò Santo.

«Quel che faceva Mano Del Conte lo faccio anch'io. Ho imparato da lui. Torna fra una settimana.»

Poi non aprì più bocca. Santo stava lì, a dirgli te la pago subito, ti do caparra, e questo e quell'altro, ma Bastianin non scoltò più. Seguitò a lavorare a testa bassa, come fusse da solo.

Santo se ne andò. Tornò dopo una settimana a prendersi la serratura. Bastianin non disse il prezzo. L'aveva scritto su un tocco di carta, legato con spago alla serratura. Santo pagò.

Poi Santo andò da Piero Caporal a prendersi il tesoro. Ficcò il rusacco di soldi sotto la stube, in un buco largo e fondo che aveva lasciato apposta e lo coprì con tavole. La manéra d'oro la mise sulla mensola del camino. Chi entrava, alzando la testa poteva vederla. L'unico modo per nascondere una roba è non nasconderla. I soldi invece li aveva nascosti.

"I soldi non è roba, quindi va nascosti" pensava Santo. "I soldi li ruba tutti se gli capita a tiro."

Da lì in avanti cercò di cominciare a vivere in quel paese che aveva lasciato molti anni prima. Ma non era facile riprendere la vita dal basso. Doveva tirarla su ogni giorno come si tira su le braghe dopo andati al cesso. Santo passava le giornate da Pilin, a volte le sere, a volte le notti.

Ogni tanto nell'osteria veniva Tomaso De Bartol a bere e giocare a morra coi boscaioli. Si giocava fuori, dentro Orazio non voleva. Veniva baruffe, si spaccava tutto, era già successo. Spesso Tomaso sfotteva Santo: «Se non hai lavoro te ne do io, Santo, vieni nella mia impresa, lavoro ce n'è per chi torna a casa bastonato. Ma con me bisogna piegar la schiena e ruscare, o calci in culo».

Santo taceva. Taceva e scoltava. Solo una sera parlò. Parlò perché vide Tomaso cavare dal fodero nella cintura il cortello con la lama a U. Lo conoscé subito. Anche se la lama era un dito consumata, il cortello dal manico in corniolo con intagliata una testa di donna con treccia intorcigliata lo conosceva bene. Il manico l'aveva scolpito Genio Damian Sguima, la lama era di Mano Del Conte.

A Santo montò il fuoco nella testa. Quello era il cortello che aveva copato Agusto Peron, trentaquattro anni prima. Come mai Tomaso l'aveva tirato fuori? L'aveva tirato fuori perché uno dei boscaioli imbrogliava a morra. Quando perdeva, Tomaso diceva che il rivale imbrogliava. L'altro non imbrogliava, giocava giusto. Ma Tomaso era rogante, non voleva perdere, se perdeva diventava cattivo. Anzi, non diventava, era sempre stato.

Così quel giorno cavò il cortello dicendo al giocatore che gli tagliava le dita della mano, come Bastiano Fujan tagliò con la manéra quelle di Bia dei Govoi. Poi buttò il cortello sul tavolo e disse: «Torniamo a giocare, avanzo na partita».

Fu allora che Santo parlò. «Anche io» disse «avanzo una partita, Tomaso. È più di trent'anni che avanzo una partita, adesso è venuta l'ora di giocarla. Vediamo chi vince. Ma tieni presente che a me non mi tagli le dita.»

«Quando vuoi» rispose Tomaso, «la giochiamo quando vuoi, anche subito.»

«Non subito, adesso ho da fare, ma il giorno è vicino. Verrà il momento buono che ce la giochiamo tutta, vedremo chi la vince.»

Tomaso prese il cortello e lo tornò nel fodero, un ramo di sambuco col midollo scavato.

I paesani si abituò presto alla comparsa di Santo. Ormai nianche ne parlava più. Quelli vecchi, che lo conosceva prima che partisse, ogni tanto stava con lui, in osteria. A Santo gli sembrava piuttosto rimbambiti. Quei vecchi lì tirava fuori sempre le stesse robe: l'inverno, il freddo, le giornate corte, le penitenze che l'inverno portava nella gerla e altre lamentele. Quando Santo faceva discorsi più complicati o parlava di libri e giornali, i grugni si chiudeva in un silenzio da murati vivi. I vecchi si ritirava come le corna delle lumache quando le tocchi.

Più di uno saltò fuori a dirgli: «Santo, non parlare intricato con noi perché sei stato in Austria. Anche Agusto Peron era stato lassù ma non apriva bocca. Non venire a rompere i coglioni e insegnarci cosa fare e dirci che siamo indietro. A noi ci va bene così. E così stiamo. E se a te non ti va bene puoi tornare dove sei stato fin adesso».

Allora Santo, quando voleva ciacolare diverso, andava al passo Sant'Osvaldo a trovare Piero Caporal. Insieme beveva una bottiglia e ciacolava. Oppure cercava il dottor Paolo Gallo e ciacolava con lui.

Un giorno andò fino da Saldan a dargli la rivoltella di Franz Keil. Era carica, la portava sempre carica.

Saldan disse: «Tienila tu, vieni con noi a mandar via i todeschi».

«No» rispose Santo, «ho combatù abbastanza. Voglio stare in pace. Quel che mi resta da vivere voglio passarlo in pace.»

«Fin che sta qua i todeschi non si vive in pace» disse Saldan. Prese la rivoltella e la nascose.

30
Il faggio

Da tempo ormai uno dei discorsi che teneva banco nelle osterie era il grande faggio della val da Diach. Quello sul bordo dello strapiombo, quello di trecento anni, di fronte al quale Santo si era sentato a pensare dopo tornato dall'estero. Si diceva che nissuno aveva coglioni di tagliarlo perché era sporto in fuori, verso il vuoto. Chi intendeva mettergli mano aveva paura che tagliandolo cadesse nel burrone. Questo era una gran vergogna per un boscaiolo. Qualsiasi boscaiolo degno del nome si vergogna a sbagliare un taglio difficile.

Il faggio stava sul confine tra i boschi di Santo e la bocca del burrone, quindi terra di nissuno. Tutti, se voleva, poteva tagliarlo. Ma tutti non lo tagliava.

«Taglialo tu» diceva uno.

«Io no, taglialo tu che parli tanto» rispondeva l'altro.

«A me non mi serve tagliarlo.»

«Nianche a me serve tagliarlo, può stare là in eterno, a me non m'intriga.»

Santo ascoltava, intanto pensava al faggio. Era un taglio difficile, lo sapeva. Quella torre piegata in fuori, grossa che due uomini non la bracciava, faceva paura. Tirarla a monte coi paranchi non era facile. Ci sarebbe voluta una squadra di boscaioli, ma allora non era l'istessa roba. Quegli alberi lì, chiamati patriarchi, va frontati da soli, ha da tagliarli un solo uomo. È la regola non scritta che dura secoli. Ogni taglialegna che si rispetti ha avuto a che fare almanco una volta nella vita con la forza potente di un patriarca.

Intanto i giorni andava avanti. L'estate stava facendo posto all'autunno tirandosi più in là, come un nonno sulla panca del focolare che si sposta per far spazio al nipote.

Santo imbrogliava il tempo andando a far legna in val da Diach. Legna che regalava alle vedove senza forza, o ai vecchi rimasti deboli e soli. Il mistiere del boscaiolo l'aveva impiantato nel sangue come uno che ha il vizio di bere e non può stare senza.

Rivò l'autunno, i boschi tacò a cambiar colore, le foglie diventò arcobaleni inchiodati sugli alberi.

Era trentatré anni che Santo non vedeva l'autunno ertano. Intanto aveva avviato la stube che lo teneva caldo come un piumino. Ma non aveva fiamma. Santo si n'accorse subito che mancava qualcosa. Quando era in Austria quelle stufe gli faceva gola, gli pareva il più bel caldo del mondo, e lassù poteva esser vero. Ma adesso che era a casa, gli tornava in testa i fuochi dell'infanzia. Vicino al fuoco con suo padre, suo nonno, i vecchi boscaioli, fette di polenta brustolite sulle braci, tocchi di camoscio arrostiti, una pignatta di fagioli che bolliva sulla fiamma. Con la stube queste robe non esisteva.

Sentì un colpo al cuore. Capì che l'infanzia veniva a cercarlo, lo spiava come la giovinezza torna a spiare il vecchio alla fine dei suoi giorni. Si sentì debole e avvilito, senza un sentiero. La stube aveva fatto fuori quelle cose che lo aveva compagnato dall'infanzia alla gioventù. Di fronte la stufa todesca, si era alzate e andate via lasciandolo solo.

Allora, una sera che pensava ste robe, si alzò dalla panca e accese il fuoco nel camino. Le fiamme dapprima stentò a levarsi. Camminava gobbe leccando per terra come il cane che cerca. Ma dopo un po', quando la lingua del fuoco toccò gli alum, tocchi di larice spaccati, gonfi di resina da pesare il doppio, si alzò di botto come volpi che salta. Il fuoco tacò a scricchiolare e crepitare col rumore di grandine sul bosco. Sopra le fiamme montò il vento caldo del fuoco, quello che gira intorno a sbandierare calze e calzettoni messi a sciugare sul filo. Santo spettò che le fiamme avesse spalle buone prima di buttare legna intera. Roba di carpino che dura ore. Sotto quel peso, le fiamme sbassò le spalle come se una mano di pietra le fracasse giù. Ma dopo dieci minuti le alzò di nuovo e allora sì che diventò forti e sventolanti. Le lingue rivava sotto la cappa, e ballava, saltava, rideva e s'intorcolava come le vipere quando fa l'amore.

Santo guardava il fuoco. Solo a quel punto si convincé di esser finalmente a casa. Come aveva detto Hofmannsthal, quando tornava i ricordi dell'infanzia il cerchio si chiudeva. Ma per Santo non bastò boschi, torrenti. E nianche i laghi che lassù non c'era. Per vedere i ricordi dell'infanzia gli toccò accendere il fuoco. Allora sì che gli venì incontro tutti quanti. Si sentì un povero gramo per aver nascosto le fiamme dell'infanzia dentro una fornace di cunicoli come la stube.

«Mai più fuoco nascosto» disse. «Stube e caminetto se vuole va d'accordo. Se non va d'accordo, tiro via la stube.»

Così, tutte le sere, Santo aveva due fuochi a fargli compagnia: uno che si vedeva ballare nel camino, uno chiuso nelle pance dei cunicoli, come quello delle carbonaie. Quando la sera si buttava sulla panca, coi piedi verso le fiamme, era i momenti che gli veniva incontro i ricordi. In quei momenti lì, nella casa che non era più quella di un tempo, coi legni freschi che buttava resina, solo, davanti le fiamme parlanti, Santo pensava alla vita. La vedeva tutta. Tutta storta e tribolata. Il mondo che aveva conosciuto era lì che ballava tra le fiamme. Ogni tanto pensava ai giovini paesani che aveva lasciato in Francia a tagliar boschi. "Speriamo abbian fortuna" diceva tra sé.

Tutto gli passava davanti mentre guardava le fiamme saltare e ballare nella casa nuova. Nuova dentro, ma fuori vecchia. I muri era quelli di un secolo prima, fursi due, non sapeva. Però sapeva che importante è i muri. Dentro, si può cambiare, spostare, rinnovare, metter roba nuova. Dentro uno può fare cosa vuole, anche cambiare ogni dì. Però quando si torna dal mondo, magari dopo anni di estero, quel che fa conoscere la tua casa da lontano è i muri esterni, no il dentro.

Pensando così, Santo pacificava l'anima. Perché un po'

gli dispiaceva non aver trovato panche, sedie, scale, scansie, madie, letti, attrezzi e tutte le robe che l'aveva visto nascere, crescere e partire. Ma, in fondo, nianche lui era più quello di dieci, trenta, sessanta anni prima. E allora cambiasse pure la roba: avanti, sempre. Partire ogni mattina da quello che resta.

A dirla tutta, a Santo non gl'interessava tanto la vita, fursi nianche vivere. È vero, trovarsi a casa dopo tutti quegli anni gli faceva fare qualche sorriso. Ma era più malinconia che altro. Santo ormai viveva a testa bassa. Aveva stortato la sua vita per tutta la vita, adesso non era più tempo di drizzarla. E non esisteva paese, casa o memoria che lo facesse tornare giovine e ripartire da capo. Aveva scritto la vita in brutta copia e quella era rimasta. Non poteva ricopiarla in bella.

Santo aveva sentito chiaro e tondo che era tornato per morire. Non era nostalgia della memoria ma coscienza della morte. Nissuna memoria, nissun libro, nissun amico, donna o casa può far tornare la vita di un tempo. Quella vita lì è passata, morta. Può comparire solo ogni tanto, qua e là, per un attimo, nel ricordo. Questo aveva capito Santo, tornando a casa.

Un giorno che stava seduto da Pilin col messo comunale, vicino al camino acceso, Santo sentì entrare un colpo di vento. Era una donna sui cinquantacinque. Aveva gli occhi che forava come chiodi cavati dalla forgia. Per chiedere la spesa, parlava a segni. Santo sapeva chi era, ma la ricordava piccola. Il resto di lei lo aveva imparato dal messo comunale.

Fuori era freddo, l'inverno girava per la piazza a congelar la gente col fiato ghiacciato, ma questa qui freddo non ne aveva. Santo vide che portava na camicia senza maniche, la cotola corta e gambe senza calze. La donna comperò da mangiare e un bottiglione di vino, pagò e se ne andò.

Santo la guardò bene. Era Fulvia, la Siratta, regina delle erbe, la donna che aveva tirato via dalle spese Paula Francesca. Era ancora una bella donna ma, lo vertì Carlin, se la intendeva coi todeschi. I partigiani lo sapeva.

Fu la prima volta che Santo la vide così vicina. E l'ultima. L'indomani sera, un partigiano venuto da fuori copò la Siratta con un colpo di rivoltella dritto in bocca, sotto un portico là vicino. Ci metté tutta la notte a morire, la regina con gli occhi a punta.

Diceva la gente che questa qui si teneva sana e forte con decotti di erbe. Per questo non moriva mai quella notte. Nissuno avé il coraggio di tirarle il colpo di grazia. Fursi, tutti aveva caro tribolasse.

Dopo quel fatto lì, che tené banco giorni, nell'osteria Pilin si tornò a parlare del faggio. Chi parlava era boscaioli vecchi, quelli giovini stava crepando in guerra. Santo per la prima volta s'intrigò nei discorsi.

«L'ha forato il beccalegno» disse, «morirà l'anno che viene. Non vi siete accorti che il beccalegno gli ha mangiato il midollo? È come mangiare il cuore a un uomo. Un uomo senza cuore non vive.»

Saltò fuori il messo comunale: «No, Santo, qualcuno vive anche senza cuore. C'è due bestie qui in paese che vive senza cuore. E vive bene. Tutti sa chi è. E se fate finta di non conoscerli» disse volto ai boscaioli, «vi dico i nomi un per uno, a svegliarvi la memoria». Poi, senza sentir risposte, perché nissuno rispondeva, andò avanti. «Le bestie senza cuore, che vive da papi, è Tomaso De Bartol e Felice Corona Menin. I partigiani faceva bene a tirargli un colpo anche a loro, come ha tirato alla Siratta.»

Nissuno aprì bocca, nissuno s'intrigò a dir qualcosa. Quando finalmente saltò fuori una voce, fu solo per dire: «Parliamo del faggio, che è meglio».

Quell'inverno portò come sempre freddo e quel vento che taglia di traverso le nevicate come na grande scure invisibile, smaltando la neve sui muri delle case fin sotto i tetti. I vecchi artigiani lavorava nei tinelli, un occhio alla manéra, uno ai todeschi.

Santo, se non girava i boschi, stava in casa, col fuoco acceso nel camino e nella stube, per non far torto a nissun dei due. Il medico Paolo Gallo gl'imprestava libri che lui leggeva coi piedi sulla panca, vicino il fuoco. La sera andava da Pilin, a bere e ciacolare coi vecchi boscaioli, specie con quelli conosciuti prima di scappare. Ogni volta i discorsi finiva sulla punta del grande faggio come corvi che si poggia a tirare il fiato. Il faggio della val da Diach tornava a girare intorno alla testa dei boscaioli come na bespa[112] fastidiosa. E non solo quell'inverno. Era anni ormai che si parlava del grande faggio. E ogni anno che passava pareva che questo faggio diventasse sempre più forte e più invincibile. Di ugual passo, i boscaioli sempre più insicuri e paurosi di tacarlo.

I todeschi, quei malideti todeschi, era sempre in paese, e aveva anche tre cani. Stava in tre case vuote sotto il paese. Si era sistemati bene e comandava loro.

Ogni tanto da Pilin spuntava il muso da faina di Tomaso De Bartol. Andava per vedere la faccia orsa di Santo e tirarlo a zidénto[113]. Ma Santo non si sbilanciava, teneva colpo e pazienza in attesa del momento buono. A volte gli veniva da strizzargli la testa, a quel porco, ma spettava. Da esperto boscaiolo, sapeva che un albero, se non è tagliato fino in fondo, puoi spingere finché vuoi che non cade. Tomaso si stava tagliando da solo, con manére di rabbia e segoni di cattiveria. Bastava tendere il momento buono e dargli la spinta.

Con l'inverno la valle diventò muta.

Nelle belle giornate, Santo metteva le ciaspe e andava a vedere i boschi coperti di neve. Visitò un per uno i lunghi canaloni ghiacciati, dove una volta rombava i boldi come locomotive a spaccare gl'intasi di tronchi. Andò a vedere il canalone del Certen, dove il giovine Bruno montò sul boldo per farsi copare, visto che la morosa l'aveva bandonato. Un altro giorno andò a cercare i boschi di Barucco, e il larice del Col de Sitta, dove Bonaventura Selchi detto Ventu-

112 Calabrone.
113 Provocarlo.

rin, il vecchio che scoltava spaccarsi gli alberi, era rimasto sepolto, spaccato anche lui dal peso della neve.

Quell'inverno Santo visitò i luoghi della memoria, posti dove era successo qualcosa che gli era rimasto scritto nella testa come i nomi che i boscaioli innamorati scrive con la brìtola sulla scorza delle piante. Cercava la vita di un tempo nei luoghi, nel corpo e nell'anima quella vita non esisteva più. Pezzi, sbrindoli e stracci di quella vita era rimasti impigliati ai rami degli alberi e Santo girava qua e là, a vendemmiarli e metterli nella gerla della memoria, come il contadino mette l'uva nella cesta. Fursi sentiva la morte vicina, per questo andava a vendemmiare la vita di un tempo. Per dirle addio. O fursi no, girava per imbrogliare le ore, per passare il tempo dove era stato bambino.

Di sera, nell'osteria Pilin si continuava a parlare del faggio della val da Diach.

Santo aveva preso in simpatia un giovine di sedici anni, orfano, che prometteva bene di manéra. Si chiamava Ferruccio detto il Lìavre, che in dialetto significa "lepre". La gente l'aveva battezzato Lepre perché correva sempre, anche ai funerali, quando c'è d'andar piano. Passava di corsa la processione, la gente, la cassa, il prete e aspettava in cimitero.

Questo giovine, a furia di sentire i discorsi, si era messo in testa di frontare il faggio della val da Diach.

Per avere insegnamenti andò da Santo che, gli avevano detto, era il meglio boscaiolo del mondo.

Lui insegnò quel che poteva a sto giovine ma gli sconsigliò d'intrigarsi col faggio.

Ferruccio rispose: «Se avessi le vostre braccia mi intrigherei».

Santo disse: «Io ti posso dare aiuti, palesarti segreti, insegnarti robe, ti posso dare anche la manéra, ma le mie braccia no, quelle non posso dartele. Devi doperar le tue, ma prima hai da farle giuste, tirarle da manéra».

Intanto la guerra era finita e i todeschi se n'era andati dal paese. A metà maggio, Santo andò per affari fino a Maniago, città di cortelli e manére. Poi a piedi andò in val Colvera a vedere i luoghi dove era stato con suo nonno da bambino. Il battiferro sul torrente era ancora al suo posto, ma il vecchio che gli forgiò la manéra, dopo averlo pesato e misurato, era morto da anni. Adesso nella fucina lavorava i parenti, roba giovine. La fucina era uguale al tempo lontano. Santo domandò poche robe, poi più niente, gli era venuto il groppo.

Decise di andare poco sotto, a Frisanco, e sincerarsi se era ancora la taverna Alle Alpi. Era lì, ed era aperta. Santo entrò e comandò un quarto di vino. Dentro era vecchie che beveva e uomini che beveva e giocava a carte. In un cantone, na donna sola stava seduta davanti un gotto di bianco. Dapprima Santo non fe' caso, ma dopo, col quarto in mano, spezionò l'osteria. E restò fulminato. Anche se malmessa, vestita male, i capelli nevicati e gli occhi spenti, quella nel cantone era Giovanna.

Lei non l'aveva visto. Guardava il bicchiere, non guardava in giro. Santo si vicinò e domandò se poteva sentarsi. Giovanna lo fissò come si fissa un morto tornato dalla tomba. L'aveva conosciuto. Ma non si levò, né fe' salti o gesti di contentezza. Nianche parlò. Ma gli occhi, i begli occhi di Giovanna, prese luce intanto che diceva: «Tu?!».

Giovanna era tornata a casa. Anche lei era tornata dove la terra l'aveva vista nascere e crescere. I suoi figli, ormai grandi, era rimasti ad Arnoldstein, con base a Tarvisio, dove lavorava in alberghi.

Santo e Giovanna si contò quel tratto di vita che gli mancava da quando si era lasciati. Lui si n'accorse che Giovanna beveva. Sola e invecchiata, si era data al vino. Ma non aveva perso né orgoglio, né sicurezza, né forza d'animo. E nianche quella spavalderia che sempre aveva perché natura sua. E nianche una certa bellezza aveva perso.

I due restò insieme a bere e contarsi robe fino alle due dopo mezzanotte.

«Dove vai a dormire?» domandò Giovanna a Santo.

«Non so, dormirò qui in taverna, se mi danno un posto.»

«Vieni a casa mia» disse Giovanna, «posto ce n'è, ho solo due gatti.»

Quella notte Santo e Giovanna dormì insieme, nella casa di lei. Parlò di tutto e, più di tutto, del tempo andato. Quando gli passò la bevuta, verso mattina, fe' ancora una volta quel che tra loro non faceva più da anni.

Santo si levò a mezzodì. Nei boschi intorno cantava la primavera, gente era nei campi. Giovanna gli domandò di fermarsi con lei, per il tempo che restava da vivere. Santo disse no, ormai era tardi, tempo da vivere ne aveva poco.

«Non puoi sapere quanto» disse Giovanna.

«Io so» rispose Santo, «in autunno cantami un amen.»

Se ne andò. Fu l'ultima volta che i due si vide.

Una domenica di fine maggio, Santo andò nell'osteria sotto il paese, quella con l'insegna "Vino e licuori".[114] Aveva con sé la Müller. Uomini giocava a morra e perdeva. Perdeva perché di fronte aveva Tomaso De Bartol.

Santo sentì che era il momento. Da passa trentatré anni spettava quel momento. Prima osservò il gioco, poi domandò di giocare. Intanto studiava i colpi di Tomaso, ma non serviva. La morra del nemico l'aveva a memoria nella testa da quando era partito.

«Adesso gioco io» disse Santo a Tomaso, «avanzo una partita da un grumo di anni.»

«Se vuoi perdere le braghe sono pronto» disse Tomaso. Chiamò un boccale di vino e picchiò il pugno sul tavolo.

I due tacò a giocare sabato e andò avanti fin lunedì sera. Santo disse subito di non aver soldi e puntò la manéra. La sua Müller per una morra.

Tomaso buttò sul tavolo l'orologio Roskopf. Lo perdé subito. Da lì in avanti, Santo metté in palio ogni volta l'orologio di Tomaso. E vinceva. Così, teneva l'orologio più quel che perdeva l'altro.

Tomaso bolliva. Ogni tanto, Santo gli lasciava vincere una partita o due per fargli credere che la fortuna aveva

[114] Proprio così, con la C.

voltato faccia. Poi lo batteva di nuovo. Tomaso urlava tacendo. Ogni tanto i due riposava, mangiava qualcosa e faceva un pisolo sulle panche. Intanto giocava altri. E avanti così, fin lunedì sera.

Lunedì sera Tomaso aveva perso di tutto, ma non robe importanti. Quelle venì dopo. Si era radunata gente, quasi tutti teneva per Santo. Ma non proprio tutti, qualcuno stava con Tomaso.

A un certo punto Santo perdé tre partite una dopo l'altra. Tomaso credé di aver trovato la chiave e puntò alto. Disse: «Mi gioco i prati della Palazza, della val delle Bisce a forcella Borgà. Più una parte dei prati di Carmelìa e i prati delle matte Accione. Se perdo cedo tutto a Santo, se vinco Santo mi torna tutto e mi dà la casa nuova».

Santo accettò. Accettò e vinse. Allora buttò il Roskopf sul tavolo guardando il nemico negli occhi e disse: «Tieni, questo te lo torno, per guardare il tempo che passa».

Tomaso aveva gli occhi gonfi e gialli mentre rispondeva: «Non ho bisogno, è roba tua, me ne posso comprare dieci, se voglio».

Santo prese l'orologio e lo regalò a Filin de Spiz, un omino che stava a guardare. Questo Filin se lo mise in tasca assai contento.

Tomaso, ingrugnito come un porco senza cena, disse a Filin: «Tienlo da conto, è roba buona».

Non la prese bene.

«Non ti porterà fortuna la mia roba» disse Tomaso.

«Nianche a te averla persa» rispose Santo andando via.

L'estate passò come sempre lassù passava da secoli.

Era in atto le grandi fienagioni della Palazza e del Buscada e dei prati di Carmelìa. I falciatori segava erba, i boscaioli segava la legna tirata giù a novembre.

Verso la fine di settembre, due artigiani trovò Tomaso De Bartol nella segheria sul Vajont. Era andati per segare un abete invece trovò segato Tomaso. Era tagliato in due come quando si divide un albero. I paesani imputò il fatto alla disgrazia; capita disgrazie lavorando da soli. Maneggiando certi attrezzi è rischio di farsi male. Ma alcuni, più scaltri o fursi più stupidi, brosigò che disgrazia non poteva essere, visto che Tomaso era segato per lungo, come quando si sega l'albero da far tavole.

Santo li cercò un per uno. Dopo la sua visita questi qui, che non credeva alla disgrazia, andò in giro a dire che era stata disgrazia a segar Tomaso per lungo.

Nell'osteria Pilin, alla sera, si parlò del fatto. Se ne parlò per diverso tempo. Santo scoltava e taceva. Solo una volta saltò fuori a dire che quelle robe lì poteva succedere.

«Su a Valbruna, dalle parti di Tarvisio» disse, «fu trovato un certo Walter Weil, padrone di segherie, proprio segato per lungo. Anche quello era na carogna come Tomaso. Vedete? A volte il destino si prende la briga di far fuori carogne e farabutti.»

Poi non disse più niente.

Finché rivò novembre e un giorno Santo andò da Vegiglio, vecchio boscaiolo dei tempi della squadra, a domandargli il segone.

«Il mio l'ho lasciato in Francia» spiegò.

«Che hai da fare, Santo, col segone?» chiese il vecchio.

«Taglio un faggio, quello della val da Diach.»

«Hai pensato bene? È un taglio difficile. Quello è un sacramento, non un faggio.»

«Lo so che è difficile, se no non sarebbe ancora là. È trecento e passa anni che il faggio della val da Diach è difficile. Per questo nissuno lo tocca, per questo lo tocco io.»

«Lascia perdere, Santo» disse Vegiglio, «quello è un sacramento, e lo sai. Hai tagliato abbastanza nella vita, non ti serve tagliar più niente, manco ca manco il faggio della val da Diach.»

«L'ha forato il beccalegno» rispose Santo. «Un altr'anno è morto in piedi. Farò legna per i vecchi. Presto viene l'inverno, c'è vecchi senza legna, e nissuno ci pensa.»

«E ti serve il faggio della val da Diach a far legna per i

vecchi? Dài, Santo, non contarmela. Ti conosco da na vita. Abbiamo fatto legna insieme. Lo tagli perché nissuno lo taglia. Nissuno ha i coglioni sotto le braghe di andar su e farlo fuori. Tutti ha paura che gli salti nel burrone. Nissuno vuol essere il primo a far brutta figura. Allora lo fai tu perché se ti va dritta sarai l'unico.»

«No, Vegiglio, non è solo quello, e nianche i vecchi. È altre robe che mi ha portato qui a intrigarmi col faggio della val da Diach. Robe che non puoi capire. Comunque t'ho chiesto il segone, non di farmi la predica.»

Vegiglio gli consegnò il segone. Santo ringraziò e se ne andò.

Verso la metà di quel novembre freddo e limpido, con un cielo che pareva di vetro, Santo decise di frontare il faggio.

Il primo giorno lo spese a giustare gli attrezzi. Affilò il segone con la lima a triangolo, affilò alla mola la sua Müller. Preparò dieci cunei di maggiociondolo. Mise nel sacco la mazza di ferro e tutto fu pronto. Quando tutto fu pronto, il quattordici novembre mattina, Santo si presentò davanti al faggio.

Le foglie ormai cadute aveva spogliato i boschi, che era trasparenti, netti e limpidi come appena lavati. Il freddo pungeva le narici, nell'aria girava il fiato dell'inverno.

Santo guardò il faggio per ore. Stimò il diametro più di un metro. L'albero guardava il vuoto. Alto e grosso piegava in fuori come la Torre di Pisa.

«Devo portar il paranco» disse.

Sulla scorza del faggio era scritti nomi e incisioni a brìtola: cuori, giuramenti, bestemmie, date coi giorni, mesi e anni. Il sangue del vecchio albero aveva guarito quelle ferite ricamandole di bordi scorzosi alti un centimetro.

Santo ricordò che anche lui, nei boschi della Stiria, un giorno aveva scritto le iniziali del suo nome e di quello di Giovanna sulla pelle di un albero. Poi li aveva scancellati a colpi di manéra perché era andata come era andata.

Si sentò, accese la pipa e seguitò a guardare il faggio. Anche il faggio lo guardava. Pareva conoscere tutte le malefatte di Santo. Pareva sapere che aveva distrutto e raso al suolo boschi interi al solo scopo di far soldi. Quel faggio aveva occhi. Occhi che spezionava l'anima dannata di Santo. Anima segnata da ferite di ogni tipo, come la scorza del grande faggio. Ma l'anima di Santo non era rivata a guarire tagli, segni, colpi e sfenditure. Non era stata capace di fare un bordo scorzoso sulle ferite della vita. Di questo, il faggio non sapeva niente. Il grande faggio sapeva che Santo aveva tagliato milioni di alberi al puro scopo di far soldi. E adesso quell'uomo lo aveva davanti, armato di manéra e segone, intenzionato a far fuori anche lui.

Al faggio non gli dispiaceva morire. Era malato, il beccalegno gli aveva forato il cuore, era alla fine. Gli dispiaceva solo una roba, che in più di trecento anni nissun bambino si fusse fermato a giocare sotto di lui. Essendo nato sull'orlo del burrone, la gente teneva lontani figli e nipoti dal posto pericoloso. Passava famiglie intere a falciare i prati della Garofola e nissuno si fermava. Di questo il faggio patì sempre, fursi si ammalò per questo.

Prima di tacare con manéra e segone, Santo ricordò la figura di Gambrino, il suo coraggio silenzioso e la sua morte vicino al pilone di battuta. A lui rivolse un pensiero e un ricordo. A mezzogiorno, Santo della Val iniziò la sua battaglia. Stava calando la luna di novembre, periodo giusto per legna che duri. Col segone fece un taglio alla base del tronco dalla parte del burrone. Entrò una spanna. Poi polsò finché il cielo imbruniva. Intanto pipava, guardava e pensava.

"È un taglio difficile, devo stare molto attento."

Con l'imbrunire, nascose gli attrezzi e tornò in paese. Quella notte dormì poco, quasi niente. La Torre di Pisa storta sul burrone gli dava pensiero. E sì che ne aveva tagliati di alberi nella vita! Anche più grossi e più alti. Ma non era il faggio della val da Diach. Quello faceva timore.

L'indomani, portò su il paranco. Una volta davanti al faggio, si rampicò sui rami fino a tre quarti di tronco e lo imbragò per bene con le funi. Tornò giù e legò i capi dieci metri più in costa, attorno un grosso ceppo. Poi menò la leva del tirfort[115] a metter le corde in tiro.

A quel punto infilò le punte di otto cunei nel taglio del segone e li batté con la mazza finché tutti cantò uguale. L'albero si lasciava. Ma guardava giù.

Finalmente Santo prese la Müller e tacò a batter colpi dalla parte contraria al taglio del segone. Era da vederlo a batter di manéra! Na roba che nissuno faceva in quel modo. Come il tic tac dell'orologio, precisava il ritmo e faceva cantare la manéra.

Ogni tanto Santo sputava nelle mani e riprendeva il taglio. Ogni tanto, sciugava il sudore e faceva una pipata. Andava piano apposta, per far durare i momenti. Momenti così non tornava più. Fursi aveva paura, andava piano per quello. Chissà.

No, Santo non aveva paura. Santo era di nuovo a casa, nella sua val da Diach, e stava tagliando il grande faggio che lo aveva visto bambino. Occorreva andare piano, sparagnare il tempo, studiare le mosse. Un albero così lo tagli una volta nella vita.

Santo batteva. I colpi della Müller metteva ali a schegge di ogni misura. Fette di legno bianco s'alzava volando e finiva nel burrone, come quelle stelle che cade dal cielo le notti d'agosto. O come pernici bianche d'inverno, levate dal cane e colpite a volo dalla doppietta del bracconiere.

Mano a mano che andava avanti, sempre meno legno teneva fermo il faggio e sempre più agitato era il cuore di Santo. Sapeva che tagliando costruiva i piedi all'albero, e che questo, a un certo punto, si sarebbe messo a camminare. A tratti si slontanava per quadrare la linea. Il faggio era storto. Allora metteva mano al paranco e dava due, tre col-

[115] Modo di chiamare il "trifor", marca di paranco.

pi di leva per tirarlo verso monte. Poi batteva la mazza sui cunei a non perdere un millimetro del piegamento guadagnato. Con manéra, paranco e cunei, andò avanti tutto il giorno. Procedeva piano apposta per aver battaglia lunga. Fursi per slungarsi la vita.

Mentre batteva i cunei, gli venì in mente Agusto Peron, quando lo vide la prima volta usare quel sistema per far cadere la pianta al verso giusto. Santo poteva finire l'albero l'istesso giorno ma preferì aver soddisfazione l'indomani. Così, nascose gli attrezzi sotto le foglie secche e tornò in paese.

Quella notte dormì. Ormai era sicuro di farcela. A essere onesti, non aveva mai pensato il contrario. Prima di partire, avvisò Ferruccio Lìavre che andava lassù, a destirare il faggio della val da Diach.

Quel giorno iniziò a lavorare più tardi. Era il 16 novembre 1945. Mentre dava colpi di Müller, gli tornò l'istesso spavento di quando aveva tagliato il primo albero o copato il primo camoscio o era entrato la prima volta in una donna. O aveva copato Jacon Dal Movi. Questa roba lo infastidì. Di fronte al faggio della val da Diach, dopo una vita passata a tagliar piante, scoprì che ancora non si era abituato a vederle cadere. Fursi era il grande faggio che gli parlava, lo sgridava, lo faceva tornar bambino. Fu na sbandata di pochi minuti, subito Santo tornò il crudo boscaiolo dei tempi antichi. Alzò la Müller e riprese a batter colpi.

All'improvviso sentì la campana del paese suonare il mezzodì. Proprio in quel momento, il grande faggio si svegliò dal sonno eterno, mandò un tremare di vita e parlò. Santo fe' un salto indietro e slungò orecchi.[116] Dalla base del tronco veniva fuori suoni e scricchiolii come quando si striscia due blocchi di pietra uno sull'altro, o si apre na porta rugginita. Il faggio fu colpito da na scossa che lo sgorlò[117] da cima a fondo. Poi più niente.

[116] Ascoltò attentamente.
[117] Scosse.

Santo, calmo come mai era stato, tirò due volte la leva del paranco e tornò davanti al faggio. Spiava il taglio, studiava il tronco, guardava i rami. Se vedeva segni di movimento era da mettersi al paranco e tirare a più non posso. Solo così cadeva al verso giusto. Invece niente, l'albero era immobile. Stava per pigliar la manéra e indebolirlo ancora un poco, quando sentì nell'aria una specie di lamento. Pareva un suono di piffero, un piffero leggero. Era le funi del paranco, che si tirava e sottigliava come corde di violino. Santo le guardò con gli occhi fuori. Non credeva.

"Ma come?" pensò. "Se il faggio sta per cadere a monte, le corde deve mollare no tirarsi."

Invece le funi si tirava. E urlava sempre più.

«Il vento!» abbaiò Santo. «Non ho tenuto conto del vento! Malideto bastardo!»

Intanto, il piffero diventò voce, e poi grido, e poi urlo. L'urlo di qualcosa che sta per arrivare e non si può fermare. Il vento era venuto di botto e di corsa. Dai costoni di Lodina e cime Centenere, un vento spesso come un muro era caduto sul bosco. Quel vento spingeva l'albero al contrario, e le corde si tirava, e si slungava come elastici invece che mollare. Santo capì di aver perso la battaglia. All'improvviso, sentì tutta la stanchezza di un vecchio triste e solo.

«Malideto vento!» urlò bestemmiando.

Intanto che bestemmiava, le funi scoppiò sputando fumo e polvere che il vento disfece nell'aria.

Santo gridò: «No!». Si slanciò verso il faggio a braccia alzate, come per tenerlo su. I capi delle funi spaccate partì di scatto come serpenti rabbiosi. Prese Santo al laccio e lo avvoltolò a più giri su per il tronco, tanto che pareva gli fusse cresciuto addosso come quei funghi che nasce sulle piante.

Il re del bosco sbandò verso valle. Per la pressione, i cunei saltò via come pallottole. Il bestione si fermò ancora un poco, fursi per guardare Santo e ridergli in faccia. Poi, muovendosi con passo lento, si piegò e andò giù nel burrone con un fracasso che tremò l'intera val da Diach.

Mentre cadeva imbragato al faggio, Santo ricordò di aver detto che nissun albero l'avrebbe mai copato. Ma nissun albero era il faggio della val da Diach. Questo, Santo, forse l'aveva dimenticato. O forse aveva voluto dimenticarlo.

Così finiva la vita agra di Santo Corona della Val Martin. Aveva sessantasei anni, compiuti il ventun settembre.

Non vedendolo rivare, Ferruccio Lìavre mandò l'allarme. Gli uomini partiti a cercarlo lo trovò il giorno dopo, nel burrone, avvoltolato nelle corde, ancora legato all'albero. Era disfigurato. Uno gli palpò le tasche. Nel taschino c'era i biglietti di Hofmannsthal. Con fatica gli uomini lo tirò su, lo portò in paese e lo seppellì. Più fatica fu disgropparlo dall'albero. Pareva che il faggio non volesse mollarlo.

Da quel giorno, tutti gli anni, a novembre, nelle notti di luna calante, su per l'aspra val da Diach, si sente il canto d'argento di una manéra. Tin, tin, tin. I vecchi assicura essere la Müller di Santo Corona della Val Martin in battaglia col suo faggio per l'eternità.

31
Epilogo

Sei mesi dopo, in maggio, arrivò a Ferruccio detto Lìavre una lettera.

Un notaio di Maniago lo chiamava nel suo studio. Santo aveva lasciato tutto a lui, soldi, compresi quelli custoditi nella banca di Udine, e casa. L'anno prima, Santo era sceso a Maniago per affari e poi in val Colvera dove aveva incontrato Giovanna. Quella volta era andato dal notaio a fare testamento in favore del giovine.

Ferruccio era diventato ricco di colpo.

Quando insieme ai vecchi amici di Santo aprì la casa appena reditata, tutti vide sulla mensola del camino due robe: una grossa manéra nuova di zecca e un cortello coperto dal fodero. Su richiesta del boscaiolo Vegiglio, Ferruccio tirò giù gli attrezzi e li buttò sul tavolo. Tutti restò di sasso, aveva conosciuto il cortello. Era quello di Tomaso De Bartol.

«Adesso sappiamo chi ha segato per lungo quel carogna» disse Vegiglio. «Santo era andato via per aver copato; è tornato per copare ancora» concluse.

Remigio Bona, un giovine boscaiolo di circa vent'anni, domandò a Ferruccio se gli regalava quella manéra nuova di zecca appena tirata giù dalla mensola.

«Tanto ormai tu sei ricco» disse.

«Prendila pure» disse Ferruccio, «è tua. Ormai a me non serve, e poi è troppo grande.»

Remigio prese la manéra e se la portò a casa. Gli fece un manico di frassino e poi, tutto contento, si mise alla mola per affilarla. Non aveva tanti soldi, Remigio, e trovarsi in mano una Müller nuova di zecca senza spendere schei era cuccagna. Intanto che la molava per fare il filo, si n'accorse che l'acciaio di sotto diventava giallo. In più era tenero come burro. Allora gli venì il sospetto. Grattò con aceto e cenere e paglietta la manéra, che alla fine risultò d'oro. Era la manéra d'oro di Santo. La girò in soldi a Belluno in una banca senza dir niente a nissuno. Né mai disse parola.

Gosto Nari tornò anche lui al suo paese. Tornò dopo la guerra. Voleva morire a Erto, si era stufato della cripta dei Cappuccini. Ma non rivò a morire a Erto. Morì a Sondrio, in casa di parenti alla lontana. Non aveva ancora compiuto ottant'anni. Malato di cancro, era diventato un stecco. Il male lo aveva smangiato un po' alla volta, sfinandolo come la ruggine sfina il chiodo.

Ricordava ancora la battaglia con l'orso in Austria.

«Adesso mi batte una formica» diceva.

In punto di morte straparlò chiedendo la sua manéra. Fursi ricordava Roth, che poco prima di morire aveva chiesto la sua penna stilografica. Chissà. Nissuno può saperlo.

Otto anni dopo, nell'aprile '53, rivò in municipio a Erto na lettera dalla Sardegna. Il sindaco la leggé in pubblico. Disse: «È un certo Stefano Soi che domanda se sappiam qualcosa di Santo Corona».

Sulla busta era l'indirizzo. Il sindaco prese carta e penna e scrisse a Soi che Santo Corona era morto nel 1945, nei boschi di Erto, sotto una pianta. Dopo la risposta, Stefano Soi non si fe' più vivo.

Piero Caporal morì nel 1973, a cento e un anni, nella sua baita al passo Sant'Osvaldo. Lo trovò la donna che gli portava ogni giorno da mangiare. Vecchio e stanco, Piero ormai camminava poco. Lo trovò a letto che dormiva. Invece era morto.

Gli otto giovini boscaioli ertani che Santo aveva incontrato in Francia restò lassù fino al 1953. Tornò in autunno, con qualche soldo in più e la schiena spaccata dalle fatiche.

Dopo diciassette anni, nel 1962, Ferruccio Lìavre si sposò. Ormai aveva trentatré anni, era ora. Siccome gli occorreva spazio, demolì a mazzate quell'ingombro di stube che aveva fatto Santo. Sotto le tavole comparve un buco, dentro c'era un rusacco pieno di soldi. Soldi mangiati dai topi, ormai rovinati, ridotti a farina umida. Era quel che restava del tesoro di Santo Corona della Val Martin, delle sue fatiche, della sua rabbia, del suo dolore, della sua vita sbagliata.

Ringraziamenti

Un sentito grazie va al mio compare Maurizio Bait per avermi fornito tante notizie sull'Austria.

Indice

Arnoldo Mondadori Editore S.p.A.

Questo volume è stato stampato
presso Mondadori Printing S.p.A.
Stabilimento Nuova Stampa Mondadori - Cles (TN)

Stampato in Italia - Printed in Italy